Melissa Foster

Pfade der Liebe

Die Bradens & Montgomerys
(Pleasant Hill – Oak Falls)

DIE AUTORIN

Melissa Foster ist eine preisgekrönte *New-York-Times-* und *USA-Today*-Bestsellerautorin. Ihre Bücher werden vom *USA-Today-Bücherblog*, vom *Hagerstown Magazin*, von *The Patriot* und vielen anderen Printmedien empfohlen. Melissa hat mehrere Wandgemälde für das *Hospital for Sick Children*, eine Kinderklinik in Washington, D. C., gemalt.

Besuchen Sie Melissa auf ihrer Website oder chatten Sie mit ihr in den sozialen Netzwerken. Sie diskutiert gern mit Lesezirkeln und Bücherclubs über ihre Romane und freut sich über Einladungen. Melissas Bücher sind bei den meisten Online-Buchhändlern als Taschenbuch und E-Book erhältlich.

www.MelissaFoster.com

Melissa Foster

Pfade der Liebe

Die Bradens & Montgomerys

LOVE IN BLOOM – HERZEN IM AUFBRUCH

Aus dem Amerikanischen von Janet König

Die Originalausgabe erschien erstmals 2018 unter dem Titel
»Trails of Love – The Bradens & Montgomerys« bei World Literary Press, MD,
USA.

Deutsche Erstveröffentlichung
2020 bei World Literary Press, MD, USA
© 2018 der Originalausgabe: Melissa Foster
© 2020 der deutschsprachigen Ausgabe: Melissa Foster
Lektorat: Judith Zimmer, Hamburg
Umschlaggestaltung: Natasha Brown

ISBN: 978-1948868594

Für Missy Dehaven

Welch eine Freude, zwei meiner Lieblingsfamilien zusammenzubringen! Graham und Morgyn sind zwei wahrhaft glückliche Menschen, und ihre Liebesgeschichte ist eine heiße und vergnügliche Reise hin zu ihrem Happy End. Ich hoffe, Sie werden die beiden ebenso sehr lieben wie ich. Wenn dies Ihr erster Band aus der Reihe »Love in Bloom – Herzen im Aufbruch« ist, sollten Sie wissen, dass all meine Geschichten unabhängig voneinander gelesen werden können. Also tauchen Sie gleich ein in dieses leidenschaftliche Abenteuer!

Um sich über Neuerscheinungen, Aktionen und exklusive Inhalte auf dem Laufenden zu halten, abonnieren Sie am besten meinen Newsletter:
www.MelissaFoster.com/Newsletter_German

Über die Reihe »Love in Bloom – Herzen im Aufbruch«

Die Bradens & Montgomerys ist nur eine der Serien aus der weitverzweigten »Love in Bloom – Herzen im Aufbruch«-Familie. Jeder Liebesroman kann für sich oder als Teil der Serie gelesen werden, und die Figuren aus jedem Band tauchen in späteren Geschichten wieder auf, sodass Sie keine Verlobung, Hochzeit oder Geburt verpassen. Eine vollständige Liste aller Serientitel sowie eine Vorschau auf kommende Veröffentlichungen finden Sie am Ende dieses Buches und unter:
www.MelissaFoster.com/Herzen-im-Aufbruch

Besuchen Sie auch meine Webseite mit Reader Goodies! Dort finden Sie Familienstammbäume, Serien-Checklisten und vieles mehr zum Download (in englischer Sprache).
www.MelissaFoster.com/RG

Eins

Musik schallte von der riesigen Open-Air-Bühne am äußersten Ende des Festivalgeländes herüber. Trotz des Regens und des Windes, die den kleinen Ort – und Morgyn Montgomerys improvisiertes Zelt – übel zugerichtet hatten, waren die verschiedenen Bands den ganzen Nachmittag über in Aktion gewesen. Das Sommermusikfestival war ein Lieblingsevent von Morgyn und fand nur eine Stunde entfernt von ihrer Heimatstadt Oak Falls, Virginia, statt. Unter ihren fünf Schwestern und ihrem Bruder gab es normalerweise immer jemanden, der mit ihr hier zeltete. Aber ihre älteste Schwester Grace heiratete in zwei Tagen und hatte nur Schleier und Blumen im Kopf und ihre Schwester Sable spielte ebenso wie ihr jüngerer Bruder Axsel mit ihrer Band hier auf dem Festival. Daher verbrachten die beiden die Zeit eher mit ihren Bandkollegen. Zwei ihrer Schwestern konnten laute Musik nicht ausstehen, daher blieb ihr nur Brindle, die Schwester, der sie am nächsten stand. Brindle war immer für Spaß zu haben. Leider war sie jedoch in etwa so zuverlässig wie eine Kerze im Wind, und im Moment lugte ihr Hintern aus ihren Daisy-Dukes-Shorts hervor, während sie ihre Sachen zusammensammelte.

»Ich fasse es nicht, dass du mich für Trace hängen lässt. *Wieder einmal.*«

Brindle warf sich die nassen blonden Haare über die Schulter und stemmte die Hand mit amüsiertem Blick in die Hüfte. »Morgyn, wir sind hier in *Romance*, Virginia. Findest du nicht, dass ich ein wenig Romantik verdient habe?«

»Ach, das mit dir und Trace ist also jetzt etwas Romantisches?« Morgyn lachte. »Das kannst du echt jemand anderem erzählen.«

Brindle schaute über das Meer von Zelten auf dem Schlammfeld hinweg zu ihrem großen, dunkelhaarigen und arroganten Immer-mal-wieder-Freund der letzten gefühlt zig Jahre und seufzte. »Ich weiß, aber sieh ihn dir doch mal an! Dieser Cowboy ist ein Orgasmus auf Beinen, und nachdem ich meine Reise nach Paris verschoben habe, steht mir eine Menge weltbewegender Sex zu, finde ich.«

Mist. Jetzt hatte Morgyn ein schlechtes Gewissen.

Brindle hätte eigentlich vor zwei Wochen in ihren wohlverdienten Urlaub nach Paris aufbrechen sollen, doch Grace und ihr Verlobter Reed hatten ihre Hochzeit verschoben, weil Axsels Pläne durcheinandergeraten waren. »Dann sag das auch, Brin. Erzähl mir nicht irgendeinen Schwachsinn von wegen Romantik, wenn wir doch beide genau wissen, dass du und Trace nie über heißen Sex hinaus zu irgendetwas Bedeutungsvollerem gelangt. Du bist viel zu schade dafür, nur Traces Sexgespielin zu sein.«

Eine Flut von Gefühlen huschte zu schnell über Brindles Gesicht, als dass Morgyn sie hätte deuten können, aber genauso schnell machte sich dann auch ein Grinsen breit. »Er ist mein Sexgespiele, und glaub mir, ein Mann wie Trace Jericho braucht keine Romantik ...«

Sie warf sich gerade ihren Rucksack über die Schulter, als »Surge«, die Band ihrer Schwester Sable, auf die Bühne kam und eines von Brindles und Morgyns Lieblingsliedern spielte. Brindle packte Morgyn an der Hand und rannte aus dem Zelt. Der Himmel öffnete sich, sie streckten die Gesichter und die Hände in die Höhe und fingen den Regen mit dem Mund auf, während sie tanzten. Sie drehten sich im Kreis und wirbelten ausgelassen herum, wobei sie in Pfützen hüpften und wie verrückt lachten. Morgyn würde Brindle wahnsinnig vermissen, wenn sie fort war.

»Du liebst mich doch so, wie ich bin!«, rief Brindle, als der Schauer zu strömendem Regen wurde.

Ein tiefes, ansteckendes Lachen erregte Morgyns Aufmerksamkeit. Schnell entdeckte sie, woher es kam: von einem Typen, der mit freiem Oberkörper und den Arm um einen langhaarigen Kerl gelegt über das Feld marschierte. Eine Baseballkappe mit der Aufschrift »MIT« vom Massachusetts Institute of Technology warf einen Schatten auf seine dunklen Augen und sein breites, beherztes Lächeln stellte seltsame Dinge mit ihren Eingeweiden an. Er wandte dieses hinreißende Lächeln dem Typen an seiner Seite zu und zwinkerte. Okay, dann war er vielleicht schwul, ja und? Gucken war doch wohl noch erlaubt. Nicht, dass sie hätte wegschauen können, selbst wenn sie es gewollt hätte. Ihr Herz hämmerte, während sie seinen durchtrainierten Körper begutachtete. Gebräunte Haut, V-Leisten, die hinter nassem Jeansstoff verschwanden, kräftige Oberschenkel … Oh, wie sehr sie doch Männer mit kräftigen Oberschenkeln liebte! Er hatte sich einen olivgrünen Seesack quer über seinen breiten Oberkörper gehängt und um ein Handgelenk trug er Leder- und Perlenarmbänder. Morgyn hatte eine Schwäche für Männer, die Schmuck trugen, für selbstbewusste Männer, die sich wohl in ihrer Haut fühlten.

»Hey! Wohin –« Brindle folgte ihrem Blick. »Heiliger Bimbam, schau dir diese Arme an.«

»Schau dir seine *Beine* an.« Sie packte Brindle am Arm und sagte: »Und dieses Lächeln …«

Der heiße MIT-Typ drehte sich um. Den Bruchteil einer Sekunde trafen sich ihre Blicke und hielten einander wie Magnete fest. Er hob die Augenbrauen, dieses atemberaubende Lächeln wurde noch breiter, erhellte den grauen Nachmittag und verursachte einen Schmetterlingsaufstand in Morgyns Magen.

»Wow, du bekommst ja ganz weiche Knie beim Anblick dieses Fremden«, sagte Brindle, während er von der Menge verschluckt wurde und Morgyn ihn aus den Augen verlor.

»Eines möglicherweise schwulen Fremden«, murmelte sie, als Trace zu ihnen herüberschlenderte.

Mit Schalk in den Augen sah ihre Schwester sie an und flüsterte: »Gucken kannst du ja trotzdem.«

Brindle schlang Trace die Arme um den Hals und küsste ihn.

»Hi, Babe.« Er schaute Morgyn an und sagte: »Schöner Hut.«

Geistesabwesend fasste sie sich an den Regenschirmhut, den sie vorhin einem Mädchen abgekauft hatte. Kein Wunder, dass der heiße MIT-Typ gelacht hatte. Heiße Typen trugen keine Regenschirmhüte. Dafür waren sie zu cool. *Cool* konnte sie irgendwie nicht ausstehen. Sie hatte unglaubliches Pech mit Männern. Brindle hatte mit Trace vielleicht nicht den Mann fürs Leben gefunden, aber zumindest hatte sie jemanden, der sie mochte und so akzeptierte, wie sie war. Ihre Mutter sagte immer, Morgyn bräuchte einen echten Mann. *Einen Mann, der nicht eifersüchtig ist, der ordentlich, organisiert und konventionell nicht braucht und der deinen wunderbaren Freigeist zu schätzen weiß.* Morgyn war sich ziemlich sicher, dass es ein solches Exemplar von Mann nicht gab.

»Hi, Trace. Ich dachte, du kommst nicht«, sagte Morgyn, als er Brindle besitzergreifend an sich riss.

»JJ und Beckett haben mich gegen meinen Willen mitgeschleift«, sagte Trace.

Morgyn und Brindle waren mit JJ, einem von Traces Brüdern, und Beckett Wheeler aufgewachsen. Morgyn und Beckett waren eine Zeit lang zusammen gewesen, aber letztendlich gaben sie bessere Freunde als ein Liebespaar ab.

»Aber dann habe ich den super Hintern deiner Schwester in diesen sexy Shorts gesehen und …« Trace drückte seine Lippen auf Brindles. »Dafür hat es sich gelohnt, herzukommen.«

Brindle schaute liebevoll zu ihm auf.

Ihre Schwester machte sich etwas vor, wenn sie dachte, nicht mehr als Sex von diesem großspurigen Cowboy zu wollen. Aber Morgyn wusste, dass sie diesen Gedanken besser nicht aussprach. Ihre Schwester würde es vehement leugnen. Brindle tat, was sie wollte und mit wem sie es wollte, und wenn jemand versuchte, ihr etwas anderes zu sagen, dann rebellierte sie allein aus dem Bedürfnis heraus, dem anderen seinen Irrtum unter die Nase zu reiben. Sie und Sable waren sich in der Hinsicht ähnlich. Morgyn dagegen erledigte zwar gern alles auf ihre Art, aber nicht, um zu rebellieren. Sie tat einfach, was sie glücklich machte, und das wiederum führte seltsamerweise meistens dazu, dass die Männer verärgert waren.

»Wir sehen uns morgen zu Hause.« Brindle schaute über die Schulter zurück und rief im Davongehen: »Such dir ein romantisches Date! Oder zumindest guten Se–«

Trace bereitete ihren guten Ratschlägen mit einem weiteren Kuss ein Ende, und dann stolperten sie knutschend wie Frischverliebte davon, obwohl sie doch schon seit einem Jahrzehnt immer wieder übereinander herfielen. Die beiden küssten sich immer weiter und ein Anflug von Eifersucht überkam Morgyn. Heißer, unverbindlicher Sex war nicht unbedingt das, wonach ihr jemals der Sinn gestanden hatte, aber im Moment erschien ihr das gar nicht einmal so verkehrt.

Sie beugte sich unter die Zeltplane und nahm ein Bier aus ihrer Kühltasche, um sich dann auf die Suche nach ihren Freunden bei der Bühne zu machen. Sie ging einen Umweg und hoffte, noch mal einen Blick auf diesen heißen schwulen Typen zu erhaschen, denn solche Männer liefen in ihrem kleinen Ort nicht herum. Sie schlängelte sich durch die Menge von Poncho tragenden Festivalbesuchern und hielt Ausschau nach einer grauen Baseballkappe.

»Hey, Morgyn!«

Sie drehte sich um und entdeckte Gavin Wheeler, Becketts Bruder. Das Letzte, was sie über ihn gehört hatte, war, dass er aus der großen Designfirma, bei der er in Boston angestellt gewesen war, ausgestiegen und nach Cape Cod gezogen war, um dort in eine kleinere Firma als Partner einzusteigen. Er tanzte gerade anzüglich mit einer Blondine, die Morgyn noch nie gesehen hatte. Er hingegen schien sie sehr gut zu kennen. Oder wollte sie zumindest sehr gut kennenlernen.

»Hey, Gav! Wusste gar nicht, dass du kommst!«

»Tja, ich bin hier.« Mit einem verführerischen Blick zog er die Blondine an sich und fügte hinzu: »Und ich hoffe, dass ich später auch noch *komme*.«

Hatten heute Abend etwa alle außer ihr Sex? Morgyn zwängte sich weiter durch die Menge, wich tanzenden Körpern aus und stapfte um Zelte und Pfützen herum. Der Regen sammelte sich in ihren Stiefeln, die mittlerweile bei jedem Schritt schmatzende Geräusche von sich gaben. Sie hatte sich keine Wettervorhersage angesehen, bevor sie zum Festival aufgebrochen war. Zum Glück hatte sie im Auto ein Paar knallrote Regenstiefel gehabt. Sie hatte die Stiefel mit den leichten Gebrauchsspuren durch bunte Steine, silberne Ringe und Glöckchen aufgehübscht, um sie in ihrem ausgefallenen Upcycling-Laden zu verkaufen. Sie waren ihr zwei Nummern zu groß, aber sie waren besser als die Sandalen, die sie vorher getragen hatte, auch wenn ihre Füße gerade tief im Wasser standen.

Sie quetschte sich zwischen einer schrecklich dünnen Frau und zwei korpulenten Kerlen durch, machte Halt, um einen Welpen mit wuscheligem schwarzem Fell zu streicheln, der matschige Pfotenabdrücke auf sie stempelte und ihr gleichzeitig nasse Küsse gab. Dann gesellte sie sich zu einer Gruppe von Leuten, die zu Countrymusik tanzten, bevor sie einen Lagercontainer erreichte, der vor einem Zaun stand. Ihr Bier stellte sie auf dem Container ab und hievte sich hinauf, um das Wasser aus ihren Stiefeln zu schütten. Sie setzte sich und beobachtete ihre Schwester, die auf der Bühne performte. Unter ihrem allgegenwärtigen Cowboyhut fielen Sables dunkle Haare in großen Wellen über ihre Schultern, während sie Gitarre spielte und lauthals sang. Morgyn bewegte sich im Takt hin und her, während die Leute an ihr vorbeischlenderten. Sie zog sich einen Stiefel aus und goss das Wasser hinter sich über den Zaun.

»Hey, was soll der Mist?«

Morgyn krabbelte auf den Knien an den Rand des Containers und lugte über den Zaun, wo sie in die wütenden – und wahnsinnig sexy – Augen des heißen MIT-Typen blickte, der mit aufgeknöpfter Hose und seinem besten Stück in der Hand dastand.

»Du meine Güte! Tut mir echt leid!« Sie versuchte wegzuschauen, aber ihr Blick klebte an ihm fest – beziehungsweise an seiner beeindruckenden Männlichkeit.

»Sunshine …« Er lachte, aber nicht dieses laute, ansteckende Lachen, das vorhin ihre Aufmerksamkeit erregt hatte. Dies war ein tiefes Poltern, das ihr Innerstes an den Siedepunkt brachte.

»Äh …« *Guck weg. Meine Güte, jetzt guck schon weg! Sunshine?* Sie zwang sich, ihren Blick auf sein Gesicht zu richten, und sah, dass er eine Augenbraue anhob und nun eher amüsiert als verärgert wirkte. »Es tut mir leid! Ich wollte nicht …«

»Ich kann ihn so lange halten, wie du möchtest, Blondie.«

Mit offenem Mund starrte sie ihn an und er verfiel wieder in dieses ansteckende Lachen. Sein langhaariger Freund, der auch ziemlich ansehnlich war, tauchte aus dem Nichts auf und sah ihn neugierig an.

»Tut mir leid!«, sagte sie zu dem langhaarigen Typen, während der heiße MIT-Typ alles wieder in seiner Jeans verstaute. »Ich habe gerade Wasser über deinem Liebsten ausgeschüttet.«

Schweigend sahen die beiden sich an und brachen dann in hysterisches Lachen aus.

»Keine Ahnung, wie das den riesigen Schwanz in seiner Hand erklärt«, meinte der langhaarige Typ, als er den Arm um den heißen MIT-Typ legte und ihn mit einem Augenzwinkern näher an sich zog. »Aber jetzt muss ich dich wohl leider aus dieser nassen Hose befreien, Kumpel, oder?«

»Glückspilz«, rutschte es ihr heraus. Sie schlug sich die Hand vor den Mund, drehte sich eilig um und zog sich hektisch den Stiefel wieder an. Mit aller Gewalt versuchte sie, nicht dem gedämpften Flüstern zu lauschen, schaffte es aber nicht. *Von hinten … hart … nass … Stell den Fuß da hin.*

Sex war auf dem Festivalgelände allgegenwärtig, aber sie wollte wirklich nicht hören, wie diese zwei heißen Typen rummachten! Sie hielt inne. *Oder vielleicht doch …*

Nein! Verflixt! Brindle färbt anscheinend auf mich ab.

Sie goss das Wasser aus ihrem anderen Stiefel sorgfältig *neben* dem Lagercontainer aus und hörte ein Stöhnen. Der Zaun wackelte und ihr Puls raste. Sie kniff die Augen zu, als würde das Geräusch so verschwinden, und zog sich den Stiefel wieder an. Im nächsten Moment kletterte der heiße MIT-Typ schon über den Zaun. Sie griff nach ihrem Bier, als er sich neben sie setzte. *Meine Güte, ist der umwerfend! Und schnell!* Sein Freund landete mit einem Wumms auf ihrer anderen Seite.

»Warum so schüchtern, Sunshine?« Mann, aus der Nähe war sie nicht nur hübsch, sie strahlte geradezu. Graham hätte sich gern schon mit der umwerfenden Blondine unterhalten, als er sie das erste Mal gesehen hatte. Da tanzte sie gerade mit diesen flippigen Stiefeln und dem albernen Hut, als wäre es ihr vollkommen egal, was die anderen dachten. Sie war atemberaubend schön. Aber sein dämlicher Bruder war auf der Suche nach einem Freund gewesen, der – wie sich herausgestellt hatte – das Festivalgelände schon verlassen hatte.

»Ich bin nicht schüchtern, aber ich wollte eure …« Ihre blauen Augen huschten neugierig zwischen Graham und Zev hin und her. »… Zweisamkeit nicht stören.«

Zev legte den Arm um ihre Schulter und versuchte, die laute Musik der Band zu übertönen. »Quatsch, zu dritt ist es immer besser als zu zweit.«

Graham blickte ihn wütend an und schubste seinen Arm von ihrer Schulter. »Ich hab gepinkelt«, erklärte er. »Ich bin Graham und der Idiot hier ist mein Bruder Zev. Beide hetero, und *wenn* ich schwul wäre, hätte ich bestimmt einen besseren Geschmack.«

»Brüder?« Wieder ging ihr Blick von einem zum anderen und dann lachte sie. Der melodische Klang ihrer Stimme hing in der Luft. »Okay, das ist jetzt echt saukomisch, denn es hörte sich so an, als ob ihr beide … ähm … Na ja, ich habe ein Stöhnen gehört und dachte …«

»Du dachtest, ich würde ihm zeigen, wo der Hammer hängt?« Zev hob vielsagend eine Augenbraue.

»Wer sagt denn, dass *du mir* irgendwas zeigen würdest?« Graham räusperte sich und sagte: »Ich wäre ja wohl der dominante —«

»Streitet ihr beide jetzt ernsthaft darüber? Dann seid ihr eindeutig Brüder. Ich habe einen Haufen Schwestern und ihr klingt genauso wie wir.«

Zev hatte diesen gewissen Blick. »Ist irgendeine von denen solo und heiß?«

»Meine Güte.« Graham schüttelte den Kopf. »Richtig galant, Zev.«

Sie lachte. »Schon gut. Ihr habt keine Ahnung, wie oft ich das gefragt werde. Ja, ich habe mehrere Schwestern, die solo und heiß sind, und du würdest alle ziemlich verschrecken – außer Sable, die gerade da hinten die Bühne rockt. Sie ist die Leadgitarristin und Sängerin der Band Surge.«

»Echt jetzt?« Zev schaute zur Bühne. »Mann, die ist nicht

nur heiß, die hat auch starke, talentierte Hände«, meinte er lüstern. Dann sah er Morgyn an, die lachen musste, und sagte: »Nein, im Ernst, mir gefällt die Musik total. Deine Schwester ist toll.«

»Das ist sie«, sagte sie. »Und mein Bruder Axsel ist der Leadgitarrist der Band Inferno. Zu schade, dass du nicht schwul bist. Axsel würde voll auf deine langen Haare stehen.«

Der Nein-Danke-Blick in Zevs Gesicht war fast comedyreif.

Dann beäugte sie Graham eindringlicher und sagte: »Und Sable würde sich auf dich stürzen.«

»Hey, was hat er, das ich nicht habe?«, warf Zev ein.

Graham sah ihn selbstbewusst an und sagte: »*Klasse*, mein Bruder.«

»Ich habe auch Klasse«, sagte Zev. »Die Mädels fahren auf mich ab.«

»Das tun sie mit Sicherheit. Du bist witzig und eindeutig heiß«, sagte sie. »Und du hast diesen Playboy-Vibe, bei dem meine Schwester Brindle abgehen würde.«

Zev hob das Kinn stolz in Grahams Richtung. Dann nahm er der blonden Schönheit das Bier aus der Hand und fragte: »Was dagegen?«

»Nur zu«, sagte sie und er hob die Flasche an seine Lippen. »Du bist das, was meine Schwestern und ich *Vorspiel* nennen.«

Zev spuckte prustend das Bier aus und Graham schmiss sich weg vor Lachen. *Diese Frau ist der Hammer.*

»Vorspiel? Geht's noch? Allein dafür trink ich jetzt dein Bier aus.« Er kippte den Rest hinunter und fragte dann: »Was soll das überhaupt heißen?«

»Na, du weißt schon, die Art von Männern, auf die Frauen sich kurzfristig einlassen, mit denen sie aber nichts Langfristiges wollen. Vorspiel für einen richtigen Partner.«

Graham konnte sein Lachen nicht unterdrücken. »*Vorspiel.* Toller Spitzname für dich, Bruder.«

»So'n Quatsch. Und was ist *er* dann?« Zev zeigte mit der Flasche auf Graham. »Er hat auch keine längeren Beziehungen gehabt als ich.«

Sie betrachtete Graham so lange, dass er sich fragte, was in ihrem schönen Kopf vor sich ging. Sie stand auf und sagte: »Ich bin mir nicht sicher, aber vielleicht *Meiner für diese Nacht.*«

Er hatte eigentlich nichts für One-Night-Stands übrig. Aber diese sorglose Schönheit, die nach süßem Sommerregen roch und keine Angst hatte, seinen Bruder hochzunehmen, könnte das möglicherweise ändern.

Sie zog beide an der Hand hoch, sodass sie alle drei auf dem Container standen. »Tanzt mit mir.«

»Das ist nicht mein Ding, Süße.« Zev sprang auf den Boden.

Sie schaute Graham an und sagte: »Scheint, als wärst du tatsächlich der Dominante.«

»Und ob ich das bin.« *Schön und frech.* Das gefiel ihm. Die Frauen waren normalerweise verrückt nach Zev mit seinen langen Haaren und seiner gerissenen Art. *Sie* war zum Glück keine von diesen Frauen.

»Viel Glück dabei, diesen Kerl auf dem Ding zum Tanzen zu kriegen, ohne dass er vorher eine komplette Risikoanalyse vornimmt«, spottete Zev.

Graham knirschte mit den Zähnen. *Blödmann.* »Wohin gehst du?«

»Zur Bühne, um meine sexuelle Ausstrahlung unter Beweis zu stellen.« Augenzwinkernd fügte er hinzu: »War nett, dich kennenzulernen, Sunshine. Ich bin sicher, deine Schwester wird dir morgen erzählen, wie unglaublich ich war.«

»Viel Glück«, sagte sie.

»Zeig dich noch mal, bevor du zum Flughafen fährst«, rief Graham ihm hinterher. Zev winkte und machte sich schnurstracks in Richtung Bühne davon.

»Er reist ab?«, fragte sie.

»Ja, er ist viel unterwegs. Aber mal im Ernst, er ist ein toller Typ. Hat zwar eine große Klappe und ist wahnsinnig eingebildet, aber im Grunde ist er wirklich in Ordnung. Und du, Sunshine, bist etwas ganz Besonderes.«

»Schwer zu definieren. Ich weiß, höre ich ständig. Aber ich bin, wie ich bin, und dafür entschuldige ich mich auch nicht.«

»Entschuldigen?« Machte sie Witze? Sie hatte eine großartige Persönlichkeit und sie war bezaubernd: von ihren goldenen Haaren und den gebräunten Schultern – die danach schrien, geküsst zu werden – bis hin zu ihrer sexy Figur, den abgefahrenen Stiefeln und dem verrückten Hut. »Ich finde, du bist fantastisch.«

Neugier funkelte in ihren Augen auf. Sie kräuselte die Nase, wodurch sie noch süßer aussah. »Du versucht nur, mich abzulenken, weil du nicht tanzen willst, oder? Nur fürs Protokoll: Ich bin nicht leicht zu haben. Das vorher habe ich nur gesagt, weil mir kein besserer Spruch eingefallen ist.«

»Du willst tanzen?« Er legte einen Arm um ihre Taille, zog sie näher an sich und sagte: »Ich mache alles, nachdem du mir deinen Namen verraten hast.«

Sie lächelte und erhellte damit alles um sie herum, bevor sie sagte: »Morgyn.«

»Morgyn. Schön.« Es gefiel ihm, wie angenehm ihr Name ihm über die Lippen kam. »Wie wär's, wenn wir auf dem Rasen tanzen, damit du nicht ausrutschst und dir wehtust?«

Sie befreite sich aus seinem Griff und drehte sich im Kreis, womit sie ihm einen herrlichen Blick auf all ihre Kurven verschaffte, und grinste dann, als hätte sie ihr Argument überzeugend vorgetragen.

Er schaute nicht allzu überzeugt auf ihre Stiefel.

»Zev hatte recht. Du analysierst das Risiko, hier oben zu tanzen, ziemlich gründlich, oder?«

»Vielleicht«, gab er zu, denn er war ein miserabler Lügner. »Aber nur, weil mir die Vorstellung missfällt, dass du dich verletzen könntest und wir die nächsten Stunden dann nicht miteinander verbringen könnten. Und weil diese Stiefel aussehen, als wären sie dir mindestens drei Nummern zu groß.«

»Zwei Nummern.« Sie hielt sich an seinem Arm fest, um die Stiefel auszuziehen. »Ich habe vergessen, mir die Wettervorhersage anzusehen, also bin ich in Sandalen gekommen.« Sie stellte die Stiefel am Rand des Containers ab.

»Du hast dir die Wettervorhersage nicht angesehen? Bleibst du über Nacht? Hast du ein Zelt?«

»Klar! Und nein, Mr. Vorbereitet, ich habe mir die Wettervorhersage nicht angesehen. Wo bleibt denn da der Spaß? Ich hatte diese Stiefel in meinem Van und sie leisten hervorragende Dienste – abgesehen von dem Wasser, das sich bei dem Regenguss vorhin darin gesammelt hat.« Sie nahm ihren Regenschirmhut ab und schüttelte ihre Haare aus. Lange blonde Strähnen fielen um ihr Gesicht und ließen ihre blauen Augen noch mehr hervorstechen. Sie rief einer Frau, die gerade vorbeiging, zu: »Hey! Brauchst du einen Regenhut?«

Die Frau zuckte mit den Schultern. »Klar!«

Morgyn umklammerte Grahams Hand und lehnte sich vor, um ihr den Hut zu geben. Dabei rutschte ihr das Kleid so weit hoch, dass es kaum noch ihren Hintern bedeckte. Sie schien es nicht zu merken oder es störte sie nicht. Sie richtete sich einfach wieder auf, sündhaft sexy und sorglos wie der Wind.

»Den Hut brauchst du vielleicht später noch«, bemerkte er.

»Und du denkst zu viel.« Sie winkte ab. »Dann leihe ich mir einfach deine Kappe.«

»Ich würde dir eher einen Unterschlupf bauen, als dass ich meinen Glücksbringer aus der Hand gebe, Sunshine.«

Sie machte einen Schmollmund, was unglaublich hinreißend aussah, und dann betrachtete sie ihn mit zusammengekniffenen Augen und verschränkten Armen. »Was ist daran so besonders?«

»Du willst meine Geheimnisse erfahren? Dann musst du mir welche von deinen verraten.« Die Baseballkappe hatte seinem Vater gehört und sie hatte Graham immer Glück gebracht. Er würde ihr nicht erzählen, dass er noch nie eine Frau getroffen hatte, mit der er eine langfristige Beziehung eingehen wollte, und bis das nicht geschah, gab er seinen Glücksbringer sicher nicht aus der Hand.

»Ich habe keine Geheimnisse, also kannst du deine für dich behalten.« Sie beugte sich vor, hob den Gurt seines grünen Seesacks über seine Schulter und sagte: »Bereit, gefährlich zu leben, Mr. Risikoanalyst?«

Er warf den Seesack auf den Boden, und sie fing an, sich im Takt des Countrysongs zu wiegen – ohne den Blick auch nur eine Sekunde lang von ihm abzuwenden. In diesem Moment war ihm seine Kappe vollkommen egal. Als das Lied schneller wurde, hielt sie mit, tanzte mit verführerischer Selbstsicherheit, als wäre sie mit dem Rhythmus im Blut zur Welt gekommen. Ihr Zauber war zu stark, als dass er sich ihm hätte widersetzen können, und so begann auch er zu tanzen, ohne nachzudenken. Als Ingenieur und Investor war er es gewohnt, alles, was er tat, sorgfältig zu recherchieren, zu planen und durchzuführen, und das färbte auch auf die Extremsportarten ab, denen er in seiner Freizeit nachging. Etwas ohne Nachdenken zu tun, war neu für ihn, aber er würde nicht dagegen ankämpfen, denn »Sunshine« beobachtete ihn, als wollte sie in ihn hineinkriechen, und er wollte verdammt noch mal in sie hineinkriechen.

Er legte einen Arm um sie, zog sie an sich, und ihre Augen sprühten Funken, aber ihre Wangen waren überhaupt nicht gerötet. Hitze schoss ihm durch den Körper. Es gab nichts Verführerischeres als eine selbstbewusste Frau.

Mit dem Mund ganz nah an ihrem Ohr sagte er: »Nur zu deiner Information: Gefahr beflügelt mich.«

Zwei

»Mann, Cracker, du hast ja heiße Moves drauf«, sagte Morgyn, während Grahams muskulöse Hüften sich in perfektem Rhythmus nah an ihren bewegten. Zu mehreren Liedern hatten sie nun schon gemeinsam getanzt, und obwohl überall hinreißende, knapp bekleidete Frauen herumliefen, hatte er nur Augen für sie.

Er zeigte ihr dieses süchtig machende Lächeln, bei dem ihr Magen Sprünge machte. »*Cracker?*«

»Graham Cracker, du weißt schon, diese Kekse …?«

Er lachte, und dabei tauchten diese unglaublich sexy Grübchen auf, die seinen kraftvollen Gesichtsausdruck weicher erscheinen ließen. Der Mann verfügte über eine faszinierende Präsenz, bei der man hören wollte, was er zu sagen hatte. Er wirkte nicht herrisch, weil er nicht fordernd oder herumkommandierend auftrat, aber er strahlte ein Selbstvertrauen aus, das durch sein markantes Kinn noch verstärkt wurde, auch durch seine breiten Schultern und diese Augen, die sie nicht einfach nur sahen, sondern die sie zu *lesen* schienen.

»Du bist echt eine Nummer, Sunshine. *Cracker* habe ich seit der Grundschule nicht mehr gehört. Und meine besten Moves hast du noch gar nicht gesehen.«

Während sie tanzten, ruhte sein Blick auf ihrem Gesicht, so als fände er dort die Antworten auf all seine Fragen.

»Frag nur«, sagte sie, als die Sonne an diesem Spätnachmittag durch die Wolken drang. Sie legte den Kopf in den Nacken, um die Wärme aufzusaugen, und spürte seine Arme, die sich um sie legten.

»Ich frage mich nur, warum eine so schöne und lebenslustige Frau wie du allein hier ist.«

»Du findest mich schön?«, fragte sie, nur um ihn zum Lachen zu bringen – mit Erfolg. »Wie kommst du darauf, dass ich allein hier bin?«

Das Lied war zu Ende, aber sie tanzten weiter. Es gefiel ihr, in seinen Armen zu liegen, zu beobachten, wie seine grauen Zellen hinter seinem verschmitzten Lächeln arbeiteten.

»Du bist nicht weggerannt, als du mich hinter dem Zaun entdeckt hast, und auch nicht, als Zev dir einen flotten Dreier vorgeschlagen hat.« Er zog sie fester an sich, und sie spürte genau das Körperteil, das sie vorhin erspäht hatte. »Und du tanzt noch immer mit mir. Normalerweise haben Frauen Freundinnen, die sie vor Typen wie mir beschützen.«

Diese Ehrlichkeit. Das gefiel ihr. »Ich bin mit meiner Schwester hergekommen, aber sie hat mich wegen eines Kerls sitzen lassen. Irgendwo hier laufen noch andere Freunde von mir herum, aber ich bin ein großes Mädchen. Ich muss nicht beschützt werden. Obwohl ich jetzt neugierig bin und gern wissen würde, was für eine Art Mann du bist, dass du glaubst, ich müsste gerettet werden. Denn deine Aura verrät mir, dass von dir keine Gefahr ausgeht, während ich bei Zev das Gefühl hatte, ich müsste vorsichtig sein.«

Er zog die Augenbraue hoch. »Du glaubst an diesen Kram?«

»Unbedingt, aber es würde mich nicht überraschen, wenn

du es nicht tust. Risikoanalysen und esoterische Dinge passen anscheinend nicht so gut zusammen.« Das hatte sie während ihrer Beziehung mit Beckett am eigenen Leib erfahren. Er hatte so viel an ihr verändern wollen, angefangen mit der Art, wie sie Geschäfte machte. Sie erwartete, dass Graham seinen Griff lockerte, was die meisten Männer taten, sobald sie merkten, dass sie keine von diesen konventionell denkenden Frauen war.

Er jedoch verstärkte seinen Griff, tanzte langsam zu dem schnellen Lied, das die Band jetzt spielte, und sagte: »Klär mich auf. Erzähl mir, was du siehst.«

»Überwiegend Blau- und Rottöne«, sagte sie.

»Keine Grautöne?«, fragte er mit einem vielsagenden Grinsen.

Sie schüttelte den Kopf. »Oh nein, das ist eine deprimierende Farbe mit wenig Energie. Nein, Cracker, du strahlst inneren Frieden aus, eine leise Ruhe und Ernsthaftigkeit, gepaart mit einer starken Zielstrebigkeit.«

Er hob eine Augenbraue, und erst dann wurde ihr klar, was er gemeint hatte.

»Ach, du meintest ... *Shades of Grey* ...« Sie lachte. »Diesen Urtrieb, den du hinter der vorsichtigen Fassade verbirgst? Das ist das Rot in dir, nicht das Grau.«

»Ach so, dann hat diese Autorin das wohl alles falsch verstanden.« Sein Blick wurde wieder ernst. »Und du kannst das alles erkennen, wenn du mich ansiehst? Denn ich glaube, du hast einiges übersehen.«

Er war eindeutig ein vernunftgesteuerter Mensch, egal wie vehement er behauptete, durch Gefahr beflügelt zu werden. Für gewöhnlich war sie genau das Gegenteil. Morgyn nahm sich selten die Zeit, alles zu durchdenken, aber sie merkte, dass sie nun einen Gang herunterschaltete und ihn verstehen wollte.

»Wie zum Beispiel deine Verbindung zur Erde?«, fragte sie. »Ich habe das Gefühl, dass du keiner bist, der sich in ein Büro einschließen lässt. Du liebst es, das Leben voll auszukosten und Erfolg in allem zu haben, aber immer mit Bedacht. Wie Zev meinte ... Du analysierst die Risiken, bevor du dich in ein Abenteuer stürzt.«

»Hm ...« Zum ersten Mal, seit sie sich begegnet waren, ließ er seinen Blick schweifen, und als seine Augen wieder auf ihr ruhten, betrachtete er sie noch intensiver. »Wenn ich überwiegend blau und rot bin, was bist dann du, Sunshine?«

»So wie du mich nennst, scheinst du das schon zu wissen.«

Er legte den Kopf zur Seite und dann breitete sich langsam ein Lächeln in seinem schönen Gesicht aus. »Gelb?«

»Ja, und ich glaube, das haben wir sogar gemeinsam. Du hast einen Hauch Gelborange in dir, und das bedeutet, du bist kreativ und intelligent, aber wissenschaftlich angehaucht und etwas perfektionistisch veranlagt, während ich eher blassgelb bin. Ich bin Optimistin, habe ein spirituelles Bewusstsein und bin definitiv nicht perfektionistisch veranlagt. Normalerweise handele ich, bevor ich nachdenke, und ich liebe es, Neues zu erforschen.«

Sein Blick lag glühend auf ihr. »Ich liebe es, zu erforschen«, sagte er mit leiser Stimme, während seine Hände über ihre Hüften glitten.

Seine Hände waren groß und stark. Und ihre Gedanken wanderten hin zu seinem anderen großen Körperteil.

Oh Mann.

Jetzt vibrierte ihr Innerstes.

Sie konzentrierte sich auf die Musik, den Rhythmus, den Gesang ... der *nicht* von Sable stammte. Tanzten sie schon so lange, dass nun eine andere Band spielte? Hatte sie sich so in ihm verloren, dass ihr die Unterbrechung entgangen war?

Sie bewegten sich mit Hingabe auf ihrer eigenen kleinen Bühne, umgeben von Hunderten Menschen, die sich unterhielten, tanzten, lachten und noch ganz andere Dinge taten. Grahams Blick hatte nun etwas Verführerisches, und alles um sie herum wurde von der elektrischen Spannung, die zwischen ihnen surrte, verdrängt.

Deine Augen haben Superkräfte. Dessen war Morgyn sich sicher, denn es war ihr fast unmöglich, den Blick von ihnen abzuwenden. Sie waren ernsthaft und klug – alles, was sie selbst nicht zu sein glaubte. Sie war clever und nahm ihr Leben ernst, aber sie sah sich nicht als ernsthaften oder klugen Menschen. Sie trieb durch ihr tägliches Leben, nahm alles in sich auf, sah überall Möglichkeiten und regte sich nicht über Kleinigkeiten auf. Wie über die Tatsache, dass sie entscheiden musste, was sie wegen der Mieterhöhung für ihren Laden unternehmen und wie sie das schaffen sollte. Aber darüber konnte sie sich an einem anderen Tag Sorgen machen, nicht auf ihrem Lieblingsfestival, wenn sie gerade mit diesem Bild von einem Mann tanzte.

Je länger sie und Graham tanzten, umso intensiver glitten seine rauen Hände über ihre Haut und umso tiefer versank sein Blick in ihren Augen, sodass ihr alle möglichen schmutzigen Gedanken kamen. Die Art von Gedanken, die Brindle und Sable sofort in die Realität umsetzen würden, die Grace heimlich ausleben würde und von denen ihre äußerst vorsichtigen Schwestern Pepper und Amber behaupten würden, dass sie sie gar nicht hätten. Die Art von sündigen Gedanken, denen Morgyn gern nachgeben würde, wozu sie aber etwas zu ängstlich war, denn dann würde sie mehr wollen, was bei ihr nie so gut funktioniert hatte. Aber seine verführerischen Lippen befanden sich *genau vor ihr*. Sie hatte keine Hemmungen, keine sexuellen Blockaden und auch keine schmerzhafte Vergangenheit, über die sie hinwegkommen musste, aber das hier … Was immer das auch war – Verlangen, Begehren, Faszination, etwas Tiefergehendes –, war *molekular*. Es pulsierte in ihr, breitete sich aus, vervielfältigte sich und erfüllte sie mit einer Wucht, die sie sich nie hätte vorstellen können.

Sein Blick suchte Einverständnis und sie drängte sich ihm entgegen. Sie *wollte* ihn küssen, dieser magnetischen Kraft in ihr nachgeben und diese ganze aufgestaute Leidenschaft am eigenen Leib erfahren. Aber sie fürchtete das Gefühl, mehr zu wollen, als sie haben konnte. Vielleicht wenn er ein Kerl wäre, den sie *nur* küssen wollte, aber ihr gefiel der Mann, den sie gerade kennenlernte. Er weckte Gefühle in ihr, wegen der sie innehalten und nachdenken wollte. Sie wollte mehr über ihn wissen und ihm nicht nur als *die Frau vom Festival* in Erinnerung bleiben. Die Geräuschkulisse vom Festival drängte sich wieder in ihr Bewusstsein und befreite ihren umnebelten Verstand zumindest wieder so weit von ihrem Verlangen, dass sie versuchen konnte, ihre Gefühle auszudrücken, aber heraus kam nur: »Strauben.«

Verwirrt zog er die Augenbrauen zusammen, doch dann wanderten seine so verlockenden Mundwinkel wieder nach oben und offenbarten ihr seine Grübchen, die wie Geheimnisse wirkten, obwohl sie doch jeder sehen konnte. »Strauben? Das süße Gebäck?«

»Mhm.« Sie stieg in ihre Stiefel und sprang vom Container hinunter.

Er kletterte ihr hinterher und murmelte: »Strauben …«

»Komm schon, Cracker. Ich brauche das jetzt.« Sie packte ihn am Arm, während er sich seine Tasche wieder quer über die Brust hängte, und zog ihn an Zelten und Leuten vorbei zu dem

Food Truck mit dem Schmalzgebäck.

»Strauben? Du isst dieses Zeugs wirklich?«

Sie sah ihn an, als hätte er den Verstand verloren. »Das ist das Essen der Festivalgöttinnen.«

»Festivalgöttinnen? Ich muss wohl noch einiges über Festivals lernen.«

Ein Typ stolperte aus einem Zelt heraus und stieß fast mit Morgyn zusammen. Graham zog sie an sich und warf dem Typen einen wütenden Blick zu. Er legte den Arm um sie und hielt sie eng an sich gedrückt, während sie sich durch die Menge schlängelten und sich dann an dem Food Truck anstellten. Er sah sie wieder mit diesem merkwürdigen Ausdruck an.

»Was?«, fragte sie. »Bist du einer von diesen Nüsse-und-Karotten-Typen?«

»Sind das nicht alle Männer? So hat Gott uns geschaffen. Na ja, wohl eher Nüsse und Gurken …«

»Haha.« Na großartig. Jetzt dachte sie wieder *daran*. »Du weißt schon, was ich meine. Wovon ernährst du dich auf Festivals?«

Er hob vielsagend eine Augenbraue.

»Im Ernst?« Sie schob ihn von sich und sagte: »Bist du einer von diesen Typen, die nur aufs Festival gehen, um dort jemanden abzuschleppen?«

Er legte den Arm wieder fest um sie und zog sie an sich. »Nein, Sunshine. Ich bin einer von den Typen, die jede Gelegenheit ergreifen, um Zeit mit ihrer Familie zu verbringen. Ich habe dir doch erzählt, dass Zev viel unterwegs ist. Heute Abend reist er für mehrere Wochen ab. Er hat mich überredet, mit zum Festival zu kommen.«

»Du hast doch von der Farbe Grau gesprochen, und ich sehe in Zev ein matschiges oder schmutziges Grau, aber das bedeutet nicht das, was du denkst. Es bedeutet, dass er Energien blockiert, dass er trotz seiner quirligen Art übermäßig vorsichtig ist. Deshalb habe ich ihm den Spitznamen *Vorspiel* gegeben. Es wäre egal, mit welcher Frau er zusammen ist; er ist für eine solche langfristige Energie nicht offen. Das sehe ich in dir nicht.«

Sein Gesichtsausdruck wurde wieder ernst. »Es steckt wohl eine gewisse Wahrheit in dem, wie du Menschen liest. Er hatte eine schwierige Zeit.«

»Was meinst du mit schwierig?«

»Er fühlt sich für etwas schuldig, für das er nichts kann.«

»Oh, das tut mir leid. Mit dieser ganzen Energie, die er versprüht, will er es wahrscheinlich überspielen.«

Graham nickte, während sie in der Schlange langsam vorankamen. »Und du, Frau der Intuition, warum bist du hier? Sind Festivalgöttinnen so etwas wie Bandgroupies?«

»Wahrscheinlich, aber ich nicht. Ich liebe Festivals, aber dieses hier am meisten, es findet schon seit Ewigkeiten statt. Meine Großeltern haben sich hier kennengelernt und waren von dem Tag an zusammen.«

»Wirklich? Das ist großartig. Kommen sie noch immer her?«

»Leider haben wir unsere Großmutter verloren, als ich noch klein war, aber mein Großvater ist mit uns hergekommen, bis er gestorben ist, als ich dreizehn war.« Sie dachte an ihren Großvater und fasste sich dabei an ihre Halskette. »Danach haben meine Eltern uns begleitet, bis meine älteste Schwester ihren Führerschein hatte. Sie war einmal mit uns hier und schwor sich, dass es das erste und letzte Mal war. Wir haben sie wahrscheinlich in den Wahnsinn getrieben, sie war heilfroh, als Sable ihren Führerschein bekam. Seitdem gehen nur noch ich, Sable, Brindle – die Schwester, die mich heute hat sitzen lassen – und Axsel zum Festival, denn meine anderen Schwestern können mit diesem Chaos hier nichts anfangen.«

»Kaum zu glauben, dass deine Familie fast so groß ist wie meine. Da wundert es mich nicht, dass du keine Angst hast, Sprüche mit Zev zu klopfen.«

»Das haben Angehörige von Großfamilien so an sich.«

Sie kauften einen Teller Strauben, den sie sich teilen wollten. »Kannst du den kurz mal halten? Ich habe eine Plane und ein Handtuch in meiner Tasche. Wir können uns irgendwo hinsetzen und der Band zuhören, während wir essen.«

»Das alles schleppst du mit dir herum?« Sie unterdrückte ein Lachen, während er die Plane ausbreitete und das Handtuch darüber legte. »Du warst bestimmt bei den Pfadfindern. Was hast du denn sonst noch so in deinem Seesack?«

»Du willst wohl noch mehr Geheimnisse lüften«, sagte er frech lächelnd. »Komm, Sunshine. Setz dich.«

»Ich mache dir das Handtuch nass. Ach, wahrscheinlich ist das egal. Du hast bestimmt auch einen tragbaren Trockner mit Akku dabei.«

Er setzte sich und zog sie neben sich. »Schlaumeier.«

»Danke, ich geb mein Bestes.« Sie zog die Stiefel aus und stellte sie neben die Plane.

Ihre lackierten Fußnägel – lila mit kleinen weißen Gänseblümchen – zogen seinen Blick an. »Hast du das gemacht?«

»Mhm.« Sie wackelte mit den Zehen. »Ich kann nackte Fußnägel nicht ausstehen. Die sind wie kleine vergeudete Leinwände.«

»Du hast Talent.«

»Geht so, aber sie machen mich glücklich.« Sie atmete den süßen Duft der Strauben ein. »Mhmm, sieh dir das an. Sind die nicht schön?«

Er schaute das aufgetürmte verdrehte Frittiergebäck mit dem Puderzucker an und hob eine Augenbraue.

»Ach, komm, Cracker. Ernsthaft? Jemand, der alles so genau untersucht wie du, sieht nicht die Feinheiten, die das zu einer Schönheit machen?« Sie schaute auf den Teller hinunter. »Sieh es dir doch mal an. Jede Straube ist einzigartig, was an sich schon schön ist. All diese unterschiedlichen Windungen und Spiralen, der Puderzucker, der dort landet, wo der Wind ihn hinträgt? Das ist Kunst auf einem Teller. Außerdem schmeckt es köstlich, was es noch einzigartiger macht.«

Sie hob den Blick und merkte, dass er sie intensiv betrachtete. »Tut mir leid. Ich labere hier poetisch über frittierten Teig rum. Meine Familie macht sich immer über mich lustig, weil ich die Welt anders sehe als die meisten. Ich kann nichts dagegen tun. Mein Großvater war genauso. Er arbeitete für die Bahngesellschaft und war handwerklich sehr begabt. Er hat wunderschöne Möbel, Kunst und Gegenstände aus Sachen gemacht, die andere Leute weggeworfen haben. Ich weiß, das klingt ein bisschen nach einem Freak, aber er hat den Menschen so viel Freude bereitet. Er hat mir beigebracht, jedes kleine Etwas wertzuschätzen.«

Grahams Blick füllte sich mit einem seltsamen, tiefen Verlangen. Wortlos strich er ihr über die Wange, so sanft wie eine Feder. »Du bist anders als die anderen, Sunshine.«

Trotz der vertraulichen Berührung, die ihr Innerstes zerfließen ließ, dachte sie, er machte sich über sie lustig. »Ich weiß, dass du jetzt etwas sagst wie *abgedreht, flatterhaft* oder —«

»Spektakulär«, sagte er entschlossen und wieder mit ernstem Blick.

Sie musste schlucken.

»Es hört sich so an, als wäre dein Großvater ein ganz besonderer Mensch gewesen. Tut mir leid, dass du ihn verloren hast.«

»Danke«, sagte sie leise. »Er war etwas Besonderes.«

Er nahm ein Stück von den Strauben und hielt es ihr lächelnd an die Lippen. Sie öffnete den Mund und er fütterte sie. Während sie aß, haftete sein Blick auf ihrem Mund, sodass sie sich jeder Bewegung bewusst wurde. Als sie sich den Puderzucker von den Lippen leckte, fuhr auch er sich mit der Zunge über die Lippen, so als kostete er ihre.

»Gut?«, fragte er.

Aus Angst, keinen Ton hervorzubringen, nickte sie nur. Jetzt nahm sie ein Stück Gebäck und hielt es ihm hin. Er öffnete den Mund und schloss ihn wieder um ihre Fingerspitzen. Ihr Herz raste, als sie die Finger zwischen seinen Lippen herauszog und er die Fingerspitzen küsste.

»Noch süßer, als ich dachte.« Sein Blick bohrte sich in ihren, während er noch ein Stück Gebäck nahm und sie fütterte. »Was machst du beruflich, Morgyn?«

Wie sollte sie reden, wenn er sie anschaute, als wollte er sie verschlingen?

»Äh, einiges. Ich habe ein Geschäft namens Life Reimagined, in dem ich Kleidung, Schmuck, Accessoires und anderes verkaufe, das ich aus gebrauchten Gegenständen herstelle.«

Er aß noch etwas von dem Gebäck. Seine Grübchen waren andeutungsweise zu erkennen, als er kaute. Sie überlegte, warum diese Grübchen sie so faszinierten. Er war unfassbar stark und sexy, was sie aus irgendwelchen tief sitzenden Gründen erregte. Gleichzeitig ließen diese Grübchen ihn süß wie einen Welpen wirken und sie wollte am liebsten mit ihm kuscheln. Die

Verschmelzung dieser beiden Wirkungen war neu, unvertraut und machte ihn unglaublich anziehend für sie.

»Wie dein Großvater«, sagte er und holte sie aus ihren Gedanken.

Sie bemerkte, dass die Musik aufgehört hatte und die Bands sich wieder ablösten. »Ja, wie er. Ich stelle auch Tees und Kräuterheilmittel her.«

»Das ist spannend. Ich würde deinen Laden gern mal sehen, solange ich hier bin.«

»Du bist nicht aus der Gegend? Ich dachte …«

»Ich komme aus einem Ort namens Pleasant Hill in Maryland.«

»Wirklich? Meine Freundin Trixie ist ständig da und arbeitet dort mit einem anderen Rancher zusammen. Mann, kleine Welt.« Trixie war die Schwester von Trace. Sie und Trace führten die Familienranch.

»Und sie wird noch kleiner«, meinte er überrascht. »Ich nehme an, du meinst Trixie Jericho? Wie viele Trixies kann es schon geben, die zwischen Maryland und Virginia hin- und herpendeln? Sie arbeitet mit meinem Bruder Nick, dem die Ranch gehört.«

»Über sechs Ecken kennen wir jeden, so heißt es doch, nicht wahr?« Sie wusste nicht, warum sie das tröstete, abgesehen von der Tatsache, dass Trixie oft erzählte, wie großartig – und widerspenstig – Nick war und wie sehr sie seine Familie mochte. Trixie gefielen widerspenstige Typen. Morgyn dagegen hatte für Widerspenstige nichts übrig, aber der Mann vor ihr gefiel ihr definitiv.

»Life Reimagined, schau ich mal nach.«

»Es ist nicht groß oder schick oder so.«

»Schick ist nutzlos, es sei denn, dein Unternehmen legt

Wert auf Eleganz oder Luxus, wie zum Beispiel bei einer Hotelanlage. Wer führt es, während du hier bist?«

»Es ist übers Wochenende geschlossen. Und glaub nicht, nur weil ich arbeite, wenn mir danach ist, und keinen Trends folge, dass ich hohlköpfig oder flatterhaft bin. Ich nehme mein Leben ernst. Wenn überhaupt, dann lasse ich mich *treiben*.«

Er lächelte. »Du lässt dich treiben?«

»Ja, du weißt schon, ich treibe durch dieses schöne Leben, sauge alles auf und rege mich nicht über Kleinigkeiten auf. Eigentlich auch nicht über große Sachen. Ich sehe keinen Grund darin, auszuflippen, nur weil irgendetwas nicht richtig funktioniert. Entweder man kriegt es geregelt oder nicht.«

Er nickte und zog dabei die Augenbrauen zusammen, als versuchte er, es zu verstehen. »*Du lässt dich treiben.* Das Bild gefällt mir. Hast du diese Stiefel gemacht? Waren sie deshalb in deinem Auto?«

»Ja, und ich weiß, dass sie etwas auffällig sind, aber genau deshalb finde ich sie toll.«

»Sie sind anders, aber das bist du auch. Wie kommst du auf so was?«

»Keine Ahnung. Meine Inspiration kommt wie aus dem Nichts. Ich analysiere nicht, warum ich etwas mache, aber ich kreiere nur Dinge, die mich glücklich machen. Und ich liebe es, Altem *und* Neuem ein neues Leben einzuhauchen. Ich sehe Möglichkeiten in allem, von Möbeln und Kleidungsstücken bis hin zu Menschen und Orten, und ich will diese Möglichkeiten aufspüren und Dinge auf eine neue Art zum Leben erwecken. Heller, fröhlicher, bunter. Nichts ist vor meiner Berufung gefeit, es umzugestalten.«

»Wie würdest du mich umgestalten?«

Ich würde dich gern ausziehen, aber … »Soweit ich gesehen

habe, brauchst du keine Veränderung.«

»Ach, komm schon«, sagte er mit einem verschmitzten Funkeln in den Augen. »Hättest du keine Lust, meine Basecap zu verzaubern? Oder meine Stiefel mit Glitzersteinchen zu verzieren?«

»Deine Glückskappe?« Sie holte übertrieben Luft. »Und das Risiko eingehen, geköpft zu werden? Das käme mir nie in den Sinn.«

»Stimmt, die Bestrafung wäre ziemlich hart. Ich würde vielleicht nicht so weit gehen und eine Köpfung in Betracht ziehen, aber eine Tracht Prügel wäre wohl in Ordnung.«

Er zwinkerte ihr zu und die Temperatur stieg um zigtausend Grad an. Dann nahm er noch ein Stück Strauben und hielt es ihr hin.

»Ich wurde noch nie gefüttert«, gestand sie.

»Tut mir leid.« Er senkte die Hand. »Ich habe mich mitreißen lassen.«

»Es gefällt mir. Irgendwie ist es romantisch, hier mit dir zu sitzen, während der Abend hereinbricht und das Leben um uns herum weitergeht.« Ihr wurde klar, was sie gesagt hatte, und fügte eilig hinzu: »Nicht, dass wir ... dass zwischen uns ...«

Sie war süß, wenn sie so zurückruderte, aber sie müsste ein Roboter sein, wenn sie nicht die surrende Spannung zwischen ihnen spürte. Und diese leidenschaftliche Frau, die ihrem Herzen folgte und in die Fußstapfen ihres Großvaters trat, war mit Sicherheit kein Roboter.

»Ist es nicht?«, fragte er und fütterte sie mit einem Stück

Gebäck.

Er hätte ihr den ganzen Tag lang beim Essen zusehen können. Lust machte sich in ihrem Blick breit, der gerade noch voller Leidenschaft gewesen war, als sie ihre Arbeit beschrieben hatte. Sie schaute ihm direkt in die Augen, eine tiefere Leidenschaft verdrängte diese unschuldige Lust, während ihre Zunge verführerisch über ihre Lippen glitt, die qualvoll verlockend schimmerten. Er beugte sich vor, um Puderzucker aus ihrem Mundwinkel zu wischen, ihr Atem wurde flacher und ihr Blick wurde noch sehnsuchtsvoller. Zum zweiten Mal innerhalb der letzten Stunden dachte er nicht nach, wägte die Folgen nicht ab, als er die Hand auf ihre Wange legte und den Puderzucker von ihren Lippen leckte. Ihr stockte der Atem und sie schloss die Augen, als er seinen Mund auf ihren senkte.

»Verführung mit Strauben. Das hätte mir einfallen müssen.«

Zev. Statt die Wärme von Morgyns Lippen zu genießen, brach ein unglaubliches Lachen aus Graham heraus. Morgyn riss die Augen auf und sah die neugierigen – und beschützerischen – Blicke von Zev, Sable und Axsel, die Graham als Mitglieder der Bands erkannte.

Sable baute sich vor ihnen auf. »Ach, was haben wir denn hier?« Sie verschränkte die Arme und schaute amüsiert auf sie hinab. »Hat unsere süße kleine Morgyn etwa einen Mann abgeschleppt?«

Die Spitzen von Axsels dunklen Haaren lugten unter einer Strickmütze hervor, die er auf fast allen Fotos trug, die Graham von der Band gesehen hatte. Er hatte freundliche haselnussbraune Augen, die gerade Grahams gesamten Körper abschätzten, bis er zu dem Schluss kam: »Das ist aus meiner Sicht eindeutig ein *richtiger Mann*.«

»Oh Mann, Leute!« Morgyn stand auf und Graham stellte

sich schmunzelnd neben sie. »Graham, das sind meine Schwester Sable und mein Bruder Axsel. Leute, das ist Graham ... äh ...?« Sie drehte sich mit fragendem Blick zu ihm.

»Braden«, sagte er und streckte Sable die Hand entgegen. »Freut mich. Wie ich sehe, habt ihr meinen Bruder Zev schon kennengelernt.«

Sable schaute zu Zev, der ihr zuzwinkerte. »Vorspiel? Ja, den haben wir schon kennengelernt.«

»Mann, du jetzt auch noch?« Zev schüttelte den Kopf.

»Entspann dich, Kumpel«, sagte Axsel, als er Graham die Hand gab. »Sable liebt das Vorspiel.«

Mit einem hoffnungsvollen Blick legte Zev den Arm um Sables Schulter. Sie schüttelte ihn ab und sagte: »Vergiss es.«

»Du wirst deine Meinung noch ändern«, sagte Zev. »Wer ist dabei, wenn wir noch etwas trinken und ein bisschen tanzen, bevor ich abhaue?«

Graham schaute zu Morgyn. »Was meinst du, Sunshine?«

»Sie kommt auch.« Sable zog die Augenbrauen zusammen und sagte: »Aber nicht so, wie du denkst.«

Graham wusste, dass Sable ihre Schwester nur beschützen wollte, aber Morgyn wirkte verärgert, und sie hatte es wirklich nicht nötig, wie ein Kind behandelt zu werden. Er legte eine Hand auf Morgyns Rücken und sagte: »Deine Entscheidung, Sunshine. Du führst, ich folge.«

Pure Dankbarkeit strahlte in ihrem Lächeln. »Das ist in Ordnung. Wir sollten mitgehen, sonst fährt sie ihre Krallen aus.«

Morgyn warf Sable einen aufsässigen Blick zu, nahm ein Stück Strauben, das sie Graham in den Mund steckte, und drückte gleich darauf ihre Lippen zu einem zuckersüßen, ihre Selbstständigkeit untermalenden Kuss auf seine – was ihm wahnsinnig gefiel.

Sie lächelte zufrieden. »Ich will noch mal für kleine Mädchen und muss dann aus meinen feuchten Klamotten raus.« Morgyn gab das so unschuldig von sich, dass es schon wieder unanständig heiß klang, und nach Sables Gesichtsausdruck zu urteilen, war Graham nicht der Einzige, der es so verstand. »Wir kommen gleich nach … aber wohin?«

»Zu meinem Wohnwagen«, sagte Axsel. »Komm, Zev. Ich stelle dich einigen meiner Groupies vor.« Er zog Sable am Arm mit.

»Nur wenn das keine Kerle sind«, sagte Zev.

Axsel lachte auf. »Nee, dafür bist du nicht Manns genug.«

Zum ersten Mal an diesem Tag legte sich eine Röte auf Morgyns Wangen, als sie ihre Stiefel anzog und Graham seine Sachen zusammenpackte. »Tut mir leid. Also, ich meine, der Kuss tut mir nicht leid, aber Sable geht mir manchmal wirklich auf die Nerven.«

»Sie will einfach ihre jüngere Schwester etwas zu sehr beschützen. Ich habe vier ältere Brüder und eine ältere Schwester. Sie alle wollen mich beschützen und mir geht es bei ihnen genauso. Das nennt sich Familie und das ist eine gute Sache.«

»Dann reicht mir etwas weniger von dieser guten Sache.«

Er legte den Arm um sie und hielt sie fest an sich gedrückt, als sie zu den Zelten gingen. »Also ich habe nicht vor, dir wenig von irgendetwas zu geben. Wenn du das willst, hast du den Falschen. Und dieser Kuss, so süß er auch war, zählt *nicht* als unser erster Kuss. Das war nur ein Abstecken deines Reviers.«

»Ach ja?« Sie stieß ihn mit der Hüfte an. »Warum das?«

»Weil du noch stehst.«

Sie schaute zu ihm auf, als sie einen großen Bogen um zwei

tanzende Frauen machten, und sagte: »Du glaubst also, wenn du mich das erste Mal küsst, schlafe ich mit dir?«

»Nein, Sunshine.« Er beugte sich hinunter und flüsterte ihr ins Ohr: »Wenn ich dich das erste Mal küsse, wirst du dir wünschen, dass ich mit dir schlafe.«

Drei

Noch als sie über Pfützen sprangen, um Ansammlungen von Leuten herumgingen und mal innehielten, um ein paar süße Welpen zu begrüßen, schwirrte Morgyn der Kopf. *Du wirst dir wünschen, dass ich mit dir schlafe. Hat er das wirklich gesagt?* Sie schaute verstohlen zu Graham und sein frecher Blick bestätigte es.

Mannomann.

Wenn Männer so etwas sagten, war es normalerweise geschmacklos und lächerlich, aber nicht, wenn es von ihm kam. Er brachte das Blut in ihren Adern zum Sieden, und der kurze Kuss, den sie sich genommen hatte, ließ sie nach mehr lechzen. Aber warum zum Henker brachte er sie so dermaßen zum *Nachdenken?*

»Wohin gehen wir, Sunshine?«

Sie zeigte geradeaus und spähte in die einsetzende Dämmerung. »Es ist gleich da vorne, zwischen dem großen blauen Zelt und den kleinen Zweimannzelten.«

»Irgendetwas sieht da verkehrt aus.« Er nahm ihre Hand, ging nun schneller und hielt sie fest, als würde sie sonst vielleicht wegrennen.

Wohl kaum.

Sie wollte diesen ersten richtigen Kuss.

Und noch viel mehr.

Sie gingen um die kleinen Zelte herum und wichen einer Gruppe von Männern mit freiem Oberkörper aus. Graham kam vor ihrem improvisierten Zelt abrupt zum Stehen. Der gebrochene Stab, den sie und Brindle mit Klebeband repariert hatten, war eingeknickt und hatte so eine Seite der Überdachung einstürzen lassen. Der Boden darunter war pitschnass, ebenso wie die hübschen Fahnen mit Peace-Zeichen und die Stoffsterne, die sie aufgehängt hatte.

»Das ist dein Zelt?« Graham rieb sich über das Kinn. »Sunshine, ein Zelt hat für gewöhnlich Zeltwände. Scheint, als hätte jemand deine Überdachung kaputtgemacht.« Er stellte seinen Seesack auf ihrem Strandstuhl ab.

»Das ist schon lange kaputt.« Sie trat hinein und deutete auf den Stab. »Der Regen hat das Klebeband wahrscheinlich gelöst. Aber das ist in Ordnung. Ich kann das wieder reparieren«, sagte sie und wühlte in ihrem Rucksack herum.

»Du kannst hier nicht schlafen.« Er inspizierte den gebrochenen Stab. »Und das hier kann man nicht mit Klebeband reparieren. Du brauchst einen neuen Pfahl und ein richtiges Zelt.«

»Ja, weiß ich, aber wie gesagt, ich wusste nicht, dass es regnen würde. Ich kann den Stuhl trocknen und darauf schlafen.« Sie zog sich das Kleid über den Kopf.

Graham eilte herbei und gab ihr mit seinem Körper Sichtschutz. »Hey, du kannst doch nicht –« Sein Blick glitt an ihrem Körper hinunter und blieb an ihrem Bikinioberteil mit den gelben Blumen hängen. »Verdammt, Sunshine. Du bist wunderschön.« Sein gesamter Körper schien größer und *härter* zu werden, als er näher rückte und sein warnender Blick in alle

Richtungen gleichzeitig schoss.

»Wohl kaum«, sagte sie, »aber ich bin froh, dass du das so siehst.«

Sie wusste, dass ihr Körper nichts Besonderes war. Sie war groß und an manchen Stellen zu dünn, an anderen zu gepolstert, während die meisten ihrer Schwestern mit Kurven an den richtigen Stellen gesegnet waren. Aber vielleicht hatte sie all die Jahre ihren Körper auch falsch eingeschätzt, denn diesen anerkennenden, gierigen Ausdruck in Grahams Augen, als er die Arme um ihre Taille legte, konnte man nicht vorspielen. Sein heißer Oberkörper drückte gegen ihre Haut und ihr Kleid rutschte von ihren Fingerspitzen. Ihre Brustwarzen wuchsen zu schmerzenden, bedürftigen Spitzen an, während seine Hände langsam und voller Verlangen an ihrem Rücken hinaufglitten und sie fester an ihn drückten. Seine große Hand fuhr in ihr Haar, so als gehörte sie ihm. Und in diesem Moment war es so. Sie bekam kaum Luft, als sie seinen heißen, harten Körper an sich spürte, seinen Herzschlag an ihrer Brust donnern fühlte und seine Augen schlagartig dunkler wurden. Ihr Puls raste noch schneller, als seine andere Hand weiter nach unten wanderte, auf ihrem Kreuz verharrte und die Fingerspitzen über ihre Bikinihose strichen. Seine Körperwärme brannte sich in sie, während Bartstoppeln an ihrer Wange kitzelten und ein erregendes Surren durch ihren ganzen Körper fuhr. Er küsste sie zärtlich hinters Ohr. Gänsehaut breitete sich auf ihrem Rücken aus und sie schloss die Augen.

Sie hielt den Atem an, wartete darauf, dass er etwas sagte, irgendwas. Ihr ganzer Körper prickelte erwartungsvoll. Sein Atem wärmte ihre Haut, seine Nähe entzündete das Flammenmeer, das sich den ganzen Nachmittag über aufgestaut hatte, und dann fing er an, sich zu einem sinnlichen Rhythmus hin und her zu bewegen. Immer wieder berührte er mit den Lippen ihre Wange, küsste sich leicht hin zu ihrem Mund. Er hatte es nicht eilig, und jede Berührung verstärkte ihr Begehren, bis es in ihr vibrierte, pulsierend und sehnsüchtig. Dann glitten seine Lippen so sanft über ihre, dass sie die Augen öffnete und fast in dem Verlangen ertrank, das ihr entgegenschlug. Er vergrub die Finger in ihren Haaren, neigte ihren Kopf so, dass er diese unglaublichen Lippen zu einem besitzergreifenden, sehnsuchtsvollen Kuss auf ihre senken konnte. Sie fühlte sich benommen und leicht, und gleichzeitig hatte sie sich noch nie in ihrem Leben so geerdet gefühlt wie in dem Moment. Ihre Hände glitten über die Muskelstränge seines Rückens, während seine Erregung an ihren Bauch drückte. Sie konnte nur noch daran denken, wie sehr sie ihn begehrte. Sie packte seine Schultern, hielt sich fest und schmiegte ihren ganzen Körper noch enger an ihn. Ihre Zungen spielten miteinander, sie verschlangen sich und die Welt drehte sich endlos. Sie war sich nicht einmal mehr sicher, ob sie überhaupt noch atmete. Sie hatte sich noch nie – niemals – in einem Kuss verloren. Oder in einem Mann. Und genau das passierte, als sie sich aneinander rieben, sich streichelten und küssten. Seine Hände lagen auf ihrem Hintern, mit seinen kräftigen Fingern drückte er zu und hob sie an, während er die Knie beugte und ihre Körper passend aneinanderschmiegte. Sein harter Schaft rieb an ihrer Mitte. Sie stellte sich auf die Zehenspitzen und zitterte vor Begehren, während sie die Hände unter seinen Hosenbund schob und seinen Hintern packte. Er war fest und weich, kalt und heiß zugleich. Ein kehliger Laut entwich ihm, schlang sich um sie herum und verband sie in einer berauschenden Wolke aus Lust und Begierde miteinander. Ihre Knie versagten und er hielt sie noch fester. Ihre Emotionen wirbelten umher, dunkel und wild, als er die Küsse zu Schauder verursachenden, sanften, kitzelnden Berührungen werden ließ. Sie drängte weiter, brauchte mehr. Wollte ihn ganz.

»Morgyn«, stieß er mit einer tiefen Stimme hervor, die eine solche Sehnsucht ausdrückte, wie sie sie in sich spürte.

Feuer loderte in seinen Augen, als er seinen Mund wieder fest auf ihren drückte, tiefer und wilder als zuvor. Seine Hände glitten heiß und fordernd über ihren Rücken, und dann legte er die Handflächen an ihre Schläfen, als sie atemlos voneinander abließen.

»Du musst heute Abend in meinen Armen schlafen, Sunshine.« Er stupste mit seiner Nasenspitze gegen ihre und sagte: »Du hast gerade meine Welt auf den Kopf gestellt.«

Sie konnte keinen klaren Gedanken fassen, um eine Antwort zu formulieren. Vielleicht hatte sie gewimmert, vielleicht gestöhnt oder vielleicht hatte sie ihn auch nur angeatmet. Was immer sie auch getan hatte, es lockte seine lächelnden Lippen wieder zu einem köstlich süßen Kuss auf ihre.

»Ich will mich nicht vom Fleck rühren«, sagte er mit einem drängenden Flüstern. »Aber ich habe das Gefühl, wenn wir uns nicht gleich auf den Weg machen, macht deine Schwester mit einem Gewehr Jagd auf mich.«

»Okay.« Sie hatte keine Ahnung, wie sie diese Antwort noch hervorgebracht hatte. Ihr Körper stand in Flammen.

Er sah sie weiter an, lächelte nur für sie. »Dann solltest du aber lieber zuerst deine Hände aus meiner Hose nehmen.«

Sie hielt die Luft an und zog die Hände heraus, sehnte sich aber noch in der gleichen Sekunde danach, ihn wieder zu spüren. Dass sie das gerade mitten auf dem Festivalgelände getan hatte, konnte sie gar nicht fassen. Sie versuchte, einen

Schritt zurückzugehen, obwohl es das Letzte war, was sie wollte, doch er hielt sie fest und sagte: »Heute Abend gehört das alles dir.«

Mehr als ein blödes Grinsen brachte sie jetzt nicht mehr zustande.

Nachdem ihre Beine sie wieder hielten, schnappte sie sich ein sauberes Kleid und zog es über ihren Bikini an, wobei sie sich wie im Traum bewegte. Graham sah sie anders an, als sie ihre Klamotten in eine ihrer Taschen stopfte, um sie mitzunehmen zu seinem … *Zelt?* Als würde er sie verschlingen wollen, aber es lag noch etwas viel Tiefergehendes und Bedeutungsvolleres in seinem Blick, etwas, das sie fühlen konnte, als er ihre Finger berührte und ihre Schulter küsste.

»Fertig, Sunshine?« Er hängte sich seinen Seesack quer über den Oberkörper und griff dann nach ihrer Tasche.

»Die kann ich selbst nehmen.«

Diese mörderischen Grübchen erschienen wieder, als er sie an sich zog und sie langsam, verlockend perfekt küsste.

»Hat dir in der Schule nie ein Junge die Sachen getragen?«

Sie schüttelte den Kopf. »Die Jungs waren nicht an meinen Sachen interessiert.«

Er gab an ihrem Nacken ein grummelndes Geräusch von sich, als gefiele ihm ihre Anspielung nicht, und dann sagte er: »Ich bin interessiert.« Wieder küsste er sie. »Ziemlich sogar.« Seine Lippen hielten ihre gefangen, dieses Mal länger. »An all deinen *Sachen.*«

Als er das sagte, traf sie die Gewissheit darüber, worauf sie zusteuerten, mit aller Wucht. Sie war keine Jungfrau mehr und sie war sicher nicht prüde, aber was war, wenn sie ihre Meinung ändern würde? Oder wenn er sie änderte? *Du meine Güte, hoffentlich tut er das nicht!*

Er schaute sich eingehend um. »Bist du sicher, dass du all das hierlassen willst?« Er berührte einen der Stoffsterne. »Das hier ist wirklich süß. Das könnte jemand einfach mitnehmen.«

»Gefallen sie dir? Die meisten Kerle halten mich für durchgeknallt, wenn ich so etwas aufhänge.«

»Dann bist du offensichtlich mit Leuten zusammen, die einen schlechten Geschmack haben. Lass uns doch alles mitnehmen, was nicht gestohlen werden sollte.«

Sie ließ den Blick über ihr Hab und Gut schweifen und sagte: »Wenn jemand meinen Kram mehr braucht als ich, dann ist das in Ordnung. Sie können es haben.«

Er wollte etwas sagen, ließ es dann aber und schaute sich noch einmal um. »Willst du die Batikdecke oder diese abgefahrenen Kissen nicht behalten?«

Sie zuckte mit den Schultern. »Davon kann ich noch mehr machen.«

»Du hast die gemacht?« Er legte seinen Seesack wieder auf den Stuhl. Dann stopfte er die Decke in seine Tasche. Die Kette von Stoffsternen hängte er ab und packte sie ebenfalls sorgfältig hinein. Dann legte er sich den Seesack wieder quer über den Oberkörper und nahm die bunten Dekokissen, die sie zum Schlafen mitgebracht hatte, auf den Arm. »So, ich denke, das reicht.«

»So besonders sind die nicht«, sagte sie, als er den freien Arm um sie legte.

»Deine Freunde färben eindeutig auf dich ab. Du hast sie gemacht, und das bedeutet für mich, dass sie besonders sind.« Als sie über das matschige Gelände gingen, sagte er: »Würde es dir etwas ausmachen, wenn wir noch bei meinem Wagen vorbeigehen, damit ich diese nasse Hose ausziehen kann?«

Sie merkte, dass sie bei dem Gedanken an ihn ohne Hose

ganz große Augen bekam, und versuchte schnell, ihren Gesichtsausdruck unter Kontrolle zu bekommen. »Äh … nein.«

Er lachte und gab ihr einen Kuss auf die Schläfe.

Wenige Minuten später erreichten sie Grahams Zeltplatz, beziehungsweise seinen genialen alten Land Rover, den er zum Traum eines jeden Campers umgebaut hatte. Er hatte ein Bett eingebaut, das zwischen die gepolsterten Rücksitze passte, und dazu noch verborgene Stauräume geschaffen. Regale waren auf einer Seite um die Fenster angebracht, rappelvoll mit Büchern und anderen Gegenständen, und unter dem Dach war mit Hilfe einer Vorrichtung eine Gitarre verstaut.

»Du spielst Gitarre?«, fragte sie.

»Mhm.«

»Das macht dich um ein Hundertfaches heißer. Du spielst hoffentlich nachher für mich. Ich spiele auch.« Sie strich über die Bettauflage, die ihren eigenen Kreationen ähnelte. Batikvorhänge verdeckten die Fenster, und als er die Sterne aufhängte, die sie aus Gardinenresten gemacht hatte, wirkte es so, als hätten sie schon immer dort gehangen. »Das ist alles so unglaublich.«

»Das sind knapp zehn Zentimeter Viscoschaum auf einer dünnen Matratze. Die Tagesdecke habe ich aus einem Wandbehang gemacht, den ich aus Indien mitgebracht habe, als ich mit meinem Cousin Ty und unseren Freunden auf den Mount Jopuno geklettert bin.«

»Das hast du gemacht? Du? Mit deinen eigenen zwei Händen?«

»Ganz genau.« Er hielt die Hände hoch. »Den einzigen beiden, die ich habe.«

»Ich weiß nicht, was beeindruckender ist. Dass du diese Decke gemacht und deinen Wagen umgebaut hast oder dass du auf Berge kletterst. In Indien! Ich habe die Ostküste nie verlassen. Ist das ein hoher Berg? Wie ist Indien so?«

»Du bist bezaubernd«, sagte er, und drückte seine Lippen auf ihre, als hätte er es schon sein Leben lang getan. »Der Mount Jopuno liegt im westlichen Teil des Bundesstaats Sikkim im Himalaya. Er ist knapp unter sechstausend Meter hoch und die Ausblicke sind phänomenal. Aber dorthin zu gelangen, war ebenso großartig. Auf der Trekkingtour von Yuksom nach Tshoka kamen wir durch einen Wald von Magnolien und Rhododendren. Dieser Teil von Indien ist so ruhig, ganz anders als alles, was ich je gesehen habe, und ich habe viel gesehen. Ty und ich unternehmen oft Kletter- und Langlauftouren miteinander. Ich bin gern zu Fuß, mit dem Fahrrad oder dem Boot unterwegs und mache einfach gern alles, was mir einen Adrenalinkick verschafft.«

»Wow, Cracker, du erlebst so viel. Da bin ich schon etwas neidisch. Bist du deshalb so ein Risikoanalyst? Um sicherzugehen, dass du bei keinem deiner Abenteuer ums Leben kommst?«

»Irgendwie schon. Ich bin in die Fußstapfen meines Vaters getreten und habe Ingenieurwissenschaften studiert, aber das ist jetzt eher wie ein Hobby für mich. Ich hatte davon geträumt, mit ihm zusammenzuarbeiten, aber es ist mir schwergefallen, an einem Ort zu bleiben, und mir wurde klar, dass ich Abenteuer in meinem Leben brauche.«

»Deine Lebenslust! Genau die sehe und spüre ich bei dir. Du bist also ein kletternder, erlebnishungriger, technisch begabter Hobbykünstler? Damit hat man unendlich viele Möglichkeiten.«

»Ganz genau. Zum Glück habe ich einen Cousin, der mir geholfen hat, meinen Weg zu finden. Während meiner

Collegezeit habe ich an Konstruktionsplänen für eines der Grundstücke meines Cousins Pierce gearbeitet. Er hat überall auf der Welt Immobilien, und ich habe bei ihm ein Praktikum gemacht, um mal hineinzuschnuppern. Ich habe ihm auch von meinem Dilemma erzählt, dass ich gern analysiere und plane, mich aber zu eingeengt fühle. Er schlug vor, dass ich es mal mit Firmenübernahmen versuche. Er hat mir die Grundlagen beigebracht und ich habe bei ein paar Geschäften mit ihm zusammengearbeitet. Ich hatte wirklich ein gutes Händchen dafür und vor allem brachte es mir viel Spaß. Aber Pierces Investitionen gehen in alle möglichen Geschäftsfelder, und ich wollte nicht noch mehr Firmen in die Welt setzen, die unseren ökologischen Fußabdruck zugrunde richten. Wir müssen doch den zukünftigen Generationen eine grüne Erde hinterlassen, oder?« Eine Antwort wartete er nicht ab. »Mein Geschäftspartner Knox Bentley und ich waren zusammen auf dem MIT. Er kam mit einem Silberlöffel im Mund zur Welt und hat alles unternommen, um sich von diesem Prunk und Protz zu distanzieren, die mit dieser materialistischen Lebensart einhergehen. Zusammen haben wir B&B Enterprises, unsere Investmentgesellschaft, gegründet.«

»Investment?«

»Ja, wir helfen Firmen bei der Gründung, kaufen und verkaufen Liegenschaften. Wir haben uns auf umweltfreundliche Geschäftsmodelle spezialisiert. Kennst du die Hotelkette Eco-Sleep? Die gehört uns.« Er gab ihr einen Klaps auf den Hintern und sagte: »So, jetzt aber genug über mich. Geh mal zur Seite und lass mich trockene Sachen holen.«

Er stieg in den Wagen und kam mit sauberer Kleidung wieder heraus, als er sagte: »Sieht so aus, als hättest du mehr mit diesem Risikoanalysten gemein, als du dachtest, oder?«

»Ja, stimmt.« Sie schaute zu dem Dachgepäckträger auf seinem Land Rover und bemerkte ein Fass, das dort befestigt war. »Warum ist da ein Fass auf deinem Da–« Sie drehte sich herum und vergaß ihren Gedankengang, als sie Graham zwischen den offenen Türen seines Wagens sah, wie er sich gerade die nasse Jeans und die Unterwäsche auszog. Die Sicht war anderen versperrt, aber sie hatte freien Blick auf seine kräftigen Oberschenkel und den perfekten Hintern.

»Das ist ein Regenfass.« Er schaute über die Schulter zu ihr, sah, wie sie ihn anstarrte, und schon trat wieder dieses langsame Grinsen in sein Gesicht.

Sie drehte den Kopf ruckartig weg und verfluchte sich innerlich dafür, erwischt worden zu sein.

»Gefällt dir, was du siehst, Sunshine?«

»Oh Mist! Ich bin sonst keine Spannerin! Ehrlich!« Vielleicht nicht, aber sie musste sich einfach noch einmal umdrehen – nur um ihn in trockenen Boxershorts und mit einem unverschämt frechen Grinsen im Gesicht zu sehen. Er streckte den Arm aus, zog sie zu sich zwischen die Türen und küsste sie, bis sie beide lachten. »Ich mag dich, Sunshine. Ich mag dich, verdammt noch mal, sehr.«

»Weil du mich für ein Festivalmädchen hältst, das leicht zu haben ist, und das kann ich dir nicht einmal übel nehmen. Ich fasse es nicht, dass ...«

»Was? Dass du dich zu einem Typen hingezogen fühlst, der auf einem sehr schmalen Grat zwischen lebensgefährlichen Abenteuern und allen möglichen Maßnahmen für ein sicheres Leben wandelt?«

»Nein! Dass ich deinen nackten Hintern anstarre und meinen Kram in deinen Wagen packe, nachdem ich dich erst seit ein paar Stunden kenne!«

»Wirklich?« Er zog verwirrt die Augenbrauen zusammen. »Zuerst einmal gabele ich keine Mädchen auf, die leicht zu haben sind, aber *das* bereitet dir Sorgen? Das ist ein grundlegender Trieb, nennt sich männlich-weibliche Anziehungskraft. Das sollte die geringste deiner Sorgen sein.«

»Die geringste? Und worum sollte ich mir sonst Sorgen machen?«

Er schaute ihr über die Schulter und sagte: »Dass deine Schwester uns anglotzt und ich in Boxershorts bin.«

Morgyn befreite sich so hastig aus Grahams Armen, dass Sable einen Schritt zurücktrat und sagte: »Wegen mir brauchst du dich nicht so beeilen. Ich wollte nur sichergehen, dass dieser Teufelskerl nicht mit dir durchgebrannt ist.«

»Ist er nicht.« Morgyn verschränkte die Arme, ließ sie dann wieder hängen und schnaubte unsicher. »Wir wollten nur …«

»Ich weiß, was ihr wolltet«, sagte Sable, während Graham sich Jeans und T-Shirt anzog. »Aber vielleicht solltet ihr das *im* Wagen tun.«

»Merk ich mir«, meinte Graham, als er sich Socken und Stiefel anzog. Ihm wurde bewusst, dass die Sonne schon unterging, und er fragte sich, wie die Zeit so schnell vergangen war. »Tut mir leid, dass wir so lange gebraucht haben.«

»Meine Güte, Sable. Warum schleichst du hier so rum?« Morgyn trat einen Schritt vor und Graham nahm ihre Hand.

»Ach, weißt du«, meinte Sable mit sarkastischem Unterton, »weil man hier so gut herumschleichen kann, wenn man von fünfhundert Leuten umgeben ist. Ich hab mir Sorgen gemacht, sorry.«

»Schon gut. Wie hast du uns überhaupt gefunden?«, wollte Morgyn wissen.

Sable zeigte auf Zev, der sich mit ein paar Frauen bei einem Zelt weiter weg auf dem Feld unterhielt. »Erstaunlich, was Zev alles verrät, wenn man *Vielleicht* statt *Nein* sagt.«

Klingt ganz nach Zev.

»Bin jedenfalls froh, dass du nicht irgendwo im Graben liegst, Schwesterherz. Ich hab jetzt keine Zeit mehr. Muss gleich wieder auf die Bühne. Axsel ist mit Beckett und JJ bei seinem Wohnwagen, falls ihr euch zu denen gesellen wollt.« Sable deutete mit dem Kopf in Richtung Zev, der jetzt zu ihnen kam. »Das ist ein toller Kerl, und ich schwöre, der hatte eine Schlange von Frauen im Schlepptau, als wäre er der Rattenfänger von Hameln.«

»Ja, das kommt bei ihm öfters vor«, merkte Graham an. »Ich hatte übrigens nicht vor, Morgyn für mich allein zu beanspruchen.«

»Doch, hattest du«, erwiderte Sable lächelnd. »Aber das ist in Ordnung. Sie ist eine tolle Frau. Wenn du ihr wehtust, kastriere ich dich im Schlaf.«

»Sable!«, fuhr Morgyn sie an. »Beachte sie gar nicht. Sie hat mehr Testosteron in sich als die Hälfte aller Kerle, die ich kenne.«

»Uh, Hilfe.« Er zog Morgyn an sich, mit ihrem Rücken an seinen Oberkörper, und sagte: »Aber sie kann mir nichts anhaben, wenn der Weg versperrt ist.«

Sable machte sich auf den Weg, als Zev näherkam und Graham wohlwollend angrinste. Er nahm seine Sachen aus dem Wagen, schulterte den Rucksack und sagte: »Ein Taxi gabelt mich gleich am Tor auf, um mich zum Flughafen zu fahren.«

»Wir können dich auch bringen«, bot Morgyn an.

»Nee, ich geh gern allein. Verabschiedungen mag ich nicht so. Aber eine Bis-bald-Umarmung nehme ich gern.« Er breitete die Arme aus und umarmte sie. »Sei nett zu meinem Bruder, okay?«

Sie sah Graham süß an und sagte: »Es ist ziemlich leicht, nett zu ihm zu sein.«

»Da hast du ihr ja schön etwas vorgespielt.« Zev umarmte Graham kumpelhaft und schlug ihm auf den Rücken, während er flüsterte: »Sable hat gesagt, deine Sunshine ist sonst nie gleich so zutraulich. Pass gut auf sie auf, Bruderherz.«

»Klar«, sagte Graham und war überrascht über die plötzliche Fürsorglichkeit seines Bruders. Normalerweise war Zev zu sehr mit seinem eigenen Leben beschäftigt, um mal innezuhalten und sich über andere Sorgen zu machen. Graham hatte das immer Zevs Bedürfnis zugeschrieben, Distanz zu fast jedem zu bewahren. »Sei vorsichtig da draußen, und wenn du auf meine Nachrichten nicht reagierst, spüre ich dich auf.« Er sollte sich mittlerweile daran gewöhnt haben, dass Zev fast ohne Besitztümer aufbrach und richtige Verabschiedungen mied. Graham machte sich immer Sorgen um ihn. Aber zu wissen, dass Morgyn die Last der Probleme seines Bruders gespürt und seine quirligen Ablenkungsmanöver durchschaut hatte, veranlasste ihn zu der Frage, ob Zevs steter Aufbruch und Versuch, seinem Schmerz zu entkommen, alles nur noch schlimmer machte.

»Lass mich wissen, wie du dich bei diesem Auslandsgeschäft entscheidest«, sagte Zev.

Graham und sein Geschäftspartner überlegten, in den Bau von Häusern für die Bewohner eines kleinen Dorfes in Belize zu investieren. Das würde bedeuten, acht bis zehn Wochen im

Ausland zu bleiben. Die Gelegenheit war verlockend. Sie hatten noch ein paar Wochen Zeit, bis sie eine Entscheidung treffen mussten, und er hatte das Gefühl gehabt, das wäre noch lange hin … bis er Morgyn kennengelernt hatte.

»Mach ich«, sagte Graham.

»Bereit? Kannst dein Mädchen ruhig mit draufnehmen.« Zev legte einen Arm um sie und holte sein Handy hervor. »Hübsch lächeln, Sunshine.«

»Was wird das?«, fragte sie, als Graham den Arm um sie legte.

»Das ist unser aktuelles Wir-Foto«, erklärte Graham. »Die macht Zev jedes Mal, wenn er abreist.«

»Eine tolle Idee!« Sie legte die Arme um beide und Zev machte das Foto. »Mach noch eins!«

Sie verpasste ihnen Hasenohren und Graham kitzelte sie im Gegenzug. Sie klammerte sich an Zev und flehte ihn an: »Rette mich!«, aber Zev war mit Fotografieren beschäftigt. Er sprang auf den Rücken von Graham, samt Rucksack und allem. Morgyn schnappte sich sein Handy und machte Fotos, als sie lachend zusammenbrachen und miteinander am Boden rangelten. Graham rollte sich von ihm herunter und dann lagen sie beide grinsend mit ausgestreckten Armen auf der nassen Wiese.

Morgyn streckte Graham die Hand entgegen, um ihm aufzuhelfen, doch er zog sie auf sich und küsste sie. »Willkommen in meinem Leben, Sunshine.«

Zev stand auf. Er half Morgyn auf die Beine und zog dann Graham hoch, um ihn noch einmal zu umarmen.

»Bis später, Arschloch.« Zev entfernte sich rückwärts von ihnen.

»Bis dann, Schwachkopf.«

Morgyn winkte und rief: »Bis bald, Vorspiel!«

Es war eine wundervolle Verabschiedung, und diese lockere, spontane Seite an Morgyn, zusammen mit ihrer sinnlichen Art, zog ihn noch mehr zu ihr hin. Er schlang die Arme um sie und sagte: »Und nun, Sunshine? Möchtest du, dass wir zu deinem Bruder und seinen Freunden gehen?«

Sie schüttelte den Kopf. »Ich möchte oben auf deinem Wagen sitzen und zuhören, wie du Gitarre spielst. Aber wahrscheinlich musst du erst eine Unmenge mathematischer Berechnungen aufstellen, um herauszufinden, ob es das Risiko wert ist.«

Er pikste sie in die Seite und sie kreischte. »Du bist das Risiko wert, Sunshine. Dafür brauche ich keine Gleichung aufzustellen. Wenn du in meiner Nähe bist, rauscht eh mein ganzes Blut aus dem Kopf in andere Körperteile. Rechnen kann ich im Moment wahrscheinlich sowieso nicht.«

Sie kicherte. »Das werde ich vielleicht noch ausnutzen, aber dieses Fass macht mir Sorgen. Bei meinem Glück setzt das gleich alles unter Wasser.«

»Glaubst du etwa, ich würde etwas so schlecht auf meinem Autodach befestigen, dass es herunterfallen könnte? Ich bin Ingenieur, schon vergessen? In manchen Dingen bin ich ziemlich geschickt.« Er drückte seine Lippen auf ihre und sagte dann: »Du wirst noch froh sein, dass ich das Fass habe. Du kannst duschen, ohne zwei Stunden anstehen zu müssen.«

»Du meine Güte. Ich hätte es nicht für möglich gehalten, aber du hast gerade dieses heiße, risikofreudige, Gitarre spielende Verführungspotenzial übertroffen und mich durch dein Vorbereitetsein ziemlich erregt. Gibt es das Wort? Vorbereitetsein?«

»Keine Ahnung«, sagte er und glitt mit seinen Lippen sanft über ihre. »Ich bin immer noch bei dem Wort *erregt*.«

/ Vier /

Graham konnte sich nicht erinnern, wann er das letzte Mal einen ganzen Tag mit einer Frau verbracht hatte, und schon gar nicht, wann er so viel Spaß gehabt hatte. Morgyn war so beeindruckt von seiner mobilen Heizung und der Wäscheleine, die er zwischen die Türen des Geländewagens spannte, um seine Kleidung und ihre Decke und die Kissen zu trocknen, dass sie auch noch ihre Campingsachen zusammenpackten und alles von ihr zum Trocknen aufhängten. Er war froh, dass der Vorschlag von ihr gekommen war, denn er hatte es auch schon anbieten wollen, hatte aber befürchtet, dass es sie abschrecken könnte. Er war nie jemand gewesen, der zu schnell vorpreschte, aber mit Morgyn konnte es ihm nicht schnell genug gehen. Zum ersten Mal in seinem Leben musste er sich zwingen, alles langsamer anzugehen, und sich ermahnen, nicht unüberlegt zu handeln. Sie war zu besonders, als dass er das Risiko eingehen wollte, sie zu verschrecken.

Sie trockneten das Dach ab und setzten sich auf Decken unter den sternenlosen Nachthimmel. Abwechselnd spielten sie Gitarre, dachten sich Lieder aus und lernten sich besser kennen. Während der Nachtruhe, von zehn Uhr abends bis acht Uhr morgens, spielten die Bands nicht. Sie hatten noch etwa zehn

Minuten, bis sie die Gitarre weglegen mussten.

»Was sind deine drei Lieblingssachen?«, fragte Morgyn, während sie auf der Gitarre spielte.

»Lass mich überlegen. Das ist hart …«

»Okay, und die anderen beiden?« Sie stieß ihn mit der Schulter an und sah dabei in einem seiner Flanellhemden über ihrem Kleid ebenso süß wie sexy aus.

Er liebte ihren schrägen Humor.

»Sollte das nicht eine deiner Lieblingssachen sein?«, fragte er verschmitzt.

Sie wandte den Blick nach oben gen Himmel, spielte eine schnellere Melodie und sang: »*Du* bist dran, nicht ich.«

»Ich habe viele Lieblingssachen.« Er fuhr mit den Fingern über ihr Bein. »Deine sexy Beine.«

Ihr Blick wurde dunkler, die Melodie langsamer.

»Und wie diese dunkelblauen Sprenkel in deinen Augen funkeln, wenn du erregt bist.«

»Cracker«, stieß sie fast flüsternd hervor.

»Ich kann nichts dafür, dass du schön bist.«

»Hör auf, das ist mir unangenehm. Erzähl mir etwas, das wahr ist.«

»Das ist wahr. Und das Dritte wäre dein Freigeist.«

»Sagt Mr. Vorbereitet, der eine Pop-up-Dusche, eine Akkuheizung und einen Gaskocher dabeihat, wie schon mein Großvater ihn benutzt hat. Ich würde fast darauf wetten, dass es hier irgendwo eine Spüle gibt.«

»Keine Spüle, aber ich kann eine zusammenbasteln, wenn du sie brauchst.« Er beugte sich zu einem Kuss vor und kostete ihn lange aus, denn ihre Küsse waren ganz anders als alles, was er kannte. Sie küsste mit der gleichen Energie, mit der sie alles andere zu tun schien, gab sich dem Kuss vollkommen hin und genoss jede Sekunde.

Nachdem sich ihre Lippen voneinander gelöst hatten, hielt sie die Augen noch ein paar heiße Sekunden lang geschlossen. Als sie sie öffnete, trat ein zufriedenes Lächeln wie ein Geschenk in ihr Gesicht. Er fragte sich, ob sie andere Männer auch so küsste oder ob sie die gleiche ungewohnte, unaufhaltsame Verbindung spürte wie er.

»Dich zu küssen, ist ein Genuss, Sunshine.« Er strich ihr das Haar hinters Ohr und küsste sie noch einmal, langsamer und sinnlicher als beim letzten Mal. »Das füge ich meiner Liste hinzu. Ich glaube, ich brauche mehr als drei Dinge.«

»In Ordnung, zehn, aber nur wenn sechs davon nichts mit mir zu tun haben.«

Er hatte in seinem Leben schon viele Frauen kennengelernt, aber er nahm an, dass die meisten alle zehn Punkte für sich in Anspruch genommen hätten, falls sie überhaupt auf diese Frage gekommen wären. Was nicht der Fall gewesen war. Weil sie nicht so neugierig und zutiefst emotional waren wie Morgyn – auch wenn sie versuchte, es zu verbergen.

»Zehn. Los, Cracker, du bist noch immer dran.«

»Das ist einfach. Familie steht ganz an erster Stelle bei diesen sechs Dingen, gefolgt von allen Extremsportarten, die ich mache. Egal was: Radfahren, Rafting, Fallschirmspringen, Klettern.«

»Du musst mir erzählen, warum.«

»Bei all dem ist Konzentration nötig, Entschlossenheit, Kraft und Wettkampfgeist. Wenn ich weiß, dass ich gegen die Elemente antrete, dann wachse ich über mich hinaus. Es gibt kaum ein besseres Gefühl.«

»Ich glaube, ich kenne dieses Gefühl, aber nicht vom Sport.« Sie betrachtete das Meer von Zelten vor sich und legte die

Gitarre beiseite. Mit einer Hand an ihrer Kette sagte sie: »Ich habe dieses Gefühl, wenn ich einen Zug höre. Es bringt Erinnerungen an meinen Großvater zurück, und einen winzigen Augenblick lang überkommt mich – auch nach all diesen Jahren noch – eine Art Freude, so als würde ich ihn vielleicht gleich wiedersehen. Dann wird mir klar, dass er nicht mehr da ist. Aber in diesen wenigen Sekunden kann ich seine Energie spüren, und es scheint mir unmöglich, dass er nicht mehr bei uns ist. Daher weiß ich, dass Menschen immer noch existieren, auch wenn sie diese Erde verlassen haben. Ihre Energie lebt weiter.«

Sie sah ihn an, und ihr Gesichtsausdruck war so friedlich, dass er auch spüren wollte, was sie spürte. Von ihr lernen wollte. Erleben wollte, was immer sie erlebte.

Sie seufzte und sagte: »Und schon wieder gebe ich zu erkennen, wie seltsam ich bin.« Schulterzuckend fügte sie hinzu: »Andere Dinge verschaffen mir aber auch dieses Gefühl der Freude. Zum Beispiel als ich dein Lächeln sah? Ach, du meine Güte, Graham ...«

Er konnte sein Lächeln nicht unterdrücken.

»Da, genau das ist es«, sagte sie. »Sonst löst keiner so einen Schmetterlingsaufstand in meinem Bauch aus. Und dann gibt es noch Minzeis mit Schokostückchen, Hundewelpen und aus alten Sachen ein neues Outfit kreieren. Das alles ist Freude pur. Ach ja, und Wanderungen im Morgengrauen, wenn die Welt kaum aus dem Schlaf erwacht ist und der Tau noch auf dem Gras glitzert. Und die ersten Blüten in meinem Garten, das steht auch definitiv auf meiner Liste. Der Anblick von einem Hirsch am Straßenrand. Oh, das liebe ich. Sie wirken auf mich so unnahbar. Als bekäme man ein Geschenk von diesem wunderbaren Geschöpf. Es macht mich traurig, dass sie so große Angst vor uns haben, deswegen habe ich bei meinem Haus einen Rotwildgarten angelegt. Jetzt bekomme ich sie viel öfter zu Gesicht.«

Er hatte keine Ahnung, wie sie so schnell von einem Thema zum anderen springen konnte, aber ihre Einstellung war faszinierend. »Einen Rotwildgarten?«

»Mhm. Ich habe einen Platz am Waldrand, wo ich die Büsche und das Gras wild wachsen lasse, damit sie Deckung haben, und dann habe ich einen Teich angelegt, damit sie Wasser haben. Futterkrippen und Salzlecksteine sind auch da, damit sie gern etwas bleiben.« Sie zog die Knie an die Brust und schlang die Arme um die Beine. »Tut mir leid, ich quatsche zu viel.«

»Nein, es ist schön, etwas über dein Leben zu hören.« *Und zu sehen, wie deine Augen dabei leuchten.* Sie war auf manches doch mehr vorbereitet, als sie selbst dachte, zumindest wenn es um Rotwild ging, und er konnte sich vorstellen, dass das noch nicht alles war.

»Mir gefällt mein Leben, aber es ist nicht besonders aufregend, zumindest nicht so wie deines. Du hast gesagt, du hast eine große Familie und sie steht bei dir an erster Stelle. Stehst du allen so nah wie Zev?«

»Du kommst auch aus einer großen Familie, dann weißt du ja, wie das ist. Wir stehen uns alle auf andere Art nah. Nick und ich sind Macher-Typen. Wir sind beide ziemlich willensstark, da geraten wir schon mal aneinander, aber die meiste Zeit über kommen wir gut miteinander aus. Mein Dasein als Adrenalinjunkie teile ich mit Zev, denn er kann auch nicht ohne. Und die sorgfältige, alles überdenkende Seite an mir, die es in deiner Anwesenheit nicht zu geben scheint, habe ich mit meinem ältesten Bruder Beau und wahrscheinlich auch mit Jax gemein. Jax und meine Schwester Jillian, auch Jilly genannt, sind Zwillinge. Jax ist immer total entspannt, nichts kann ihn aus der Ruhe bringen, aber Jilly ist wie du, ein Energiebündel und für alles zu haben.«

»Unglaublich, dass du auch Geschwister hast, die Zwillinge sind. Sable ist Peppers Zwillingsschwester und sie sind in fast jeder Hinsicht das Gegenteil voneinander. Pepper ist wissenschaftlich veranlagt ohne jegliche musikalische Neigung. Ihre Lieblingsbeschäftigung ist die Forschung.«

»Ist das nicht seltsam, wie so etwas zustande kommt? Aber das Leben wäre ja langweilig, wenn alle gleich wären.«

»Ja, stimmt. Bist du für deine Arbeit viel auf Reisen?«

»Mhm. Für die Arbeit und zum Vergnügen. Du anscheinend nicht, wenn du die Ostküste nie verlassen hast?«

»Die Landstraße ist mein Zuhause. Ich bin immer irgendwohin unterwegs, zu Festivals, Handwerkermärkten, solche Sachen eben. Normalerweise nur tageweise. Manchmal mit Freunden oder meinen Schwestern, aber meistens allein. Ich liebe es, kleine Schätze zu finden, die ich für meinen Laden gebrauchen kann, anderen Menschen zu begegnen, herauszufinden, wie sie leben. Aber geflogen bin ich noch nie und irgendwie macht mir das auch Angst. Wahrscheinlich ist das in Ordnung, denn zu mir hat noch nie jemand gesagt: ›Hey, komm, lass uns nach Maui fliegen.‹«

»Hey, lass uns nach Bali fliegen«, sagte er und war überrascht, als er merkte, dass er es ernst meinte. Seine Gedanken sprangen in die Zukunft, sahen sie auf gemeinsamen Abenteuern. War es nicht seltsam, so auf eine Frau zu reagieren, die er gerade erst kennengelernt hatte?

Sie sah ihn fragend an. »Zu viele Risiken in Maui?«

»Nein. Du bist als Mensch zu interessant, als dass ich dich

an einen so gewöhnlichen Ort bringen würde.« Er verschränkte ihre Hände miteinander, legte sich zurück und zog sie neben sich. Dann stützte er sich auf einem Ellbogen ab, damit er ihr Gesicht sehen konnte. »Ich muss dir etwas gestehen.«

»Wenn du mir jetzt sagst, dass du verheiratet bist, rufe ich Sable.«

»Ich bin nicht verheiratet, Sunshine. Ich habe noch nie jemanden richtig geliebt.«

»Ich auch nicht«, sagte sie leise.

»Das ist schwer zu glauben. Du scheinst so viel zu *fühlen*. Ich mag dich wirklich, Sunshine.«

»Ist das dein Geständnis? Dann muss ich zugeben, dass es mir gefällt.«

Er fuhr mit den Fingern durch ihr Haar und küsste sie dann sanft. »Nein. Du sollst wissen, dass ich nicht einer von diesen Typen bin, die überall eine Frau abschleppen. Und ich nehme es nicht auf die leichte Schulter. Wenn du heute Nacht nur küssen möchtest, dann ist das völlig ok, und wenn du mehr willst, dann solltest du wissen, dass ich nie eine Krankheit hatte oder so. Ich bin gesund und vorsichtig.«

»Danke«, sagte sie leise. »Ich auch nicht, und keine Sorge, ich würde es dir sagen, wenn ich meine Meinung geändert hätte. Und, Cracker? Ich habe meine Meinung nicht geändert.«

Zum Glück, denn er hatte noch nie eine Frau so begehrt. »Gut, nur eines noch: So sehr ich hier sitzen und alles über dich erfahren möchte, was es über dich zu erfahren gibt, so habe ich doch das Gefühl, dass ich gleich den Verstand verliere, wenn ich dich nicht *sehr bald* so küsse, wie ich dich heute Nachmittag geküsst habe. Aber ich bin ganz verschwitzt vom Tag, und wenn ich das mit dir mache, was ich gern machen würde, muss ich wirklich kurz unter die Dusche.«

Sie lachte. »Das Gleiche habe ich auch gedacht. Nicht über dich, sondern über mich. Nach dem Umpacken meiner ganzen Sachen war ich total verschwitzt. Können wir duschen?«

»Wir können alles tun, was du möchtest.«

Er küsste sie innig, dann seufzte sie verträumt und sagte: »Das ist echt hart, wenn du das jetzt noch aufbauen musst.«

»Das Wort *hart* aus deinem Mund zu hören ... Mhmmm. Wenn du wüsstest, was du mit mir machst.«

Ein verschmitztes Funkeln trat in ihre Augen. »Es ist auch echt *hart*, diese Information zu verarbeiten.«

Sie setzte sich auf, kam ihm ganz nah, und er drückte seine Lippen auf ihre. Sie legte sich wieder auf den Rücken, während er den Kuss vertiefte. Er ließ sich mit ihr sinken, und sie wölbte sich unter ihm, gab süße, sexy Laute von sich, während sie ihre Körper aneinanderschmiegten, auch wenn sie vollständig bekleidet waren. Ihre angeborene Sinnlichkeit war wie eine Droge, verlockte ihn. Er musste fühlen, erforschen, schmecken ... *duschen.*

Mist.

Er riss sich von ihr los und atemlos schauten sie sich an.

»Duschen«, platzte es gleichzeitig aus ihnen heraus.

Er half ihr von dem Geländewagen herunter, ergatterte noch einige Küsse, während sie die Decken in den Wagen warfen und die Gitarre verstauten. Er brachte den Duschkopf in der Pop-up-Kabine an und hängte zwei Handtücher über das Seil im Inneren. Dann nahm er Morgyn in die Arme und sagte: »Es dauert eine Minute, bis das Wasser warm ist. Ich dusch mich schnell ab, dann sollte es warm genug für dich sein.«

»Ich muss dir etwas gestehen.« Sie legte die Arme um seinen Hals. »Als wir auf der Toilette waren, nachdem wir meinen Kram herübergeholt hatten, hab ich mich gewaschen und meinen Bikini ausgezogen. Ich bin unter diesem Kleid vollkommen nackt.«

Er schob eine Hand unter den Saum ihres Kleides und – *Heiliger Bimbam* – ihr nackter Hintern war den ganzen Abend schon an seiner Seite gewesen.

»Meine Güte, Sunshine! Jetzt brauche ich wirklich eine kalte Dusche.«

Morgyn wusste, dass sie wahrscheinlich nervös sein sollte, weil sie Sex mit Graham haben würde, insbesondere da sie nicht zu den Frauen gehörte, die immer gleich mit einem Typen ins Bett sprangen. Aber sie war nicht nervös, und sie machte sich auch keine Sorgen darüber, was er von ihr dachte, denn das hatte er schon klargemacht. Es war ein diesiger, vom Mond schwach beleuchteter Abend, und die benachbarten Camper waren entweder in ihren Zelten oder zu beschäftigt, um Graham Beachtung zu schenken, der sich gerade die Jeans und das T-Shirt auszog. Er stand in diesen dunklen Boxershorts vor ihr, an die sie immerzu hatte denken müssen, seit sie ihn ein paar Stunden zuvor darin gesehen hatte. Seine beachtliche Erektion zeichnete sich hinter dem Stoff ab und erfüllte sie mit glühendem Begehren. Er beugte sich vor und küsste sie so zärtlich, dass sie innerlich dahinschmolz. Das Zusammensein mit Graham fühlte sich gut und richtig an und sie würde sich ihn auf keinen Fall entgehen lassen.

Er nahm seine Basecap ab und warf sie in den Geländewagen. Kurzes, dichtes braunes Haar kam zum Vorschein, das ihn – was eigentlich unmöglich war – noch heißer machte. »Ich beeile mich.«

Er verschwand im Duschzelt und nur eine Sekunde später schaute er aus dem kleinen Fenster heraus, um seine zusammengeknüllten Boxershorts durch die offene Hecktür in den Wagen zu schmeißen. Morgyns Puls raste. Er zwinkerte ihr zu und verschwand wieder hinter der Zeltwand.

Was mache ich hier?

Er war nackt hinter diesem dünnen Zeltstoff und duschte kalt, damit sie es nicht musste. Sie atmete tief durch, und bevor sie kneifen konnte, trat sie ebenfalls in die Dusche. Graham stand unter dem kalten Wasserstrahl, Gänsehaut am ganzen Körper. Sie zog ihr Kleid aus und die kalten Spritzer ließen sie zittern. Seine Augen glühten, als sie an ihrem Körper hinabwanderten. Zum Glück hatte sie ans Waxing gedacht. Sie warf ihr Kleid ebenfalls durch die Luke in den Wagen. Graham legte von hinten die Arme um sie. Sein Oberkörper drückte an ihren Rücken und seine warmen Lippen berührten ihre Schulter.

»Hallo, Sunshine.«

Seine Stimme glich flüssiger Hitze und wärmte sie bis in ihr Innerstes. Sie drehte sich um, und er zog sie näher an sich, während sie lustvoll und bewundernd an ihm hinunterblickte. Sein Körper war glitschig, voller Schaum und hart – und wurde mit jeder Sekunde härter. Er roch frisch, männlich und sah sie an, als wäre sie wirklich die einzige Frau, die er begehrte. Sie brauchte keinen Mut mehr. Sie war sich sicher, dass sie genau dort war, wo sie sein sollte.

»Ich dachte mir, es wäre albern, dass du kalt duschst, nur damit ich es warm habe.« Voller Ungeduld wanderten ihre Hände über seine Arme und seine eingeschäumte Brust. Mit dem Zeigefinger schrieb sie *C+S* auf seine Bauchmuskeln.

Er schaute hinunter und lächelte. »Du bist voller Überraschungen. Gut, dass wir nicht gerade in einem Tattoo-Studio sind. So wie ich mich in genau diesem Moment fühle, würde ich das glatt mit Tinte festhalten lassen.«

Jetzt war sie doch etwas nervös, denn ihre Verbindung hatte etwas so Magnetisches, dass sie seinen Worten mehr Bedeutung beimessen wollte, als sie es wahrscheinlich sollte. Sie wusste, dass er es in der Hitze des Moments gesagt hatte, aber dennoch … Es fühlte sich wahr an.

Sie hatte noch nie mit einem Mann geduscht, und sie hatten nicht viel Platz für das, was sie gern getan hätte. Sie versuchte, es in Gedanken durchzuspielen. Viele Gedanken musste sie sich nicht machen, denn er zog sie bereits unter das Wasser zu einem brennend heißen Kuss, der sie wie ein Blitz durchfuhr. *Himmel!* Ihn zu küssen, war das Beste von allem vereint in der Köstlichkeit eines einzigen Mannes. Ihre Körper schlängelten sich gegeneinander, Arme und Beine drückten und rutschten, verteilten den Schaum von seinem Körper auf ihrem. Seine Erektion rieb verführerisch hart und fordernd an ihrem Unterleib. In einem hypnotisierenden Rhythmus glitten seine Hände an ihrem Körper auf und ab, langten mit jeder Bewegung tiefer nach unten. Wasser spritzte um sie herum, wusch den Schaum fort und lief zwischen ihren aufeinandergepressten Lippen hindurch, während sie sich küssten, als wollten sie es nie enden lassen. Und das wollte sie nicht.

Sie ließ die Hände über seinen Rücken gleiten und umklammerte seinen Hintern, was ihm wieder einen dieser verführerischen Laute entlockte, die ihr Inneres ungeduldig zusammenzucken ließen. Er knabberte an ihrer Unterlippe, zog mit hungrigem Blick sanft daran, und *oh*, was das mit ihr machte! Sie dachte an all die Stellen, an denen sie seinen Mund spüren wollte, und an die, wo sie ihren Mund erkunden lassen wollte.

»Ich werde jede einzelne Sekunde von uns genießen, liebste Sunshine«, sagte er voller Begierde.

Dieses *Uns* aus seinem Mund verlieh ihr wieder dieses grandios himmlische Gefühl, und – meine Güte, ja – sie klammerte sich daran fest. Denn das geschah, wenn man eine solche Gelegenheit sah. Und sie sah sie nicht nur. Sie fühlte es durch und durch.

Er ließ Duschgel in seine Hand laufen und küsste sie dann gierig, während er ihre Schultern, Arme und Brüste einschäumte. Seine rauen Hände glitten verspielt sanft über ihre Brustwarzen, streichelten und zwickten, entlockten ihr lustvolle Laute. Seine kräftigen Beine standen fest auf dem Boden und drückten gegen sie, während seine Hände über ihre Hüften glitten und er sich etwas zurücklehnte, damit das Wasser den Schaum fortschwemmen konnte. Sturzbäche rannen über seine muskulöse Brust und die definierten Bauchmuskeln hin zu seinem dicken Schaft. Sie hatte noch nie so viel Kraft gesehen, so viel Mann. Sie wollte ihn berühren, doch sie musste ihre ganze Konzentration aufbringen, um sich an seinen Armen festzuhalten, während er mit dem Mund den Wasserrinnsalen folgte und ihren Hals küsste und liebkoste. Jede einzelne Berührung seiner Lippen und jedes Streicheln seiner Zähne jagte Lustblitze durch sie hindurch. Er wanderte tiefer und umspielte zärtlich ihre Brust, bis sie vor Begehren brannte. Sie ging auf die Zehenspitzen, doch er fuhr unbeirrt fort, sie an den Rand des Wahnsinns zu treiben.

Mit beiden Händen umfasste sie seinen Kopf. »Cracker –«

Er saugte die feste Spitze in den Mund, glitt mit einer Hand über ihren Bauch und zwischen ihre Beine. Seine starken Finger strichen sanft über ihre feuchte Mitte, während sein Daumen ihre sensibelsten Nervenenden fand und darauf kreiste, dass es ihr die Sinne raubte. Sie schloss die Augen und legte den Kopf in den Nacken, als das Begehren in ihr wuchs. Ihre Sinne waren überfüllt. Sie klammerte sich an seinen Schultern fest, versuchte, sich auf das überwältigende Lustgefühl zu konzentrieren, das sie durchströmte, doch genau in dem Moment, als sie seine Zunge spürte, übte er einen stärkeren Druck mit seinem Daumen aus und ließ all ihre Sinne wirbeln. Sie wimmerte und stöhnte, während sich der Druck in ihr aufbaute, pulsierte und pochte und ihr Innerstes ausfüllte. Sie lehnte sich zurück, fiel weiter nach hinten und vergaß dabei, dass sie nur eine Stoffhülle um sich hatten. Grahams Arm legte sich um ihre Taille und richtete sie wieder auf. Er nahm ihren Mund im gleichen Moment gefangen, als seine Finger in sie stießen und über den Punkt strichen, von dem die meisten Männer nicht wussten, wie sie ihn finden sollten. Und dort, in diesem Duschzelt, während das Wasser auf sie niederregnete und Graham jedem Teil von ihr Lust bereitete, schoss ein elektrischer Schlag durch sie hindurch und sie zerbarst in eine Million magischer Sterne.

Als Grahams schöne Gesichtszüge wieder vor ihr auftauchten, sagte er: »Wir sollten hier rauskommen, bevor wir die Dusche zum Einstürzen bringen.«

Er stellte das Wasser ab und legte ihr dann ein Handtuch um den Rücken, mit dem er sie wieder an sich zog. Er senkte seinen Mund auf ihren und küsste sie, während sie zum Wagen stolperten. Erst als er splitterfasernackt die Türen zuzog, merkte sie, dass sein Hintern von dem Handtuch nicht bedeckt gewesen war. Doch als er die Vorhänge zugezogen hatte und sich auf sie legte, wusste sie, dass ihn das im Moment nicht im Geringsten interessierte. Seine Hüfte drängte sich zwischen ihre

Oberschenkel, sein kräftiger Schaft stieß an ihre Pforte. Mit einem einzigen sanften Kuss berührten seine Lippen die ihren.

»Na, Sunshine«, sagte er leise, während er mit ebenso viel Zärtlichkeit wie Leidenschaft auf sie herabblickte, »bist du noch genauso überzeugt von uns wie ich?«

Seine Fürsorglichkeit ließ ihr Herz aufgehen. »Mehr als zuvor.«

Die Grübchen deuteten sich an, und als sie dann noch die Gefühle in seinen Augen sah, zog sie seinen Mund zu ihrem. »Ich nehme die Pille, aber hast du auch einen Schutz? Könnte schmutzig werden.«

»Hab ich, und nur damit du es weißt: Ich bin das Campen gewohnt und habe immer jede Menge Wasserflaschen unter dieser Bank gelagert.« Er stöhnte auf und sagte: »Nicht für Sex. Mensch, das hörte sich schlimm an, oder? Ich meinte, zum Waschen, Zähneputzen …«

Sie fand es schön, dass er eine Erklärung für notwendig hielt. Er streichelte mit seiner Nase über ihre wie schon zuvor und diese vertraute Berührung fühlte sich unglaublich bedeutungsvoll an.

»Ich würde das hier niemals tun, wenn nicht vorher, während und nachher für dich gesorgt wäre«, sagte er mit ernstem Gesichtsausdruck. Er griff in einen Rucksack hinter dem Fahrersitz und holte eine ungeöffnete Schachtel Kondome heraus. Er riss sie auf und warf ein paar Päckchen neben die Kissen. »Zev hat mir seinen Vorrat gegeben. Ich habe mich auf einige Eventualitäten vorbereitet, aber nicht auf diese.«

Die Bestätigung dessen, dass er – wie zuvor behauptet – Sex nicht auf die leichte Schulter nahm, stellte undefinierbare Dinge mit ihrer Gefühlswelt an.

Ihr Herz schlug wie wild, als er sie in seine starken Arme

nahm, sie zu unzähligen tiefen, berauschenden Küssen an sich zog und es dabei eindeutig nicht eilig hatte, zum nächsten Schritt überzugehen. Und sie war froh, denn in einem kurzen Augenblick hatte sich alles verändert. Ein greifbares Band war zwischen ihnen entstanden, das sie überall spürte. Seine Hände berührten leicht ihre Hüfte, als er sich mit ihr auf die Seite legte und ihre Beine sich verschränkten. Er hob ihr Knie auf seinen Oberschenkel und so lag seine Erektion an ihr. Die Härchen an seinen Beinen kitzelten sie. Seine Hände glitten über jeden Zentimeter ihrer Haut, in ihre Haare, zwischen ihre Beine und über ihre Rippen, so als wollte er alles von ihr verinnerlichen. Sie tat es ihm gleich, fuhr mit den Händen über seinen ganzen Körper. Küsste seine Brust, seine Brustwarzen, streichelte seine Länge, rieb sich an seinem Oberschenkel, bis er von ihrer Erregung ganz feucht war. Sie war schwindelerregend glücklich, unfähig, einen einzigen Gedanken zu verfolgen – außer, dass es sich so gut anfühlte, jemanden so zu begehren und genauso stark begehrt zu werden. Alles fühlte sich so richtig an. Seine starken Arme waren scheinbar einzig dazu bestimmt, sie zu halten, und sein Mund, sein herrlicher, begabter Mund, brachte sie in unbekannte Höhen. Als er auf die Knie ging, um das Kondom überzustreifen, half sie ihm, und so schützten sie sich gemeinsam.

Keiner von ihnen wandte den Blick ab, als sie ihre Körper aneinanderschmiegten. Ein heißer Schmerz wuchs in Morgyn, als sie ihn an ihrem Eingang spürte. Das hier war nicht nur Sex, oder vielleicht doch, aber es war anders als jeder Sex, den sie je gehabt hatte. Sie spürte, dass seine Energie mit ihrer verschmolz, dass ihre Herzen im Einklang schlugen, als er ihre Hände miteinander verschränkte und ihre Mundwinkel küsste. Spürte er es auch? Spürte er, dass mehr als nur ihre Körper zueinanderfanden?

»Warum habe ich das Gefühl, dass mich das hier verändern wird?«, stieß er fast knurrend hervor.

Omeingottomeingottomeingott. Sie ermahnte sich, den Mund zu halten, denn ihre Gedanken waren allzu oft so weit von der Norm entfernt, als dass andere sie akzeptieren könnten. Doch seine Augen blickten in die entlegensten Winkel ihrer Seele, in ihr Herz, und die Wahrheit platzte heraus. »Weil Synergie dem tiefsten Verlangen der menschlichen Seele entspricht, und wir haben sie vielleicht gefunden.«

»Ich werde das Gefühl nicht los, dass ich nie ganz auf dich vorbereitet sein könnte, Sunshine, wie sehr ich es auch versuchen würde.«

Er senkte seinen Mund auf ihren und küsste sie leidenschaftlich, während er seine Hüfte schaukelte und behutsam in sie eindrang. Sie spürte, dass sie den Körper dehnte, um ihn aufzunehmen, während er Zentimeter für Zentimeter in ihr versank, sich zurückzog und wieder eindrang, bis er tief in ihr vergraben war. Sie fühlte sich erfüllt und vollständig wie nie zuvor. Nicht nur, weil ihre Körper füreinander geschaffen schienen, sondern auch durch die Art, wie er sie hielt und küsste, ihr das Gefühl gab, etwas Besonderes zu sein, ohne auch nur ein Wort zu sagen. Als sie begannen, sich zu bewegen und ihren Rhythmus zu finden, jagte jeder Stoß Schauer der Lust durch ihren ganzen Körper. Hitze schoss durch ihre Adern und kribbelte unter ihrer Haut. Er küsste sie intensiver, heftiger und verwandelte all ihre Nerven in spannungsgeladene Drähte. Er wurde schneller, und ihr Inneres schwoll an, strebte nach dem Höhepunkt ihrer Leidenschaft. Er führte sie zum Gipfel, doch sie wollte *mit* ihm kommen, spüren, dass er *für sie* die Kontrolle verlor. Sie vergrub die Fingernägel in seinem Rücken, und ein tiefer Laut kam aus seiner Kehle, der sie dem Höhepunkt noch näher brachte. Seine angespannten Muskeln verrieten ihr, dass er sich noch immer zurückhielt.

Sie schlang die Beine um ihn, sehnte sich nach seiner rohen, ungezügelten Leidenschaft und riss ihren Mund lang genug von ihm los, um auszustoßen: »Lass mich *alles* von dir spüren.«

»Ich will dir nicht wehtun.«

»Es würde mehr wehtun, wenn ich wüsste, dass du dich zurückgehalten hast, als wenn ich deine ganze Energie spüren würde, die sich in uns ergießt.«

In seinen Augen loderte ein heftiges inneres Feuer. Sein Mund prallte auf ihren, er liebte sie mit der Gewalt und der Herrlichkeit eines Orkans, nahm sie mit allem, während sie gemeinsam in die Besinnungslosigkeit taumelten, sich hielten und keuchten und vor Lust laut schrien.

Danach, als sie Stirn an Stirn, mit verschlungenen Beinen beieinanderlagen und er seinen Arm beschützend um ihre Taille gelegt hatte, sagte er: »Wo warst du mein ganzes Leben lang?«

Sie wusste, dass sie diesen Moment nie vergessen würde, auch nicht all die Dinge, die er gesagt hatte, oder den Blick in seinen Augen – dem sie verzweifelt versuchte, nicht allzu viel Bedeutung beizumessen.

Doch es war zu spät. Sie hatte diese besondere Verbundenheit bereits als wertvolle Erinnerung angenommen.

Fünf

Graham wachte mit einem eingeschlafenen rechten Arm, etwas seidig Weichem unter seiner linken Hand und einer warmen Last auf seinem Oberkörper auf. Er öffnete die Augen und entdeckte Morgyn im Tiefschlaf quer über seiner Brust. Sein Lieblings-MIT-Shirt verknäulte sich über ihrem Bauch. Ihr Höschen war direkt neben seinem Kinn, ein Oberschenkel ruhte auf seiner Brust und ihre Zehen verweilten gefährlich nah an seinem besten Stück. Ihr anderes Bein lag ausgestreckt rechts neben seinem Körper. Noch zwei Premieren: eine Frau, die in seinem Wagen schlief und die sich quer über ihn ausgebreitet hatte. Er gab ihr einen Kuss auf den Bauch und atmete den frischen Duft von Duschgel ein. Sie hatten sich wie die Kaninchen geliebt, sich danach gewaschen und bei offenen Türen in den Wagen gelegt, um dem Gemurmel und den Geräuschen der anderen Festivalbesucher zu lauschen. Morgyn hatte ihre ruhige Zeit der Zweisamkeit *einfach sein* genannt. Es war erstaunlich, wie wenig das Denken eine Rolle spielte, wenn man einfach nur zusammen war, und wie gut es sich anfühlte.

Er küsste ihren Bauch noch einmal, und sie gab einen verschlafenen Laut von sich, um sich dann noch enger um ihn zu schmiegen. Ihre Zehen lagen knapp über seinen Hoden.

Instinktiv presste er die Knie aneinander, während er ihr Bein über seine Hüfte hob und sie noch einmal küsste. Sie schreckte auf und sprang auf die Knie, woraufhin sie mit dem Kopf ans Dach stieß und mit einem lauten *Ahhh* auf ihn fiel.

»Aua«, gab sie mit rauer Stimme von sich.

»Oh, Sunshine.« Er küsste ihren Kopf, zog sie mit einem Arm an sich – denn der andere war noch eingeschlafen – und drehte sie beide auf die Seite. Ihre Haare waren ein einziges blondes Durcheinander, ihre Augenbrauen zusammengezogen und ihr Gesichtsausdruck von Glückseligkeit und Schmerz gleichzeitig gekennzeichnet. Er drückte sie fester an sich. »Es tut mir leid. Ich wollte dich nicht erschrecken. Alles okay?«

Sie vergrub ihr Gesicht an seinem Hals und gab ein Grummeln von sich, wie ein mürrisches Kind, und weckte damit andere, unbekannte Gefühle. Er tastete ihren Kopf nach einer Beule ab, die es zum Glück nicht gab.

»Hab ich etwa quer über deinem ganzen Körper gelegen?«, fragte sie leise.

»Ja. Ich glaube, du warst in deinem vorherigen Leben eine Katze.«

Sie lachte und zog sich lächelnd etwas zurück. »Ich bin es nicht gewohnt, neben jemandem zu schlafen. Normalerweise kuschele ich mich um mein Seitenschläferkissen.«

»Ich bin gern dein Seitenschläferkissen.« Er streichelte über ihren Oberschenkel. »Deine Zehen sind allerdings tödlich. Einen Augenblick lang habe ich dich für die verkleidete Sable gehalten, die mich kastrieren will.«

Sie kräuselte die Nase. »Tut mir leid.«

Er gab ihr einen Kuss auf diese bezaubernde Nase und sie kuschelte sich enger an ihn. »Wenn du heute keine anderen Pläne hast, hätte ich nichts dagegen, eine Zeit lang das

Festivalgelände zu verlassen. Vielleicht könnten wir spazieren gehen und mal schauen, was das gute alte Romance in Virginia zu bieten hat.«

»Wirklich?« Sie lehnte sich zurück und in ihren wunderschönen Augen funkelte die Freude. »Ich hatte da diesen Traum über uns. Na ja …« Leise sprach sie weiter. »Ich hatte viele Träume über uns, von denen die meisten versaut waren, aber in einem Traum liefen wir Händchen haltend durch den Wald. Die Sonne schien durch die Bäume – wie gemalt. Du hast meine Hände in deine genommen und dann hast du mich geküsst. Ein einfacher Kuss auf die Lippen, aber es war wie im Film.« Sie spreizte die Finger, machte eine bogenförmige Bewegung in die Luft und seufzte. »Perfekt.«

Er berührte ihre Lippen mit seinen und sagte: »Du bist perfekt.«

Sie hielt die Hand vor den Mund und murmelte: »Mit perfektem morgendlichen Mundgeruch.« Sie schob sich von ihm weg und sagte: »Auf geht's!« Sie nahm ihren Patchwork-Rucksack vom Vordersitz. »Ich muss mir die Zähne putzen, aber wir können uns in der Stadt etwas zum Essen holen.« Sie wühlte in ihrem Rucksack.

Er zog sie neben sich, sie lachte und grinste zu ihm auf, als er ihr einen dicken, festen Kuss gab. »Ich nehme an, du trinkst keinen Kaffee?«

Sie kräuselte wieder die Nase.

»Kein Frühstück vor unserem Spaziergang?«

Sie schüttelte den Kopf. »Aber ich bin sicher, du hast eine Liste von Dingen im Kopf, die vorher zu erledigen sind, oder? Ich habe mich nur darauf gefreut, Sachen mit dir zu erkunden. Schon gut. Du kannst zuerst deinen Kaffee haben, deine Risikoanalysen zu Zecken, Sonnenbrand und Gift-Efeu durchführen –«

»Na warte!« Er kitzelte sie an den Rippen, sie rollte sich zusammen und flehte lachend: »Aufhören! Aufhören!«

Er küsste ihre Hüfte, knabberte dann daran und ergatterte ein sinnliches Stöhnen. »Aufhören? Davon hast du gestern Abend aber nichts gesagt.« Er strich mit der Hand über ihr Bein und hob ihr – *sein* – T-Shirt an, um sie auf die Taille zu küssen.

»Das Kitzeln muss aufhören.« Sie fuhr mit den Fingern durch seine Haare und sagte: »*Das* muss weitergehen.«

Er küsste ihren Bauch und sie sagte: »Mhm … Du hast noch Wasser zum Saubermachen, oder?«

»Mhm …«, sagte er, als er ihr Höschen nach unten zog und abstreifte. Er küsste die Innenseite ihres Oberschenkels und glitt dann langsam mit der Zunge darüber.

Sie zog ihr T-Shirt aus und beäugte seine Boxershorts. »Irgendjemand hat hier noch zu viel an.«

Er knurrte fast und entledigte sich rasch dieses lästigen Wäschestücks. In der Zwischenzeit hatte sie sich neben ihn gesetzt und die Fersen unter den Po geklemmt. Sie beugte sich vor und fing an, seine Brust zu küssen.

»Ah, Sunshine, das ist *so gut*.«

Er legte sich zurück, während ihre Finger über seine Brustmuskeln glitten und sie mit ihrem süßen, heißen Mund seine Brustwarzen reizte. Ihre Haare fielen auf seine Bauchmuskeln, als sie sich auf direktem Weg bis zu seinen Lenden küsste. Er schob ihr die Strähnen aus dem Gesicht und sah zu, wie sie die Spitze küsste und dann mit der Zunge an seiner pulsierenden Härte entlangglitt. Er presste die Zähne aufeinander, als sie es wiederholte und ihn damit rasend machte. Sie küsste ihn um den Ansatz herum, an seinem Oberschenkel hinunter und dann wieder hinauf, um dort zu kreisen, wo er sie am meisten haben wollte. Ihr Blick huschte kurz zu ihm herauf und das Staunen darin ließ einen warmen Schwall von Gefühlen durch seinen Körper strömen. Er verstand die Kraft in ihnen nicht, aber er wollte dieses Gefühl ebenso sehr erkunden, wie er wollte, dass sie seinen gesamten Körper eroberte.

Er streckte die Hände nach ihr aus, doch sie schüttelte den Kopf und flüsterte: »Noch nicht.«

Oh Gott, bitte.

Sie legte die Hand um ihn und fuhr mit der Zunge über die Spitze. Seine Hüfte zuckte, sie lächelte und leckte noch einmal über seine Härte, nur damit er noch einmal gequält mit der Hüfte nach oben schoss. Sie würde ihn erregen, bis er kam, das wusste er. Sie leckte langsam, küsste voller Begehren, so als koste sie jede Berührung voll aus. Das Verlangen rumorte tief und heiß in ihm. Er war gut bestückt und das hatte viele Frauen vom Oralsex abgehalten. Er hatte also nicht damit gerechnet, dass Morgyn … Egal wie sehr er ihren Mund auf sich spüren und alles mit ihr erleben wollte, das würde er nie von ihr verlangen. Mit ihren wunderschönen Augen blickte sie ihn wieder an und er sah eine Mischung aus Vorfreude und Zögern. Als er ihr gerade sagen wollte, dass sie es erst gar nicht versuchen sollte, nahm sie ihn schon ganz tief in sich auf und entlockte ihm ein langes, tiefes Stöhnen. Sie saugte einmal heftig und jagte die Hitze durch seine Adern. Er presste die Zähne aufeinander, um nicht die Kontrolle zu verlieren.

»Himmel, Sunshine …«

Die Reaktion schien ihr zu gefallen, denn sie tat es immer wieder, bis er vor Anspannung zitterte. Gerade als er dachte, er könnte sich nicht mehr beherrschen, ließ sie von ihm ab, und er atmete langsam aus. Sie griff nach einem Kondom, das er ihr aus der Hand nahm und eilig aufriss. Als er es abrollen wollte, tat sie es für ihn. Dann setzte sie sich rittlings auf ihn und senkte sich sanft herab. Sie eng um sich zu spüren und die Gefühle in ihren Augen funkeln zu sehen, ließ alles um ihn herum schwirren. Als er voll und ganz in ihr vergraben war, beugte sie sich vor, legte die Hände auf seine Schultern und ließ die Haare um ihre Gesichter fallen.

»Zeit für eine Beichte«, flüsterte sie. »Ich will mich nicht bewegen. Ich will dich nur in mir spüren, mit dem Wissen, dass ich dich gerade in meinem Mund hatte.«

»Sunshine, wenn du so redest, komme ich sowieso, egal ob du dich bewegst oder nicht. Und das bedeutet, dass ich mich bewegen muss, denn ich werde nicht kommen, bis du nicht so viele Orgasmen hattest, dass du nie vergisst, wie sich das hier anfühlt.«

Er zog sie zu einem leidenschaftlichen Kuss an sich und löste sein Versprechen ein.

Fast zwei Stunden später wanderten Graham und Morgyn durch den Wald Richtung Stadt. Sie hatten Glück, es war ein perfekter sonniger Morgen mit einem leichten Wind. Obwohl Graham ihn für perfekt gehalten hätte, auch wenn es geregnet, geschneit oder gestürmt hätte, solange nur Morgyn an seiner Seite war. Sie war in jeder Hinsicht komisch. Während er Kaffee trank und Eier zum Frühstück aß, genoss sie Eiswasser mit Zitrone und verschlang einen Riesenkeks. Sie hatte ihn überredet, ihr noch eines seiner Lieblings-T-Shirts zu leihen, und zwar das von Hilltop Vineyards, dem Weinbaubetrieb der Familie seiner Mutter. Das weiche graue T-Shirt hatte er schon seit Ewigkeiten, und das Logo war schon so ausgebleicht, dass man es kaum noch erkennen konnte. Bei Morgyn war das T-Shirt so groß, dass sie es in der Taille verknotete und zu sexy abgeschnittenen Jeansshorts mit bunten Flicken auf dem Hintern kombinierte. Sie hatte keine Sneaker oder Wanderstiefel dabei, aber Graham erkannte schnell, dass Morgyn ziemlich einfallsreich war. Während er sich anzog, hatte sie schon die verschönerten Regenstiefel, die sie am Tag zuvor getragen hatte, bei einer Frau aus einem Nachbarzelt gegen schwarze High-Top-Chucks eingetauscht. Nicht gerade geeignetes Schuhwerk zum Wandern, aber sie schien glücklich zu sein und ihre Füße waren vor Ästen und Laub geschützt.

»Hast du Ziele?« Morgyn duckte sich unter einem Ast hindurch, während ihr Blick auf die Kette aus Wildblumen gerichtet war, die sie gerade machte.

»Hat das nicht jeder?«

Mit dem Fingernagel stach sie einen Schlitz in einen Halm. »Wahrscheinlich, aber jeder hat andere. Was sind deine?«

»Das ist eine ziemlich offene Frage. Beruflich oder privat?«

Sie zuckte mit der Schulter und schob einen Halm durch den Schlitz, um dann wieder einen Schlitz zu machen.

»Also, heute ist mein Ziel, die Zeit mit dir zu genießen.«

Sie stieß ihn mit der Hüfte an. »Für die Zukunft.«

»Mal überlegen … Bei der Arbeit möchte ich mit meinen Investitionen stärker praktisch involviert sein und mehr machen, als nur Geld zu investieren. Ich will mehr bewirken, auch wenn mir noch nicht so richtig klar ist, wie. Für mich persönlich wünsche ich mir, dass mir weiterhin Spaß macht, was ich tue, und dass ich an mehr sportlichen Wettkämpfen teilnehme und die natürlich auch gewinne, dass ich mit meinen Cousins Raftingtouren mache, mit dir Zeit verbringe …«

Sie schaute auf und blieb stehen. »Du bist nicht darauf aus, Milliarden zu verdienen oder zu beweisen, dass du besser bist als jeder andere Ingenieur Schrägstrich Immobilieninvestor auf der Welt?«

»Ich verdiene viel Geld. Keine Milliarden, aber ich muss mir um meine Zukunft keine Sorgen machen, wenn du das meinst.«

Sie schüttelte den Kopf und sie gingen wieder weiter. »Geld ist mir nicht wichtig. Ich versuche, mehr über den Mann herauszufinden, der du bist. Was treibt dich an, wenn es nicht das Geld ist?«

»Das Leben. Ich möchte so viel erleben, wie ich kann. Die meisten Wettkämpfe, an denen ich teilnehme, sind für einen wohltätigen Zweck, und das spornt mich an, mehr in meinem beruflichen Leben zu geben, damit ich es mir leisten kann, diesen Veranstaltungen mehr Zeit zu widmen. Und ja, Geld treibt mich in gewisser Weise an. Natürlich möchte ich herausragend in dem sein, was ich mache, aber nicht auf Kosten eines erfüllenden Lebens. Und irgendwann möchte ich auch heiraten und eine Familie gründen, mich aber nicht unbedingt niederlassen.«

»Was bedeutet das?«

Er lehnte sich weiter zu ihr hinüber und sagte: »Das bedeutet, dass ich nicht in einem Haus mit einem weißen Zaun drumherum leben will, in dem immer alles gleich ist. Ich möchte gern lieben und geliebt werden und in der Lage sein, mit meiner Familie zu reisen. Die Kinder selbst unterrichten, was immer dafür nötig ist. Wie sieht's bei dir aus? Hast du Ziele?«

»Ja, aber ich könnte meine Kinder niemals selbst unterrichten. Mathe ist mein Feind. Mein Kind wäre arm dran, wenn es von meinem Wissen abhängig wäre, um mehr als die

Grundlagen zu lernen. Aber ich könnte ihnen alles über Kunst und Botanik beibringen.«

Er schmunzelte. »Dir ist schon klar, dass es Online-Tutorials für Kinder gibt und dass da wahrscheinlich auch irgendwo ein Ehemann wäre, oder? Er könnte doch auch helfen.«

»Man muss nicht verheiratet sein, um Kinder zu haben«, meinte sie nüchtern. »Ich bin nie eines von diesen Mädchen gewesen, das von ihrem Hochzeitstag träumt. Ich glaube nicht, dass wahrhafte Bindungen, die ewig halten, ein Stück Papier brauchen, um sie zusammenzuhalten oder um aufrichtig zu sein. Ich will nicht zu Hause auf einen fremdgehenden Ehemann warten. Ich möchte die beste Freundin meines Lebensgefährten sein, jemand, zu dem er so schnell wie möglich nach Hause kommen möchte, auch wenn ich knietief in Blumenketten stecke oder im Regen tanze, weil es sich gut anfühlt.«

Er hob ihr Kinn an, sog die Aufrichtigkeit und Hoffnung in ihrem Blick auf und küsste ihre lächelnden Lippen. »Ich kann mir nicht vorstellen, dass jemand nicht zu dir nach Hause kommen möchte. Und ich habe wirklich noch keine Frau kennengelernt, die nicht auf einen Ring am Finger aus war.«

»Tja, jetzt schon«, meinte sie frech.

»Genau. Du kennst meine Ziele. Wie sehen deine aus, geheimnisvolle Morgyn?«

»Geheimnisvoll bin ich wohl kaum, aber meine Ziele ändern sich immer mal wieder. Wie du auch möchte ich Spaß an dem haben, was ich tue. Es geht mir nicht darum, mir Dinge leisten zu können, sondern ich will mein Leben genießen. Wenn wir das, was wir machen, nicht lieben« – sie zuckte mit den Schultern – »warum sollten wir es dann tun?« Sie nestelte an ihrer Blumenkette herum und legte sie sich dann um den

Hals. »Und? Was sagst du?«

»Ich sage, dass sie fast so wunderschön ist wie du.« Als er sie gerade küssen wollte, entdeckte er Gift-Efeu nah an ihrem Bein und zog sie von der Pflanze weg an sich heran. »Pass auf, wo du hinläufst. Das ist Gift-Efeu.«

Sie schaute auf die Pflanze und sagte: »Danke. Aber wenn ich Gift-Efeu berühre, könnte ich einfach Springkraut pflücken, den Stiel aufschneiden und das Innere auf die Haut reiben. Das beruhigt und heilt die Haut sofort. Ich habe es schon für Schnitte, Verbrennungen, Insektenstiche und alles Mögliche benutzt.«

»Ich habe vergessen, dass du dich mit Kräuterheilkunde auskennst und voller Überraschungen steckst.«

Sie stellte sich auf die Zehenspitzen, grinste ihn an und küsste ihn. »Rennen wir bis zum Ort?«

»Ich dachte, du magst keinen Sport?«

Sie verdrehte die Augen und sagte: »Ich bin noch nie auf einen Berg geklettert oder ein Rennen gelaufen, aber das heißt nicht, dass ich es nicht kann. Bereit? Keine Risiko- oder sonst was für eine Analyse, Cracker. Wir sind ein Team. Wir laufen gegen die Zeit.« Sie kletterte auf seinen Rücken und sagte: »Huckepackrennen. Und los!«

Morgyn lernte viel über Graham, wie zum Beispiel, dass diese kräftigen Beine unglaublich schnell rennen konnten, selbst mit ihrem Gewicht auf seinem Rücken und ihren Küssen auf seinem Hals. Und dass er sie manchmal betrachtete, als wollte er die Teile eines Morgyn-Puzzles so anordnen, dass er sie verstehen konnte. *Viel Glück dabei.*

Als sie die Main Street erreichten, gingen sie Hand in Hand. Romance in Virginia war ein malerischer kleiner Ort, der Oak Falls in vielerlei Hinsicht ähnelte. Blühende Hartriegelsträucher säumten die Gehwege. Große Schaufenster schmückten die Fassaden von altmodischen Läden mit verblassten Markisen und fröhlichen Willkommensschildern. Bunte Blumen schwappten aus großen Töpfen neben den Ladentüren und rankten aus Blumenkästen vor den Fenstern. An einigen Scheiben hingen Poster vom Festival und ein riesiges über die Hauptstraße gespanntes Banner kündigte es ebenfalls an. Sie verweilten eine Zeit lang in einem Buchladen und fanden heraus, dass sie beide gern Krimis lasen. Graham schien das zu überraschen. Fast so sehr, wie Morgyn darüber überrascht war, dass er Zev eine Postkarte in einem Geschenkeladen kaufte, *Danke für die Spende. LG, Cracker + Sunshine* darauf schrieb und sie an ein Postamt in der Stadt schickte, in die Zev gerade reiste. Als sie an dem Antiquitätengeschäft vorbeigingen, hob eine große rote Katze im Schaufenster den Kopf, sah sie flüchtig an, kauerte sich wieder hin und schloss die Augen.

Es war herrlich, Zeit mit Graham zu verbringen, manchmal zu reden und manchmal nur in angenehmem Schweigen nebeneinanderher zu gehen. In den Geschäften drängelte er nicht und schien auch nicht verärgert zu sein, als sie einen Trödelladen entdeckte und sofort hineilte. Auf einem hellgrünen Schild stand: *Kurioser Krempel – Vintage – Upcycling – Regional.*

»In diesen Laden muss ich rein!«, sagte sie.

Glocken über der Tür bimmelten und der Duft frischer Heimtextilien begrüßte sie. An Ziegelwänden waren Metallregale voller Kleidung, alter Bilder und irrer Spiegel angebracht. Ein Samtsofa, originelle Beistelltische und zahlreiche wunderschöne, antike Kommoden bildeten einen Gang mitten durch den Laden.

»Tach zusammen!«, rief eine kleine braunhaarige Frau, die mit den Armen voller Klamotten über den Mittelgang auf sie zugeeilt kam. Sie trug knallrote Ledershorts, Cowboystiefel und ein schwarzes Netzshirt mit einem gelben Top darunter – ein Outfit, das Morgyn ihr am liebsten geklaut hätte. »Ich bin Magnolia Love«, sagte sie mit einem herzlichen Lächeln. »Schmuck, Haushaltsartikel, Spielzeug und Schuhe sind im hinteren Teil. Wir haben einen DIY-Bereich, mit allem von Rahmen bis hin zu Schlüsselanhängern, auf dem Tresen hinten rechts. Und keine Sorge, mein Schöner, wir haben auch jede Menge Werkzeug und Jungskram. Ein ganzer Raum voll, da gleich hinter dem Vorhang.« Sie zeigte zu einem Batikvorhang zu ihrer Rechten. »Wenn ihr irgendwas braucht, ruft einfach *Mags*, und schon komme ich angerannt.« Sie ging auf die gegenüberliegende Seite des Ladens, um die Kleidung aufzuhängen.

»Was für ein toller Name«, sagte Morgyn, als Graham ihre Hand nahm.

»Nicht so toll wie *Morgyn*. Wo willst du anfangen?«

»Gleich hier«, sagte sie. »Wir arbeiten uns nach hinten vor.«

Sie schlenderten durch den Laden und bewunderten alles, was Magnolia anbot.

»Erinnert dich das an dein Geschäft?«, wollte Graham wissen.

»Irgendwie schon, weil sie auch so viele verschiedene Dinge verkauft. Trödelläden sind die Vorstufen zu meinem Shop. Vieles von den Dingen, die ich verkaufe, finde ich in Läden wie diesem, und dann verleihe ich ihnen meinen eigenen Touch.«

»Du verkaufst also nichts, was du nicht verschönert hast?«

»Ich verschönere nicht nur. Ich nehme Kleidung auseinander und mache etwas vollkommen Neues daraus. Ein Kleid
kann zu einem Top werden oder vielleicht mache ich aus einem
Schal einen Rock. Ich mache auch ganz neuen Schmuck aus den
verschiedensten Dingen.« Sie entdeckte eine Spielzeugeisenbahn
und eilte mit angehaltenem Atem auf sie zu. »Wie aus diesen
hier!«

»Der hier hat einen Riss.« Er betrachtete die anderen
Waggons und sagte: »Bei dem fehlt ein Rad. Sind die alle
kaputt?«

Nachdem sie die einzelnen Eisenbahnwagen begutachtet
hatte, suchte sie sich zwei aus. »Ich kaufe diese beiden und
benutze die Teile für Schmuck oder auf Klamotten oder
Taschen. Ich plündere gern«, flüsterte sie. »Ich möchte die
Klamotten mal durchschauen.«

»Komm, gib mir die Waggons«, sagte er und nahm sie ihr
aus der Hand. »Ich geh mal zu dem Jungskram.«

Sie sah ihm hinterher, als er durch den Vorhang ging, und
hatte das Gefühl, sie würden schon jahrelang zusammen
shoppen gehen. Wenig später traf sie ihn an der Kasse bei
Magnolia wieder. Er bewunderte ein Messinggerät mit einem
breiten dunklen Sockel, auf dem ein flaches halbkreisförmiges
Teil aus Messing mit ausgesägten Kreisornamenten und einem
eingelegten Kompass angebracht war. Eine flache
Messingstange, die in der Mitte befestigt war, teilte den
Halbkreis. An beiden Enden der Geraden vom Halbkreis und
an den Enden der Stange befanden sich senkrechte Metallteile
mit Schlitzen darin.

»Was ist das?«, fragte sie. »Das sieht so besonders aus.«

»Das ist ein Graphometer aus der Mitte des 18.
Jahrhunderts, ein Vermessungsinstrument zur Bestimmung von

Winkeln. Mein Vater sammelt die. Das hier ist in perfektem Zustand. Ich glaube, das würde ihm sehr gefallen.« Er zeigte auf die senkrechten Metallstücke auf dem Halbkreis. »Das da sind die Visiere. Die sind an beiden Enden befestigt, und auf diesem Drehgelenk ist das Visierlineal, das sich über den Halbkreis mit der Skala bewegt. Siehst du?« Er drehte das Lineal.

»Es ist ein wunderbares Stück«, sagte Magnolia. »Ich wusste nicht, was es war, als die Besitzerin es mir gebracht hat, aber mir war gleich klar, dass es etwas Besonderes ist. Es ist erstaunlich, was man übers Internet alles herausfinden kann. Jetzt bin ich praktisch Expertin für die verschiedensten Graphometer. Auch wenn ich wohl kaum jemals wieder so ein schönes Exemplar finden werde.«

»Es ist großartig. Können Sie es für mich verschicken?«, fragte Graham.

»Ich kann es einpacken, versenden, verschönern, was Sie wollen.« Magnolia nahm einen Zettel und sagte: »Schreiben Sie mir einfach die Adresse auf.«

Er notierte die Adresse seines Vaters und bat um einen weiteren Zettel, um eine Nachricht für seinen Vater zu schreiben. »Deine Eisenbahnwagen habe ich auch gekauft.«

»Wirklich?« Morgyn war überrascht und gerührt. »Danke. Ich hätte sie doch selbst bezahlt.«

Graham warf ihr eine Kusshand zu.

»Ihr Liebster ist ziemlich süß«, meinte Magnolia lächelnd.

Morgyns Herz fing an zu rasen, als sie *Ihr Liebster* hörte. Sie war sich nicht sicher, ob es in Ordnung war, ihn so für sich zu beanspruchen, also wartete sie ein paar Sekunden, um zu sehen, ob er die Sache klarstellte. Aber sein feuriger Blick war die Bestätigung, die sie brauchte. »Das ist er absolut.«

»Er sagte, Sie waren auf dem Festival«, sagte Magnolia. »Ist es nicht großartig? Ich war gestern dort. Das ist so eine tolle Veranstaltung.«

»Ich versuche, jedes Jahr zu kommen, aber ich habe mir nie die Zeit genommen, mir den Ort anzusehen. Ihr Laden ist fantastisch. Ich habe einen ähnlichen Shop in Oak Falls, er heißt Life Reimagined.«

»Wirklich? Dann sollten Sie mal bei unserer Veranstaltung *Trödel auf Rädern* mitmachen.« Sie gab Morgyn einen Flyer und sagte: »Das ist eine Art Roadtrip, der jedes Jahr stattfindet. Im letzten Jahr haben fünfundsiebzig Läden mitgemacht und am ersten Tag hatten wir über fünfhundert Kunden. Die Käufer fahren von einem Laden zum nächsten, und an jedem Stopp bekommen sie etwas umsonst, eine Flagge zum Beispiel, einen Schlüsselanhänger, einen Button … Aber die meisten Kunden kommen mit Anhängern oder Transportern und wollen richtig kaufen. Das ist eine tolle Sache.«

Graham lächelte Morgyn an und sagte: »Das klingt nach einer Veranstaltung für uns.«

Als sie den Vorschlag hörte, hatte Morgyn das Gefühl, das Herz könnte ihr aus der Brust springen. »Das wäre so super!«

Sie und Magnolia tauschten ihre Kontaktdaten aus, und Magnolia erzählte ihnen, wie sie sich online für die Veranstaltung anmelden konnten. Morgyn versuchte, nicht zu sehr darauf zu vertrauen, dass Graham tatsächlich mit ihr zusammen an dieser Veranstaltung teilnehmen wollte, aber es war schwer, nicht davon zu träumen.

Als sie den Laden verließen, griff Graham in die Tasche. »Ich habe dir etwas gemacht.« Er holte ein zierliches, aus türkisen, goldenen und weißen Bändern geflochtenes Armkettchen mit drei winzigen Silberanhängern hervor.

»Du hast das gemacht?«

»Erinnerst du dich an den DIY-Bereich beim Tresen? Während du dich umgeschaut hast, habe ich ein bisschen gebastelt.« Er zeigte ihr die einzelnen Anhänger. »Ein Kompass, damit du nie vom Weg abkommst. Ein Herz, weil wir in Romance sind. Und eine Sonne, weil du es bist, Sunshine.«

Abgesehen von ihrem Vater und ihrem Großvater hatte ihr nie ein Mann etwas Selbstgemachtes geschenkt. Sie hatte einen Kloß im Hals und schlang die Arme um ihn. »Ich liebe es. Vielen Dank!«

Als er es ihr um das Handgelenk legte und sie ansah, als machte sie ihn zum glücklichsten Menschen auf Erden, hatte sie Mühe, ihre Gefühle unter Kontrolle zu behalten.

»Ich hoffe, du wirst den heutigen Tag nie vergessen. Ich weiß, dass ich es nicht werde.« Er senkte seine Lippen auf ihre und sagte: »Komm, meine Schöne. Du kannst vielleicht von Luft leben, aber ich brauche Nahrung.«

Sie kauften sich Sandwiches in einem süßen Café namens Birdie's und aßen, während sie über den Marktplatz schlenderten. Der Platz war bildschön mit Pflastersteinen um einen riesigen Brunnen herum. In der Mitte des Brunnens befand sich die Statue eines tanzenden Paares. Die Frau drehte sich gerade, der Saum des Kleides war angehoben, und der Mann schaute ihr glücklich in die Augen. Morgyn betrachtete das besondere Armband an ihrem Handgelenk und fühlte sich wie in einem Traum. Sie beobachtete Graham, der gerade die Verpackung von ihrem Mittagessen zusammenknüllte. Er lächelte, sah stark und zärtlich zugleich aus.

Wenn das heute ein Traum war, wollte sie nie aufwachen.

Nachdem sie gegessen hatten, gingen sie um den Platz herum, der von interessanten alten Ziegel- und Steingebäuden mit bezaubernden eingemeißelten Verzierungen umgeben war.

Auf der anderen Seite lag ein schöner Park mit einem Pavillon, Holzbänken und bunten Blumenanlagen entlang der Wege. Grahams Blick verweilte auf einem der alten Gebäude, und sie fragte sich, ob der Ingenieur in ihm durchkam und er alles abschätzte und sorgfältig begutachtete oder ob er wie sie einfach die Schönheit des Ortes in sich aufnahm.

Sie schlang die Arme um seine Taille und sagte: »Es ist eigentlich nicht meine Art, einen Typen so zu umarmen oder von einem Festival abzuhauen, auf dem meine Geschwister Musik machen. Warum also fühlt es sich so richtig an, hier zu sein, dich zu umarmen und zu wünschen, dass es schneien würde, damit ich die hoffnungsvolle Weihnachtsstimmung mit dir hier in diesem hübschen kleinen Ort erleben könnte?« Die Worte strömten nur so aus ihr heraus, unaufhaltsam. »Wie kann das sein, wenn wir uns gerade erst kennengelernt haben?«

»Das habe ich mich auch gefragt, aber zum ersten Mal in meinem Leben möchte ich nicht über etwas nachdenken. Ich möchte mich einfach nur treiben lassen und sehen, wohin es führt. Du scheinst auf mich abzufärben.« Er drückte seine Lippen zu einem süßen Kuss auf ihre. »Was meinst du, Sunshine?«, fragte er, als sie auf den Brunnen zugingen. »Bereit für einen Wunsch?« Er fischte eine Handvoll Münzgeld aus seiner Tasche.

»Musst du mich das noch fragen?« Morgyn schnappte sich ein Cent-Stück. »Wünschst du dir auch etwas?«

»Ja, aber ich nehme eine 25-Cent-Münze, damit die Chancen besser stehen, dass der Wunsch in Erfüllung geht.«

Sie betrachtete das restliche Kleingeld in seiner Hand und nahm alles heraus. »Okay, jetzt bin ich bereit.«

Er lachte. »Geht doch nichts über eine Erhöhung der Gewinnchancen. Du zuerst.«

Seit sie ein kleines Mädchen gewesen war, hatte sie sich an ihren Geburtstagen immer für andere etwas gewünscht – aus Sorge, dass zu große Wünsche für sich selbst habgierig sein könnten und nichts davon wahr werden würde. Früher hatte sie darum gebeten, dass Amber von ihrer Epilepsie geheilt würde und Pepper mit ihrem Projekt auf der Wissenschaftsmesse gewann. Als sie heranwuchs, waren ihre Wünsche eher praktischer Natur, auch wenn sie immer noch zugunsten von anderen ausfielen, zum Beispiel dass Axsel auf seinen Reisen um den ganzen Globus wohlauf war und dass Grace ihren Weg zurück nach Hause fand. Diese Wünsche waren ihr erfüllt worden. Axsel ging es gut und Grace war vor Kurzem wieder nach Hause gezogen. Aber heute wollte sie egoistisch sein. Vielleicht würden sich all die selbstlosen Wünsche nun auszahlen.

Sie schloss die Augen ganz fest und hielt den Atem an. *Ich wünsche mir, dass dieser Tag ewig dauert.* Als sie die Augen öffnete, sah sie, dass Graham sie mit einem wissenden Lächeln betrachtete, so als hätte er ihren Wunsch irgendwie gehört.

»Wünsch dir etwas und dann werfen wir unsere Münzen gemeinsam hinein«, sagte sie.

»Ich habe mir schon etwas gewünscht, während du dir einen Wunsch überlegt hast.« Er nahm ihre Hand und sagte: »Komm, wir werfen zusammen. Eins –«

»Zwei«, sagten sie gleichzeitig. »Drei!« Sie warfen ihre Münzen in die Luft, Graham nahm sie in den Arm und küsste sie innig, begleitet von dem Plätschern der versinkenden Geldstücke.

Der restliche Nachmittag bestand aus einem Strudel von geraubten Küssen, witzigen Gesprächen und interessanten kleinen Läden. Als die Sonne sich langsam am klaren blauen

Himmel senkte, bildete sich ein kalter Klumpen in Morgyns Magen. Sie wusste, dass sie zurück zum Festival mussten und sie dann aufbrechen würde. Graces Probeessen fand heute statt und morgen war die Hochzeit. Sable und Axsel hatten heute früh losfahren wollen und ihr geschrieben, ob es ihr gut ginge und sie rechtzeitig zum Abendessen nach Hause käme. Sie waren sicher schon fort, wenn Morgyn und Graham wieder auf dem Festivalgelände eintrafen. Sie wollte nicht, dass ihr Tag mit Graham endete, denn trotz der Wünsche und der im Rausch der Gefühle gesagten Worte wusste sie doch, dass dies aller Wahrscheinlichkeit nach alles gewesen war, was sie je zusammen haben würden. Und das Letzte, was sie brauchte, war, sich nach einem Mann zu verzehren, dessen Leben so weit entfernt von ihrem stattfand.

Als sie auf demselben Weg zurückgingen, den sie gekommen waren, spürte sie, dass sich auch seine Energie wandelte. Ohne ein Wort über die erdrückende Last zu verlieren, kauften sie sich einen Eisbecher in einem Café und setzten sich in den Pavillon im Park, um ihn sich zu teilen.

Graham hielt sie eng an sich gedrückt, und in seinen Augen spiegelte sich die gleiche Traurigkeit wider, die sie fühlte, als sie zögernd das Ende ihres herrlichen, romantischen Nachmittages akzeptierten und ihren Weg zurück zum Festivalgelände antraten. Viel redeten sie dabei nicht, aber das war auch nicht nötig. Seine Art, sie festzuhalten, die Küsse, die er ihr gab, und die Eigenheit, immer mal wieder langsamer zu werden, nur um ihr Gesicht zu berühren oder ihr in die Augen zu schauen, verrieten mehr, als jedes Wort es vermocht hätte.

Als sie das Gelände erreichten, war das Meer aus Zelten schon zu einer riesigen Fläche aus zerdrücktem Rasen und Matsch geworden, viele Festivalbesucher waren bereits fort und die restlichen machten sich in Scharen auf den Weg. Das Gelände leerte sich, und als sie zu Grahams Land Rover gingen, fühlte Morgyn sich genauso – als würde diese Leere gleich auch von ihr Besitz ergreifen.

Nachdem sie ihre Sachen zusammengesammelt hatten, half Graham ihr, die Reste ihres Zeltes abzubauen und alles in ihren Van zu verstauen. Mit jedem Blick, jeder Berührung und mit jedem Kuss versuchte sie, die Stimme in ihrem Kopf zum Schweigen zu bringen, die all die unbeantworteten Fragen stellen wollte: *Können wir in Kontakt bleiben? Werde ich dich je wiedersehen? Wie kann unsere Zeit nur vorüber sein?*

»Ich kaufe dir ein richtiges Zelt«, sagte er, als er die zerbrochenen Stäbe in den Wagen legte und die Türen schloss.

»Ich will kein richtiges Zelt.« Sie schlang die Arme um seinen Hals und legte den Kopf gegen seine Brust. *Ich will dich.*

Er küsste sie auf die Stirn und hielt sie so fest, dass sie wusste, auch ihm fiel es schwer. Er drückte die Hände auf ihre Wangen, hielt ihr Gesicht nah an seines, und der Klumpen in ihrem Magen breitete sich auf ihren ganzen Brustkorb aus, sodass sie kaum noch atmen konnte. Seine Grübchen tauchten auf, aber der Kummer in seinen Augen überschattete sie.

Er legte seine Stirn an ihre und sagte: »Wie konntest du meine Welt in kaum mehr als vierundzwanzig Stunden so verändern?«

Sie kämpfte gegen die aufsteigenden Tränen an. Sie brachte kein Wort heraus. Er dachte, sie hätte seine Welt verändert, doch sie wusste, dass sie beide die Welten des anderen verändert hatten. Ein Gefühl der Verzweiflung übermannte sie, als ihr klarwurde, dass ihre Welt nach dem Verlassen des Festivalgeländes wohl nie wieder so erfüllt, so strahlend oder glücklich sein würde.

Er nahm seine Kappe ab und setzte sie ihr auf. »Für morgen habe ich Pläne, die ich nicht umwerfen kann, aber am Montag sehe ich dich.«

Ein Glücksgefühl keimte in ihr auf. »Du bleibst noch hier?«

»Jetzt ja. Wie könnte ich uns den Rücken zukehren?«

»Ich gebe dir meine Nummer –«

»Nein. Mein Mädchen glaubt doch an esoterische Dinge. Wie viele Läden namens Life Reimagined kann es wohl geben? Ich finde dich. Ich muss. Du hast meinen Glücksbringer.«

Die Freudentränen waren nicht mehr aufzuhalten, als er sein Versprechen mit mehreren sehnsuchtsvollen Küssen besiegelte, und sowohl seine Worte – *mein Mädchen* – als auch sein Versprechen – *Ich finde dich* – gruben sich in ihr Herz.

Sie legte ihm ihre Blumenkette um den Hals, und als sie wegfuhr und ihn im Rückspiegel verschwinden sah, spürte sie noch immer Grahams starke Arme um sich, seinen Herzschlag an ihrem und die Hoffnung auf mehr.

Sechs

Nachdem sie den Sonntagmorgen und einen Großteil des Nachmittages mit ihren fünf Schwestern und Sophie Roberts-Bad, Graces bester Freundin und Trauzeugin, verbracht hatte, war Morgyns lebenslanger Bedarf an Hochzeiten schon gedeckt – dabei hatte die eigentliche Hochzeit noch gar nicht angefangen. Die Trauung fand auf dem Feld hinter dem Majestic Theater statt, wo laut Grace und ihrem Verlobten Reed Cross ihre Liebe schon in der Highschool begonnen hatte. Morgyn wollte diese schmutzigen Einzelheiten gar nicht wissen. Reed hatte das prunkvolle Theater vor Kurzem gekauft. Die umfangreichen Restaurierungsarbeiten wollte er nach ihrer Rückkehr aus den Flitterwochen in Angriff nehmen, aber die Garderobe hatte Reed eigens für Grace schon renoviert, damit sie sie vor der Trauung benutzen konnte.

Sophies Schwester, Lindsay Roberts, Hochzeitsplanerin und Fotografin, machte Aufnahmen von Grace, die in der Theatergarderobe auf und ab ging. Sie hatten fast die gesamte Bevölkerung von Oak Falls und Meadowside eingeladen, da auch nahezu der ganze Ort an dem Abend zugegen gewesen war, als Reed ihr den Antrag gemacht hatte. Aber es war egal, wie viele Leute kamen. Es gab nur einen Menschen, den

Morgyn wirklich sehen wollte, und sie würde ihn wohl erst am nächsten Tag wiedersehen, wenn er sie *finden* würde.

»Morgyn, du solltest dir das hier lieber mal ansehen.« Brindle fummelte an dem Ausschnitt des Kleides ihrer Schwester Amber herum.

Morgyn hatte die kurzen champagnerfarbenen Kleider der Brautjungfern aus Abendroben gemacht, die sie auf einer Anzeigenwebsite gefunden hatte. Die Originalkleider waren abscheulich gewesen, mit Reifröcken und mit Rüschen an Halsausschnitt und Ärmeln, aber die Farbe und der Stoff waren hinreißend. Sie hatte jedes Kleid zu einem einzigartigen Exemplar gemacht, das den Persönlichkeiten ihrer Schwestern entsprach.

»Hör auf, daran herumzuzerren«, blaffte Morgyn ungeduldig, als sie zu ihnen ging.

Brindle hob die Hände und ging einen Schritt zurück. Sie sah umwerfend aus in ihrem ärmellosen Kleid und mit den langen blonden Haaren, die ihr über die Schultern fielen. »Entschuldigung. Welche Laus ist dir denn über die Leber gelaufen?«

»Bin nur müde«, meinte Morgyn, während sie Ambers Ausschnitt richtete.

»Ist das zu weit ausgeschnitten?« Amber streichelte nervös ihren Assistenzhund Reno, einen Golden Retriever. Amber war Epileptikerin und trug eine Halskette, die ihre Schwester Pepper während ihres Masterstudiums entwickelt hatte und die nun im ganzen Land verkauft wurde. Die Kette verfügte über eine Taste, die Reno mit seiner Schnauze betätigen konnte, wenn Amber einen Anfall hatte, und sie hatte eine GPS-Funktion, die der Familie und den Notdiensten Ambers Standort übermittelte. Morgyn hatte den Anhänger passend zu den Kleidern in der gleichen Champagner-Farbe angemalt.

»Nein, du siehst hinreißend aus«, versicherte Morgyn ihrer zurückhaltendsten Schwester.

Ambers dunkle Haare waren auf eine Seite über die Schulter frisiert und wurden mit einer Schleife zusammengehalten. Ein paar hübsche Locken umrahmten ihr Gesicht. Das war die perfekte Frisur für den drapierten Ausschnitt.

Morgyn zeigte auf Sables Kleid mit den Spaghettiträgern und sagte: »Ihr Ausschnitt ist zu tief, aber du kennst ja Sable.«

Fast flüsternd sagte Amber: »Sie meinte, es gäbe nicht genug Wasser, um das Feuer in Chet Hudson zu löschen, wenn er sie zu Gesicht bekommt.«

Chet war ein Feuerwehrmann aus Meadowside, dem Nachbarort. Er analysierte die Risiken ebenso wie Graham, und wahrscheinlich war es klug von ihm, Abstand zu Sable zu halten. Männer, die mit Sable ausgingen, wollten immer mehr – mehr in Richtung Beziehung, mehr heiße Dates, mehr von allem, was sie bereit war zu geben, denn Sable war in der Tat äußerst faszinierend. Doch auch wenn Sable, wie Brindle, einen unbändigen Appetit auf Männer hatte, so müssten himmlische Kräfte walten, um sie zu einem häuslichen Dasein zu bewegen.

»Ich schwöre dir, Gracie«, sagte Sable vom anderen Ende des Raumes, »wenn du nicht aufhörst, hier hin und her zu tigern, binde ich dich an einem Stuhl fest.«

»Das wäre doch mal ein schönes Motiv«, scherzte Lindsay.

»Ich habe das Recht, nervös zu sein. Immerhin ist es meine Hochzeit.« Grace warf ihre langen dunklen Haare über die Schulter und ging weiter auf und ab. Sie sah wundervoll aus in ihrem schlicht-eleganten Neckholder-Hochzeitskleid mit Spitzencorsage und einem Schlitz an der rechten Seite, der bis über das Knie reichte. »Ich weiß, dass ich stolpern werde, mir das Kleid aufreißen oder Reed vollkotzen werde, wenn ich meine Gelübde ablegen soll.«

»Och, Gracie«, kam es mitfühlend von allen.

»Nichts davon wirst du machen«, sagte Sophie, nahm Graces Hand und führte sie zum Sofa. »Aber wie wär's, wenn du dich zur Sicherheit mal hinsetzt, bis deine Mutter uns holt? Denk an deine Flitterwochen, Gracie. Zehn Tage in Cornwall. Du wolltest schon immer mal das Minack Theatre sehen und jetzt wirst du es mit Reed erleben. Was könnte aufregender sein?«

Pepper setzte sich neben Grace und schlug die Beine übereinander. Mit einem größeren Interesse an Forschung und Technologie als an Männern, die keine intelligente Unterhaltung zustande brachten, hatte Pepper darauf bestanden, kein Dekolleté zu zeigen. Ihr Kleid hatte einen hohen Spitzenkragen und angeschnittene Ärmel, was perfekt zu ihrem schlanken Körper passte. Pepper war allerdings nicht bewusst, dass es egal war, ob sie Dekolleté zeigte oder einen Parka trug; sie war schön, und ihre Intelligenz machte sie noch schöner. Um ehrlich zu sein, war Morgyn immer etwas neidisch auf sie gewesen.

»Du wirst nicht hinfallen, Grace«, sagte Pepper. »Sobald du den Rasen betrittst, wirst du Reed am Ende des Ganges sehen und all diese Schmetterlinge werden verschwinden. Es ist ein offenes Geheimnis, dass du nicht mehr als eine Sache im Kopf haben kannst, und du wirst nur daran denken, zu ihm zu kommen. Danach wirst du dich wahrscheinlich gar nicht mehr an den Weg bis zu ihm erinnern.«

Grace seufzte. »Das klingt gut, aber wie soll ich mich jetzt im Moment ablenken?«

»Morgyn kann dir alles über den Bruder von ›Vorspiel‹

erzählen!« Sable packte Morgyn am Arm und zerrte sie zu Grace.

»Ich? Wie wär's, wenn du ihr von ›Vorspiel‹ erzählst?«, schlug Morgyn vor. Sie wollte nicht über Graham reden, denn sie empfand zu viel für ihn. Und selbst wenn er sie morgen aufsuchte, was wäre danach? Seit sie sich gestern von ihm verabschiedet hatte, versuchte sie, nicht über diese eine Frage nachzudenken – vergeblich.

Brindle drängte sich zwischen Sable und Morgyn und sagte: »Wartet mal! Ist *Vorspiel* ein *Typ*?«

»Ja«, erwiderten Morgyn und Sable gleichzeitig.

»Er ist der Bruder von Mr. All-Nighter«, sagte Sable.

Auch wenn sie den Namen, den ihre Schwester sich für Graham ausgedacht hatte, witzig fand, hoffte sie doch, die Unterhaltung von ihm wegzulenken, und sagte: »Er war scharf auf Sable.«

Sable verdrehte die Augen. »Er war scharf auf Sex, und du weißt, dass ich nicht mit einem Typen schlafe, der hübscher ist als ich.«

»Wow! Hübscher als du? Den hätte ich gern gesehen. Was habe ich sonst noch auf dem Festival verpasst?« Brindle richtete ihre großen Smokey Eyes auf Morgyn. »Wer ist Mr. All-Nighter?«

»Der Typ mit den starken Beinen«, gestand Morgyn. »Und ›Vorspiel‹ hast du auch gesehen. Das war der mit den langen Haaren.«

»Die schwulen Typen? Du hast mit einem schwulen Typen geschlafen?«, fragte Brindle.

»Muss ja bi gewesen sein, wenn er mit Morgyn geschlafen hat«, führte Pepper an.

Amber stürmte herüber. »Morgyn, du hattest einen One-

Night-Stand? Ich dachte, du hältst nichts davon?«

»Mensch, Leute!« Morgyn fing an, hin und her zu laufen. »Er ist nicht schwul, auch nicht bi, und es war kein One-Night-Stand. Ich sehe ihn morgen wieder.«

Brindle kreischte auf und umarmte sie. »Ich will jedes Detail hören. Er war übelst heiß. Ist sein Joystick auch so kräftig wie seine Beine? Ihr hättet seinen Hintern mal sehen sollen! Das nenne ich mal *nett*.«

»Brindle!« Morgyn warf ihr einen vernichtenden Blick zu.

»Was? War doch nett und …« Sie machte Grapschbewegungen mit den Händen. »Wo habt ihr es getan? Ich weiß, dass ihr es nicht in deinem Zelt getan habt. Du hättest dir zu große Sorgen gemacht, dass man euch sieht.«

»Diese Unterhaltung findet ohne mich statt.« Morgyns Puls raste. Dass Brindle ihre unglaubliche Zeit mit Graham als schmutziges Schäferstündchen darstellte, konnte sie nun wirklich nicht gebrauchen. »Und hör auf, über seinen Hintern nachzudenken.«

»Da ist aber jemand eifersüchtig«, sagte Sable.

Morgyn blickte Sable wütend an.

»Kommt er aus der Gegend?«, wollte Amber wissen.

»Nein, und ich habe keine Ahnung, wie lange er hier sein wird, aber ich mag ihn wirklich und es ist nicht das, was ihr daraus macht.«

Sable hob eine Augenbraue. »Also kein heißer Sex mit Mr. All-Nighter? Dann lohnt sich ja das Wiedersehen gar nicht, oder?«

»Mann, du bist unmöglich.« Morgyn wollte gerade aus dem Raum stürmen, als ihre Mutter in der Tür erschien.

»Hey, Süße. Was ist denn los?« Ihre Mutter ergriff Morgyns Hand und nötigte sie, stehenzubleiben.

Ich möchte meine Schwestern erwürgen, die Uhr auf gestern zurückstellen und für immer dort bleiben. Da sie wusste, dass das nur noch mehr nervtötende Kommentare auslösen würde, sagte sie: »Nichts.«

»Klar.« Ihre Mutter sah argwöhnisch zu Sable, die grinsend zu Boden schaute. »Raus mit der Sprache, Sabe. Was hast du gemacht?«

Sable verschränkte die Arme und sah sie entrüstet an. »Warum glaubst du, ich hätte etwas getan? Guck dir diesen Haufen Tratschweiber an.«

»Ich tratsche nicht«, sagte Grace.

»Ich bin Mutter eines kleinen Babys. Ich habe keine Zeit zu tratschen«, sagte Sophie.

»Sie glaubt, dass entweder du oder Brindle dahintersteckt«, sagte Pepper. »Und Brindle hätte es schon zugegeben.«

»Das stimmt«, pflichtete Brindle ihr bei.

»Es ist nichts, Mom«, sagte Morgyn. Sobald ihre Mutter erfahren würde, dass sie die Nacht mit Graham verbracht hatte, gäbe es noch mehr Fragen. »Wir sind einfach alle nur etwas hibbelig und wollen, dass es endlich losgeht.«

Ihre Mutter strich Morgyn die Haare aus dem Gesicht, wie sie es schon getan hatte, als Morgyn ein kleines Mädchen gewesen war, und sagte: »Bist du sicher, Schatz?«

Nein. Sie war sich aber ziemlich sicher, dass es nicht einmal die Sticheleien ihrer Schwestern waren, die sie so aufgeregt hatten. Sie war ein emotionales Wrack, seit sie und Graham sich voneinander verabschiedet hatten.

»Schatz?«, fragte ihre Mutter nach.

All diese Gefühle wirbeln in mir umher, und ich habe keine Ahnung, was ich mit ihnen anstellen soll. Das könnte sie ihrer Mutter sagen, und sie konnte darauf vertrauen, dass es zwischen ihnen beiden bliebe, aber im Moment waren zu viele Augen auf sie gerichtet, als dass sie über etwas so Reales und Verwirrendes reden könnte.

»Ja«, log sie. »Ich bin sicher. Sind da draußen alle bereit?«

»Das sind sie. Es ist so weit, Gracie.« Ihre Mutter streckte Grace eine Hand entgegen. »Und ich glaube, dein Zukünftiger ist sogar noch nervöser als du. Die Jericho-Brüder haben versucht, ihn abzulenken, aber du kennst Reed ja. Er hat nur eines im Sinn: Er möchte endlich die Frau heiraten, die er liebt, seit er ein Teenager mit Kulleraugen war.«

Ein Anflug von Hektik kam auf, als sie ein letztes Mal Graces Kleid richteten, sich ihre Orchideensträuße schnappten und sich dann auf den Weg machten. Sable und Brindle nahmen Morgyn in ihre Mitte.

»Lasst es sein«, warnte Morgyn sie. »Kann ich den Tag heute einfach hinter mich bringen, ohne mir noch mehr Mist über seine Körperteile anhören zu müssen?«

Sables Gesichtsausdruck wurde ernst. »Du magst diesen Typen wirklich.«

»Ach, was du nicht sagst!«, erwiderte sie sarkastisch. »Mir geht's mies und eure Witze machen es nur noch schlimmer.«

»Du könntest auf der Hochzeit mit einem anderen Typen anbändeln, um dich von ihm abzulenken«, schlug Brindle vor.

Morgyn verdrehte die Augen. »Ich will mit niemand anderem anbändeln. Ich will einfach nur, dass der Tag heute vorübergeht und ich ihn morgen wiedersehen kann.«

»Meine Enkelin Lindsay wäre perfekt für Sie«, sagte Nina – die immer darauf bestand, von allen *Nana* genannt zu werden – zum dritten Mal innerhalb der letzten zwanzig Minuten. Sie sah aus wie Helen Mirren und benahm sich wie die Mutter in *Meine Frau, ihre Schwiegereltern und ich*. Sie zeigte auf eine hübsche Blondine, die Fotos von einem ebenso blonden Mann machte, und sagte: »Schauen Sie sie doch an. Eine wahre Augenweide, oder? Sie hat eine Firma für Hochzeitsplanung und Fotografie. Eine richtig gute Partie.«

Nana und ihre silberhaarige Freundin Hellie hatten auf Graham eingeredet, seit er sich gesetzt hatte – Omas mit einem starken Drang zur Kuppelei.

»Und Haylie Hudson nicht zu vergessen.« Hellie beugte sich noch näher zu Graham und sagte: »Sie hat so einen süßen kleinen Jungen namens Scotty. Mögen Sie Kinder? Sie sehen aus wie ein Mann, der Kinder mag.«

»Natürlich mag er Kinder«, sagte Nana. »Man sieht einem Mann doch an, wenn er keine Kinder mag. Das riecht man schon aus meilenweiter Entfernung, wenn sie kommen.« Sie stieß Graham mit dem Ellbogen an und ergänzte kichernd: »Das Wortspiel ist keine Absicht.«

»Ich mag Kinder«, sagte er, »aber ich bin wirklich nicht auf der Suche nach einer Frau.«

Hellie winkte ab und mehrere bunte Ringe schwirrten in der Luft. »Das ist schon okay, mein Lieber. Wir verstehen das. Wir kennen auch ein paar tolle Männer, die wir Ihnen vorstellen können.«

Ein hustendes Räuspern entwich ihm. »Ich bin nicht schwul. Ich warte nur sehnsüchtig auf morgen, wenn ich mein Mädchen wiedersehen kann.«

»Ach, Sie müssen das nicht verstecken«, sagte Nana. »Wir sind eine sehr offene Gemeinschaft.«

Als er sich neben Nana gesetzt hatte, war sie ihm so unschuldig vorgekommen, aber dann hatte Hellie den Platz neben ihm eingenommen und alles hatte sich geändert. Er fragte sich, ob die beiden Frauen arglose Männer abpassten, um sich wie Falken auf ihre Beute zu stürzen. »Ich bin nicht –«

Musik erklang und sowohl Nana als auch Hellie zischten: »Psst!«

Froh über die Unterbrechung ließ Graham seinen Blick über die Reihen weißer Stühle hin zu dem Blumenbogen am Ende des Mittelganges gleiten, wo sein Freund Reed – nervös und glücklich in einem dunklen Anzug – neben seinem Onkel Roy stand. Er wusste, dass Reeds unheilbar kranker Vater, bei dem Reed nicht aufgewachsen war, auch irgendwo unter den Gästen saß. Graham freute sich, dass Reed mit diesem Teil seines Lebens Frieden hatte schließen können.

Nana stupste ihn an die Schulter. »Alle jungen Frauen, die den Gang entlanggehen werden, sind single, außer meiner Enkelin Sophie, der Trauzeugin, und natürlich Gracie. Also halten Sie die Augen offen. Suchen Sie sich einfach eine aus und wir stellen sie Ihnen vor.«

Graham folgte ihrem Blick hin zu den Frauen, die zur hinteren Tür des Theaters herauskamen. Er glaubte, Sable neben einer zierlichen Blondine zu sehen, beide in kurzen Kleidern und mit Cowboystiefeln. »Ist das …?«

»Das sind zwei von Graces Schwestern. Sable ist die Braunhaarige und Brindle die Blonde.«

»Brindle«, wiederholte er und fügte mehr von Morgyns Familie zusammen.

»Bei dem Mädel müssten Sie sich auf einen wilden Ritt gefasst machen«, meinte Hellie kopfschüttelnd.

Graham beobachtete, wie die Braut und zwei schlanke

Brünette zur Tür herauskamen.

»Das ist meine Sophie, rechts von Grace«, sagte Nana. »Und die beiden hübschen Mädels da sind auch Graces Schwestern. Pepper ist die mit dem Spitzenkragen. Sie ist eine bedeutende Wissenschaftlerin, und Amber, die mit den Haaren auf einer Seite, neben dem Hund, hat ein Buchgeschäft. Wenn Sable ein Wildpferd ist, sind die beiden im Vergleich niedliche Fohlen. Aber jeder so, wie er mag …«

Ihre Stimme wandelte sich zu einem rauschenden Hintergrundgeräusch, als Morgyn heraustrat und Grahams Herzfrequenz in die Höhe schoss. Er kniff die Augen zusammen und hoffte, einen besseren Blick zu erhaschen. Ihre Haare waren am Hinterkopf zusammengefasst, wenige zarte Strähnen umrahmten ihr Gesicht. Sie trug ein kurzes Kleid mit nur einem gerafften Träger über einer Schulter. Das Kleid betonte ihre Kurven und zeigte ihre langen Beine. Die Beine, die er noch immer um sich geschlungen spürte. Die anderen jungen Frauen trugen alle braune Cowboystiefel, aber Morgyns waren braun und türkis, mit silbernen und goldenen Verzierungen. Seine Finger zuckten, so groß war das Bedürfnis, sie in den Arm zu nehmen. Sie hielt einen Blumenstrauß in den Händen. Während die anderen Brautjungfern lächelten und miteinander tuschelten, stand Morgyn mit einem traurigen Ausdruck in den Augen etwas abseits. Warum kümmerte sich niemand um sie? Merkten sie denn nicht, dass ihr Lächeln gezwungen war? Konnten sie es nicht so spüren wie er?

»Sunshine«, sagte er abwesend. Er musste sich beherrschen, um nicht zu ihr zu laufen und ihren Kummer zu lindern.

»Es ist wirklich ein schöner Tag«, sagte Hellie. »Und schaut euch mal Morgyn an. Das Mädchen hat mehr Stil in ihrem kleinen Finger als das halbe County zusammen.«

»Mhm«, stimmte Nana zu. »Morgyn hat Temperament und sie ist süßer als Kirschtorte. Aber sie hat eine Nomadenseele. Um mit ihr mitzuhalten, braucht es einen ganz besonderen Mann.«

»Ja, das braucht es«, sagte er, als die Trauung begann. *Nomadenseele.* Er fragte sich, wohin es ihr Nomadenwesen verschlagen würde. Schon konnte er nicht mehr denken. Es gab nur noch die schöne Morgyn und die Entfernung, die zwischen ihnen lag, während die Trauung vollzogen wurde. Morgyn stand mit ihren Schwestern an der Seite und das halbherzige Lächeln in ihrem Gesicht bekümmerte ihn.

Dachte sie an ihn, wie er seit gestern an sie gedacht hatte?

Morgyns Blick glitt über die Gäste, und er richtete sich etwas auf in der Hoffnung, dass sie ihn sehen würde, doch sie schaute weiter über die Menge und Enttäuschung breitete sich in ihm aus. Während er versuchte, seine Gefühle zu zügeln, huschte ihr Blick zurück zu ihm und traf ihn schließlich mit der Hitze eines Laserstrahls. Er konnte sein Lächeln nicht unterdrücken, als sie die Augen freudig aufriss und ihr strahlendes Lächeln folgte. Sie stellte sich auf die Zehenspitzen, so als wollte sie einen besseren Blick erhaschen, und er streckte sich unwillkürlich auch. Er hob das Kinn und deutete einen Kuss an. Selbst aus dieser Entfernung spürte er, wie ihre Energie aufloderte. Brindle beugte sich zu ihr und sagte etwas, doch Morgyn nahm keine Sekunde lang ihre Augen von ihm. Sie antwortete ihrer Schwester, und dann stellte sich auch Brindle auf die Zehenspitzen, wahrscheinlich um ihn zu entdecken. Sable, die auf der anderen Seite von Morgyn stand, sah die beiden Frauen an und suchte dann auch die Menge ab.

Er versuchte, ein Lachen zu unterdrücken, sodass ihm nur ein gequälter Laut entwich. Nana legte die Hand auf seine und flüsterte: »Sehr emotional alles, nicht wahr? Eine Hochzeit haut mich auch jedes Mal um.«

»Geht mir genauso«, sagte er und sah zu Morgyn.

Die Zeremonie schien Ewigkeiten zu dauern, doch in Wirklichkeit war es wahrscheinlich kaum länger als eine halbe Stunde. Als Reed und Grace sich endlich küssten, klatschten und jubelten alle, während sie sich von ihren Plätzen erhoben. Graham schätzte die Entfernung zwischen ihm und Morgyn ab und fragte sich, ob es wohl fehl am Platze sei, wenn er den Gang entlanglaufen und sie in die Arme schließen würde.

Die Hochzeitsgesellschaft folgte Grace und Reed. Morgyn lief neben einem großen, dunkelhaarigen Mann, aber sie hatte nur Augen für Graham. Mit jedem Schritt hämmerte ihr Herz heftiger, das war ihr anzusehen. Ihre Augen glänzten, und ihr Lächeln breitete sich so über ihr Gesicht aus, dass es schmerzen musste. Seine Beine bewegten sich vorwärts, ohne dass er denken konnte.

»Entschuldigung«, sagte er zu Hellie. Sie erwiderte irgendetwas von *kurz noch warten*, aber er konnte keine Sekunde mehr warten. »Tut mir leid«, sagte er und drängte sich an ihr vorbei.

Morgyn rannte auf ihn zu, zwängte sich an ihren Schwestern vorbei und warf sich in seine Arme. Ihre Münder fanden sich wie durch eine unaufhaltsame Macht. Sie lächelten in ihre Küsse, er wirbelte sie umher und konnte nicht fassen, dass sie in seinen Armen lag.

»Sunshine«, sagte er, und dann gab es keine Worte, nur seine Lippen auf ihren, seine Finger in ihrem Haar und sein rasendes Herz.

»Das ist der mit den starken Beinen!«, sagte Brindle, während die Menge johlte.

»Cracker!« Morgyn küsste seine Lippen, seine Wangen, sein Kinn. »Wie hast du mich gefunden?«

»Mr. All-Nighter hat wohl ein GPS in seinem –«

»Sable!« Grace warf Sable einen vorwurfsvollen Blick zu, als sie und Reed dazustießen. Reed hob eine Augenbraue, während die frisch vermählte Braut wohlwollend lächelte und sagte: »Wir werden dich ab jetzt wohl Mr. Hochzeits-Crasher nennen müssen. Danke, dass ihr unseren Kuss abgewartet habt, bevor ihr euch in euren gestürzt habt.«

Graham merkte, dass sie den Weg versperrten und alle Augen auf sie gerichtet waren. Er setzte Morgyn ab. Einige der männlichen Trauzeugen beäugten ihn abschätzend. *Macht nur, ihr könnt mich abchecken, so viel ihr wollt.* Er straffte die Schultern und sagte: »Es tut mir leid, dass ich die Hochzeit unterbrochen habe.« Er nahm Morgyns Hand und bemerkte, dass sie noch immer das Armband trug, das er ihr gegeben hatte. Glück erfüllte ihn. »Ich bin Graham Braden, ein Freund von Reed.«

»Und von mir«, fügte Morgyn mit einem strahlenden Lächeln hinzu.

»Das beantwortet dann wohl die Frage nach dem Schwulsein«, meinte Nana hinter ihm und brachte alle zum Lachen.

Graham schüttelte resigniert den Kopf. »Warum hält mich hier jeder für schwul?«

»Weil du einfach zu gut aussiehst, Kumpel.« Reed zog ihn zu einer Umarmung an sich. »Schön, dich zu sehen.«

»Dich auch. Glückwunsch.« Er schaute Grace an und sagte: »Es tut mir wirklich leid, dass ich so dazwischengeplatzt bin, aber deine Schwester ...« Er sah Morgyn an und zog sie an seine Seite, als er sagte: »Es gibt keine Entschuldigung. Ich konnte wirklich keine Sekunde länger warten.«

Ein einhelliges *Ahhh* ertönte um sie herum.

»Reed hat mir schon viel von dir erzählt«, sagte Graham. »Die bedeutende Theaterproduzentin, die New Yorks Bühnen gegen das Gemeindetheater eingetauscht hat. Klingt, als würdest du Großartiges für Oak Falls auf die Beine stellen.«

»Ob das so großartig ist, weiß ich nicht, aber wir haben gerade unser erstes Stück aufgeführt und –«

»Es war der Wahnsinn!«, sagte Morgyn. »Grace ist die beste Produzentin überhaupt und sie unterrichtet Kurse fürs Drehbuchschreiben. Außerdem arbeitet sie mit Firmen vor Ort zusammen, um zukünftige Veranstaltungen zu finanzieren. Ich bewundere sie.«

Grace stiegen die Tränen in die Augen und sie umarmte Morgyn.

»Grace hat schon jetzt so viel erreicht«, sagte Reed stolz. »Und wenn das Theater erst einmal eröffnet wurde, wird sie noch mehr bewirken.« Er sah zwischen Graham und Morgyn hin und her und sagte: »Ich hatte keine Ahnung, dass ihr beide euch kennt. Morgyn, Graham ist der Investor, von dem ich dir erzählt habe, der deine Firma bewerten soll.«

»Ihre Firma bewerten?«, fragte Graham. »Ich dachte, ich wäre hier, um mir dein Theater anzusehen.«

»Bist du auch«, sagte Reed. »Morgen früh um acht. Grace und ich brechen um zwölf zu unseren Flitterwochen auf. Morgyn steht kurz vor einigen Veränderungen in ihrer Firma. Ich dachte, du könntest es dir mal ansehen, wenn du schon mal hier bist, ihre Bücher durchsehen, ein paar Vorschläge machen …«

Graham wollte Geschäftliches und Vergnügen eigentlich nicht vermischen. Klar, er half mal Freunden, aber nie

Freunden, mit denen er schlief. »Ich halte das nicht für eine gute Idee, da wir eine private Beziehung haben.«

»Ach, komm schon, Cracker. Das ist eine sehr gute Idee.« Morgyn stellte sich auf die Zehenspitzen und flüsterte: »Du musst dir vielleicht meine *Sachen* ansehen.«

Er räusperte sich, um einen sehnsüchtigeren Laut zu unterdrücken.

»Morgyn wird beglückt«, säuselte Brindle.

Morgyn lächelte zu ihm auf und sagte: »Wurde ich schon.«

»Als hätten wir daran noch gezweifelt …«, meinte Grace leise.

Morgyn erschrak. »Nein! Ich meinte, weil er hier ist. Ich wusste nicht, dass er auf der Hochzeit sein würde.«

»Wer ist dieser gut aussehende Halunke, der mein kleines Mädchen küsst?« Eine dunkelhaarige Frau zwängte sich durch die Menge und betrachtete Graham und Morgyn mit dem gleichen lebensfrohen Funkeln in den Augen, das auch Morgyn hatte.

»Mr. All-Night–«

Amber stieß Sable in die Seite und sagte: »Er heißt Graham, Mom. Sie haben sich auf dem Festival kennengelernt.«

»Hallo, *Mom*.« Er reichte ihr die Hand. »Graham Braden, professioneller Hochzeitssprenger. Freut mich, Sie kennenzulernen.«

»Seht euch diese Grübchen an. Kein Wunder, dass Morgyns Wangen nur so glühen.« Sie umarmte ihn und sagte: »Ich bin Marilynn Montgomery, die Mutter von all diesen lauten Mädels, und unglaublich erfreut, Sie kennenzulernen.« Sie zeigte auf einen blonden Mann mit aufmerksamen blauen Augen, der neben Axsel stand und jede Bewegung von Graham genau beobachtete. »Und dieser stattliche Mann dort ist ihr

Vater, Cade, der gerade bei ihrem Bruder Axsel steht. Sie werden wahrscheinlich ein paar Fragen an Sie haben, also schlage ich vor, Sie holen sich erst mal einen Drink, bevor die Inquisition beginnt.«

Als sie den Gang freimachten, lehnte sich Morgyn an Graham, als könnte sie es nicht ertragen, auch nur einen Zentimeter Raum zwischen ihnen zu lassen. Er fand es herrlich.

»Du und Reed, wie habt ihr euch kennengelernt?«, fragte Morgyn.

»Er hat ein Projekt in Michigan renoviert, das ich finanziert habe, und wir haben uns auf Anhieb gut verstanden. Seitdem sind wir Freunde.«

Reed und Grace verschwanden in der Menge und Morgyns Eltern begrüßten andere Gäste. Trixie Jericho, die Graham über seinen Bruder Nick kannte, stand ein paar Meter entfernt mit vier Männern zusammen. Schulter an Schulter, mit verschränkten Armen, musterten sie Graham. Zwei von ihnen trugen Cowboyhüte und erinnerten ihn an seinen Bruder Nick. Einer von ihnen war schicker gekleidet als die anderen und wirkte etwas angespannt. Der Vierte schaute ernst, so wie Grahams ältester Bruder Beau, bevor er sich in seine Verlobte Charlotte Sterling verliebt hatte.

»Das hier ist Pepper«, sagte Morgyn und zeigte auf ihre große, schlanke Schwester. »Sie und Sable sind Zwillinge. Pepper arbeitet als Wissenschaftlerin in der Forschung und Entwicklung in Charlottesville.«

Während Morgyn und Brindle blond wie ihr Vater waren und ihre anderen Geschwister dunkelhaarig wie ihre Mutter, hatte Pepper goldbraunes Haar. Sie war auf eine gewisse Art ernsthaft und hatte warme, intelligente Augen.

»Was entwickelst du?«, fragte er.

»Hauptsächlich neurologische Apparaturen«, sagte Pepper, »aber ich forsche auch auf einigen anderen Gebieten.«

»Das ist faszinierend. Würde gern mal hören, wie du zu dem Bereich gekommen bist.«

»Sie ist unglaublich«, sagte Morgyn. »Sie hat Ambers Notfallkette gemacht.«

Mit einem schüchternen Lächeln hob Amber eine Kette von ihrem Dekolleté. »Epilepsie, falls du dich gefragt hast.« Sie streichelte den Golden Retriever, der neben ihr stand. »Das ist Reno, mein Assistenzhund. Unsere Mutter bildet Assistenzhunde aus und bringt allen bei, dieses Gerät zu nutzen.«

»Schön, euch beide kennenzulernen«, sagte Graham und versuchte, sich die Informationen über jedes Mitglied ihrer Familie zu merken. Er wollte alles über Morgyns Familie wissen – auch über die Eltern, die eine so erstaunliche Tochter großgezogen hatten.

»Amber hat den besten Buchladen in Meadowside«, erklärte Morgyn. Die Bewunderung für ihre Geschwister war offenkundig, auch wenn sie auf dem Festival gern etwas weniger Liebe von ihnen bekommen hätte.

»Ähm«, unterbrach Brindle sie mit gestrafften Schultern. »Und deine heißeste Schwester …?«

»Grace hat er schon kennengelernt«, erwiderte Morgyn scherzend. »Das hier ist Brindle. Sie ist Lehrerin an der Highschool, leitet die Theatergruppe der Grundschule und hat es nicht so mit Bescheidenheit.«

Graham lachte. *Theater.* Das passte. Während Pepper und Amber recht zurückhaltend wirkten und Morgyn und Sable sehr offen waren, hatte Brindle eine sehr theatralische, kokette Art an sich.

»Ah ja«, sagte Graham. »Das ist also diejenige, die dich auf dem Festival eiskalt allein und im Stich gelassen hat.«

Brindle verdrehte die Augen. »Ach, kommt schon. Morgyn war vielleicht allein, aber dann ist sie ja bei dir gelandet. Und da hat sie auch sicher ihren *Stich* abgekriegt.«

»Brindle!« Morgyn wandte sich ab, doch Graham konnte noch sehen, dass sie errötete.

Graham zog sie an sich. »Deine Familie ist großartig«, sagte er nur für sie hörbar.

»Guter Fang, Mustang«, sagte einer der Cowboys, der Graham taxiert hatte, als er herüberkam und einen Arm besitzergreifend über Brindles Schulter legte. Die drei anderen Typen und Trixie folgten ihm.

»Du bist dann wohl Brindles Freund?«, fragte Graham. »Da kannst du mir bestimmt ein paar Tipps geben, womit man eine Montgomery verzaubern kann.«

Brindle und der Typ lachten.

»Nein«, sagte der Typ. »Wir sind nicht …«

»Von dem solltest du dir keine Beziehungsratschläge geben lassen«, sagte Amber. »Eigentlich weder von ihm noch von Brindle.«

»Kommt ihr uns schon wieder damit?« Der Cowboy schüttelte den Kopf.

»Ich habe einen guten Beziehungsratschlag«, sagte Brindle. »Binde dich nicht und dann wird auch keiner verletzt. So. Das war's.«

»Hey, Montgomerys!«, rief Nanas Enkelin Lindsay, als sie näher kam. Sie hielt einen Fotoapparat in der Hand und sah aus, als wäre sie im Einsatz. »Erst die Familienfotos, dann wird getrunken. Wir wollen keine Flecken auf diesen hübschen Kleidern haben. Auf geht's.« Sie schaute zu Graham und sagte:

»Ich bin Lindsay Roberts, herausragende Fotografin und die Organisatorin dieses großartigen Events. Keine Sorge. Ich habe eine tolle Aufnahme von eurer spontanen Knutscheinlage. Ihr bekommt einen Abzug in Postergröße davon, aber jetzt muss ich dir dein Mädchen kurz mal entführen.«

Brindle schnappte Morgyn und Amber am Arm, sagte: »Komm, Pep!«, und zog sie alle mit sich fort.

»Ich beeile mich!«, rief Morgyn über die Schulter zurück. »Hol dir schon mal etwas zu trinken!«

Graham sah zu, wie Morgyn davoneilte.

»Gewöhn dich schon mal dran«, meinte der Typ, der *nicht* Brindles Freund war, als sich die anderen drei Männer und Trixie, die Frau, die mit Nick arbeitete, zu Graham gesellten. »Wird Zeit, dass wir uns kennenlernen. Ich bin Trace Jericho und das ist mein Bruder Justus. Du kannst ihn JJ nennen.«

JJ tippte sich an den Cowboyhut.

»Wie ich höre, kennst du meine Schwester Trixie schon«, sagte Trace.

Trixie winkte. »Die Welt ist klein.«

»Schön, dich wiederzusehen«, sagte Graham. Er war es gewohnt, Trixie bei der Arbeit mit den Pferden zu sehen, in Jeans, Stiefeln und einem in der Taille zusammengeknoteten Flanellhemd. In einem Kleid sah sie wie eine vollkommen andere Person aus. Nick würde wahrscheinlich den Verstand verlieren, wenn er die Brünette mit ihrer Wespentaille im Kleid sah.

»Und das hier sind meine Kumpels.« Trace zeigte auf die anderen Männer mit ihren schicken Anzügen und den ernsten Blicken. »Beckett Wheeler und Chet Hudson.«

»Wie geht's?«, meinte Chet.

Becketts Kiefermuskeln zuckten und Trixie stieß ihn mit

dem Ellbogen an. Er gab ein mürrisches »Hallo« von sich.

»Freut mich, euch kennenzulernen«, sagte Graham, als sie Richtung Bar gingen. »Ihr seid also das Begrüßungskomitee?«

»So etwas in der Art«, murrte Beckett.

Sie bestellten sich Drinks und Graham bereitete sich auf die Befragung vor, während er seinerseits die anderen taxierte. Trace, JJ und Chet hatten die Art von Muskeln, die von harter körperlicher Arbeit stammten, während Beckett fit, aber nicht massig war. Graham mutmaßte, dass er einen Bürojob hatte. So wie Trixie die Jungs im Auge behielt, schien es, als wollte sie sicherstellen, dass es friedlich blieb.

»Sieh uns einfach als Morgyns große Brüder an«, sagte Trace. Dann nahm er einen Schluck Bier.

»Also, das ist widerlich«, sagte Trixie. »Du schläfst mit Brindle und das klingt jetzt nach Inzest.«

»Sie hat recht, Mann«, amüsierte sich JJ.

Graham trank etwas, während sein Blick zu Morgyn wanderte, die unter den Bäumen mit ihrer Familie für Fotos posierte. Sie strahlte über das ganze Gesicht, und ihm gefiel der Gedanke, dass es auf ihr unverhofftes Wiedersehen zurückzuführen war. Aber es konnte auch sein, dass das Herumalbern mit ihren Schwestern sie so zum Lachen brachte. Lindsay versuchte, sie alle zu bändigen und in Position zu bringen.

»Ich habe gehört, du bist Investor?«, fragte Beckett mit zusammengekniffenen und starr auf Graham gerichteten Augen, womit er ihn wahrscheinlich einschüchtern wollte.

Was bei Graham nicht funktionierte. Dies war eine Hochzeit, kein Wettstreit. »Stimmt. Immobilien, Kapitalanlagen, so was. Und was machst du?«

»Oh, oh«, sagte Chet. »Investor gegen Investor.«

Das könnte interessant werden.

Graham fragte sich, ob Beckett so gereizt war, weil sie beruflich ähnlich ausgerichtet waren. »Du investierst auch? In welchem Bereich?«

Beckett nahm noch einen Schluck und wartete mit der Antwort – eine alte Verhandlungstaktik, um die Oberhand zu gewinnen. Auf Graham wirkte es nicht.

»Hab im Bankenwesen angefangen«, sagte Beckett schließlich. »Jetzt mache ich hauptsächlich Privatanlagen, Start-up-Firmen …«

»Er investiert seine Zeit darin, Morgyns Freund zuzusetzen«, stichelte Trixie.

»Und warum?«, wollte Graham wissen, der Becketts Blick die ganze Zeit standhielt.

»Weil sie vor einigen Jahren mit ihm Schluss gemacht hat und er glaubt, dass kein anderer gut genug für sie ist«, erklärte Trixie.

»Sie hat nicht mit mir Schluss gemacht«, meinte Beckett grinsend. »Es war andersherum.«

»Ist das nicht egal?«, sagte Chet. »Mensch, Beck, lass den Mann in Ruhe. Das ist Jahre her und keiner will etwas davon hören. Hör zu, Graham, wir kennen dich nicht, aber wir kennen und mögen Morgyn sehr. Du tauchst hier im Ort auf und schnappst sie dir …« Er zuckte mit den Schultern. »Wir wollen einfach nur sicher sein, dass sie mit einem anständigen Typen zusammen ist.«

»Er kennt Reed«, warf Trixie ein. »Glaubt ihr wirklich, Reed würde einen Mistkerl zur Hochzeit einladen? Er ist Nicks Bruder. Ihr kennt doch Nick, und ich habe Graham in den letzten Jahren dutzende Male auf Nicks Ranch getroffen, also lasst es gut sein.«

»Hört zu, es gibt sicher Leute, die mich für einen Mistkerl halten«, sagte Graham. »Und es gibt Leute, die mir die Füße küssen würden. Tatsache ist, dass ich ein ganz normaler Typ bin. Ich verdiene gut, reise viel, stelle meine Familie an erste Stelle und bin glücklich, jemand so Wundervolles wie Morgyn getroffen zu haben.« Er sah Beckett an und sagte: »Ich könnte sagen, es tut mir leid, dass es mit euch beiden nicht geklappt hat, aber das wäre gelogen, denn dann wäre sie nicht single gewesen, als ich sie kennengelernt habe. Also vergessen wir das, gehen davon aus, dass wir beide gute Typen sind, und schauen nach vorn.«

»Darauf trinke ich.« Trixie hob ihr Glas.

Trace stieß Beckett mit dem Ellbogen an, und Beckett hob zögernd ebenfalls sein Glas, als Morgyn und ihre Schwestern näherkamen.

»Ich hoffe, ihr vergleicht nicht, was ihr in der Hose habt«, rief Brindle, »denn nach dem, was Morgyn so sagt, kommt ihr neben Graham alle schlecht weg!«

»Nichts hab ich gesagt!«, widersprach Morgyn, als sie sich zu Graham stellte. »Aber das würdet ihr eindeutig.«

Graham legte den Arm um sie und küsste sie mit stolzgeschwellter Brust. »Danke, Sunshine.«

»Also, das wollte ich jetzt nicht unbedingt wissen. Wir sehen uns später.« Beckett drehte sich um und ging.

»Pass auf«, sagte Trixie zu Morgyn. »Beckett ist angepisst.«

Morgyn sah Graham besorgt an. »Ich hoffe, er hat sich nicht danebenbenommen. Wir waren mal zusammen.«

»Hat er nicht und es wäre auch egal. Wenn ich dich verloren hätte, wäre ich wahrscheinlich auch angepisst.«

Sieben

Die Zeit auf dem Empfang flog nur so dahin, beziehungsweise schwebte, denn Morgyn war definitiv im siebten Himmel. Das Essen war köstlich, und die Gespräche waren ausgelassen, denn ihre Geschwister und Freunde hatten sie und Graham unaufhörlich geneckt. Worüber sich Morgyn bei den Männern, die sie früher gedatet hatte, mit am meisten geärgert hatte, war deren Unfähigkeit, einfach nur sie selbst zu sein, ohne etwas vorzuspielen, und alles so zu nehmen, wie es kam, ohne in einen Wettstreit einzusteigen. Vom Festival wusste sie, dass Graham nicht so war, aber auf der Hochzeit und von so vielen Menschen umgeben zu sein, die unbedingt wissen wollten, wie er so tickte, war wirklich der Härtetest für ihn. Graham steckte es alles hervorragend weg, beglückte sie alle den ganzen Abend mit seinen Grübchen und küsste sie ohne Zögern. Es war offensichtlich, dass er große Familien und den Tumult, der oft mit ihnen einherging, gewohnt war.

Als sich jetzt Sables Band darauf vorbereitete, noch einmal ein paar Lieder zu spielen, beobachtete Morgyn, wie Graham und ihr Vater über das Feld hin zu dem Tisch mit frischen Getränken gingen. Graham sah teuflisch gut aus in dem weißen Anzughemd, die Ärmel bis unter die Ellbogen hochgekrempelt, und der dunklen Hose. Ohne seine Baseballkappe sah er seriöser aus und man konnte ihn sich leichter bei Geschäftsverhandlungen in einem Konferenzraum vorstellen. Sie würde die Geschäftswelt vielleicht nie so verstehen wie andere, aber sie respektierte sie und war froh, dass er ihre Welt bisher auch zu respektieren schien.

»Was glaubst du, was Daddy gerade sagt?«, fragte sie ihre Mutter.

»Lass mich überlegen. Ein Professor für Ingenieurwissenschaften und ein Ingenieur Schrägstrich Investor? Ich nehme an, sie überlegen, wie sie die Tonbühne für Sables Band besser konstruieren können.« Ihre Mutter tätschelte ihre Hand und sagte: »Entweder das, oder er erzählt Graham von dem Mal, als du und Brindle euch ausgezogen und auf dem Erdbeerfest einen Regentanz aufgeführt habt.«

Morgyn schlug die Hände vors Gesicht. »Oh nein! Ich hoffe nicht.«

»Besser, als wenn er ihm die Geschichte erzählen würde, wo ihr euch als Teenager nachts rausgeschlichen habt, um zu dieser Party am Bach zu gehen. Wenn er das erzählt, wird er wahrscheinlich noch ein oder zwei Drohungen aussprechen.«

»Das macht er nicht!« Sie lachte und erinnerte sich daran, wie wütend Brindle gewesen war, als ihr Vater aufgetaucht war. Sie schaute zu Brindle und Trace auf der Tanzfläche. Sie passten so gut zusammen, aber sie gingen beide so vehement dagegen an. »Glaubst du, Brin und Trace werden je ein *richtiges* Paar?«

»Schatz, immer wenn ich denke, ich habe jetzt eine meiner Töchter verstanden, überrascht sie mich wieder. Ich versuche gar nicht mehr, euch zu verstehen. Das bedeutet aber nicht, dass ich mir keine Sorgen mache. Sie reist Freitag nach Paris ab und sie wird so weit weg sein, ganz allein ...« Sie strich über

Morgyns Hand und sagte: »Aber genau wie du hat auch Brindle immer ihr Ding gemacht. Ich vertraue darauf, dass sie herausfindet, was zu ihr passt. Und ich habe das Gefühl, du findest vielleicht auch gerade etwas heraus. Ich habe dich noch nie so vernarrt in einen Mann gesehen. Übrigens darfst du Graham gern Dienstagabend zum Abschiedsessen für Brindle mitbringen.«

»Ich weiß nicht, ob er dann noch hier ist, aber danke.« Wie lange blieb er überhaupt? Ihr wurde schwer ums Herz bei dem Gedanken daran, dass er wegfuhr. »Mom, woher wusstest du, dass Dad der Richtige für dich ist?«

»Ach, Liebling, da gab es zu viele Zeichen, als dass man sie hätte übersehen können. Einige von ihnen waren so groß wie Werbetafeln, andere so klein, dass ich mir sicher war, ich hatte sie mir nur erträumt«, sagte ihre Mutter. »Aber ich denke, der eindeutigste Beweis dafür war, dass ich vor der Begegnung mit deinem Vater irgendwie so war wie du und glücklich durchs Leben getrieben bin. Dann tauchte er auf, und plötzlich war er der Mittelpunkt in jedem Gedanken, den ich hinsichtlich meiner Zukunft hatte. Es führte kein Weg an uns vorbei.«

»Kein Weg vorbei ...«, sagte sie leise.

Graham und ihr Vater waren wenige Meter von dem Tisch entfernt stehengeblieben, die Köpfe ganz nah beieinander, so als würden sie sich Geheimnisse verraten. Ihr Vater legte Graham eine Hand auf die Schulter, beide blickten ernst. Dann sagte ihr Vater etwas und Graham neigte den Kopf zur Seite. Als sein Blick auf Morgyn fiel, schien es, als flammte ein Lichtbogen zwischen ihnen auf. Sie sah sich an seinem breiten Brustkorb und muskulösen Unterarmen fest, während er mit seinen kräftigen Beinen auf sie zukam. Sie spürte noch das Gewicht seines Körpers auf sich, seine Hüften, die sich mit langsamen, energischen Stößen bewegten, sein neckender Mund, der sie immer weiter …

»Ich würde sagen, dass da ist ein *sehr* gutes Zeichen, meine Süße.«

Oh Mist. Morgyn schluckte und spürte das Blut, das ihr in den Kopf schoss. »Das kannst du *sehen*?«

»Jeder kann wohl sehen, dass er den Test deines Vaters bestanden hat, oder meinst du nicht?«

Erleichtert atmete sie auf, als die Männer sie erreichten und Graham neben ihrem Stuhl stehenblieb.

Er griff nach ihrer Hand und zog sie zu sich hoch. »Bereit, die Tanzfläche in Brand zu setzen, Sunshine? Sie ruft nach uns.«

»Wie könnte sie da Nein sagen?«, meinte ihre Mutter.

Ihr Vater zog ihre Mutter hoch und sagte: »Komm, Marilynn, der Kerl kann mir nicht das Wasser reichen, abgesehen vielleicht davon, dass er ungefähr zwanzig Jahre weniger auf dem Buckel hat.« Ihr Vater zwinkerte ihr zu und sagte: »Lass uns diesen jungen Leuten zeigen, wie das geht.«

Morgyn liebte es fast ebenso, ihre Eltern tanzen zu sehen, wie wieder in Grahams Armen zu sein. Sie tanzten lange. Als die Sonne unterging, gingen die Lichter, die über das Feld gehängt worden waren, und die Lampions in den Bäumen an und verliehen dem Abend einen noch magischeren Zauber.

»Ich kann es immer noch nicht glauben, dass du hier bist«, sagte sie, während sie sich zu der Musik bewegten. »Was hast du für Pläne? Wie lang bleibst du?«

»Ursprünglich war mein Plan, das Theater mit Reed zu begutachten, dann querfeldein zu reisen, um auf dem Weg zu einem Treffen mit meinem Geschäftspartner in Washington noch Verwandte zu besuchen. Wir überlegen, am Rand von Seattle ein Grundstück zu kaufen. Dann reise ich nach New

York, um eine andere Investition zu besprechen. Wir haben auch noch ein internationales Geschäft im Hinterkopf, aber …«

»Wow, du bist echt viel unterwegs.« Quer durch das Land fahren? Nach Seattle und dann nach New York? Ein internationales Geschäft? Sie hatte das Gefühl, egal wie großartig dies hier zwischen ihnen war, es war wahrscheinlich zeitlich begrenzt.

»Bin ich, und das waren meine *ursprünglichen* Pläne. Aber dann habe ich auf einem Festival eine heiße Frau kennengelernt und jetzt habe ich es nicht mehr eilig abzureisen.« Seine Augen wurden ganz dunkel, als er sagte: »Ich habe ein Zimmer im Meadowside B&B gemietet, bis Freitag, dann muss ich an die Westküste. Ich dachte mir, wir schauen mal, wie alles so läuft.«

»Fünf Tage«, sagte sie glücklich und wusste gleichzeitig, dass es nie genug wäre.

»Ein Anfang …« Er drückte sie beim Tanzen noch etwas fester an sich.

Ihr Herz raste bei dem Gedanken, ihn noch länger zu sehen. »Ich dachte, du würdest vielleicht bei mir übernachten wollen, aber wenn du schon bezahlt hast …«

»Glaubst du, mich interessieren die paar Dollar? Ich würde nirgendwo lieber sein als bei dir. Als ich dich mit deinen Schwestern aus dem Theater kommen sah, dachte ich, ich hätte dein Bild nur heraufbeschworen, weil ich so viel an dich gedacht habe.«

Er drückte seine Lippen auf ihre, wie um ihr zu zeigen, wie gern er bei ihr sein wollte. Seine Küsse knisterten in ihr, raubten ihr die Fähigkeit zu denken, und sie schmolz ihm entgegen. Seine Lippen waren warm und süß, als er mit einer Reihe von leichten, verlockenden Berührungen seiner Lippen über ihre strich.

Sie tanzten noch zu mehreren Liedern, küssten und hielten sich. Morgyn hing an Grace und sie wollte sie unterstützen, aber je länger sie mit Graham tanzte, umso mehr sehnte sie sich danach, mit ihm allein zu sein, ihre Körper verschmelzen zu lassen und ineinander zu verschwinden.

Plötzlich wurde es unruhig um sie herum und sie wurde aus ihren Träumereien gerissen.

Grace rannte auf die Bühne und klopfte auf das Mikro. »Wer will den Brautstrauß fangen?«

Ein Haufen Mädchen rannte zur Bühne.

»Oh nein!« Morgyn versuchte, sich zurückzuziehen, aber die Menge drängte nach vorne. Sie saß in der Falle.

»Willst du nicht versuchen, ihn zu fangen?«, fragte Graham.

»Nein. Wenn man den Strauß fängt, fangen alle an, über Hochzeitstermine und Babys zu spekulieren. Den Druck will ich nicht haben.«

Er schaute sie amüsiert und fragend an. »Du hast wirklich Angst, dich zu binden, oder? Das verstehe ich nicht. Deine Eltern wirken doch glücklich verheiratet.«

»Ich habe keine Angst, mich zu binden. Ich bin gut darin, Bindungen einzugehen. Ich brauche einfach nur nicht« – sie deutete mit einer Handbewegung auf die Menge – »all das hier, um zu beweisen, dass es echt ist.«

»Alle bereit?«, ertönte Graces Stimme über die Lautsprecheranlage. Sie drehte sich um und sagte: »Eins!«

Brindle kam herbeigerannt und sagte: »Komm, Morg. Komm schon, Graham. Wir müssen hier weg.«

»Zwei! Drei!« Grace warf den Strauß und Morgyn und Brindle duckten sich schreiend weg.

Der Strauß landete genau in Grahams Armen. Alle hielten den Atem an, dann folgte ein Getöse aus Lachen und

Glückwünschen.

Graham stammelte nur: »Oh Mist.«

»Nein. Nein, nein, nein.« Morgyn schüttelte den Kopf, winkte hektisch. »Lass ihn fallen! Schnell, lass ihn auf den Boden fallen.«

»Du bist geliefert, Morg«, sagte Brindle.

Graham schmunzelte und hielt Morgyn die Blumen entgegen. »Für dich, Sunshine.«

»Entschuldigung!« Nana drängte sich durch die Menge und stemmte die Hände in die Hüften. »Ich bin mir nicht sicher, was es bedeutet, wenn ein Mann den Strauß fängt, aber ich gebe ihn äußerst gern Lindsay!«

»Bist du sicher, Morgyn?«, fragte Graham mit hochgezogener Augenbraue.

»Ja!« Morgyn nahm ihm die Blumen aus der Hand und gab sie Nana.

Nana riss die Arme in die Höhe, schritt in Siegerpose zur Bühne und sagte: »Lindsay! Wir haben den Strauß!«

Die Menge jubelte, folgte Nana und Morgyn hatte wieder Luft zum Atmen.

»Sie nimmt das Liebesleben ihrer Enkelin ziemlich ernst«, sagte sie locker, aber die Sorge in Grahams Augen versetzte ihr einen Stich ins Herz.

»Oje. Sieht aus, als hätte Morgyn etwas zu erklären.« Brindle lehnte sich zu Graham hinüber und sagte: »Regel Nummer eins: Dränge eine Montgomery nie in die Ecke. Wir kommen immer mit erhobenen Fäusten raus.«

Graham zog Morgyn in seine Arme. »Unterschätze nie einen Braden.« Ein verschmitztes Lächeln trat in sein Gesicht. »Ich habe gerade *Mach Morgyn einen Heiratsantrag* von meiner Bucket List gestrichen.«

Sie stellte sich auf die Zehenspitzen und küsste ihn. »Cracker, du bist gerade um ein Tausendfaches heißer geworden.«

»Das geht zumindest in die richtige Richtung. Die Gitarre hat mich nur um ein Hundertfaches heißer gemacht.«

»Du solltest mal sehen, was eine große Portion von der Hochzeitstorte dir einbringt«, schlug Brindle vor.

Graham nahm Morgyn bei der Hand und zog sie von der Tanzfläche.

Sie hastete hinter ihm her und fragte: »Wohin gehen wir?«

»Zu dem Tisch mit den Desserts, und wenn es da nichts mehr gibt, dann fahren wir zur Bäckerei, die ich auf dem Hinweg gesehen habe.«

Zwei Stunden später, nachdem sie zuckrige Küsse ausgetauscht und getanzt hatten, bis die Band aufgehört hatte, endete die Hochzeitsfeier. Grace und Reed fuhren in seinem Pick-up weg, auf dessen Heckklappe »Just Married« stand und an dessen Stoßstange laut scheppernde Dosen hingen. Nachdem sie sich unter dem Sternenhimmel von allen verabschiedet und Pepper und Axsel noch einmal ganz fest umarmt hatten, weil sie beide früh am nächsten Morgen abreisen wollten, gingen Morgyn und Graham zu seinem Wagen.

»Hey, Braden!«

Sie drehten sich herum, als sie Traces Stimme hörten, und sahen ihn mit dem Arm um Brindle gelegt auf dem Weg zu seinem Pick-up.

»Wir gehen alle noch in JJs Pub«, rief Trace. »Wollt ihr

auch kommen?«

Morgyn war unsäglich froh darüber, dass ihre Freunde und Familie Graham im Laufe des Abends kennengelernt hatten. Trixie hatte erwähnt, dass Beckett ihm zugesetzt hatte, als sie das erste Mal aufeinandergetroffen waren, aber selbst Beckett hatte sich beruhigt.

Sie drehte sich zu Graham, und der begehrende Blick in seinen Augen gab ihr die Antwort, noch bevor sie die Frage stellte. Nur für den Fall, dass sie ihn nicht richtig verstand, fragte sie: »Willst du?«

»Versteh mich nicht falsch. Ich mag deine Familie und Freunde, aber sie können dir nicht das Wasser reichen, Sunshine, und im Moment möchte ich dich einfach nur endlich so küssen, wie ich es den ganzen Tag schon wollte.«

Ohne sich umzudrehen, winkte Morgyn und rief: »Schon gut, war ein langer Tag.«

Mit ihrer Gitarre in der Hand ging Sable an ihnen vorbei und sagte: »Wird wohl eine noch längere Nacht werden.« Sie drehte sich um, ging ein paar Schritte rückwärts und fügte hinzu: »War nett, dich wiederzusehen. Hoffe, du bleibst noch ein bisschen und wirst deinem neuen Spitznamen gerecht.«

Graham sah Morgyn verwundert an.

»Frag mich nicht. Ich habe keine Ahnung, wovon sie redet.« Sie schaute zu Sable und fragte: »Was für ein neuer Spitzname?«

Sable schloss ihren Wagen auf und sagte: »Bräutigam in spe. Hast den Blumenstrauß gut gefangen.« Sie lachte und stieg in ihren Pick-up.

»Deine Schwester ist fantastisch. Sie hat vor nichts Angst, oder?«, fragte Graham, als sie seinen Land Rover erreichten.

»Doch«, sagte sie und öffnete die Tür. »Sie und Brindle haben beide Angst, sich zu binden.«

»Was habt ihr Montgomery-Frauen nur?«

»Wir sind nicht alle so. Ich glaube nicht, dass Amber und Pepper Probleme mit Bindungen oder der Ehe haben, und offensichtlich hat Grace es auch nicht.« Morgyn stieg ein und entdeckte am Rückspiegel die Blumenkette, die sie gemacht hatte. Glückseligkeit erfasste sie, als er sich auf den Fahrersitz setzte.

Sie berührte die Kette und sagte: »Du hast sie behalten.«

»Ja, ich bin so sentimental.« Er lehnte sich zu ihr und küsste sie lang und langsam. »Zumindest, wenn es um dich geht.«

Er ließ den Motor an und sie sagte: »Um zu mir zu kommen, musst du vom Parkplatz nach links herausfahren und dann den Ort durchqueren. Wenn du das Marriott siehst, biegst du links ab.« Sie wusste, dass er eine Antwort darauf verdient hatte, warum sie von der Ehe nicht begeistert war. Nachdem er vom Parkplatz gefahren war, fragte sie daher: »Willst du wissen, warum ich nicht heiraten will?«

»Jetzt bin ich gespannt.«

»Du hast von der Ehe meiner Eltern gesprochen und wir haben zweifellos großartige Vorbilder. Hier in der Gegend scheinen die Paare – aus welchem Grund auch immer – zusammenzubleiben. Aber ich war in Charlottesville an der University of Virginia und die meisten meiner Freunde hatten geschiedene Eltern. Das hat mir irgendwie Angst gemacht. Ich habe mich gefragt, ob ich in einer kleinen Blase lebe, in der das Familienleben eine so große Rolle spielt, dass es Paaren hilft, zusammenzubleiben.«

Er zog die Augenbrauen zusammen. »Du meinst, dass derjenige, den du liebst, dich nicht außerhalb deiner ›Blase‹ von Oak Falls lieben wird?«

»Das nicht. Ich weiß nicht, was es ist, aber ich weiß, dass ich eine Liebe will, die Bestand hat, egal wo wir sind. In unserer Gegend ist man so auf die Familie konzentriert, dass selbst der Gedanke an eine Scheidung schockiert. Aber als ich am College von den Jamsessions für die Familien am Freitagabend erzählt habe, wenn alle zur Scheune der Jerichos gehen, um Musik zu machen, oder von einem Essen, das Nana und ihre Freundinnen organisiert haben und bei dem alle etwas mitbringen, konnten die Leute in meinem Alter gar nichts damit anfangen. Sie konnten sich nicht vorstellen, so viel Zeit mit ihren Eltern zu verbringen. Und das verstehe ich, weißt du? Meine Freunde und ich haben unsere eigenen Partys und Treffen ohne Eltern, aber diese Familienveranstaltungen haben auch etwas Wunderbares. Alle haben immer so viel zu tun und keiner von uns lebt noch zu Hause. Das ist für uns alle die Zeit, um einander wieder näherzukommen. Und ich weiß, dass meine Eltern sich nicht nur uns wieder annähern, sondern auch einander, denn bei diesen Veranstaltungen sind sie sich näher als sonst. Deswegen frage ich mich wohl, ob solche Veranstaltungen und das Leben in einer Gemeinschaft, in der lange Ehen die Norm sind, Paaren dabei helfen, zusammenzubleiben.« Sie zeigte nach vorne und sagte: »Da musst du abbiegen, genau vor dem Marriott. Und dann die zweite rechts.«

»Ich muss dich wohl mal mit auf Reisen nehmen, Sunshine, damit du die Welt aus einer anderen Perspektive sehen kannst. Die Probleme entstehen nicht durch die Auswirkungen einer größeren Gemeinschaft auf eine Ehe. Das Leben ist voller Entscheidungen, von der Überlegung, wie du deine Stiefel aufpeppst, bis hin zu der Wahl, von wem du dich küssen lässt.« Er folgte ihren Anweisungen und bog in die Straße zu ihrem Haus ab. »Wenn jemand aufhört zu lieben, dann passiert es, egal wo er lebt. Für viele Menschen ist es einfacher, einen neuen

Weg einzuschlagen, als sich durch eine schwere Zeit zu kämpfen.« Graham schaute ernst zu ihr herüber. »Hier gibt es vielleicht gar nicht mehr Familienveranstaltungen als woanders. Wo ich lebe, finden Umzüge und alle möglichen Familientreffen statt, und ich bin sicher, dass es in größeren Städten ähnlich ist. Dein Ort ist so klein, es kommt dir vielleicht nur so vor, als würde die Mehrheit der Bürger immer bei allem dabei sein. Wenn man sich die Statistiken ansieht, erkennt man vielleicht, dass die Anzahl der Teilnehmenden in größeren Städten sich gar nicht so sehr von hier unterscheidet, aber weil die Stadt größer ist, wirkt es so, als wären weniger Menschen da. Aber ich wette, wenn deine Eltern in Washington, Chicago oder sonst wo wohnten, würden sie dort genauso ihre Treffen abhalten, weil ihnen beiden das Spaß macht. Ich glaube nicht, dass der Ort die Liebe ändert. Die Menschen treffen die Entscheidungen.«

Sie dachte darüber nach, während sie die lange, enge Straße zu ihrem Haus fuhren. »Wenn du an dem Seidenbaum vorbeikommst, siehst du einen bunten Briefkasten. Das ist meine Auffahrt.«

»Du lebst allein so weit draußen?«

»Mhm. Mein Großvater hat das Grundstück von seinem Vater geerbt. Er nannte es ihr Jagdgrundstück, auch wenn sie nie gejagt haben. Sein Vater hatte es so genannt, weil die beiden das Land immer nach Sehenswürdigkeiten und Schätzen durchsucht haben. Also blieb der Name hängen. Nachdem der Betrieb der Eisenbahn hier eingestellt wurde – das war etwa zu der Zeit, als mein Großvater in Rente ging –, kamen wir immer hierher und liefen an den Gleisen entlang. Wir haben allen möglichen tollen Kram gefunden und dann in seiner Scheune irgendwelche Sachen daraus gemacht. Als er gestorben ist, hat er das Grundstück mir und meinen Geschwistern hinterlassen. Außer mir wollte es niemand haben. Grace ist gleich nach der Highschool aufs College in New York gegangen und ist erst vor ein paar Monaten zurückgezogen. Sable wohnt über ihrer Werkstatt. Sie ist übrigens Kfz-Mechanikerin. Musik ist für sie nur eine Nebenbeschäftigung. Pepper ist nach Charlottesville gezogen, und Amber hat Angst, so weit entfernt von anderen zu wohnen, falls sie Probleme haben sollte. Gesundheitliche, meine ich«, sagte sie, als er gerade auf ihre dunkle, von Bäumen gesäumte Auffahrt fuhr. »Und Axsel reist die ganze Zeit. Aber ich konnte es gar nicht erwarten, hier einzuziehen. Ich habe mir mein Haus in den Sommerferien nach meinem zweiten Jahr auf dem College gebaut.«

»Du hast dir ein Haus *gebaut*, als du auf dem College warst?«, fragte er ungläubig.

»Mhm.«

»Wie konntest du dir das leisten?«

»Mit Tauschgeschäften, natürlich«, sagte sie, als die Bäume wichen und ihr wunderschönes Grundstück sichtbar wurde. Sieben üppige Morgen Land mit Wald, Wiese, blühenden Bäumen und einem schönen kleinen Bach. Wildrosen und andere Blumen schossen überall auf dem Grundstück aus dem Boden. Ein gemulchter Fußweg führte von der Auffahrt zu ihrem zweiundzwanzig Quadratmeter winzigen Häuschen und zu dem Gewächshaus neben dem Gemüsegarten und der Scheune.

Er parkte am Ende der Auffahrt und sagte: »Meine Güte, Sunshine. Das ist wunderschön hier. Deine Scheune ist hinreißend. Sie sieht aus wie eines dieser Tiny Houses.«

»Das *ist* mein Haus. Die Scheune steht weiter hinten auf dem Grundstück und ist viermal so groß wie mein Haus.«

»Du wohnst in einem Tiny House?« Er lehnte sich über die Mittelkonsole und zog sie zu einem alle Sinne raubenden Kuss an sich. Dann streichelte er mit den Lippen über ihre und sagte »Sunshine« mit so viel Gefühl, dass es einen Adrenalinstoß in ihr auslöste. »Ich hätte es nicht für möglich gehalten, aber du bist gerade um ein Hundertfaches heißer geworden.«

Dass er ihre Worte aufgriff, brachte sie zum Lachen. »Nur um ein Hundertfaches?«

»Du hast mich noch nicht hineingebeten.«

»Mr. Braden«, sagte sie verführerisch, »würden Sie mich in mein Tiny House begleiten?«

»Ins Haus, in den Garten und überall dorthin, wohin es uns verschlägt.«

Er eroberte wieder ihre Lippen, verschlang sie so intensiv, dass sie über die Mittelkonsole klettern wollte, um zu ihm zu gelangen.

»Vergiss das Hundertfache«, sagte er mit rauer Stimme. »Du hast gerade die Millionenmarke überschritten.«

In einem Durcheinander von Berührungen und gierigen Küssen stolperten sie in ihr bezaubernd uriges Tiny House. Sie streiften die Schuhe ab und zogen die Klamotten aus, während sie die enge Treppe hinauf zu einer Galerie stiegen, die über der Küche lag. Wobei sie am Ende der Stufen den Kopf einziehen mussten, um sich nicht an der schrägen Decke zu stoßen. Mit Morgyns Armen um seinen Hals geschlungen legte er sie beide auf die Matratze, die auf dem Boden lag. So wie seine auch.

»Oh, Sunshine«, sagte er zwischen hungrigen Küssen. »Wie

konntest du mir nur so fehlen?« Er liebkoste ihren Hals. »Ich habe das Gefühl, wir waren jahrelang getrennt, dabei kennen wir uns doch erst seit ein paar Tagen.«

»Spirituell kennen wir uns schon viel länger«, flüsterte sie, als er sich weiter nach unten vorküsste. »Unsere Pfade –«

Ihr stockte der Atem, als er eine Brust mit dem Mund liebkoste, und wölbte sich stöhnend unter ihm, als er die feste Spitze reizte und sie dann in den Mund saugte. Seine Hände glitten ungeduldig über sie und genossen ihren weichen Körper an seinen harten Muskeln. Er überschüttete ihre andere Brust mit der gleichen Aufmerksamkeit und nahm sich dann die Zeit, um sich jede Vertiefung und Wölbung einzuprägen, während er sich an ihrem Körper weiter nach unten kostete und knabberte und dabei jeden köstlichen Punkt kennenlernte, der sündige Laute oder ein lustvolles Stöhnen hervorlockte. Er spreizte seine Hände auf ihren Beinen, verteilte Küsse auf den Innenseiten ihrer Schenkel. Ihre Finger vergruben sich in die Decke, als er seinen Mund zwischen ihre Beine senkte und sie zum ersten Mal kostete.

»Oh … Graham«, keuchte sie.

Er hob den Blick und sah die Wonne in ihrem Gesicht, als er sie liebkoste. Jeder Zungenschlag löste einen weiteren süßen Laut aus, einen Biss auf die Unterlippe oder ein Zucken ihrer Hüfte. Er las sie wie eine Karte und liebte sie heftiger, wenn sie stöhnte oder seine Hand ergriff und sich ihre Fingernägel in seine Haut bohrten. Wenn sie flehte: »Genau da!«, wurde er langsamer und zog ihre Lust in die Länge. Wie sie sich wand und wie sie wimmerte, sich bog und ihn lotste, erregte ihn immer stärker. Er sehnte sich danach, in ihr zu sein, ihr so nah zu sein wie auf dem Festival. Er tauchte die Finger in ihre feuchte Hitze, wurde beschenkt mit einem langen, hingebungsvollen Stöhnen, und mit dem Mund brachte er sie zum Höhepunkt. Eine Reihe von erotischen Lauten entwichen ihr, während ihre inneren Muskeln pulsierten und ihr Körper zitterte. Sie war so schön, dass er sich kaum beherrschen konnte. Als sie auf die Matratze zurücksank, kam er nach oben und nahm sich einen rauen, wilden Kuss, während er ihren Hintern fest umklammerte und kurz davor stand, in sie einzudringen.

»Du verhütest?« Er musste sicher sein, dass er das nicht geträumt hatte, als sie auf dem Festival waren.

»Ja.«

Sie schnellte im gleichen Moment nach oben, als er nach vorne stieß und sich bis zum Ansatz in ihr vergrub. Beide stöhnten, klammerten sich aneinander fest. Er legte seine Stirn auf ihre und flüsterte mit geschlossenen Augen: »Himmel, Sunshine …« Es gab keine Worte für die Intensität seiner Gefühle.

»Ich weiß«, sagte sie. »Ich fühle es auch.«

Zuerst bewegten sie sich langsam, genossen jede Sekunde ihrer Verbindung. Ihre Körper waren in vollkommener Harmonie, und ihre Küsse wurden schnell unbändiger, besitzergreifender. Sie schlang die Beine um seine Hüften, und gerade als er sicher war, den Verstand zu verlieren, riss sie ihren Mund von ihm und kniff die Augen zu. Sein Name entsprang ihren Lippen wie ein Flehen: »Graham!« Er wurde wieder langsamer, hielt sie auf dem Gipfel, selbst als sie nach mehr flehte, seine Arme umklammerte, seine Schultern, alles, woran sie Halt finden konnte. Jedes Kratzen von ihren Nägeln und jeder Stoß in ihre enge Hitze jagte ihm Blitzschläge über den Rücken. Inmitten dieser unendlich wonnigen Qualen steckte er fest zwischen Himmel und Hölle, während er seine eigene Erleichterung hinausschob, um ihre zu genießen. Lust lungerte tief und heiß in ihm, wie eine Schlange, die bereit war zuzuschlagen, bis er vor Anspannung zitterte. Unfähig, sich nur noch eine einzige Sekunde zurückzuhalten, drang er noch fester in sie ein, küsste sie noch ungezügelter und folgte ihr auf den Gipfel. Seine Welt wirbelte herum, raste um die eigene Achse, als pure, explosive Lust ihn zerriss. Sie klammerten sich aneinander bis zu den allerletzten Beben ihrer Erleichterung und fielen keuchend und schnaufend auf die Matratze.

Er vergrub das Gesicht an ihrem Hals, küsste ihre warme Haut und fragte sich, wie um Himmels willen er sich ohne sie an seiner Seite je wieder vollständig fühlen sollte.

Acht

Brindle hatte immer felsenfest behauptet, wenn Morgyn je mal einen Mann über Nacht bei sich in ihrem Tiny House beherbergte, würde sie sich wünschen, mehr Platz zu haben. Aber Morgyn und Graham waren mit der Sonne aufgewacht, ihre Körper noch ineinander verschlungen, und es war das herrlichste Gefühl, das Morgyn je erlebt hatte. Wenn sie zusammen waren, fühlte sich alles *richtig* an. In Grahams Armen aufzuwachen, seinen warmen Atem auf ihrer Haut und seinen Körper an ihrem zu spüren, war so herrlich wie ihr Liebesspiel. Beim gemeinsamen Duschen war es etwas beengt gewesen, aber das hatte es noch vergnüglicher gemacht, und es bestand nicht die Gefahr, geflieste Wände einzureißen, wie es in der wackeligen Dusche auf dem Festival der Fall gewesen war. Ein Hitzeschauer kroch über ihren Rücken, als sie sich an seinen eingeschäumten Körper an ihrem erinnerte. Jetzt streamten sie Musik über Grahams Handy, während er Frühstück machte und sie an dem Küchentresen zeichnete. Groß und unbeschwert stand er da, mit seiner schlanken Taille, in Cargoshorts und einem T-Shirt, das über seinem breiten Rücken spannte. Er wippte im Rhythmus mit dem Kopf, während seine Haare noch feucht von der Dusche waren. Ihre rostfarbene Küche war vielleicht klein, aber praktisch mit einem Kühlschrank unter der Arbeitsfläche, Regalen statt Schränken an der hinteren Wand und Haken für Töpfe an der Wand zum Badezimmer. Das Fenster über der Spüle ließ jede Menge Tageslicht herein und der Tresen bot ausreichend Arbeitsfläche. Der speziell für so winzige Häuser konzipierte Herd reichte für ihre Bedürfnisse vollkommen aus. Brindle irrte sich. Das Tiny House war perfekt für sie beide.

»Sicher, dass du keine Eier möchtest, Sunshine?« Er schaute über die Schulter und beglückte sie mit seinen Grübchen, die sie dahinschmelzen ließen.

Sie schüttelte den Kopf. »Es sei denn, *Eier* ist Geheimsprache für einen *Kuss*.«

Er schlenderte zu ihr, beugte sich über den Tresen und küsste sie. Weich und warm waren seine Lippen. Als er seine Nase an ihrer rieb, berührte er ihre Handgelenke. Diese intime Geste fühlte sich so vertraut und besonders zugleich an.

»Was zeichnest du da?«

»Eine Kette, die ich aus den Teilen der Spielzeugwaggons machen will, die wir in Romance gekauft haben.« Sie drehte den Block in seine Richtung und zeigte ihm, wie sie die drei Räder zu einem Dreieck verbinden und in die Mitte einen Edelstein setzen würde. »Ich habe in meinem Atelier ein paar Gleise, und ich überlege, ob ich die Kette durch sie hindurch fädele, eins auf jeder Seite auf halber Höhe der Kette, damit sie etwas stabiler wird.«

»Es ist erstaunlich, wie du einen Spielzeugwaggon in eine Kette verwandelst.«

»Ich finde es erstaunlich, dass andere nicht sehen, was sich in jedem Ding verbirgt.«

»Das macht dich so besonders.«

Während er frühstückte, spielte Morgyn in Gedanken eine Zukunft mit Graham durch. Könnten sie wohl immer so glücklich sein? Sie wusste, dass sie viel zu weit vorpreschte, aber warum auch nicht? Das Universum hatte sie zueinander geführt. Es wäre ein grausamer Scherz, ihr solch eine unglaubliche Freude zu bescheren, nur um ihr dann das Herz zu brechen.

Er spülte ab und sagte: »Ich treffe mich mit Reed um acht Uhr, aber ich würde davor gern dein Atelier und deinen Rotwildgarten sehen.«

»Das weißt du noch.« Sie rutschte in ihrem Sommerkleid vom Hocker und er nahm sie in seine Arme.

»Wie könnte ich das vergessen? Deine Augen haben geleuchtet, als du mir davon erzählt hast.«

Das erfüllte sie mit einem unglaublich wohligen Gefühl! Und der darauffolgende Kuss war noch besser.

Sie schnappte sich ihre Cowboystiefel, die neben der Haustür standen, und setzte sich auf den Futon, um sie anzuziehen. Währenddessen beobachtete sie Graham, der die flippige Decke über der Rückenlehne und ihre bunten Dekokissen begutachtete. Er hockte sich neben den Couchtisch, den sie aus einem Fensterladen und dem Eisengestell eines alten Beistelltisches gebaut hatte.

»Hast du das gemacht?«, fragte er.

»Ja.« Sie stand voller Energie auf und sagte: »Der Fensterladen stammt von einem abgebrannten Haus. Die Familie musste alles neu aufbauen, also hab ich mir den geschnappt.« Sie tippte mit dem Zeh auf die breiten Dielen. »Der Boden ist aus Teakholz. Ein Freund meines Vaters hat eine Baufirma. Sie haben das Parkett in einem riesigen Haus in Meadowside ausgetauscht, weil es verschrammt und abgenutzt war. Ich habe auf ihre Enkelin aufgepasst und im Tausch dafür das Holz bekommen. Mein Vater und ich haben die Dielen abgeschliffen und ausgelegt. Für die ganz tiefen Kerben haben wir etwas benutzt, was wir in einer Firma für Bodenbeläge im Ort bekommen haben. Ich finde, sie sind ziemlich gut geworden.«

»Sie sind besser als ziemlich gut. Sie sehen großartig aus.« Er schaute zum Geländer und zur Treppe, die zum Dachboden führte. »Altes Scheunenholz?«

»Genau. Unsere Freunde haben ihre Scheune renoviert und in den oberen Teil eine Wohnung gebaut. Sie haben es gern an mich abgegeben.« Sie deutete auf die Wände und sagte: »Ich habe über Weihnachten gearbeitet, um das Bauholz für den Rohbau zu bezahlen. Die Verkleidung und Dachschindeln habe ich über Kleinanzeigen gefunden. Und wahrscheinlich hast du bemerkt, dass die Fenster und die Tür ungewöhnliche Maße haben. Die hat eine Familie für ihr Poolhaus maßanfertigen lassen, aber dann haben sie sich umentschieden. Ich habe die Kostüme für die Theateraufführung der Klasse ihrer Tochter gemacht und dafür Tür und Fenster bekommen. Die Geräte habe ich alle gebraucht gekauft. Und die Jungs, die du gestern kennengelernt hast? Trace, JJ, Beckett, Chet und die anderen? Sie alle haben mir beim Hausbau geholfen. Aber ich war bei jedem Schritt tatkräftig dabei, vom Buddeln fürs Fundament bis hin zum Einschlagen der Nägel. Der Bau hat mich etwa zweiundzwanzigtausend gekostet und das ist schon abbezahlt.«

»Wie die Ratenzahlung beim Auto«, sagte er. »Du bist brillant.«

Sie verdrehte die Augen. »Pepper ist brillant. Ich bin nur *clever*.«

Er legte wieder die Arme um sie und sagte: »Nenn es, wie du willst, aber Tatsache ist, dass du etwas gesehen hast, was du wolltest, und du hast einen Weg gefunden, um es zu realisieren, ohne dich finanziell zu ruinieren. Du hast dir dein Leben auf eine Art und Weise eingerichtet, von der andere Leute nur reden oder träumen. Und das, meine süße Sunshine, ist brillant.«

»Ach, Cracker, du siehst mich so wie sonst niemand. Ich war nie eine herausragende Studentin, außer in Kunst und in dem Kurs zu ganzheitlicher Kräuterheilkunde, den ich belegt habe, um das Zertifikat zu bekommen. In den Kursen habe ich geglänzt. Eines Tages wirst du aufwachen und deinen Irrtum feststellen, aber bis dahin werde ich jedes einzelne deiner unsinnigen Komplimente genießen.«

»Und ich werde dich davon überzeugen, wie richtig ich mit jedem einzelnen liege.«

»Vielleicht kannst du mich einfach morgen Abend bei dem Essen mit meiner Familie aufbauen. Meine Eltern geben ein Abschiedsessen für Brindle. Sie reist am Freitagmorgen für den Rest des Sommers nach Paris ab. Es wäre schön, wenn du mit mir kommen würdest.«

»Mit dir zu *kommen*, ist zufällig meine Lieblings-beschäftigung. Sehr gern.« Er gab ihr noch einen heißen Kuss und einen Klaps auf den Hintern, bevor er sagte: »Und jetzt zeig mir diesen Rotwildgarten, bevor ich dich nach oben trage und überprüfe, wie kreativ du in *dem* Raum sein kannst.«

»Das soll eine Drohung sein? Du bist verrückt.« Sie lachte, setzte sich seine MIT-Kappe auf, die sie neben die Haustür gehängt hatte, und ging hinaus. »Hast du vergessen, dass du mir die geliehen hast?«

»Natürlich nicht. Du siehst süß damit aus. Ich dachte mir, du kannst sie tragen, solange ich hier bin. Aber wenn du sie schmutzig machst, muss ich dich vielleicht bestrafen.«

»Ich sehe schmutzige Dinge in meiner Zukunft«, meinte sie

frech und handelte sich damit noch einen Klaps ein.

Sie folgten dem Treidelpfad, der von grünenden, üppigen Pflanzen und leuchtenden Wildblumen gesäumt war. Die Sonne wärmte Morgyns Schultern, als sie mit Graham einen Rundgang durch ihre großen Kräuter- und Gemüsebeete und zu dem kleinen Gewächshaus machte, in dem sie den Winter über Kräuter anbaute.

»Woher kommt dein Interesse an Kräutern eigentlich?«, fragte er, als sie Richtung Scheune gingen.

»Meine Tante Roxie stellt die verschiedensten Suppen, Shampoos, Lotionen, Tinkturen und Liebestränke her. Sie wohnt im Bundesstaat New York in einem kleinen Ort wie unserem namens Sweetwater. Es hat mich immer schon fasziniert, was sie macht. Du würdest sie bestimmt mögen. Sie hat unglaublich viel Energie und sie ist so herzlich und freundlich wie meine Mom.«

»Vielleicht müssen wir mal einen Ausflug dahin machen«, sagte er, als die Scheune und der Rotwildgarten vor ihnen auftauchten.

»Oh ja, das würde ich so gern machen! Wir könnten Wasserski fahren und Zeit mit meinen Cousins verbringen, die total witzig sind. Du würdest dich so gut mit ihnen verstehen.« Schon während sie das sagte, merkte sie, dass sie wieder viel zu weit vorpreschte und dass er es wahrscheinlich nur so dahingesagt hatte. Er reiste in wenigen Tagen ab und schmiedete keine Pläne für eine Langzeitbeziehung. Sie schob diese Enttäuschung beiseite und wollte verhindern, dass sie sich *Kummer einhandelte*, wie ihre Mutter immer sagte. Er war für fünf Tage da, und er hatte gesagt, es wäre *ein Anfang*. Das bedeutete ja schon etwas, und tief in ihrem Inneren wusste sie, dass sie wirklich etwas Besonderes hatten.

»Das werde ich bestimmt«, sagte er ungezwungen.

Werde ich … Vielleicht preschte sie doch gar nicht zu weit vor. Sie klammerte sich an diese winzige Hoffnung, als er die Hand über die Augen hielt und über die Wiese schaute.

»Mann, Sunshine! Die Scheune ist ja mindestens dreimal so groß wie dein Haus.«

»Ich weiß. Sie steht schon seit Ewigkeiten da, aber für mein Atelier ist sie perfekt.«

»Und das muss der Rotwildgarten sein. Er sieht genauso aus, wie du ihn beschrieben hast. Wenn ich ein Hirsch wäre, würde ich ständig herkommen.«

»Wenn du ein Hirsch wärst, würde ich mehr bereithalten als nur Salzsteine.«

Er lachte und half ihr, die Scheunentore aufzuschieben. Wie immer erwachten all ihre Lebensgeister, als sich der zeitlose Duft von Holz und Erde mit glücklichen Erinnerungen vermischte.

»Willkommen in meiner Welt«, sagte sie.

So wie das Innenleben seines Land Rovers organisiert war, musste die Fülle von langen Arbeitstischen voll mit Dingen in verschiedensten Stadien der Herstellung auf ihn wirken wie das reinste Chaos. Sie hoffte, dass es ihn nicht verschrecken würde. Gestapelte Plastikboxen nahmen die Hälfte der rechten Wand ein, jede einzelne gefüllt mit Stoffen und Nähutensilien. Verschiedene Metallteile – altes Kaminbesteck, Übertöpfe, Untergestelle von Tischen – lagen auf dem Boden. Für Außenstehende sah es wahrscheinlich willkürlich aus, aber sie waren nach Metallart, möglichen Verwendungen und Stadien der Entwicklung sortiert. Schuhe, Stiefel, Sandalen und andere Gegenstände lagen auf mehreren Regalen in der hinteren Ecke, und entlang der hinteren Wand befand sich auf langen

Metallregalen ein Sammelsurium aus Vogelhäusern, Tontöpfen, Vasen, Schmuck und Kleidungsstücken. An der linken Wand standen hohe Kommoden mit beschrifteten Schubladen für Verzierungen, die sie im Laufe der Jahre gesammelt hatte. Metallbügel hingen an Ketten, die sie über freiliegende Balken in der Decke gelegt hatte, und waren mit Abendroben und Kleidern bestückt.

»Ich weiß, es sieht aus wie ein schlecht organisierter Trödelladen«, sagte sie. »Meine Schwestern machen sich immer über meine Sammelleidenschaft lustig. Aber ich arbeite nun mal am besten, wenn ich alles in meiner Nähe habe. Ich horte Dinge und benutze sie dann, wenn mich die Inspiration überkommt, und das ist manchmal erst Jahre später.«

»Genau so habe ich mir dein Atelier vorgestellt, nur dass es noch viel größer ist.«

Sie folgte ihm hinein. »Und du ergreifst nicht die Flucht?«

»Mein Bruder Jax entwirft Hochzeitskleider und Jilly designt alle möglichen Klamotten. Der einzige Unterschied zwischen deinem und Jillys Arbeitsplatz ist die Aufteilung. Sie hat zwei Arbeitsbereiche, einen zu Hause und einen über ihrem Geschäft. Jax' Arbeitsplatz ist ebenso lebendig, nur macht er besonders edle Sachen. Ich traue mich bei ihm nicht, irgendetwas anzufassen, aus Angst, eine hysterische Braut könnte sich auf mich stürzen.«

Sie lachte. »Ich würde deine Geschwister bestimmt mögen.«

Er küsste sie und sagte: »Noch eine Reise, die wir planen können.«

»Hör lieber auf, so etwas zu sagen. Sonst denke ich, fünf Tage könnten zu mehr führen.«

»Bezweifelst du das?«, fragte er zwanglos.

»Na ja, bezweifeln nicht, aber ...«

Er nahm einen Tennisschuh in die Hand, auf den sie eine Strandszene gemalt und am Rand Fransen angebracht hatte, und sagte: »Die Frau, die so einzigartig schöne Dinge wie diese kreiert und die an Verbindungen durch das Universum glaubt, bezweifelt unser spirituelles Band?«

Du meine Güte. Er war sogar noch heißer, wenn er ihre Beziehung beschrieb. Sie konnte ihr Lächeln nicht unterdrücken, als er die Augen verengte und den Schuh auf den Tisch stellte. Entschlossenen Schrittes ging er auf sie zu und brachte einen so heftigen heißen Windstoß mit sich, dass sie überrascht war, als ihr die Haare nicht aus dem Gesicht wehten.

»Du trägst meine Glückskappe, Sunshine. Das bedeutet so viel mehr als die Anzahl der Tage, die wir miteinander verbracht haben. *Sieh es. Vertrau darauf. Akzeptiere es.* Und mach dich nicht wegen einer Hochzeit verrückt. Das ist kein Thema.« Ein neckender Ausdruck funkelte in seinen Augen. Er drückte seine Lippen auf ihre und sagte dann: »Komm, Süße. Lass uns den Rundgang beenden, damit ich mich mit Reed treffen und zu dir zurückkommen kann.«

Er nahm ihre Hand und ging scheinbar unbeschwert aus der Scheune hinaus – als merkte er nicht, dass er einen Pfad von Glück und Hoffnung zurückließ.

Graham lächelte noch eine Stunde später, als Reed ihn im Majestic Theater herumführte, das in der Nähe der Eisenbahngleise gebaut worden war und auf der Grenze zwischen Meadowside und Oak Falls stand. Der Name passte gut zu dem aus Stein gebauten Theater mit seinen zwei großen

Eingängen – einer mit Rundbogen, der andere gerade – und Steinsäulen und ionischen Kapitellen zu beiden Seiten des bogenförmigen Durchgangs. Der Fries über den Säulen zeigte zwei sich abwechselnde Muster, die man sonst aus der griechischen Architektur kannte. Obwohl das Gebäude baufällig war, hatte Graham schon Schlimmeres gesehen, und Reed war ein führender Experte für historische Restaurierungen. Graham wusste, dass dieses majestätische Theater ein Schmuckstück werden würde.

»Du hast monatelange Arbeit vor dir. Selbst auf den ersten Blick sieht man, dass das Fundament in schlechtem Zustand ist. Ich wette, wenn man da mal näher hinsieht, findet man mehr«, sagte Graham, als sie hineingingen.

Das Foyer hatte mit seinen Marmorböden samt Intarsien und den raffinierten Holzarbeiten am Tresen ebenso viel Charakter wie das Äußere. Als sie Richtung Saal gingen, sagte Reed: »Habe ich dir schon erzählt, dass mein Onkel hier im Foyer Ella einen Antrag gemacht hat?«

»Nicht dein Ernst!«

Reed nickte. »Doch. Die Welt ist klein, oder?«

»Habt ihr deshalb die Hochzeitsfeier hier veranstaltet?« Sein Kumpel sah so glücklich aus wie noch nie. Reed war ein großartiger Typ, mit braunen Haaren und einem Herz aus Gold. Wenige Monate vor seiner endgültigen Rückkehr nach Meadowside war er praktisch mit einer Frau verlobt gewesen, von der alle außer Reed gewusst hatten, dass sie eine Lückenfüllerin für seine einzig wahre Liebe gewesen war: Grace. Seine Verlobte hatte ihn vor einem lebenslangen Unglück bewahrt, indem sie ihn mit seinem Geschäftspartner betrogen hatte. Auch wenn es ein schwerer Schlag gewesen war, so hatte es sich doch als das Beste erwiesen, was ihm hatte passieren können.

»Das Eheleben bekommt dir«, sagte er. »Und Grace scheint großartig zu sein.«

»Meine erste und einzige Liebe.« Reeds intensive Gefühle waren von seinem Gesicht abzulesen. »Wir haben hier geheiratet, weil wir hier draußen auf dem Feld als Highschool-kids unsere Liebe *eingeweiht* haben.« Mit ernstem Blick sagte er: »Aber das bleibt unter uns. Verstanden?«

»Klar, ja, verstanden.« Mensch, er wünschte, er hätte solch eine Vergangenheit mit Morgyn. Sie war an diesem Morgen mit seiner Basecap so unglaublich hinreißend gewesen und hatte ihm diesen Rehaugen-Blick geschenkt, als er von einer gemeinsamen Zukunft gesprochen hatte. »Kannst du dir vor-stellen, was wäre, wenn Sable das von dir hören würde? Sie würde dich *Feldheld* oder ähnlich blöd betiteln.«

»Die hat es wirklich faustdick hinter den Ohren. Aber sie hat das Herz am rechten Fleck. Sie würde ihre Geschwister mit allem beschützen, was ihr zur Verfügung steht.«

»Ja, den Eindruck habe ich auch. Ich kann immer noch nicht glauben, dass Morgyn auf deiner Hochzeit war. Was für ein Zufall!« Graham betrachtete die kuppelförmige Decke, die kunstvollen Kronleuchter und die oberen Ränge im Zuschauersaal. »Du weißt, dass ich es keinesfalls schaffe, ein komplettes Gutachten für dieses Gebäude anzufertigen, bevor du abreist. Du hast erwähnt, dass du das Lichtwerk behältst, um daran Teile der Bühnenbilder aufzuhängen?«

»Stimmt. Es wird alles ersetzt, was nötig ist.«

»Warum hast du mich nicht gebeten, ein paar Wochen früher zu kommen? Oder wenn du zurück bist? Ich muss die Tragekonstruktion untersuchen, den Schnürboden, den Zug der Bühnentechnik und alles andere hier vom Dach bis zum Keller.

Ich hatte keine Ahnung, dass du gleich abreist. Du weißt, wie aufwändig so eine Sichtung ist. Nicht, dass es mir etwas ausmacht, noch zu bleiben. Ich meine … hier habe ich Morgyn in meiner Nähe … Aber was hast du dir nur dabei gedacht?«

Reed rieb sich den Nacken, räusperte sich und ein verschlagenes Grinsen trat in sein Gesicht. »Ich hatte keine Ahnung, dass du und Morgyn euch auf dem Festival treffen würdet. Ich dachte, ihr würdet euch auf der Hochzeit kennenlernen und …«

Es dauerte einen Moment, bis Graham die Puzzleteile zusammensetzte. »Was? Du wolltest mich verkuppeln? Mit Morgyn?« Er lachte. »Das ist nicht dein Ernst!«

Reed zuckte mit den Schultern und grinste nur. »Kannst du mir das verübeln? Sie ist total dein Typ. Sie ist natürlich, kreativ, klug, schön und eine Macherin, wie du.«

Graham tigerte auf und ab, versuchte zu begreifen, was er da hörte. »Wie konntest du das wissen? Sie hat all diese Qualitäten, aber, Mann … Du kennst mich doch. Ich bin *nie* unvorbereitet. Morgyn bereitet sich wahrscheinlich auf nichts vor.«

»Ich weiß.«

»Wenn ich das Auge eines Wirbelsturms bin, ist sie der Hurrikan.«

Reed lachte.

»Im Ernst. Sie hat sich nicht einmal die Wettervorhersage angeschaut, bevor sie zum Campen auf ein Festival gefahren ist.« Er lachte bei der Erinnerung an den Zustand ihres Zelts und ihrer Sachen.

»Das kann ich alles nicht beurteilen. Ich weiß nur, wenn ich mit Morgyn rede, habe ich das gleiche Gefühl wie bei einer Unterhaltung mit dir. Sie hat diese Energie, die sie ausstrahlt und die alles um sie herum mit Leben erfüllt. Sie ist ein

Wirbelwind, unternimmt immer mal spontan einen Tagestrip, ist bis spät in die Nacht mit ihren Freunden unterwegs und kann sich in der Musik verlieren. Die wenigsten Männer könnten wohl mit ihr mithalten. Aber sie erinnert mich an dich.«

»Das ist echt verrückt, denn von dem Augenblick an, in dem ich sie im Regen tanzen sah, habe ich an nichts anderes mehr gedacht. Ich habe mich nie so mit einer Frau verbunden gefühlt wie mit Morgyn, und ja, sie ist speziell. Aber aus irgendeinem verflixten Grund fahr ich total darauf – und auf alles andere an ihr – ab. Sie hat keine Komplexe, ist nicht darauf erpicht, mit der Masse zu schwimmen. Sie ist aufregend und spontan, und unter dieser ganzen Oberfläche ist sie besonnen, auch wenn sie selbst es nicht glaubt. Wusstest du, dass sie sich dieses Haus mit Tauschhandel erarbeitet hat?«

»Ich hab so etwas gehört.«

»Ich habe noch nie jemanden wie sie kennengelernt.«

»Das sehe ich. Mann, du strahlst ja richtig«, neckte Reed ihn. »So habe ich dich noch nie reden gehört. Du bist so wie ich, als ich Grace das erste Mal gesehen habe. Ich wäre ihr überallhin gefolgt.«

»Und hier liegt das Problem. Ich kenne sie seit drei Tagen, und ich kann mir nicht vorstellen, Freitag ohne sie abzureisen. Es geht überhaupt nicht in meinen Kopf und das will ich auch nicht. Das ist ziemlich beschissen für einen Typen wie mich, der nie jemanden an seiner Seite gebraucht hat.«

»Nee, Kumpel, das ist Liebe.«

Graham winkte ab. *Liebe?* »So etwas hatte ich nicht im Entferntesten auf dem Radar, bevor ...« *Bevor du es gesagt hast?* Nein. Vor diesem Morgen. *Heiliger ...* Die Erkenntnis machte ihn sprachlos.

»Sie schleicht sich heran und sticht dir hinterrücks in den Allerwertesten wie diese fiesen Stechfliegen am Strand«, sagte Reed.

»Das alles ist gerade zu viel, um es wirklich zu kapieren. Ich hatte nicht einmal eine Gelegenheit, die überwältigenden Gefühle zu verarbeiten, die mich seit unserem Kennenlernen überrannt haben. Wie wär's, wenn wir uns jetzt mal aufs Geschäftliche konzentrieren?«

»Du kannst weglaufen, aber du kannst dich nicht verstecken«, meinte Reed lachend.

»Ich will mich doch gar nicht verstecken. Ich will mir nur darüber klarwerden, was das alles bedeutet. Und warum willst du, dass ich mir ihre Firma anschaue? Du weißt, dass ich keine Geschäfte mit Frauen mache, mit denen ich schlafe. Warum glaubst du, das würde funktionieren, wenn du uns verkuppeln wolltest?«

»Weil ich dir vertraue und Morgyns Familie jetzt auch.«
Natürlich. Das ergab Sinn.

»Das Gebäude, in dem sie ihren Laden gemietet hat, wurde vor Kurzem verkauft, und die neuen Besitzer erhöhen die Miete zum nächsten Monat um etwa dreißig Prozent. Anscheinend hatten die vorherigen Besitzer weniger als den üblichen Marktpreis genommen.«

Graham fragte sich, wie sie in den letzten Tagen so gute Laune haben und so sorglos sein konnte, wenn sie sich *damit* beschäftigen musste.

»Ich habe keine Ahnung von ihren Finanzen«, sagte Reed, »aber Grace hat gefragt, ob ich jemanden kenne, der ihr helfen könnte, die Firma mal auf den Prüfstand zu stellen. Es gäbe da noch Beckett, aber die haben eine gemeinsame Vergangenheit.«

»Davon habe ich gehört.« Er wollte Reed nicht nach

Einzelheiten fragen, aber er war neugierig, was wohl zwischen Morgyn und Beckett passiert war. Er fragte sich auch, wie sie in so einem kleinen Ort über die Runden kam. Wie viele Stiefel und einzigartige Möbel- und Schmuckstücke konnte man in so einer Gegend gebrauchen?

Er würde es nie zulassen, dass Morgyn ins Straucheln geriet, und auf keinen Fall würde er Beckett zugestehen, dass er ihr half. »Wenn ich hier fertig bin, gehe ich sowieso zu ihrem Laden. Ich schau mir das mal an.« Er ließ den Blick durch das Theater schweifen und ein ungläubiges Lachen entwich ihm. »Das alles war also geplant? Du willst gar nicht, dass ich das hier begutachte? Mann, Reed!«

Reed zuckte mit den Schultern. »Dein alter Herr war vor ein paar Wochen hier, um es sich anzusehen.«

»Mein Vater?! Wusste er von deinen Plänen, mich zu verkuppeln?«

»Na ja …« Reed fuhr sich durch die Haare und ein gewisses Schuldgefühl war ihm anzusehen. »Komm, du wirst doch wohl nicht sauer sein, weil ich will, dass du glücklich bist, oder?«

»Nein, sauer nicht. Sprachlos. Schockiert. Keine Ahnung, ob ich dich vermöbeln sollte, weil ich wegen dir jetzt wie ein Idiot dastehe, oder ob ich mich angesichts deiner Kuppelei-Fähigkeiten vor dir verneigen sollte.«

»Du stehst nicht wie ein Idiot da. Wenn überhaupt, stehen wir wegen euch beiden jetzt wie Idioten da. Für wen haben wir uns denn gehalten, dass wir euch verkuppeln wollten? Grace sagt, Morgyn ist die Schicksalsfee. Sie geht durchs Leben und vertraut darauf, dass das Universum sie leitet.«

Morgyns Stimme ertönte in seinem Kopf. *Ich nehme mein Leben ernst. Wenn überhaupt, dann lass ich mich treiben. Ich treibe durch dieses schöne Leben, sauge alles auf und rege mich nicht über Kleinigkeiten auf. Eigentlich auch nicht über große*

Sachen. Ich sehe keinen Grund darin, auszuflippen, nur weil irgendetwas nicht richtig funktioniert. Entweder man kriegt es geregelt oder nicht.

Graham holte sein vibrierendes Handy aus der Tasche und sah den Namen seiner Schwester auf dem Display. Er öffnete und las ihre Nachricht. *Und?! Wie war die Hochzeit? Jemand Besonderen kennengelernt?*

»Morgyn?«, fragte Reed.

»Nein, Jilly.« Er liebte seine aufdringliche, neugierige Schwester, und er wusste, sie würde sich bestens mit Morgyn verstehen, aber er wollte keine Nachrichten schreiben, während er mit Reed zusammen war. »Offensichtlich hat mein Vater ein Plappermaul. Sie will Einzelheiten wissen.«

Noch eine Nachricht von Jillian ließ sein Handy vibrieren. *Komm schon! Dad hat mir erzählt, dass du verkuppelt werden solltest, und Zev hat erzählt, dass du mit jemandem auf dem Festival angebändelt hast. Wir haben eine Wette laufen. Hoher Einsatz! Ich will gewinnen, also verrat mir etwas! Bitteeee!*

»Das könnte witzig werden.« Graham hielt seinem Freund das Handy hin, damit er die Nachrichten lesen konnte.

»Gib ihr einfach Morgyns Nummer. Die beiden werden super miteinander auskommen.«

»Kann ich nicht. Ich hab sie nicht. Nach dem Festival haben wir keine Nummern ausgetauscht. Mann, ich wusste nicht mal, dass sie hier wohnt. Wir wollten uns heute in ihrem Laden treffen, aber dann fand ja die Hochzeit – beziehungsweise versuchte Verkupplung – statt.«

Reed lachte. »Du hast sie gehen lassen, ohne nach ihrer Nummer zu fragen?«

»Ich wusste, dass ich sie finden würde. Oder bei dem Versuch sterben würde.«

»Oh ja, Kumpel. Ihr seid wie für einander geschaffen.«

Neun

Nachdem er mit Reed alles besprochen hatte, stieg Graham in seinen Land Rover und begann, eine Nachricht an Jillian zu schreiben. Die Erinnerung an einen anstehenden Ölwechsel poppte auf dem Display auf. Er hatte im Ort eine Werkstatt gesehen und beschloss, Jillian auf dem Weg zum Ölwechsel doch lieber gleich anzurufen, bevor er zu Morgyns Laden fuhr.

Jillian hob nach dem ersten Klingeln ab. »Endlich. Ich hab dir schon vor Stunden geschrieben.«

»Geduld war noch nie deine Stärke. Wie wäre es mit: ›Hi, Graham, wie geht's? Wie war die Hochzeit?‹«

Sie stöhnte auf, und er konnte praktisch sehen, wie sie die Augen verdrehte. »Hi, Graham. Wie geht's? Wie war die Hochzeit? Und jetzt erzähl mir das wirklich Wichtige. Dad hat gesagt, Reed wollte dich verkuppeln.«

»Ich denke, die Einzelheiten des wirklich Wichtigen behalte ich für mich, aber ja, ich sollte verkuppelt werden.«

»Du wurdest also nicht verkuppelt?« Die ganze Begeisterung schwand aus ihrer Stimme. »Schade. Ich dachte, du antwortest nicht auf meine Nachrichten, weil du zu sehr mit der Frau beschäftigt bist, von der Dad mir erzählt hat. Hört sich an, als wäre sie toll. Warte mal! Was ist mit der, die Zev gesehen hat?«

»Das ist dieselbe. Reed wollte mich mit ihr verkuppeln, aber wir hatten uns schon kennengelernt. Sie heißt Morgyn Montgomery und sie ist …« Er überlegte, wie er sie am besten beschreiben sollte. *Großartig* klang unbedeutend, *besonders* war nicht bedeutend genug und *wundervoll* konnte man zu allem sagen. *Meine.* Das war perfekt, aber das würde alle Türen für Jillians unendliche Fragen aufstoßen, also entschied er sich für: »Alles.«

»Alles? Wie alles, was du je haben wolltest, oder alles, was ich von einer Frau erwarten würde, mit der du zusammen bist: interessant, witzig, klug, naturverbunden, mutig …«

»Schön, dass du mich so gut kennst«, sagte er, als er an der Bibliothek von Oak Falls vorbeifuhr. Eine breite Steintreppe führte zum Eingang. Drei kleine Mädchen und eine Frau saßen auf einer Decke davor und blätterten in Büchern. Graham stellte sich Morgyns große Familie in so einer Situation vor, als sie klein waren – doch Morgyn sah er herumwirbelnd und Blumen pflückend auf der Wiese dahinter.

»Na ja, sie muss auch mutig sein, wenn sie deine und Tys verrückte Aktionen mitmachen soll, und sie muss klug sein, denn … du weißt schon, du bist du. Also … wie sehr ist sie *alles?*«

»Keine Ahnung, Jilly. Wir haben uns gerade erst kennengelernt«, sagte er, auch wenn er das Gefühl hatte, Morgyn schon seit Ewigkeiten zu kennen. »Ich dachte mir, ich nutze diesen Vormittag und versuche, dieses heiße und hektische Begehren, das mir das Hirn vernebelt, von den tieferen Gefühlen in mir zu trennen, aber sie sind zu sehr miteinander verwoben, als dass ich sie trennen könnte.«

»Wow«, sagte sie und brachte seine Gedanken wieder zurück zu ihrem Telefongespräch.

Mist. Das hatte er nicht laut aussprechen wollen. Er fluchte lautlos und versuchte, das Thema zu wechseln. »Aber du hast mit Zev gesprochen?«

»Oh nein. Du wechselst mir jetzt nicht das Thema. Ein Begehren mit etwas Tieferem verwoben … Das ist bedeutend. Selbst ich weiß das.«

»Jilly!«, warnte er sie, denn er hatte keine Lust, analysiert zu werden. Er hörte das Klappern einer Tastatur und nahm an, sie war bei der Arbeit.

»Komm mir nicht mit *Jilly.* Mein überaus vorsichtiger Bruder ist aus dem Lot geraten. Gönn mir die Freude darüber, dass Mr. Perfekt-organisiert-und-immer-vorbereitet von seinem Sockel gestürzt wurde.«

»Meine Güte, Jilly. Ich bin nicht perfekt organisiert und habe es auch nie behauptet.«

»Na ja, du baust nie Mist.«

»Du hast einen Knall. Ich baue oft Mist. Frag Mom und Dad. Ich bin mir sicher, die können dir eine lange Liste mit Beispielen geben. Können wir jetzt über etwas anderes reden?«

»Noch nicht. Ich bin gerade auf ihrer Facebookseite. Laut ihrem Status fühlt sie sich heute sehr *rosa.* Gut, keine Ahnung, was das bedeuten soll, aber sie ist total süß und ich liebe ihren Stil. Sympathisches Lächeln. Woher hat sie ihre Stiefel? Die sind grandios.«

Er fuhr auf den Parkplatz der Werkstatt und fragte sich auch, was *rosa fühlen* bedeutete. »Wahrscheinlich hat sie die Stiefel selbst gemacht, beziehungsweise sie verschönert. Sie ist wirklich kreativ. Sie macht Kleidung und Schmuck und —«

»Ich sehe es! Ich bin jetzt auf ihrer Seite von Life Reimagined. Ich muss mal nach Oak Falls. Ihre Sachen sind toll. Ich fasse es nicht, dass du nicht zu meinem Event hier bist.«

Jillian zeigte nächste Woche auf ihrer jährlichen Modenschau ihre neue Kollektion namens *Facettenreich*. Sie hatte dafür ein altes Lagerhaus angemietet und Graham hatte mit ihr zusammen Grundrisse und Beleuchtung ausgeklügelt.

»Tut mir leid, Jilly. Soll ich meine Besprechungen in New York absagen?«

»Nein, natürlich nicht. Außerdem habe ich auch mit Riley gesprochen, die mit dem Baby in Colorado ist. Sie sagte, Josh freut sich schon auf das Essen mit dir.«

Ihr Cousin Josh und seine Frau Riley teilten sich ihre Zeit zwischen Colorado und New York auf. Graham freute sich auch darauf, Josh zu sehen.

»Aber da du es verpassen wirst«, sagte Jillian, »kannst du es vielleicht wiedergutmachen, indem du mir einen Gefallen tust. Wegen dieser Wette …«

»Ich werde nicht lügen, damit du die Wette gewinnst.«

»Ach, komm schon! Ich würde es auch für dich tun«, bettelte sie.

»Auf keinen Fall. Ich muss weiter. War schön, dich zu sprechen.«

»Triffst du Morgyn?«, fragte sie verschwörerisch.

»Ich werde mein Öl wechseln lassen und dann treffe ich sie.«

Jilly kreischte auf und er musste das Handy von seinem Ohr weghalten.

»Ich leg jetzt auf«, sagte er laut. »Hab dich lieb.« Er beendete das Gespräch, öffnete Google und tippte *Was bedeutet rosa Stimmung* in die Suchleiste. Es tauchten Informationen zu Stimmungsringen und den psychologischen Aspekten der Farbe Rosa auf. Er gab *Was bedeutet eine rosa Aura* ein und las das erste Ergebnis.

Menschen mit rosa Aura sind Heiler, überaus sensibel gegenüber den Bedürfnissen anderer und haben eine Art sechsten Sinn. Sie sind sehr romantisch, und wenn sie einmal ihren Seelenverwandten gefunden haben, sind sie ihr Leben lang treu, liebevoll und loyal. Sie hassen Ungerechtigkeit, Armut und Konflikte. Sie streben danach, die Welt zu einem besseren Ort zu machen, und scheuen sich nicht, für dieses Ideal persönliche Opfer zu bringen.

Das klang ganz nach Morgyn, aber auf dem Festival hatte sie gesagt, sie hätte eine gelbe Aura: *Ich bin Optimistin, habe ein spirituelles Bewusstsein und bin definitiv nicht perfektionistisch veranlagt. Normalerweise handele ich, bevor ich nachdenke, und ich liebe es, Neues zu erforschen.* Er suchte nach der Bedeutung einer gelben Aura und fand heraus, dass Menschen mit einer solchen Aura ein Gefühl von Helligkeit und Wärme schaffen und diejenigen anziehen, die nach Freude und Licht Ausschau halten. *Sunshine.*

Er nahm einen Notizblock und einen Stift aus seinem Handschuhfach und schrieb die wichtigsten Punkte von jeder Aura heraus, damit er sich ein Bild davon machen konnte, wie sie zusammen funktionierten. Ein Klopfen an der Scheibe seines Wagens schreckte ihn auf und überrascht sah er Sable in einem T-Shirt mit der Aufschrift »Oak Falls Automotive«. Jetzt erinnerte er sich wieder daran, dass Morgyn erwähnt hatte, Sable hätte eine Werkstatt.

Als er aus dem Wagen stieg, sagte Sable: »Nettes Gefährt. Hast du dich verfahren?«

»Nein. Ich brauche einen Ölwechsel.« Er schaute zu dem zweistöckigen Gebäude, aus dem laute Countrymusik drang. Der untere Stock war gefüllt mit Metallschildern, die Goodyear,

Firestone, Pennzoil und gut ein Dutzend andere Firmen der Automobilbranche anpriesen.

»Hättest du das nicht machen sollen, *bevor* du von Maryland hierherfährst?« Sie trat zurück, als er die Tür schloss.

»Ich habe auf meinem Handy eine App, die mit meinem Kilometerzähler synchronisiert ist. Sie erinnert mich alle dreitausend Meilen daran, das Öl wechseln zu lassen.«

»Bist ein richtiger Technikfreak, wie?«, meinte sie, als sie um seinen Wagen herumging. »Besser, als wenn du Tinder oder anderen blöden Kram auf deinem Handy hättest.«

Tinder? Das war ein Witz. Wenn sie ihn kennen würde … Die Risiken, die mit Internetbekanntschaften zusammenhingen, waren jenseits von Gut und Böse. »Kein Tinder, aber äh … ich weiß, was du meinst. Glaubst du, du könntest mich irgendwann bis Freitag einschieben?«

»Wie wär's mit jetzt? Ich bin mit einer total aufwändigen Motorreparatur beschäftigt und könnte eine Pause gut gebrauchen.« Sie deutete auf einen Pick-up mit offener Motorhaube in der Werkstatt. »Du kannst ihn über die Grube auf den dritten Platz stellen.«

»Großartig, danke.« Er fuhr den Wagen durch das dritte Tor. »Das klingt sicher seltsam«, sagte er, als er ausstieg, »aber kannst du mir Morgyns Handynummer geben?«

Sable sah ihn verwirrt an. »Warst du letzte Nacht nicht bei ihr?«

»Doch, aber wir haben keine Nummern ausgetauscht, und ich wollte ihr sagen, dass ich spät dran bin.«

»Du tust so, als hätte sie Termine.« Sie holte ihr Handy hervor und sagte: »Wie ist deine Nummer? Ich schicke sie dir.«

Er gab ihr seine Nummer und sie schickte ihm die Nachricht.

»Danke«, sagte er. »Und danke, dass du mich einschiebst. Ich werde gerade mal …« Er deutete auf das Feld neben der Werkstatt.

»Schreib ihr was Kitschiges. Da steht sie drauf.« Sable kicherte, während er Richtung Feld ging.

Er speicherte die Nummern ab und rief dann sein Mädchen an. Der Anrufbeantworter sprang an. »Hey, Sunshine. Ich lasse in der Werkstatt deiner Schwester einen Ölwechsel machen. Wir sehen uns bald.« Er beendete das Gespräch und bekämpfte damit den Drang, mehr zu sagen. Was genau, wusste er nicht, aber *Wir sehen uns bald* erschien ihm weitaus angemessener, als ihr über die Mailbox sein Herz auszuschütten.

Er entdeckte Wildblumen im Feld und pflückte einen Strauß für sie. Kurz darauf klingelte sein Telefon und Morgyns Name erschien auf dem Display. »Hallo, meine Schöne.«

»Hi! Tut mir leid, bei Anrufen von Unbekannt gehe ich nicht ran.«

»Aha, mein Mädchen analysiert also doch Risiken«, scherzte er und hoffte, dass ihr die Blumen gefallen würden.

»Ich nutze meine Zeit sinnvoll«, erwiderte sie frech. »Du bist bei Sable? Weißt du, wie du von dort hierherkommst? Am Ende von ihrer Straße musst du rechts abbiegen auf die Main Street, dann links in die Arbutus Street. Meinen Laden siehst du dann auf der linken Seite.«

»Soll ich rüber laufen? Und meinen Wagen später abholen?«, fragte er, als er ein paar fehlende Ziegel auf dem Dach von Sables Werkstatt bemerkte.

»Nein, schon gut. Ich muss sowieso noch kurz zur Bank, aber ich bin zurück, bis du kommst. Dann können wir überlegen, wie es mit meiner Firma weitergehen soll.«

Er war immer noch nicht begeistert von der Vorstellung,

Berufliches und Privates miteinander zu vermischen, aber eine Mieterhöhung von dreißig Prozent konnte ein kleines Unternehmen über die Klippe stoßen. Er wollte aber, dass Morgyn es schaffte. »Klar, Sunshine. Alles, was du willst.«

»Na ja, was ich will, können wir nicht in meinem Laden machen«, meinte sie verführerisch.

Oh Mann! Vor seinem geistigen Auge lief ein Film ab, in dem er ihre ausgestellten Waren von einem Tisch fegte und sie dann darauf liebte. Hitze durchströmte ihn, und er versuchte, diese schmutzigen Gedanken auszublenden, doch dann sagte sie: »Aber du hast Vorhänge in deinem Wagen …«

Ein Stöhnen entwich ihm und Morgyn kicherte.

»Es ist herrlich zu wissen, dass ich dich sogar übers Handy heiß machen kann.«

»Kleines, ich habe das Gefühl, selbst wenn du mir einen Brief schreiben würdest, in dem du aufzählst, was du gern tun würdest, bekäme ich beim Lesen schon einen Steifen. Also beschränken wir es lieber auf ein Minimum, solange ich in der Werkstatt deiner Schwester bin.«

»Okay, ich muss auflegen«, sagte sie ziemlich übereilt.

»Kunde?«

»Nein. Ich muss mir Papier und Stift suchen!« Sie hauchte einen Kuss ins Handy und beendete das Gespräch.

Oh, Sunshine! Allein der Gedanke, dass du deine Fantasien aufschreibst, macht mich schon ganz heiß.

Um sich von den Gedanken an Morgyns Fantasien abzulenken, konzentrierte er sich auf die Werkstatt. Als Sable mit dem Ölwechsel fertig war, hatte er schon eine ganze Reihe von Dingen notiert, um die man sich kümmern sollte.

»Kleine Vorwarnung«, sagte er beim Bezahlen. »Ich hab dir eine Liste mit den Sachen geschickt, die außen an deinem

Gebäude mal überprüft werden sollten. Nichts Großes. Ein paar fehlende Dachziegel, Probleme mit der Verblechung, lockere Verkleidung. Und im Fundament ist ein Riss, der vor dem Winter repariert werden sollte.«

»Und diese Botschaft übermittelst du mit Blumen?« Grinsend betrachtete sie den Strauß Wildblumen in seiner Hand. »Wenn ich einen Mann haben wollte, der mir sagt, was ich tun soll, dann wäre ich verheiratet. Herrje, Braden! Du bist so hin und weg von meiner Schwester, das steht dir auf der Stirn geschrieben.«

Leugnen war sinnlos. »Erzähl mir was Neues.«

Ihr Blick wurde ernst. »Sie verdient jemanden, der hin und weg von ihr ist. Sie ist der Diamant an einem Kiesstrand.«

»Ich sagte, etwas *Neues*«, erwiderte er belustigt.

Sable richtete einen Schraubenschlüssel auf ihn und sagte: »Sie hat ein Herz aus Gold. Wenn du ihr das brichst, breche ich dir all deine hübschen Knochen.«

Er lachte. »Auch das wusste ich bereits.« Er sah an ihr vorbei auf einen Wasserfleck an der Mauer und sagte: »Diesen Fleck solltest du auch lieber mal überprüfen lassen.«

Sable drehte sich um. »Mist! Ich habe gerade oben Renovierungsarbeiten machen lassen. Vielleicht ist das passiert, als sie im Badezimmer gewerkelt haben.«

»Normalerweise wird dann der Haupthahn abgedreht. Das ist ein alter Fleck, also haben sie vielleicht die Ursache dafür repariert. Aber solche Sachen solltest du checken lassen, nur um sicher zu sein, dass du später keine größeren Probleme bekommst. Ich kann es mir gern mal anschauen, wenn du magst.«

»Danke, aber ich lasse die Jungs, die hier gearbeitet haben, noch einmal kommen. Die haben mich ein Vermögen gekostet.«

»Lass es mich wissen, wenn du deine Meinung änderst. Und danke noch mal.« Er wollte sich gerade wegdrehen, sagte dann aber: »Du solltest Morgyn nächstes Mal verhandeln lassen. Wie ich höre, ist sie ziemlich gut darin.«

Sable lachte auf, während er zur Tür hinausging.

Morgyns Laden befand sich zwischen einem Blumengeschäft und einem Diner. Eine knallgelbe Markise spendete Schatten über großen Schaufenstern. »Life Reimagined« stand in dicken blauen Buchstaben auf einem Fenster, umrahmt von Blumen und Herzen in Sechzigerjahre-Optik. »Liebevoll verschönerte Schätze« war in kleineren weißen Lettern darunter geschrieben.

Liebevoll verschönert. Das traf es genau.

Auf dem Gehweg vor der Tür hingen einige Kleider an einem eisernen Ständer. Über der Armlehne eines roten Polstersessels mit vielen bunten gestickten Sonnen und Sternen darauf lag ein hübscher Fransenschal. Auf dem Kissen waren einige Damenhandtaschen drapiert, die angemalt und mit verschiedenen Anhängern aufgepeppt worden waren. Fröhliche Musik drang aus der geöffneten Eingangstür. Er spähte hinein und entdeckte Morgyn, die sich im Takt bewegte, während sie einer Schaufensterpuppe in Batik-Bikini mehrere Ketten um den Hals legte. Morgyn trug noch immer seine Basecap – verkehrt herum – und sah verdammt süß aus. Ihr kurzes rotes Sommerkleid schwang um ihre Oberschenkel, und sie hatte Ledersandalen an, die bis unter die Knie geschnürt waren.

Als er den Laden betrat, entdeckte er die knallgelben und

hellblau gestrichenen Wände und einen Deckenventilator, dessen Flügel mit Patchworkstoff bezogen und die Mitte knallrot angemalt worden war. Er warf einen Blick auf das herunterhängende Preisschild. 78 Dollar. Sein Mädchen war schlau und verkaufte die Waren nicht unter Wert. Rechts von ihm baumelten an Seilen einige Reifen mit eingelegten Holzregalen, auf denen Lampen, Schuhe, Vasen und andere Gegenstände ausgestellt waren – allesamt von Morgyns talentierten Händen veredelt. An einer Wand hingen die vorderen Teile von vier Fahrrädern, jedes davon mit einem knallbunten Fahrradkorb. Die Reifen waren der Länge nach halb durchgeschnitten und flach an der Wand befestigt worden. Die Griffe leuchteten in knalligen Farben. In einem Korb waren Billardkugeln, in den anderen Körben Pflanzen, Socken und Garnrollen. Sie waren so originell, dass er überlegte, eines für seine Mutter zu kaufen. Es gab Auslagen von Kleidungsstücken, Schuhen, Möbeln, Kränzen, Stricktieren – jedes Teil war einzigartig. Der Laden war voller Materialien, Farben und interessanten Waren, wie er es noch nie zuvor irgendwo gesehen hatte. Sie hatte Antiquitäten im Angebot, aber jedem Stück hatte Morgyn eine individuelle Note verliehen, wodurch sie schick und neu wirkten. All das konnte er sich gut in New Yorker Läden vorstellen. Er wollte sich Zeit lassen, um alles zu erkunden. Kein Wunder, dass sie den ganzen Arbeitsplatz in der Scheune brauchte. Ihre Originalität durfte auf keine Weise eingeschränkt werden – weder auf diesen Shop noch auf diesen kleinen Ort.

Morgyn hatte ihn noch nicht bemerkt. Sie sang »Praying« von Kesha. Jillian liebte dieses Lied und sang es immer mit der gleichen Inbrunst wie Morgyn. Morgyn hielt die Hände in die Höhe, die Finger gespreizt, und machte eine von sich weg drückende Bewegung. Dann legte sie eine Hand auf ihre Brust, als sie davon sang, wie stolz sie darauf war, die Person zu sein, die sie heute war. Und dann schmetterte sie die nächsten Zeilen heraus, mit geballten, zur Decke erhobenen Fäusten, während ihre Haare hin und her schwangen. Sie war so leidenschaftlich bei allem, was sie tat, dass er mit Haut und Haaren in ihren Bann gezogen wurde.

Als das Lied endete, atmete sie laut aus und ließ die Schultern sinken. Sie öffnete die Augen und lachte, noch bevor sie Graham überhaupt sah, als hätte sie sich gerade bestens selbst unterhalten. Er hatte das Gefühl, einen Blick auf einen geheimen Teil von ihr erhascht zu haben. Er ging zu ihr und verliebte sich in diesen Momenten noch mehr in sie.

Das Lied »Just The Way You Are« von Bruno Mars setzte ein, als sie den Kopf hob.

»Cracker«, stieß sie verlegen aus. Ihr Blick fiel auf die Blumen und die Verlegenheit wurde zu freudiger Überraschung. »Du hast mir Blumen mitgebracht ...?«

Wortlos nahm er sie in die Arme, fing an zu tanzen, sang das Lied mit und wusste, dass der Text nur für sie geschrieben worden war. Sie fiel ohne zu zögern in den gleichen Takt und lächelte zu ihm auf. Als das Lied zu Ende war, schaute er ihr in die Augen und sagte: »In meinem Kopf dreht sich alles – nur um dich, Sunshine.«

»Du hast in mir auch einiges durcheinandergewirbelt. Kennst du dieses Lied von Kenny Chesney, in dem die Welt in Brand gesetzt wird? Das sind wir, ohne das Hotel, und natürlich sind wir nicht da, wo sie waren.« Sie nahm seine Hand und ging durch den Laden. »Lass uns diese hinreißenden Blumen ins Wasser stellen, und dann führe ich dich herum, damit du meine Firma bewerten kannst.« Sie sah ihn verführerisch an und sagte:

»Ich freue mich wirklich darauf, deine Vorschläge zu hören.«

Er umarmte sie wieder und sie musste kichern. »Wenn du damit weitermachst, dann zerre ich deinen hübschen Hintern hinter diesen Kleiderständer dort und schlage ganz schmutzige Dinge vor.«

»Ich wette, das sagst du zu allen Frauen, deren Unternehmen du bewertest.« Sie befreite sich aus seiner Umarmung und nahm seine Hand, doch er drückte sie wieder an sich, sodass ihre Körper von Brust bis Oberschenkel aneinandergeschmiegt waren.

»Normalerweise trenne ich Berufliches und Privates«, sagte er so ernst, wie er nur konnte, während sie sich an ihn lehnte. »Du bist meine Ausnahme und damit fühle ich mich nicht sehr wohl. In geschäftlichen Belangen muss man manchmal ziemlich hart sein.«

»Ich spüre, wie unwohl du dich fühlst«, sagte sie mit ihren unschuldigen großen Augen. »Was könnten wir denn bloß dagegen tun? Und nur zu deiner Information: *Hart* finde ich zufällig ganz gut.«

»Meine Güte, Sunshine«, flüsterte er und senkte seine Lippen auf ihre.

»Morgyn!« Ein kleiner Junge raste auf sie zu, mit Chet schmunzelnd im Schlepptau.

»Merk dir, wo wir gerade waren«, flüsterte Morgyn. Dann zog sie die Stirn in Falten und fügte hinzu: »Etwa eine Stunde lang. Tut mir leid!« Sie hob den kleinen Jungen hoch und wirbelte ihn umher. »Hallo, großer Mann.«

Graham zog sein T-Shirt hinunter, um seine Erregung zu bedecken. Zu sehen, wie Morgyn mit diesem kleinen rotblonden Kerl schmuste, der pausenlos davon plapperte, die Lieblingsstrandtasche seiner Mutter zu reparieren, berührte ihn auf eine andere Art. Es kam ihm so natürlich vor, wie sie ihn auf dem Arm hatte, allerdings wirkte sie bei allem, was sie tat, natürlich. Der kleine Junge riss die großen blauen Augen auf, als sie ihm erzählte, was sie geplant hatte, und das war wohl irgendetwas mit Perlen.

»Hey, nett, dich wiederzusehen«, sagte Chet, als er Graham die Hand gab.

»Ebenso.«

»Scotty«, sagte Morgyn, als sie den kleinen Jungen wieder auf den Boden stellte, »das ist ein Freund, er heißt Graham, aber du kannst ihn Cracker nennen, wenn du willst.«

Scotty kicherte. »Das is'n witziger Name.«

»Er ist ein witziger Typ«, flüsterte Morgyn.

Chet warf Graham einen verständigen Blick zu, der ihn überraschte und freute.

»Wir können einen anderen Termin ausmachen, wenn du gerade zu tun hast«, bot Chet an.

»Sei nicht albern«, sagte Morgyn. »Ich würde Scotty nie enttäuschen. Hast du meinen Feuerwehrkalender mitgebracht?« Sie sah zu Graham und erklärte: »Chet ist Feuerwehrmann. Die Feuerwehrmänner von Meadowside und Oak Falls geben jedes Jahr einen Kalender für einen guten Zweck heraus und wir schauen jedes Mal zu. Dieses Jahr haben sie Axsel überzeugt, als Mr. Dezember zu posen. Chet und alle Feuerwehrmänner trugen nur ihre Hosen und die Stiefel, und der arme Axsel saß mit seiner Gitarre mittendrin und versuchte, nicht zu sabbern.«

»Die Kalender sind noch nicht fertig«, sagte Chet lachend. »Und Axsel war nicht der Einzige, der da gesabbert hat. Ich meine, mich erinnern zu können, dass die Montgomery-Schwestern alle möglichen Kommentare gemacht haben über unsere Schläuche –«

»Onkel Chet hat auch einen großen Schlauch!«, sagte Scotty so laut, dass Graham lachen musste. »Wenn ich erwachsen bin, hab ich auch einen großen Schlauch! Stimmt's, Onkel Chet?«

Chet fuhr Scotty durch die Haare und sagte: »Das hoffe ich doch, Kumpel.«

»Okay, vergessen wir jetzt mal die Schläuche«, sagte Morgyn. »Chet, wir brauchen nur ein paar Minuten. Graham hilft mir, ein paar Sachen zu regeln. Ich habe einen Haufen Ideen und auf dem runden Tisch dort drüben liegen schon ein paar Sachen zum Verzieren.« Sie zeigte auf die andere Seite des Raumes. »Seht sie euch doch schon mal an, während ich Graham alles gebe, was er braucht, um loszulegen.«

»Komm, Onkel Chet.« Scotty rannte durch den Laden und Chet folgte ihm.

»Soso … sabbernd Feuerwehrmänner beobachten, wie?«, neckte Graham.

»Ach, komm schon. Gesabbert habe ich nicht wirklich, aber sie waren heiß. Na ja, sie sind Freunde, also es ist nicht so, als wollte ich gleich mit ihnen in die Kiste springen. Aber ich denke, Axsel hätte es gefallen.« Sie lächelte und sagte: »Tut mir leid, dass ich das hier mit Scotty machen muss. Er ist der Sohn von Chets Schwester Haylie. Sie ist eine alleinerziehende Mutter und Scotty repariert ihr die Lieblingstasche als Geburtstagsgeschenk.«

»Kein Problem, meine Schöne.«

»Danke. Was brauchst du alles, um dir einen ersten Überblick zu verschaffen?«

»Normalerweise fange ich mit den Büchern an, um einen Einblick in die Finanzen zu bekommen. Was benutzt du für die Buchhaltung? Quicken?«

»Quicken?« Sie rümpfte die Nase. »Ich kann solche

Programme nicht ausstehen. Es dauert viel zu lang, bis man die verstanden hat.«

Er folgte ihr zu einer Kommode im hinteren Teil des Geschäfts. Sie nahm die lange Kette ab, die sie um den Hals trug, und öffnete den Anhänger, in dem sich ein altmodischer Schlüssel befand.

»Das hier ist der Schlüssel zu der obersten Schublade. Darin sind meine Bücher.« Sie zeigte auf einen Schreibtisch in der Nähe des Tisches, an dem Scotty und Chet ihre Materialien in Augenschein nahmen, und sagte: »Du kannst da drüben arbeiten. Ist das in Ordnung?«

»Ja, perfekt. Ich hole meinen Laptop aus dem Wagen und lege gleich los, aber zuerst …« Er nahm ihre Hand und flüsterte ihr ins Ohr: »Sunshine, der Grund dafür, dass ich Berufliches und Privates trenne, ist, dass es unangenehm werden kann, wenn Leute über Geld reden. Ich möchte dir helfen, aber ich möchte nicht, dass irgendetwas zwischen uns kommt.«

»Du denkst wirklich zu viel nach. Das Gute ist, dass ich nicht so bin. Na ja, normalerweise nicht. Durch dich denke ich über viele Dinge mehr nach als sonst. Aber was dazu bestimmt ist zu funktionieren, wird auch funktionieren, und Dinge, die nicht sein sollen, werden auch nicht sein. Wenn wir nicht zusammenbleiben, dann ist es nicht diese Firma, die uns auseinanderbringt.« Sie legte die Hand auf sein Herz und sagte: »Vertrau auf etwas Größeres als deinen Verstand. Du wirst schon sehen.«

»Aber –«

Sie legte den Finger auf seine Lippen und sagte: »Sieh es. Vertrau darauf. Akzeptiere es.« Beschwingt ging sie davon.

Nachdem er seinen Laptop geholt hatte, schloss Graham die Schublade auf und schaute hinein.

Ein Schuhkarton.

Warum überrascht mich das nicht?

Er trug den Schuhkarton zu dem Schreibtisch und hob den Deckel an.

Auf den wenigen Spiralblöcken lag ein Umschlag, auf dem mit rosa Tinte geschrieben stand: *Cracker, lies dies zuerst.* Ihre Schrift war schnörkelig und groß, mit winzigen Sonnen als i-Tüpfelchen. Er schaute zu Morgyn, die jetzt mit Scotty und Chet auf der anderen Seite des Ladens saß. Sie und Scotty beklebten die Tasche mit bunten Teilen. Hatte sie ihre Fantasien tatsächlich aufgeschrieben? Er öffnete und las den Brief.

An den Mann mit den schönsten Grübchen (hat dich das zum Lächeln gebracht? Ich hoffe, denn ich liebe deine Grübchen)

Er merkte, dass er lächelte, und er schaute wieder hoch zu Morgyn, die ihn auch gerade beobachtete. Er warf ihr einen Luftkuss zu, und sie tat, als würde sie ihn auffangen.

Chet schaute zwischen den beiden hin und her, grinste und tippte dann weiter in sein Handy.

Graham wandte sich wieder dem Brief zu.

Rosen sind rot, Veilchen sind blau, für schmutzige Sachen bin ich deine Frau. Xox, Sunshine

PS: Sagte ich schon, dass ich Dirty Talk nicht so drauf habe? Vielleicht sollten wir üben.

PPS: Danke für deine Hilfe heute. Diese Firma ist mein Baby. Seit nett zu ihm.

PPPS: (Stell dir vor, wie ich mir in der heißen Sonne Luft zufächele, während ich nur im Bikini in meinem Rotwildgarten stehe.) Uh, ich würde gerade wirklich gern ein paar Mal an deinem großen Eis lecken. Und es unter meiner Zunge schmelzen lassen. (Siehst du? Ich muss noch üben.)

Er schmunzelte. *Ja, bring mich zum Schmelzen.* Himmel, sie war bezaubernd.

Morgyn stand später an diesem Nachmittag auf dem Gehweg vor ihrem Laden und telefonierte mit Brindle. »Vielleicht war das doch ein Fehler. Graham blättert schon seit Stunden durch meine Bücher und klappert auf seinem Laptop herum. Immer wieder reibt er sich die Schläfen, und er schaut so verkniffen, als würde ihm das Ganze physische Schmerzen bereiten.«

»Hast du Angst, dass er merkt, dass du keine Millionärin bist? Denn nach dem, was ich so über ihn im Internet lese, verdient er mehr Geld als Gott persönlich.«

»Ist mir egal, wie viel er verdient oder ob er sieht, wie viel ich verdiene. Aber du weißt ja, dass Beckett vorgeschlagen hat, ich soll meinen Laden dichtmachen und mir einen richtigen Job suchen. Das mache ich nicht. Was ist, wenn Graham nun das Gleiche vorschlägt?«

»Er ist nicht Beckett«, erinnerte Brindle sie. »Und wenn er es doch vorschlägt, was soll's? Du musst ja nicht das machen, was die anderen sagen, Morg. Ich mache das auch nicht.«

Morgyn seufzte. »Ich weiß. Ach, ich habe das Kleid gefunden, das du für Paris haben wolltest. Das schwarze mit den silbernen Fäden. Willst du kurz vorbeikommen oder soll ich es morgen Abend mit zu Mom nehmen?«

»Bring es morgen mit. Ich bin draußen bei den Wasserfällen und werde heute Abend wohl noch zu tun haben.«

»Mit Trace?«, fragte Morgyn.

»Nein, der hat mich genervt. Der Mistkerl hat mir all diese Horrorgeschichten von alleinstehenden Frauen erzählt, die auf ihren Reisen in Europa verloren gehen. Und dann hat er mir von dieser blöden Suzie Surrats erzählt. Erinnerst du dich an sie, die vom Skiurlaub letzten Winter? Dieses Flittchen, das ihm auch danach noch geschrieben hat?«

»Lebt die nicht irgendwo in Pennsylvania oder Ohio?«

»Ja, aber er hat gesagt, sie fährt auf dem Weg nach Florida durch Virginia.«

»Und …?«

»Keine Ahnung! Ich denke, er erzählt mir das nur, um mich zu ärgern.«

Morgyn verdrehte die Augen. »Er will dich eifersüchtig machen. Warum könnt ihr beide nicht einfach zugeben, dass ihr eine feste Beziehung miteinander wollt?«

»Meine Güte, fängst du jetzt auch noch damit an? Du willst doch auch nicht heiraten. Warum drängst du mich in die Richtung?«

»Ich habe nie gesagt, dass du *heiraten* sollst. Es gibt einen Unterschied zwischen einer festen Beziehung und einer Ehe. Wovor hast du solche Angst?«

»Warte kurz. Da ruft jemand an.«

Morgyn schlenderte zurück in ihren Laden, als Graham seinen Laptop zuklappte. »Fertig?«, fragte sie und sah besorgt in sein ernstes Gesicht. Er nickte und sie sagte: »Ich komme gleich zu dir.«

Sie wartete noch eine Minute, und als Brindle noch immer nicht zu ihrem Gespräch zurückkehrte, drückte sie sie weg und schrieb ihr. *Musste auflegen. Wir sehen uns morgen bei Mom. Ich nehme das Kleid mit. Drück mir in der Zwischenzeit die Daumen, dass Graham nicht wegen meiner miesen Buchhaltung mit mir Schluss macht. Und sag Trace, was du für ihn empfindest. Verlier ihn nicht an Schnepfen-Suzie!*

Das Herz klopfte ihr bis zum Hals, als Morgyn fragte: »So schlimm?«

Graham streckte die Hand nach ihr aus. »Nein, Sunshine. Auch wenn ich zugeben muss, dass ich eine Weile gebraucht habe, um dein Buchhaltungskonzept zu verstehen.«

»Ich wusste nicht, dass ich ein Konzept habe.«

»Doch, hast du. Deine Scheckregistrierung ist großartig, um größere Ausgaben nachzuvollziehen, aber was ist mit den Sachen, die du in bar bezahlst? Wenn du zum Beispiel Stiefel oder Klamotten kaufst, die du aufarbeitest und verkaufst? Oder die Sachen zum Verschönern und den anderen Kram, den du in deiner Scheune lagerst? Hast du Belege dafür aufbewahrt? Hast du sie über die Jahre abgeschrieben?«

»Nein, aber alles, was ich ausgebe, bekomme ich durch den Verkauf wieder herein.«

»Vielleicht, aber wie willst du das wissen, wenn du es nicht festhältst? Das sind Ausgaben, die deinen Einkünften gegenüberstehen. Es kann sein, dass du zu viele Steuern bezahlst. Das ist etwas, worüber wir uns Klarheit verschaffen müssen. Wir überlegen uns eine einfache Möglichkeit, wie du die wirklichen Kosten von verkauften Waren festhalten kannst, also den Verkaufspreis minus den ursprünglichen Kaufpreis und die Kosten für die Aufarbeitung. Aber mit all dem können wir uns später beschäftigen. Das dringlichere Problem ist die

Anhebung deiner Mietkosten.«

»Das ist das *einzige* Problem. Wenn das nicht wäre, bräuchten wir diese Unterhaltung gar nicht. Meine Miete wird schon ab nächsten Monat erhöht und ich muss mich davor entscheiden.«

»Stimmt, okay, ein paar Fragen hätte ich, bevor ich irgendwelche Ratschläge gebe. Ich habe keinerlei Einkünfte zwischen Mitte November und Ende Januar im letzten Jahr gesehen.«

»Ich habe über Weihnachten das Geschäft geschlossen. Freunde und Familie waren immer mal wieder da und es war einfach viel los.«

Er rieb sich den Nacken und die Augenbrauen hatte er sorgenvoll zusammengezogen. »Und im Frühjahr gab es auch ein paar Wochen keine Einnahmen …?«

»Ach ja, stimmt. Hätte ich fast vergessen. Ich bin zu einer Gartenschau gefahren und habe da ein paar Frauen getroffen, die zusammen auf Reisen waren. Sie haben mich eingeladen, mit ihnen zu zelten und mit ein paar anderen Freunden von ihnen Wildwasser-Tubing zu machen. Es war wirklich witzig. Nächstes Jahr wollen wir das wiederholen.«

»Dir ist schon klar, dass Auszeiten bei einem Ladengeschäft teuer sind?«

»Klar sind sie das. Aber ich werde nicht mein Leben eingesperrt in diesem Raum verbringen. Ich will raus und das Leben erfahren, nicht nur davon träumen.«

»Genau das mag ich an dir, Morgyn, und ich würde dir niemals vorschlagen, das zu ändern, aber mit deiner Mieterhöhung muss etwas passieren. Bist du mal die Zahlen durchgegangen, um zu sehen, ob es sich lohnt, jemanden einzustellen, der für dich einspringt, wenn du nicht da bist?«

»Nein. Ich will für niemanden verantwortlich sein. Das ist ein ziemlicher Druck. Außerdem sind die Leute hier an meine Öffnungszeiten gewöhnt. Sie wissen, dass ich zu gewissen Zeiten geschlossen habe. Sie kommen eben einfach wieder, wenn geöffnet ist. Und schlag mir bitte nicht vor, ich soll ein Darlehen aufnehmen, um meinen Laden behalten zu können, denn ich hasse es, jemandem Geld zu schulden.«

»Das würde ich nie vorschlagen.«

Sie atmete etwas auf. »Nicht?«

»Nein. Ich liebe alles an dir, Sunshine, aber du bist nicht unbedingt das, was ich ein solides Investitionsobjekt bezeichnen würde.« Ein verschmitztes Lächeln deutete sich an. »Du brauchst einen Sugardaddy, kein Darlehen.«

Sie verpasste ihm lachend einen Klaps auf den Arm. »Brauche ich gar nicht!«

»Ich wollte dir auch nicht vorschlagen, einen zu suchen.« Er zog sie zu einem Kuss an sich. »Du könntest dich nie auf solche Art an jemanden binden. Das sehe ich schon nach den wenigen Tagen, die wir zusammen sind.«

»Weil du *mich* siehst, Cracker. Wie ich wirklich bin, und du verstehst, wer ich bin. Selbst wenn Männer mich verstehen, akzeptieren sie normalerweise nicht, wie ich mein Leben lebe. Beckett hat gesagt, ich sollte meinen Laden dichtmachen und mir einen richtigen Job suchen.«

Graham presste die Kiefer aufeinander. »Klingt, als kenne er dich nicht besonders gut.«

»Er kennt mich schon seit einer Ewigkeit.«

»Was war das zwischen euch?«

»Oberflächlich betrachtet hätte es gut passen müssen, aber die grundlegenden Dinge – wer wir wirklich sind – waren zu unterschiedlich. Er ist ein toller Typ und alle lieben ihn. Auch ich liebe ihn, als einen Freund, aber wir sind wegen allem aneinandergeraten. Ich war immer spät dran oder habe spontane Entscheidungen getroffen und das hat ihn verrückt gemacht. Ich halte schicke Autos und große Häuser für eine Verschwendung von Ressourcen, während ihm Komfort sehr wichtig ist. Wir haben nie Zeit in meinem Haus verbracht, weil es für ihn zu einengend war, und er hat immer versucht, mich zu verändern, mir Dinge über die Geschäftswelt und das Leben beizubringen und wie man Sachen *richtig* macht. Es ist wirklich nicht seine Schuld. So ist er und er hat nun mal eine andere Herangehensweise an die Dinge und das Leben. Wir sind einfach zu verschieden.«

Sorge spiegelte sich in Grahams Gesicht und ihr wurde ganz mulmig.

»Oh nein«, sagte sie leise. »Du analysierst die Risiken, stimmt's?«

»Nein«, erwiderte er lächelnd. »Ich frage mich nur, wie jemand dich so lang kennen und nicht all diese Eigenschaften an dir lieben kann. Morgyn, das hier kann funktionieren, ohne dass du dein Unternehmen aufgeben musst. Du bist unglaublich talentiert. Du hast das Potenzial, viel mehr zu verdienen, als du jetzt verdienst.«

Sie konnte an zwei Händen die Zahl der Menschen in ihrem Leben abzählen, die daran glaubten, dass sie je mehr sein konnte, als sie jetzt war – und ihre Familie und ihr Großvater waren schon neun dieser zehn Menschen. Graham war Nummer zehn. »Danke, dass du das sagst.«

»Bedanke dich nicht dafür, dass ich die Wahrheit sage. Ich gebe zu, ich war mir nicht sicher, wie du mit dem Verkauf von Stiefeln und gebrauchten Gegenständen über die Runden kommst. Aber jetzt verstehe ich es. Du verkaufst einzigartige

Waren, die sonst niemand anbieten kann. Hast du mal darüber nachgedacht, nicht deine Firma, sondern nur die Räumlichkeiten aufzugeben, um von der Scheune aus zu verkaufen oder Sachen in Kommission zu geben? Der Verkauf auf Kommissionsbasis würde es dir ermöglichen, deine Reichweite noch zu vergrößern. Oder dir Räumlichkeiten mit jemandem zu teilen, um die Fixkosten zu senken?«

Sie schüttelte den Kopf. »Nein zur Scheune. Ich will nicht, dass die Leute auf meinem Grundstück herumlaufen. Das ist mein Rückzugsort. Und diesen Laden aufzugeben, kann ich mir auch nicht vorstellen. Es würde sich wie ein Schritt zurück anfühlen. Ich bin auf gut Glück in mein Geschäftsleben gestartet. Als eines von sechs Geschwistern hatten wir nicht oft Geld für neue Sachen. Wir sind immer in Trödelläden gegangen, und seit ich alt genug war, um mit Nadel und Faden zu arbeiten, habe ich meinen Kram auf besondere Art gestaltet. Es hat nicht lang gedauert, bis meine Freunde mich gebeten haben, Dinge für sie anzufertigen. Ich habe das College nicht beendet, und ich weiß, darauf sollte ich nicht stolz sein, aber ich bin es. Ich verkaufe meine Heilkräuter und den Tee und auch einen Teil dieser Kreationen über das Internet. Ich muss zugeben, dass ich nicht gerade gut darin bin, meine Website bekannt zu machen, aber *ich* habe all das geschaffen.« Sie deutete um sich. »Hier habe ich meine Vision zum Leben erweckt. Was habe ich nach all meinen Anstrengungen vorzuweisen, wenn ich die Türen schließe?«

Graham nahm ihre Hand in seine und sagte: »Wenn du Ware in Kommission gibst, schließt du deine Türen nicht. Du öffnest viele neue. Ich glaube, du träumst zu klein, Sunshine. Was du erreicht hast, ist unglaublich, aber diese Verkaufsfläche schränkt dich ein und ist viel zu kostspielig für das Leben, das du führst.«

»Aber –«

»Warte. Lass mich ausreden. Wenn du Kaffee oder Eis verkaufen würdest, wäre es leicht. Jeder kleine Ort braucht ein Café oder eine Eisdiele, richtig? Du hättest wahrscheinlich ein kontinuierliches Kundenaufkommen. Aber im Moment bist du hauptsächlich darauf beschränkt, diese unglaublichen Dinge, die du kreierst, an die Einwohner und Besucher dieses Ortes zu verkaufen. Oak Falls ist niedlich, aber es ist kein Urlaubsort, durch den Horden von Touristen strömen. Stell dir vor, du könntest Gegenstände von überall auf der Welt sammeln, dich von anderen Kulturen und Regionen inspirieren lassen. Es gibt keine Grenzen für das, was du erschaffen kannst, und wenn du in den Kommissionsvertrieb einsteigst, kann sich dein Kundenstamm vergrößern. Mit dem richtigen Marketing, das deine Produkte als einzigartig anpreist, kannst du den Kaufpreis um den Prozentsatz erhöhen, den du den Firmen anbieten musst, die deine Ware verkaufen. Das wäre eine Überlegung, wenn du ein Leben führen willst, in dem du viel unterwegs bist und doch dein Unternehmen behalten willst.«

»Das klingt wunderbar. Mehr als das. Fast unmöglich. Würde ich dann nicht alles, was ich verdiene, für das Reisen oder das Marketing ausgeben, oder müsste ich nicht doppelt so viel arbeiten, um den Vorrat in mehreren Läden aufrechtzuerhalten?«

»Morgyn, sieh dich doch mal um. Du hast hier einen riesigen Raum voll mit Vorrat. Du könntest das alles auf ein Dutzend Läden im ganzen Land verteilen. Du müsstest einen Plan aufstellen, die Zahlen durchgehen, mit anderen Ladenbesitzern reden. Aber denk doch zum Beispiel mal an das Geschäft in Romance. Ich wette, Magnolia würde deine

Produkte liebend gern verkaufen. Sie hat etwas Neues für ihre Kunden, außerdem bekommt sie ein Stück von dem Kuchen ab. Und du kannst in Maßen reisen, wenn du darauf achtgibst, wann und wohin du reist. Aber das ist nur eine Option, die mir gerade so spontan eingefallen ist. Ich bin sicher, mir fällt noch mehr ein.«

Es war eine so aufregende Idee, dass sie es kaum verarbeiten konnte. Und die Vorstellung, das mit Graham auszuarbeiten, machte es noch verlockender. Aber sie kannte ihre Schwächen und die durfte man nicht ignorieren. »Cracker, die Idee ist wunderbar, aber du weißt, dass ich keine Planerin und Organisatorin bin. Ich könnte es vermasseln, einfach weil ich bin, wie ich bin.«

»Zum Glück ist dein Freund jemand, der dir beim Planen, Organisieren und Entwerfen der Strategien helfen kann.«

Ihr Pulsschlag raste in die Höhe, als sie *dein Freund* hörte. Bei ihm klang es, als wäre es möglich, ja, selbstverständlich, dass sie zusammenblieben. Alles geschah so schnell, und das war in ihrem Privatleben in Ordnung, aber sie wollte keinen Fehler machen, wenn es um ihre Firma ging. »Ich bin dir für deine Hilfe sehr dankbar, aber ich denke, ich muss das, was ich tue, verstehen und allein hinkriegen können.«

»Natürlich. Ich kann dir beibringen, wie du deine Ausgaben planst, und für dich ein Programm zusammenstellen, in das du Zahlen eingibst und sehen kannst, ob dein Nettoprofit dann stimmt.«

»Einfach nur Zahlen eingeben?«, fragte sie lächelnd. »Bei dir klingt das so einfach.«

Er zog sie auf seinen Schoß und küsste ihre Schulter. Dann hauchte er eine Reihe von Küssen auf ihren Hals. »Das Geschäftsleben ist nie einfach, aber es muss auch nicht schwer sein.«

»Cracker …« Sie strich ihre Haare zur Seite und verschaffte ihm so mehr Zugang für seine Erkundungen. Er bedeckte die Stelle mit weiteren aufreizenden Küssen. »Mir gefallen deine Ideen. Aber was ist, wenn ich das nicht schaffe? Für dich ist das nur ein einfaches Eingeben von Zahlen, aber wenn ich es vermassele? Was ist, wenn ich vergesse, sie einzugeben?«

Verblüfft sah er sie an. »Es gibt nichts, was du *nicht* kannst, Sunshine. Schau dir an, was du alles schon erreicht hast. Die Frage ist, was willst du tun? Wo willst du in ein paar Jahren stehen? Willst du reisen und noch immer deine Produkte kreieren oder willst du vielleicht von einem kleinen Geschäft aus hier in der Gegend verkaufen?«

»Ich weiß es nicht. Normalerweise denke ich nicht so weit voraus. Aber mit dir möchte ich es, und ich weiß, dass es etwas verrückt ist, denn wir haben uns ja gerade erst kennengelernt …«

»Mit dir will ich verrückt sein, Sunshine. Lassen wir uns darauf ein.«

Sein Mund senkte sich schmeichelnd auf ihren und nahm sie mit in eine Welt voller Hoffnung und Begehren. Sie vertiefte den Kuss, und er seufzte, während er unter ihr hart wurde. Sie ließ von ihm ab, rang wie er um Luft, und sagte: »Cracker, durch dich fühle ich so viel. Und du bringst mich dazu, *nachzudenken.*«

Er schmunzelte. »Und durch dich fühle ich so viel, dass Denken fast unmöglich ist.« Er küsste sie zärtlich und sagte dann: »Nichts muss heute entschieden werden. Ich gebe dir nur ein paar Ideen, die du dir durch den Kopf gehen lassen kannst.«

»Ich bin mir nicht sicher, was ich davon halte, meinen Laden aufzugeben«, sagte sie ehrlich. »Auch wenn deine Idee fantastisch klingt, sie macht mir doch auch Angst.«

»Analysiert mein Mädchen etwa die Risiken?«

»Du meine Güte! Tatsächlich! Aber im Ernst, wenn ich das Risiko eingehe und es nicht funktioniert, muss ich ganz von vorne anfangen.«

Er schlang die Arme um sie und sagte: »Deshalb nimmst du dir die Zeit, um zu recherchieren und eine vollständige Risikoanalyse zu machen, bevor du irgendwelche Entscheidungen triffst. Ich habe ein paar Vorausberechnungen gemacht. Du hast gute Einkünfte, aber wenn deine Miete erst einmal erhöht wird, wirst du den Gürtel enger schnallen müssen. Deshalb solltest du dich vorbereiten, dich für eine Strategie entscheiden, die für dich funktioniert. Und wenn du dich entschließt zu reisen, musst du wissen, wie weit du gehen willst, welche Länder oder Städte du sehen willst. Du würdest ja auch nie über ein Drahtseil spazieren, ohne vorher ein Netz zu spannen, oder?«

»Ich würde nie über ein Drahtseil spazieren. Punkt. Ich habe ja noch nicht einmal in einem Flugzeug gesessen oder bin weit gereist. Was ist, wenn mir das Reisen gar nicht gefällt oder ich meine Familie und mein Zuhause zu sehr vermisse?«

»Dann reist du nur an die Orte, die dir zusagen. Aber was ist, wenn du es liebst? Was ist, wenn du in den Wäldern des Amazonas oder an den Stränden von Bali Inspiration findest? Was ist, wenn die Pfirsiche von Georgia oder die Hummer von Neuengland dich inspirieren?«

»Wer ist jetzt derjenige, der sich treiben lässt?«, scherzte sie. »Du solltest der Vernünftige von uns beiden sein.«

Er schob die Hände an ihren Oberschenkeln hinauf und ließ nicht locker. »Ich bin vernünftig, aber du hast schöne große Flügel, die niemals gestutzt werden sollten. Wenn du dein Leben leben und dabei deinen Launen folgen möchtest, alles erfahren möchtest, was das Leben zu bieten hat, und dabei deine Firma behalten möchtest, dann sollten wir einen Weg finden, um das zu ermöglichen. Sonst wirst du dich immer fragen *Was wäre, wenn …?«*

»Wir …?« Sie legte die Arme um seinen Hals und sagte: »Jedes Mal, wenn du mehr über mich erfährst, erwarte ich, dass du kehrtmachst und wegrennst, aber das tust du nicht.«

»Ich müsste verrückt sein, vor dir wegzurennen. Du bist alles, von dem ich nie wusste, dass ich es wollte.«

»Impulsiv und dahintreibend?«

»Ich brauche das Treibenlassen in meinem Leben und vielleicht brauchst du diesen vernünftigen Teil in deinem.«

Sie nahm die Emotionen in seiner Stimme auf. Er war das Yin zu ihrem Yang, das Kissen für ihren Fall, der einzige Mensch, der sie über den nächsten Tag hinaus denken ließ. Aber sie musste ihn einfach ärgern. »Auch wenn ich keine gute Investition bin?«

Er glitt mit seinen Lippen über ihre und sagte: »Du bist vielleicht kein solides Investmentobjekt, aber, Sunshine, du bist die einzige Frau, in die ich Gefühle investieren würde.«

Zehn

Morgyn erwachte am Dienstagmorgen über Grahams kräftigem Körper liegend und fragte sich, seit wann sie sich beim Schlafen so breit machte. Sie lag quer auf dem Bett, ihr Oberkörper ruhte auf seinem Bauch, ein Arm auf ihm ausgestreckt, die andere Hand flach auf seiner Männlichkeit. Sie unterdrückte ein Kichern und hatte keine Eile, an ihrer Position etwas zu ändern. Sie schloss die Augen und dachte an die vergangene Nacht. Sie waren Grahams Berechnungen durchgegangen und hatten den ganzen Nachmittag über die Idee geredet, ihre Produkte in den Geschäften von anderen zu verkaufen. Er war in Geschäfts- und Finanzangelegenheiten so klug. Er hatte Berechnungen für die optimistischsten und pessimistischsten Prognosen erstellt und gesagt, wenn sie wollte, könnten sie gemeinsam die anderen Ausgaben, die sie nicht notiert hatte, zusammentragen. Er wollte alle Aspekte ihrer Firma vollständig verstehen, und obwohl es nicht ihr Ding war, konnte sie dank Grahams Perspektive allmählich den Sinn darin erkennen, ihre Buchhaltung sorgfältiger zu führen. Sie hatte den Großteil des Abends damit verbracht, im Internet nach verschiedenen Arten von Geschäften zu stöbern, in denen sie ihre Ware verkaufen konnte. Graham hatte sie motiviert, über den Tellerrand zu blicken und sich nicht nur Trödel- und Gebrauchtwarenläden anzuschauen, sondern auch exquisite Geschäfte, die hochwertige, einzigartige Produkte anboten. Je länger sie herumgesucht hatte, umso begeisterter war sie geworden. Aber waren ihre Sachen gut genug? Würde irgendjemand ihre Waren verkaufen wollen?

Er bewegte sich unter ihr und fuhr mit der rauen Hand über ihren Rücken. »Warum ist mein Mädchen bei Sonnenaufgang schon hellwach?«

»Ich muss immerzu an deinen Vorschlag denken.«

»Welchen Vorschlag meinst du? Der, bei dem du zugestimmt hast, dir von mir die Welt zeigen zu lassen?«

Ihr Puls schnellte in die Höhe, als er sie unter sich legte. Er grinste verschlagen und aktivierte seine Grübchen, die jeden Slip feucht werden ließen. Zumindest hätten sie diese Wirkung entfaltet, *wenn* sie einen Slip getragen hätte.

»Was? Wann hast du das vorgeschlagen?«

»Jetzt gerade.« Er küsste sie sanft. »Was meinst du, Sunshine?« Seine Brust kitzelte auf ihrer Haut, als er sich küssend nach unten bewegte.

Ja! lag ihr auf der Zunge, aber er reizte ihre Brustwarze, ließ sie brennen vor Begehren und machte ihre Konzentration zunichte. Sie wölbte sich unter ihm, versuchte, etwas zu sagen, aber sie fühlte sich dank ihm zu gut, als dass sie gleich zugestimmt hätte. »Du wirst mich noch etwas mehr überzeugen müssen.«

Sein dunkler Blick versank in ihrem, lodernd vor Verlangen, bevor er seinen Mund auf die feste Spitze senkte und daran saugte.

»Oh Gott, *ja …*«

Er fuhr mit den Zähnen über ihre Brustwarze, jagte heftige

Lustblitze unter ihre Haut. »Ist das ein Ja, du kommst mit mir?«

Sie stöhnte, hob sich ihm entgegen. »Wenn du damit weitermachst«, flüsterte sie, »dann komme ich eindeutig.«

Sie spreizte die Beine, als er seine Hüfte in Stellung brachte und ihre Spalte mit der breiten Spitze seines Schafts reizte. Er liebkoste und saugte weiter, brachte sie an den Rand des Wahnsinns.

»Graham …«

»Was möchtest du, Sunshine?«

»*Dich*. Nur dich«, antwortete sie atemlos.

Er setzte seinen Weg nach unten fort, streichelte und küsste, hielt inne, um ihre sensibelsten Stellen zu liebkosen – ihre Rippen, genau über ihrem Beckenknochen und um ihre Mitte herum. Sein Mund war herrlich und seine großen, starken Hände … Himmel, sie liebte es, wie er jeden Zentimeter von ihr berührte und in Besitz nahm. Er drückte ihre Beine weiter auseinander, küsste die Innenseiten ihrer Schenkel, bis sie vor Begierde zitterte.

»Möchtest du meinen Mund spüren, Sunshine?«

»Ja, so sehr. Ja!« Sie krallte die Hände in die Laken, als er eine Hand nach oben streckte, um ihre Brust zu streicheln, während er den Mund auf ihre Mitte senkte, sie so leicht reizte und mit jedem Zungenschlag tausend Empfindungen durch ihren ganzen Körper jagte.

»Cracker … Du bringst mich um den Verstand!«

»Das hatte ich vor.«

Er tauchte die Finger in sie ein und fand gekonnt den magischen Punkt, der ihre Welt wie einen Kreisel wirbeln ließ. »Graham!«

Sein Mund übernahm, jagte sie noch mal höher, bis alles in ihr vor Verlangen pochte. Seine Liebkosungen wurden noch intensiver und wieder raste eine Explosion der Empfindungen durch sie hindurch. Als sie gerade wieder atmen konnte, kam er über sie und drang mit einem festen Stoß in sie ein. Er füllte sie so vollständig aus, dass ihr ganzer Körper angesichts der Schönheit ihrer Vereinigung innehielt. Aber nur kurz, denn in der nächsten Sekunde bewegte er sich wieder, streichelte über diesen geheimen Punkt und brachte ihr Innerstes zum Schwirren und Brennen, bis sie in seinen Armen zerbarst. Ihre Hüften schossen hoch, und sie krallte sich in seinen Rücken in dem Versuch, ihre schwindelerregende Welt zum Stillstand zu bringen. In seinen Augen sah sie die Lust aufblitzen, bevor er ihren Mund mit einem hungrigen Kuss gefangen nahm. Sein Körper war eine Sekunde lang regungslos, ein kehliges Stöhnen entwich ihm und er gab sich seiner eigenen mächtigen Erleichterung hin. Seine Hüften stießen ein ums andere Mal kräftig zu, während er sie zärtlich an sich drückte.

Als das letzte Beben seiner Erleichterung durch ihn polterte, drehte er sie beide auf die Seite und drückte sie weiter eng an sich. »Meine Gefühle für dich werden immer stärker, Sunshine. Wie soll ich Freitag abreisen, wenn ich mir gar nicht mehr vorstellen kann, ohne dich an meiner Seite aufzuwachen?«

Alle möglichen Emotionen brodelten in ihr. Auch sie empfand immer mehr für ihn und sie bedauerte ebenfalls das Ende ihrer gemeinsamen Zeit. »Du musst dir nur überlegen, wie du immer mal Stippvisiten in Oak Falls einschieben kannst.«

»Oder dich in ein Flugzeug bekomme …«

Ihr Puls beschleunigte sich bei dem Gedanken, in ein Flugzeug zu steigen. »Ich habe ein bisschen Angst vorm Fliegen.«

»Mehr als vor dem Gedanken, nicht zusammen zu sein?« Er küsste ihre Nasenspitze.

»Nein«, flüsterte sie.

»Ist die Angst stärker als die Aussicht, die Welt zusammen zu erkunden?«

Sie schüttelte den Kopf. Er legte sich wieder auf sie, und als er die Lippen auf ihre senkte, sagte er: »Hast du mehr Angst davor, als vor der Vorstellung, dass viel Zeit vergeht, bis wir das nächste Mal …?«

Später an diesem Morgen, als die Sonne sich in den Himmel erhob, füllten Morgyn und Graham die Tröge im Rotwildgarten auf und machten einen Spaziergang entlang der Eisenbahngleise.

»Ich muss immer wieder über die Idee nachdenken, meine Sachen auf Kommissionsbasis zu verkaufen«, sagte Morgyn aufgeregt. »Glaubst du, sie sind gut genug, dass Leute, die mich nicht kennen, sie verkaufen wollen?«

»Wenn ich nicht daran glauben würde, hätte ich es nicht vorgeschlagen. Es würde dir ermöglichen, in ein Flugzeug zu steigen und den Rest der Welt zu erkunden, oder einen Tagesausflug zu machen und deine Freunde zu besuchen.«

»Und wieder kommst du mir mit diesem Flugzeug-Thema.«

Er legte den Arm um ihre Taille und sagte: »Du musst zugeben, dass es schwierig wäre, mit dem Auto nach Bali zu kommen.«

»Und was ist, wenn mir im Flugzeug schlecht wird? Ich bin sicher, dass es etwas ganz anderes ist als die Schaukeln auf der Kirmes.« Morgyn hielt die Luft an und zeigte auf die Wiese. »Dein Geschenk zum Morgen.«

Er folgte ihrem Blick und sah einen Hirsch, der auf dem Feld graste. Dann wandte er seine Aufmerksamkeit wieder ihr zu. »Du bist mein Geschenk zum Morgen, Sunshine, und wenn dir schlecht wird, halte ich deine Haare zurück.« Er schaute in ihre wunderschönen Augen und sagte: »Was du hier siehst und erlebt hast, ist nur ein Bruchteil dessen, was die Welt zu bieten hat. Du hast es verdient, alles zu sehen.«

»Was ist mit Mr. Risikoanalyst passiert?«

»Du kannst dir absolut gewiss sein, dass ich die Risiken deiner Reisen abschätzen werde und dich nie irgendwohin bringen würde, wo es nicht sicher ist. Aber ich finde doch, dass wir dich in vielerlei Hinsicht hinaus in die Welt bringen müssen. Fährst du Mountainbike?« Er nahm ihre Hand und sie setzten ihren Spaziergang an den Gleisen fort.

»Ich kann Fahrrad fahren, also kann ich wahrscheinlich auch ein Mountainbike fahren.«

»Was ist mit Rafting?«

»Ich kann mich richtig fest an den Reifen klammern, wenn wir den Fluss hinabfahren, wenn du das meinst.«

Er lachte und stahl sich einen Kuss. »Ich will dir beibringen, wie man mit dem Kanu eine Wildwasserfahrt macht, mit dem Mountainbike durchs Gelände fährt und wie man Berge erklimmt. Du erfreust dich so sehr an den kleinen Dingen im Leben, da wäre es schade, wenn du die größeren verpasst.«

»Aber ist das alles nicht schwierig?«

Er lachte. »Nicht so schwierig wie eine Gehirnoperation, aber schwieriger als so ein Spaziergang, wie wir ihn jetzt machen. Alles ist relativ, Sunshine. Wie viel möchtest du erleben?«

»Die bessere Frage wäre: Gibt es irgendetwas, das ich *nicht* erleben möchte? Und die Antwort wäre Ja. Ich will nicht mit fünfundsiebzig aufwachen und das Gefühl haben, das Leben verpasst zu haben. Ich möchte auf mein Leben zurückschauen und denken: *Mann, das hat Spaß gemacht.*«

Er schlang die Arme um sie und sagte: »Dann sind wir schon zwei.«

Wenige Minuten später teilten sich die Gleise vor einem alten, heruntergekommenen Gebäude, das umgeben war von Waggons voller Graffiti und verschiedensten rostigen Zugteilen, die auf abgestorbenen Grasflächen herumlagen. Unkraut und Efeu kletterten an dem Gemäuer des Gebäudes hinauf und schlängelten sich um die eisernen Räder der Waggons.

»Das hier ist der Zugfriedhof. Komm mit.« Morgyn nahm seine Hand und ging auf eine Reihe von Waggons zu. »Hier habe ich jede Menge coole Sachen gefunden.«

»Du kommst *allein* hierher?«

Sie verdrehte die Augen. »Du kletterst auf Berge und *das* hier macht dir Angst?«

»Um mich hab ich keine Angst, aber die Vorstellung, dass du allein hier bist? Ja, das gefällt mir nicht besonders.«

»Warum denken die Menschen immer gleich an das Schlechte? Mich überkommt hier ein warmes, wohliges Gefühl und das liegt an meinem Großvater. Hast du nicht auch so einen Ort? Von dem andere vielleicht denken, er sei Furcht einflößend, aber den du liebst?«

»Klar, aber ich würde nicht wollen, dass du allein dorthin gehst«, sagte er, während sie zwischen den Waggons hindurchgingen. »Machst du dir keine Sorgen wegen irgendwelcher Schlangen? Oder Landstreicher?«

»Schlangen haben mehr Angst vor uns als wir vor ihnen, zumindest hat mein Vater das immer gesagt. Und wir sind in Oak Falls. Hier gibt es keine Landstreicher.«

»Aber überall gibt es schlechte Menschen«, sagte er, während sie sich vorne auf einen roten Begleitwagen hinaufzog.

»Also hier nicht. Dies ist mein Lieblingswagen. Wusstest du, dass diese Begleitwagen immer am Ende eines jeden Güterzuges waren? Sie dienten als Aufenthaltsort für das Personal, und hier war auch der Ausgucker, der sich um mögliche Probleme bei den Zügen kümmerte. Bis in die Achtzigerjahre fuhren die auf allen Güterzügen mit, bis es wegen der Entwicklungen in der Überwachungs- und Sicherheitstechnologie nicht mehr erforderlich war. Technologie ist gut, klar, aber wenn ich hier bin, wird mir wirklich bewusst, wie die Technologie Menschen aus ihren Jobs vertreiben kann.«

»Ist das deinem Großvater widerfahren?«

Sie schüttelte den Kopf. »Nein, sie haben die Bahnlinie eingestellt, nachdem er in Rente gegangen ist. Mir ging das nur so durch den Kopf. Alles verändert sich so schnell. Vielleicht hauche ich deshalb so gern alten Dingen ein neues Leben ein. Ich finde, nur weil ein Gegenstand alt oder gebraucht ist, sollte er nicht weggeworfen oder vergessen werden. Schau dir diese wunderschönen Waggons an. Sie sind so groß und kräftig. Sie wirken majestätisch auf mich.« Sie ließ die Hand über das Eisengeländer gleiten, das die kleine Plattform umgab. »Kannst du dir vorstellen, auf einer Fahrt hier zu stehen und die ganze Landschaft um dich herum zu sehen und zu riechen?«

Sie berührte ihre Kette, und er merkte, dass es dieselbe war, die sie am Tag ihres Kennenlernens getragen hatte. Sie hob einen der Anhänger an und sagte: »Dieses Blatt habe ich aus den kupfernen Verbindungsstücken der Schienen gemacht, und diese Glasperlen habe ich in einer Metallkiste gefunden, die in einem der Wagen versteckt war. Sie wären für immer vergessen gewesen. Sieh mal, wie hübsch sie sind.« Sie hielt zwei rost- und bernsteinfarbene Perlen hoch. »Meinst du, das macht mich zu einer Diebin?«

»Nein«, sagte er leise lachend. »Ich meine, das macht dich sogar noch interessanter. Für eine Frau, die behauptet, sich treiben zu lassen, gehst du ziemlich in die Tiefe.«

»Du bist heute Morgen ziemlich in die Tiefe gegangen.« Sie stellte sich auf die Zehenspitzen und holte sich noch einen Kuss.

»Und ich gehe gleich wieder richtig in die Tiefe, wenn du nicht aufhörst, so zu reden.« Er hob sie auf das Geländer, stellte sich zwischen ihre Beine und hielt sie fest, damit sie nicht herunterfiel. »Weißt du, das hier ist auch eine Möglichkeit für deinen Laden.«

»Sex auf dem Geländer? Ich weiß nicht genau, wie das zusammenpassen soll.« Sie legte die Arme um seinen Hals und grinste.

»Einen alten Eisenbahnwagen zu kaufen und ihn zu einem Laden umzubauen. Mit den richtigen Genehmigungen könntest du ihn wahrscheinlich an der Straße auf deinem Grundstück abstellen oder du könntest einen Deal mit Reed aushandeln und ihn bei dem Theatergelände an der Hauptstraße aufstellen.«

»Das ist eine coole Idee, aber das kostet bestimmt ein Vermögen. Ich kann mir einen Eisenbahnwagen wohl kaum durch Tauschhandel verschaffen.«

Da war Graham sich nicht so sicher.

»Wir sollten uns wohl mal auf den Rückweg machen. Ich möchte noch eine Stunde an der Halskette arbeiten, die ich gerade entwerfe, bevor ich in den Laden gehe.«

Zwei Stunden später, nachdem Morgyn in der Scheune fertig und zur Arbeit gefahren war, sah Graham die E-Mails durch, die sich in den letzten Tagen angesammelt hatten. Er bestätigte seine Pläne, Knox am Freitagnachmittag auf dem

Grundstück außerhalb von Seattle zu treffen, und dann recherchierte er die Möglichkeiten, einen alten Eisenbahnwagen zu erwerben. Genauer gesagt, Morgyns geliebten Begleitwagen zu kaufen. Er schrieb alle möglichen Kontakte an, die er fand, aber als sie abends am Haus ihrer Eltern zum Essen eintrafen, hatte er noch keine Antworten erhalten.

Ihre Eltern wohnten in einem stattlichen alten viktorianischen Haus mit einer Veranda, die das gesamte Gebäude umgab, und einem wunderschönen Garten. Von den Fotos an den Wänden, die von Kindertagen erzählten, bis hin zu den Neckereien bei Bratensoße und Keksen, war die Liebe unter den Montgomerys deutlich zu spüren. Graham lehnte sich zurück und genoss das alles während ihres Dinners.

»Hat jemand von euch etwas von Grace gehört?«, fragte ihre Mutter. Dolly und Reba, zwei flauschige Golden Retriever, die sie ausbildete, saßen neben ihrem Stuhl und zuckten nur gelegentlich mit dem Schwanz, als müssten sie ihre ganze Beherrschung aufbringen, um nicht am Tisch zu betteln.

Brindle nahm sich von dem Gebäck, das in der Mitte des Tisches in einem Korb lag, und sagte: »Mom, sie sind in den Flitterwochen. Ich hoffe, sie denken an nichts anderes als an die nächste Stellung, die sie ausprobieren wollen.«

»Brindle!«, fuhr Amber sie an. »Du bist wirklich genauso schlimm wie Sable.«

»Nein, ist sie nicht«, widersprach Sable lachend.

»Brin ist auf ihre ganz eigene Art ungezogen.« Ihr Vater Cade richtete den Zeigefinger auf Brindle und sagte: »Hör zu, Fräulein, Grace ist vielleicht erwachsen, aber sie ist immer noch meine Tochter. Und ich würde gern mit der Vorstellung leben, dass sie und Reed in den Sternenhimmel schauen und von Theater zu Theater hüpfen.«

»Sie machen etwas, das Kaninchen machen, aber das ist mit Sicherheit kein Hüpfen«, gab Sable leise von sich und brachte damit alle zum Lachen – außer Cade, der vor sich hin brummte.

»Ach, komm schon, Schatz«, sagte Marilynn. »Die Flitterwochen sind für die Liebe da.«

Cade schüttelte den Kopf und sah zu Graham. »Sie sollten hoffen, dass Sie nie Töchter bekommen.« Er zeigte auf seine Haare und sagte: »Diese Mädchen sind für jedes einzelne meiner grauen Haare verantwortlich.«

»Ach, komm«, sagte Amber. »Ich habe mich immer gut benommen und Axsel war auch nicht unbedingt ein Unschuldslamm.«

Cade zwinkerte ihr zu.

»In meiner Familie haben wir fünf Jungs und ein Mädchen«, sagte Graham. »Ich denke, meine Mutter würde vielleicht das Gleiche über mich und meine Brüder sagen.«

»Wie wär's, wenn du mal deine sexy Single-Brüder mitbringst und wir sehen können, wie böse sie wirklich sind«, schlug Brindle mit einem verschlagenen Funkeln in den Augen vor.

»Als ob Trace dich in die Nähe von ihnen lassen würde«, sagte Morgyn. »Wo wir gerade bei deinem Cowboy sind, was ist mit Schnepfen-Suzie?«

»Sie ist wieder da?« Sable sah Brindle wütend an. »Soll ich mit ihr mal Klartext reden?«

»Warum bist du immer gleich so aufbrausend?«, wollte Amber wissen, während sie in ihrem Salat herumstocherte.

»Mir ist egal, was diese Schnepfen-Suzie und Trace miteinander anstellen«, behauptete Brindle, aber etwas in ihren Augen verriet Graham, dass es nicht ganz der Wahrheit entsprach. »Ich bin mit ihm durch.«

»Wieder mal«, sagte Amber.

»Manche Sucht wird man nur schwer los«, ergänzte Morgyn.

Brindle warf ihr einen tödlichen Blick zu. »Ich meine es ernst. Wir sind durch.«

»Ach, Schatz«, sagte Marilynn. »Vielleicht ist Paris genau das, was du jetzt brauchst, um endgültig herauszufinden, was du willst.«

»Und um dir einen heißen Franzosen zu angeln«, fügte Sable hinzu.

»So ist der Plan«, meinte Brindle leise.

»Hey«, zischte Cade. »Könntest du diese Punkte deiner Pläne bitte für dich behalten? Habe ich nicht gerade gesagt, dass ich gern mit der verklärten Fantasie leben möchte, dass ihr alle noch die tugendhaften kleinen Mädchen seid, die unter dem Rasensprenger herumgetobt sind?«

»Euer Vater möchte gern glauben, dass ihr alle unschuldige Engel seid.«

Alle lachten, doch Ambers Wangen nahmen Farbe an.

»Gibt es etwas, das wir wissen sollten, Amb?«, fragte Brindle.

»Nein«, antwortete Amber knapp.

»Wie wär's, wenn du Amber mit nach Paris nähmst?«, schlug Marilynn vor.

Amber und Brindle sahen sie beide entsetzt an.

»Was?«, fragte Marilynn unschuldig. »Amber hat einen beruhigenden Einfluss auf Brindle, und Brindle könnte Amber helfen, aus ihrem Schneckenhaus herauszukommen.«

»Wenn sie sich nicht vorher umbringen«, warnte Sable.

»Mir geht es gut in meinem Schneckenhaus, Mom«, sagte Amber. »Ich bin nicht wie Brindle und werde es auch nie sein.«

Ihr Vater legte die Hand auf ihre und sagte: »Dem Himmel sei Dank für die kleinen Geschenke, Schatz. Du weißt, dass wir dich genau so lieben, wie du bist.«

»Ihr erinnert mich an meine Familie«, sagte Graham. »Wir ärgern uns auch ständig gegenseitig.«

»Du meine Güte«, sagte Amber und legte die Gabel beiseite, »fast hätte ich vergessen, es dir zu sagen. Ich hatte keine Ahnung, dass Beau Braden dein Bruder ist. Seine Verlobte, Charlotte Sterling, ist eine von meinen LWW-Schwestern.«

»LWW?«, fragte Graham.

»Ladies Who Write, die Schreibenden Ladys. Das ist wie so eine Schwesternschaft, aber ohne den ganzen Quatsch«, erklärte Amber. »Wir haben zusammen in Port Hudson, New York, studiert und zusammen im LWW-Haus gewohnt. Sie ist so eine talentierte Autorin und hat mit dem Verlust ihrer ganzen Familie schon viel durchgemacht. Ich freue mich, dass sie und Beau einander gefunden haben.«

»Beau hat auch eine Menge durchgemacht. Sie sind wirklich glücklich zusammen«, sagte er. »Hast du von der Verfilmung von Chars Buch gehört?« Charlotte hatte den Gasthof ihrer Familie geerbt, und als Beau gekommen war, um ihn herzurichten, hatten sie sich verliebt.

»Ja«, sagte Amber. »Meine Freundin Aubrey leitet die Film-Abteilung von LLW. Sie hat erzählt, dass sie gerade nach Locations für die Verfilmung suchen. Charlotte will nicht, dass der Gasthof zu einer Touristenattraktion wird. Ich habe vorgeschlagen, dass sie Grace das Drehbuch schreiben lassen. Grace hat eine Telefonkonferenz mit Aubrey, sobald sie aus den Flitterwochen zurück ist.«

»Warte mal, schreibt Charlotte nicht erotische Liebesromane?«, fragte Brindle. »Kein Wunder, dass Beau so glücklich ist.«

Graham musste schmunzeln.

»Ich kann es kaum abwarten, ihr aktuelles Buch zu lesen«, sagte Amber. »Vielleicht sollte ich sie fragen, ob sie bereit wäre, eine Autogrammstunde im Laden anzubieten. Sie und Janie Hudson könnten gemeinsam auftreten. Sie schreiben beide erotische Liebesromane. Übrigens, hat eigentlich einer von euch Janies neuen Roman gelesen?«

Alle Augen waren auf sie gerichtet.

»Was?« Amber schaute sich unschuldig am Tisch um. »War doch nur ein Gedanke. Ist das eine schlechte Idee?«

»Nein«, sagte Sable. »Aber wer hätte gedacht, dass unsere süße Amber gern erotische Liebesromane liest?«

»Stille Wasser sind tief«, sagte Brindle. »Vielleicht lässt sich Amber gern den Hintern versohlen.«

»Oh Mann!« Amber wurde hochrot. Sie beugte sich nach unten und streichelte Reno. »Ihr seid so versaut.«

»Sehe ich auch so«, sagte Marilynn.

»Tut mir leid, Mom, aber wenn sie so rot wird, dann heißt das, dass sie nicht so unschuldig ist, wie ihr denkt«, sagte Brindle.

»Hey, lass Amber in Ruhe«, ging Morgyn dazwischen. »Ich bin bestimmt auch rot geworden. Wenn hier am Tisch jemand für so einen Kram etwas übrighat, dann Sable und Brindle. Sable fesselt ihre Typen wahrscheinlich, und Brindle, du zeigst Trace ja vielleicht mit der Peitsche, wer das Sagen hat.«

Amber legte ihre Hand auf Morgyns und sagte: »Danke, aber du musst mich nicht beschützen.« Sie setzte sich auf und sagte: »Was ist los, Brin? Neidisch? Will das nicht jeder Mann? Auf der Straße ist die Lady nett, aber einfallsreich im Bett! Zu schade, dass keine von euch beiden diesen Ansprüchen gerecht werden kann. Etwas schwierig, als *nette Lady* angesehen zu werden, wenn man so einen Männerverschleiß hat.«

Graham musste sich ein Lachen verkneifen, als er die schockierten Gesichter ihrer Schwestern sah.

»Okay, Mädchen«, meinte ihr Vater seufzend. »Nachdem ihr Graham nun gezeigt habt, wie unmöglich ihr euch benehmen könnt, sollten wir da nicht mal schauen, ob wir eure schmutzigen Mäuler mit Seife auswaschen können?«

Damit sorgte er für eine Runde von Entschuldigungen und Gelächter, und Brindle sagte: »Daddy, du bist so ein Softie. Früher hast du auch immer damit gedroht. Am Ende hast du uns einen heißen Kakao gemacht und dich mit uns an einen Tisch gesetzt, um uns den Unterschied zwischen angemessenem und unangemessenem Verhalten zu erklären, während wir uns um Marshmallows und Schlagsahne gezankt haben.«

»Wie ich sehe, hat das gut funktioniert«, meinte Cade, woraufhin alle lachten und die Stimmung für den Rest des Essens vorgegeben war.

Im Anschluss daran halfen alle beim Abdecken und Abwaschen und dann gingen Graham und die jungen Frauen mit den Hunden nach draußen. Die Hunde rannten zur Scheune, und Graham und Morgyn setzten sich auf die Stufen zur Veranda, während Brindle ihre Schwestern animieren wollte, Räder zu schlagen. Man konnte sich leicht ausmalen, wie sie als Teenager für viel Trubel gesorgt hatten. Sogar Amber. Sie war vielleicht ruhig, aber in ihr loderte ein Feuer, und er würde darauf wetten, dass Pepper über die gleiche verborgene Wildheit verfügte.

»Ich hab seit Ewigkeiten kein Rad mehr geschlagen«, sagte Morgyn, als Brindle sie hochzog.

»Können wir nicht etwas anderes machen?«, schlug Amber

vor.

Sable ließ sich auf der anderen Seite von Graham nieder und warf eine andere Idee ein: »Hufeisenwerfen?«

»Ich reise ab und ihr seht mich erst am dritten September wieder. Bis dahin kann alles Mögliche passieren«, sagte Brindle. »Ich möchte mich daran erinnern, wie ihr Räder schlagt.«

»Und ich möchte mich daran erinnern, dass du nicht nervst. Man bekommt nicht immer, was man will.« Morgyn nahm Grahams Hand und sagte: »Komm, Cracker, ich zeige dir Sonny und Cher, die Pferde von meinen Eltern.«

»Oh nein!« Brindle schnappte sich Morgyns und Ambers Hand und zog sie zum Haus. »Zuerst helft ihr mir beim Packen. Dann kannst du den Heuboden-Nackttanz mit deinem *Cracker* veranstalten. Komm, Sabe!«

»Packen?«, fragten Morgyn und Amber gleichzeitig.

Sable kicherte, als sie ihnen zur Tür folgte.

»Ja«, sagte Brindle. »Macht man das nicht mit seiner Schwester, bevor sie tausend Meilen weit weg fliegt?« Als Cade und Marilynn die Veranda betraten, rief Brindle noch über die Schulter zurück: »Ich bringe sie in ein paar Minuten zurück.«

»Nehmen Sie es nicht persönlich«, sagte Cade, als er sich neben Graham auf die Stufen setzte. »Ich bin seit dreißig Jahren der Außenseiter hier.«

»Wohin gehen die alle?«, wollte Marilynn wissen.

»Brindle beim Packen helfen.« Graham nahm einen Schluck von seinem Bier.

Marilynn lächelte. »Sie wissen, dass Brindle nicht hier wohnt, oder?«

»Das habe ich mir gedacht«, gestand Graham.

»Das ist Geheimsprache für *Wir Mädels müssen reden*«, sagte Cade. »Wie gesagt, nehmen Sie es nicht persönlich.« Er ging in den Garten und pfiff so laut, dass er fast Grahams Bruder Nick Konkurrenz machte, den man aus mehreren Kilometern Entfernung hören konnte. Die Hunde kamen in den Garten gerannt.

»Das ist in Ordnung. Ich bin sicher, sie werden sich vermissen, während Brindle fort ist.«

»Apropos Reisen«, sagte Marilynn, »wie ich höre, versuchen Sie, meine reiselustige Tochter an fernere Ziele zu locken.«

Er lächelte über die *reiselustige Tochter*. »Sie hat die Seele einer Reisenden und das Herz einer Künstlerin. Andere Orte könnten sie für ihre Arbeit inspirieren.« Marilynn sah ihn erwartungsvoll an, mit hochgezogenen Augenbrauen, den Kopf zur Seite gelegt und einem kleinen Lächeln auf den Lippen.

»Okay, Sie haben mich durchschaut. Ganz eigennützig möchte ich derjenige sein, der ihr die Welt zeigt. Aber ich werde sie Ihnen nicht wegnehmen.« Die Hunde sprangen die Stufen hinauf und leckten über Grahams Gesicht. Er streichelte sie, während Marilynn versuchte, sie zu beruhigen. »Das macht mir nichts aus. Ich liebe Hunde«, versicherte er ihr.

Cade pfiff erneut. Er warf zwei Bälle in den Garten und die Hunde rannten wieder weg.

»Ich mache mir keine Sorgen darüber, dass Sie uns Morgyn wegnehmen, Graham. Ihre Wurzeln hier sind tief, aber genauso tief ist ihr Bedürfnis nach Freiheit. Ich war heute Nachmittag kurz bei ihr und sie hat mir von Ihren Vorschlägen erzählt«, sagte Marilynn. »Ihre Sachen auf Kommissionsbasis in anderen Läden zu verkaufen? Das ist genial. Ihre Tante Roxie macht das auch mit ihren Seifen und Düften. Morgyn schien auch begeistert von der Idee zu sein.«

»Ich habe auch vorgeschlagen, einen alten Eisenbahnwagen zu kaufen und ihr Geschäft von dort aus zu führen. Sobald der abbezahlt ist, hätte sie keine Miete mehr zu bezahlen. Ihre monatlichen Ausgaben würden sich allein auf die Artikel, die sie einkauft, und die Werbung beschränken. Es wäre auch ein schönes Zeugnis ihrer Liebe zu ihrem Großvater.«

»Das hat sie mir auch erzählt. Ein sehr aufmerksamer Vorschlag, obwohl ich überrascht war, als ich hörte, dass sie Sie mit zum Zugfriedhof genommen hat.«

»Warum?«

Marilynn lächelte und hatte dabei den Blick auf die Hunde gerichtet, für die Cade weiterhin Bälle warf. »Manchmal wirkt Morgyn wie ein offenes Buch, aber es gibt Dinge, die sie noch nie mit einem Mann geteilt hat.« Sie schaute ihn an und sagte: »Die Liebe zu ihrem Großvater steht ganz oben auf dieser Liste. Als er starb, hat er einen Teil von Morgyn mitgenommen. Sie war erst dreizehn Jahre alt und sie standen sich so nah. Großeltern sollten keine Lieblingsenkel haben, aber es gab eine besondere Verbindung zwischen diesen beiden, wie verwandte Seelen. Er liebte all unsere Kinder, verstehen Sie mich nicht falsch, aber die beiden sahen die Welt auf eine Art und Weise wie sonst niemand.«

»Sie spricht oft von ihm.« *Und jetzt wird mir bewusst, was für ein großartiges Geschenk das ist.*

»Wirklich? Das freut mich. Es ist gut, wenn sie darüber redet. Sie hat zwei Wochen pausenlos geweint, nachdem wir ihn verloren hatten, und dann eines Tages ist sie einfach abgehauen. Ich war natürlich vollkommen außer mir, weil sie so verstört gewesen war. Die schlimmsten Szenarien gingen mir durch den Kopf. Sie war stundenlang weg und Freunde, Nachbarn, *alle* haben sie gesucht. Damals war Sable sechzehn und hat im Stardust Café gearbeitet. Als sie mitbekam, dass Morgyn vermisst wurde, wusste sie genau, wo sie zu finden war. Wissen

Sie, Sable wirkt taff, aber sie hat ein riesengroßes Herz, genau wie Morgyn. Sie hat immer die Beschützerrolle für all ihre Geschwister übernommen. Sogar für Gracie, die Älteste. Sable hatte es sich zur Aufgabe gemacht, immer zu wissen, was ihre Geschwister so vorhatten. Sie wusste, wie sehr der Verlust Morgyn getroffen hatte, denn für sie war es ebenso schwer gewesen, auch wenn sie es gut versteckt hatte. Zum Glück war sie Morgyn über Wochen hinweg zu dem Zugfriedhof gefolgt. An jenem Tag fand sie Morgyn in einem alten Begleitwagen und hat uns geschrieben, dass es ihr gut ging. Dann blieb sie bei ihr, bis Morgyn bereit war, nach Hause zu kommen. Soweit ich weiß, sind Sie der erste Mensch, den sie je dorthin mitgenommen hat. Und das bedeutet mehr, als Sie sich vorstellen können.«

»Ich glaube, ich kann mir vorstellen, wie besonders das ist.«

Marilynn berührte seine Hand und sagte: »Sie sind gut für sie, Graham. Mir ist klar, dass das alles sehr schnell für euch geht, aber manche Beziehungen sind vorherbestimmt. Sie brauchen nicht so viel Zeit zum Entstehen wie andere. Sie hat so viel Licht in sich, und normalerweise versuchen die Menschen, es zu dimmen oder es nach ihrem Gutdünken auszurichten. Aber Sie lassen sie leuchten und ich habe sie noch nie glücklicher gesehen.«

Kichernd stolperten die jungen Frauen aus dem Haus und Brindle sagte: »Oh nein. Mom nimmt deinen Kerl in die Mangel.«

»Wahrscheinlich erzählt sie ihm peinliche Babygeschichten«, sagte Amber.

»Das glaubst du doch wohl selber nicht. Guckt ihn euch an, so männlich und heiß«, sagte Sable. »Ich wette, sie bettelt um Enkel.«

Graham stand auf und zog Morgyn in eine Umarmung.

»Verschreckt Mom dich?«

»Nicht mal Sable hat es geschafft, mich zu verschrecken.« Er schaute zu Marilynn, die sie beide mit einem Blick voller Liebe beobachtete, und sagte: »Ich hätte vielleicht gar nichts gegen Enkel.«

»Oh, meine Süße, bitte heirate diesen Mann!«, sagte Marilynn.

Morgyn riss die Augen auf und er musste lachen angesichts ihres sorgenvollen Blicks. »Keine Angst, Sunshine. Ich habe es nicht eilig mit den Kindern. Ich versuche nur, mich gut mit deiner Mutter zu stellen.«

Elf

Graham schreckte am Mittwochmorgen auf und war überrascht, dass Morgyns weicher Körper nicht auf ihm lag. In den letzten Tagen war er auf seinem Rücken liegend aufgewacht und hatte sie tief schlafend vorgefunden, über seinem Bauch ausgestreckt, seine Beine umklammernd und ihr Bein auf seinem Brustkorb liegend und in einigen anderen verrückten Positionen. Sie schlief, wie sie alles andere tat, mit Hingabe – noch eine Sache, die er der immer länger werdenden Liste der Dinge, die er an ihr liebte, hinzufügen konnte.

Er verließ das Bett und lauschte, um herauszufinden, was sie gerade trieb. Während er sich eine Jeans anzog, schaute er über das Geländer der Galerie. »Morgyn?«

Stille antwortete ihm und er ging nach unten. Das Badezimmer war leer, und ihre Notizblöcke mit den Entwürfen lagen nicht auf dem Couchtisch, auf dem sie sie gestern Abend liegen gelassen hatte. Stattdessen fand er dort die auf einem abgerissenen Stück Papier geschriebene Nachricht *In der Scheune!* mit einem Smiley.

Er stieg in seine Stiefel, ging nach draußen und dachte an den vergangenen Abend. Sie hatten bei ihren Eltern stundenlang zusammengesessen und mit ihrer Familie über

Brindles Reise nach Paris und über Morgyns Firma gesprochen. Als Morgyn ihnen erzählte, dass sie sich fragte, ob ihre Waren gut genug waren, dass andere Leute – Fremde in anderen Städten – sie in ihren Läden verkaufen wollen würden, hatten sie nicht nur von ihrer Arbeit geschwärmt, sondern sie hatten auch alle angeboten, ein paar Anrufe zu tätigen und mit Leuten zu reden, die vielleicht interessiert sein könnten. Genauso begeistert waren sie von der Idee, dass sie einen Eisenbahnwagen kaufte, von dem aus sie ihr Geschäft führen könnte. Graham hatte Preise für alte Begleitwagen verglichen: von zwei- bis zwanzigtausend Dollar und andere sogar bis sechzigtausend, je nach Standort und Zustand, war alles dabei gewesen. Wenn er Morgyn so gut kannte, wie er glaubte, sie zu kennen, dann gab es nur einen Begleitwagen, den sie haben wollte, und der würde keinesfalls mehr als fünfzehn- oder zwanzigtausend Dollar kosten. Sie gab bereits fast dreißigtausend pro Jahr für Miete aus. Langfristig war das Konzept vorteilhaft für sie.

Durch die offenen Scheunentore drang Musik nach draußen. Drinnen bewegte Morgyn sich im Rhythmus – in ihren Plüschpantoffeln und einem T-Shirt von Graham, das kaum ihren Hintern bedeckte, als sie sich bei der Arbeit an einer ihrer Kreationen über den Tisch beugte.

»Ist das hier eine Solotanzparty?«, fragte er, als er hineinging.

Mit einer unverschämt entzückenden zerzausten Mähne und einem atemberaubenden Lächeln drehte sie sich um. »Ich konnte nicht schlafen. Musste immer an all diese Entwürfe denken.« Sie deutete auf die Tische um sie herum, die allesamt mit Stoffen, Taschen, Schmuckkästchen und anderen Gegenständen vollgestellt waren, die gestern Morgen noch nicht da gewesen waren.

»Ich vergrößere meinen Bestand. Die Geschäftsinhaber hier in der Gegend wollen sicherlich etwas Neues in ihren Läden, und die Leute, die mich nicht kennen, würden wahrscheinlich meine bestehenden Vorräte nehmen.« Sie ging auf die andere Seite des Tisches und legte ein dünnes Stoffband auf die Naht einer schwarzen Tasche. »Was hältst du davon? Ich habe mir überlegt, einen Traumfänger in Hellblau, Weiß und Grau mit Siebdruck auf die Vorderseite zu machen.« Anscheinend erwartete sie keine Antwort, denn sie nahm seine Hand und führte ihn zu einem anderen Tisch, auf dem mehrere Halsketten lagen – einige mit winzigen Anhängern und andere mit interessanten Formen aus Metall und Glas. »Die habe ich heute Morgen gemacht, und ich habe Magnolia eine Mail geschickt, um zu fragen, ob sie interessiert wäre, einige zu nehmen. Ich dachte mir, ich fahre sie morgen Nachmittag hin, zusammen mit diesem Sessel da.«

Sie zeigte auf einen alten türkisblauen Ohrensessel mit Samtbezug. »Ich liebe diesen Sessel und wusste nie so richtig, was ich mit ihm anstellen sollte, aber schau mal.«

Er folgte ihr um den Tisch herum zur Rückseite des Sessels und entdeckte eine unerwartete und wunderschöne Anordnung von Rot, Grün, Gelb, Pink und Lila, bestickt mit schwarzen Akzenten in kreisförmigen Mustern. Grüne Blätter und kleine Muster durchzogen das Design, das in Türkisblau eingefasst war, damit es mit der Vorderseite des Sessels zusammenpasste. Er war umwerfend.

»Das ist ein handbestickter seidener Suzani-Stoff, eine einzigartige Textilarbeit eines Stammes aus Tadschikistan. Ich habe ihn vor ein paar Jahren auf eBay gefunden und wusste, wie bei dem Sessel, nie so richtig, was ich damit machen sollte. Dann hast du mir geraten, über den Tellerrand zu blicken, und jetzt schau es dir an! Mit der Kappnaht ist es die perfekte Rückseite für den Sessel, oder? Gerade noch langweilig, jetzt der Wow-Effekt! Siehst du, Cracker? Du hast mich zu Großem inspiriert!«

Er lachte und war ergriffen von allem, was sie gemacht hatte. Noch einmal sah er sich in der Scheune um. Eine Reihe von frisch gefärbten Schals trocknete auf einem Ständer. Bemalte Vasen und aufgehübschte Bilderrahmen standen auf zwei anderen Tischen. »Sunshine, seit wann bist du hier draußen? Das alles ist überwältigend.«

Vor Stolz strahlend stemmte sie die Hände in die Hüften und sagte: »Keine Ahnung. Ich bin auf die Toilette gegangen, nachdem du eingeschlafen bist, und wollte mal sehen, was ich so machen kann.«

»Nachdem ich eingeschlafen bin? Du meinst, gestern Abend?«

»Genau!«, antwortete sie mit einem sexy Lächeln. »Gleich nachdem ich dir gezeigt habe, wie *beweglich* ich sein kann.« Sie schlang die Arme um seine Taille und sagte: »Ich habe dich in die Erschöpfung getrieben und du hast mich inspiriert. Und möchtest du das Beste wissen?«

»Es kommt noch besser?«

»Das Beste in geschäftlicher Hinsicht ist, wenn sie es nicht verkaufen, dann habe ich neue Vorräte für meinen Laden. Es ist ein Test.«

Er konnte seine Überraschung nicht verbergen. »Warte mal! *Plant* meine vor sich hin treibende Sunshine etwa? Entwirft sie Strategien?«

»Ich plane nicht. Ich plane generell nicht.« Sie grinste ihn an und sagte: »Ich bin einer Laune gefolgt, als ich hier heraus kam.«

»Und dann hast du den Plan gemacht, neuen Bestand zu kreieren und einen Markttest durchzuführen.«

Sie presste die Lippen aufeinander, um ihr Lächeln zu verbergen.

»Gib es zu. Ich färbe auf dich ab.« Er hob sie auf die Tischkante, stellte sich zwischen ihre Beine und küsste ihren Hals. »Mein in den Tag lebendes Mädchen erkennt den Wert einer Risikoanalyse.«

»Ich handele aus einer Laune heraus.« Sie schob die Hände in seine Haare. »Himmel, ich liebe es, wenn du meinen Hals küsst.«

Er biss nur so stark in ihren Hals, dass sie ein sündiges Keuchen von sich gab. Dann leckte er über die zarte Stelle und sie stöhnte hungrig, bohrte ihre Nägel in seine Haut. Er biss noch einmal zu und sie drängte sich ihm entgegen, drückte ihre ganze Weichheit an ihn. »Aus einer Laune heraus?«, flüsterte er an ihre Haut. Er zog sie an den Tischrand, packte ihren Hintern, während er sich an ihr rieb. »Für eine, die keine Planerin ist, sieht es aber so aus, als hättest du dir deinen kleinen sexy Hintern aufgerissen, um dich vorzubereiten. Ich wollte dich dafür belohnen, dass du vorausgeplant hast, aber ...«

Er trat einen Schritt zurück und sie hielt ihn an den Armen fest und zog ihn wieder an sich heran.

»Mach dieses Beißen und Lecken noch einmal«, sagte sie verführerisch. »Vielleicht war es ja doch ein Plan.«

»Ach, *vielleicht* ...?«

Er senkte seinen Mund auf ihren Hals und wurde mit weiteren sehnsüchtigen Lauten belohnt. Ihre Hände glitten über seinen Körper, während er sich an ihrem Hals und ihrem Mund labte, dann verspielt an ihrer Unterlippe knabberte und sie beide damit erregte. Sie hatten sich erst letzte Nacht geliebt. Er sollte gesättigt sein, aber wenn es um Morgyn ging, kannten seine Lust – und sein Herz – keine Grenzen. Er wollte nicht nur Sex, auch wenn ihre Liebesspiele anders waren als alles, was er je zuvor erlebt hatte. Sein Verlangen nach ihr ging über Orgasmen und lustvollen Genuss hinaus. Er sehnte sich nach ihrer tiefen Verbindung, dem Gefühl, eins und vollständig zu sein, das ihn überkam, wann immer sie zusammen waren.

»Was denkst du, Sunshine?«, fragte er zwischen Küssen. »Färbe ich auf dich ab?«

»Denken …? Ich kann jetzt nicht denken.« Sie zog sich eilig das T-Shirt aus und ließ es auf den Boden fallen. »Du etwa?«

Ein Laut – eine Mischung aus einem Brummen und einem Fluch – entwich ihm, bevor ihre Münder zueinanderfanden und alle Gedanken auslöschten. So war es bei ihnen. Ihre Küsse führten zu einem Universum der Leidenschaft, in dem nichts anderes mehr zählte als ihre Vereinigung. Sie zerrten an ihren verbliebenen Kleidungsstücken, und er schob den Stoff vom Tisch, bevor er sie darauf legte. Über sie gebeugt schaute er ihr tief in die Augen und fragte sich erneut, wie er ihr je für einen Tag den Rücken kehren konnte, ganz zu schweigen von einer Woche, einem Monat oder mehr.

Als ihre Körper eins wurden und sie ihn aus vertrauensvollen Augen ansah, ließ er sein Herz sprechen: »Bis zu dem Tag, an dem ich dich kennengelernt habe, wusste ich nicht, dass mir irgendetwas fehlte. Du kamst in mein Leben gestürmt wie ein Windstoß, erfrischend und unzähmbar. Dank dir sehe und fühle ich so viel. Ich weiß, dass ich nichts mehr so betrachten werde wie vorher.«

»Ich auch nicht. Du färbst auf mich ab, Cracker.«

»Das ist erst der Anfang für uns, Sunshine. Ein ganzes Universum von Möglichkeiten liegt vor uns. Es ist mir egal, ob du aus einer Laune heraus handelst oder jede Sekunde planst, solange ich auf dem Weg an deiner Seite bin.«

»Dann komm mit mir, und ich verspreche dir, dass ich mich nicht ändere.«

Morgyn arbeitete wie das Duracell-Häschen, vergrößerte ihren Bestand und erkundigte sich in Geschäften in Oak Falls, Meadowside und Whisper Creek, einem anderen Nachbarort, ob sie ihre Produkte verkaufen würden. Ihr Vorhaben machte schnell die Runde, und bis zum Donnerstagnachmittag, nachdem sie und Graham gerade Waren in Magnolias Geschäft abgegeben hatten, waren schon Nachrichten von neun weiteren Ladenbesitzern eingegangen, die ihre Produkte auf Kommissionsbasis anbieten wollten. Sie verbrachten den Tag damit, Artikel auszuliefern und Inventurlisten mit Hilfe von einfachen Tabellen anzufertigen, die Graham für sie erstellt hatte. Er hatte sich viel Arbeit damit gemacht, akribisch aufzulisten, wie viel jeder Artikel ursprünglich gekostet hatte, wie hoch die Materialkosten waren und wie viel Zeit Morgyn in die Aufarbeitung gesteckt hatte. Angesichts der Tatsache, dass sie sich nicht daran erinnern konnte, was die meisten Artikel ursprünglich gekostet hatten, war es schwierig, aber für einige ihrer kürzlich erworbenen Dinge hatte sie noch Belege. Mit Grahams Hilfe wurde so deutlich, wie sehr sie den Wert ihrer Arbeit unterschätzt hatte. Sie war nie auf den Gedanken gekommen, die Zeit, die sie in jeden Gegenstand gesteckt hatte, zu berechnen. Sie war gespannt, ob die Idee, auf Kommissionsbasis zu verkaufen, tatsächlich funktionieren würde. Auch wenn ihr nun klar wurde, dass sie ihre Preise wahrscheinlich anheben sollte, war sie sich nicht sicher, ob sie ihren Laden wirklich schließen musste. Doch unabhängig von all diesen hilfreichen Optionen war es Tatsache, dass sie sich im Moment abrackerte, um sich von dem Offensichtlichen abzulenken.

Graham reiste morgen ab.

Auch wenn sie nicht in allen Einzelheiten besprochen hatten, was anschließend passieren würde, so wusste sie doch, dass sie alles tun würden, damit es funktionierte. Aber jedes Mal, wenn sie das Thema ansprechen oder mit ihm gemeinsam überlegen wollte, wie eine Fernbeziehung funktionieren sollte, wurde ihr ganz flau im Magen. Mehrere Male versuchte sie, sich ein Herz zu fassen, als sie kochten oder auf einer Decke beim Rotwildgarten saßen und Musik hörten. Sie hatte sich nie dazu *entschließen* müssen, nicht über etwas nachzudenken. Sie machte sich automatisch keine Sorgen und ging davon aus, dass sich alles zum Guten wenden würde. Aber jetzt gefiel ihr die Vorstellung nicht mehr, ihre Zukunft dem Zufall zu überlassen.

Er veranlasste sie dazu, dass sie planen wollte. Mit ihm eine Strategie für ihre Beziehung zu entwerfen und ihre nächsten Schritte zu überlegen.

Es machte ihr Angst, dass sie auf dem Rücken liegend in den schönen sternenverhangenen Nachthimmel schauten und sie – statt ihre Nähe zu genießen – daran dachte, dass seine Zahnbürste morgen verschwunden wäre, dass seine Kleidung nicht mehr neben ihrer hängen würde und dass seine Kaffeetasse nicht mehr jeden Morgen in der Spüle stehen würde.

Ihr Innerstes zog sich zusammen, sie drehte sich auf die Seite und legte ihren Arm auf seinen Brustkorb und das Bein über seine Beine. Sein starker Arm legte sich um sie, als er sie auf den Kopf küsste.

»Wie geht's meinem Mädchen? Gut?«

»Nein.« Sie kuschelte sich noch näher, klammerte sich an sein T-Shirt und drückte ihren Körper fest an ihn.

»Möchtest du dich unter meiner Haut vergraben?«

Sie hörte das Lächeln in seiner Stimme und nickte. »Hast du ein Problem damit?«

»Nein, Sunshine. Ich liebe alles, was du tust, ob du deinen Körper über meinen ausbreitest, wenn du schläfst, oder du alle fünf Minuten deine Meinung änderst.«

»Würdest du mich immer noch so mögen, wenn ich mich veränderte?«

»Ich glaube, nichts würde meine Gefühle für dich verändern.« Er berührte ihr Kinn und hob ihr Gesicht an, damit er ihre Augen sehen konnte. »Was ist los? Rede mit mir.«

Sie setzte sich neben ihm auf und knetete ihre Hände. »Ich habe mich noch nie so gefühlt, und es verwirrt mich innerlich total. Ich lebe gern allein. Nie wollte ich jemanden rund um die Uhr in meinem Leben haben, aber jetzt …« Ein Kloß bildete sich in ihrem Hals. Nun setzte auch er sich auf und sah ihr mit ernstem Blick direkt in die Augen. »Ich will Samstagmorgen nicht in einem leeren Bett aufwachen, wenn all deine Sachen weg sind, und es dem Universum überlassen, dich zurückzubringen. Immer habe ich daran geglaubt, dass passieren wird, was passieren soll – aber was ist, wenn ich mich dieses Mal irre? Was ist, wenn das wahre Leben zu hektisch ist und dies alles Fantasie war? Eine Woche Auszeit von der Realität?«

»Glaubst du, dass wir das sind?«

Sie schüttelte den Kopf. »Aber ich bin nicht du.«

Er nahm ihre Hände in seine und drückte einen langen, zärtlichen Kuss auf beide Handrücken. »Ich bin der Planer, du die Treibende.«

»Was heißt das? Heißt das, dass ich nicht auch über uns nachdenken kann?«

»Nein, Sunshine. Dein schöner Kopf kann über alles nachdenken, was du jemals willst. Aber in diesem Fall brauchst du dir keine Sorgen zu machen. Ich habe bereits ein Flugticket gekauft, um nach meiner Reise wieder hierher zurückzukommen. Abgesehen vom Weltuntergang kann mich nichts von dir fernhalten.«

Tränen liefen ihr über die Wangen. »Wirklich?«

»Was habe ich wohl damit gemeint, als ich sagte, du wärst die einzige Frau, in die ich Gefühle investieren will? Und dass ich mich immer mehr in dich verliebe? Glaubst du, das waren nur Worte?«

Sie kroch auf seinen Schoß und sagte: »Nein, ich habe dir geglaubt, aber dieses ganze Vorausdenken-Wollen ist neu für mich, und es hat mich vollkommen aus dem Konzept gebracht. Ich *will* mit dir planen. Ich will *wissen*, dass du zurückkommst und dass wir echt sind. Es ist schwer, eine Planerin zu sein.«

Er schmunzelte. »Für mich nicht, aber deshalb funktionieren wir auch so gut zusammen. Ich lerne, mich etwas mehr treiben zu lassen und etwas weniger zu planen, und du lernst, vorauszudenken, wenn es darauf ankommt.«

»Aber das ist nicht die Frau, in die du dich verliebt hast. Denn die lässt sich treiben und hat sich nicht angestellt, als du gesagt hast, du würdest mich finden und bräuchtest meine Nummer nicht.«

»Zum einen bist du genau die Frau, in die ich mich verliebt habe und es noch immer bin.« Er rieb seine Nase an ihrer und setzte sich dann so hin, dass er ihr fest in die Augen schauen konnte, bevor er sagte: »Ich bin kein Experte, wenn es um Beziehungen geht, aber soweit ich es bei meinem Bruder Beau gesehen habe, ändert man sich wie von selbst, wenn man seinen Seelenverwandten gefunden hat. Die Dinge, die man immer glaubte, von sich zu wissen, erscheinen plötzlich größer, kleiner oder überhaupt nicht so, wie gedacht. Wir stehen in den Sternen geschrieben, Kleines. Frag deine Mutter. Es führt kein Weg an uns vorbei.«

Sie lachte und konnte sich gut vorstellen, wie ihre Mutter das gesagt hatte. »Meine Mom ist eine hoffnungslose Romantikerin.«

»Mach dir nichts vor. Du bist auch eine Romantikerin. Wie könntest du sonst so tiefe Gefühle hegen?« Er küsste sie sanft und sagte: »Hör mal, da läuft unser Lied.«

Er stand auf, zog sie mit hoch und schlang die Arme um sie, um langsam mit ihr zu Luke Bryans »Crash My Party« zu tanzen.

»Dieses Lied ist mein Freibrief, dich jederzeit anzurufen«, sagte sie, als sie die Arme um seinen Hals schlang und das mittlerweile vertraute Glücksgefühl sie erfüllte.

»Tag und Nacht, Sunshine.«

»Das wirst du vielleicht noch bereuen, wenn deine Stimme mir fehlt und ich dich um drei Uhr morgens anrufe, nur um sie zu hören.«

»Ich freue mich darauf. Mir wird es fehlen, deine zu hören. Du kannst also mit jeder Menge Telefon- und Videoanrufe rechnen.«

»Kann ich ein paar deiner T-Shirts zum Schlafen behalten?«

»Wenn du möchtest, lasse ich alles hier. Mein Land Rover ist doch hier, weil ich mit dem Wagen weiterfahren wollte. Hast du bemerkt, dass ich nicht einmal Vorkehrungen getroffen habe, um meinen Wagen zurück nach Maryland bringen zu lassen? Ich komme zurück, um bei dir zu sein, Morgyn. Ich muss zugeben, dass ich mir Sorgen darüber mache, wie ich wohl ohne dich schlafen werde.« Er lächelte und sagte: »Ich habe mich daran gewöhnt, dein Knie in meinem Schritt zu haben, wenn ich aufwache, oder deinen Oberschenkel auf meinem Hals, meinem Rücken oder wo du dich sonst so niederlässt.«

Sie vergrub ihr Gesicht an seiner Brust. »Ich habe keine Ahnung, warum ich das mache. Vor dir habe ich noch nie die ganze Nacht mit einem Mann verbracht. Ich bin wohl nicht besonders gut darin.«

»Du bist vortrefflich darin. Die beste Bettgefährtin überhaupt. Die Königin des Zusammenschlafens. Und ich werde ernsthafte Entzugserscheinungen haben.«

Warum versetzte ihr das noch einen zusätzlichen Stich ins Herz?

»Perfect« von Ed Sheeran lief nun und er sagte: »Hörst du das, Sunshine? Noch ein Lied, das nur für uns geschrieben wurde. Wir waren vielleicht keine Kinder, als wir uns gefunden haben, aber ich glaube an deine Theorie, dass man sich spirituell schon viel länger kennen kann als physisch, also vielleicht sind wir gar nicht so weit davon entfernt.«

Seine Arme lagen schwer um sie, sein Herz hämmerte in dem gleichen schnellen Rhythmus wie ihres. Sie liebte seine Stärke, die Art, wie er seine Familie und die Umwelt gleichermaßen schätzte, und vor allem liebte sie seine Gewissheit in Bezug auf ihre Beziehung.

»Ich werde deine Glückskappe behalten, nur für den Fall.« Sie sagte es in einem scherzhaften Ton, aber sie wollte sie wirklich nicht hergeben. Es war das erste Stück seiner selbst, das er je mit ihr geteilt hatte.

»Etwas anderes würde ich gar nicht wollen.«

Zwölf

»Morgyn! Wo bist du?« Brindles Stimme hallte durch die kalte Nachtluft. »Ich weiß, dass ihr da irgendwo seid! Zieh dir was über und komm raus. Ich brauche dich!«

Graham blinzelte in die Dunkelheit zu dem Lichtschein der Taschenlampe, der durch den Garten am Haus huschte. Morgyn schlief tief und fest auf ihm, die Arme ausgestreckt, ihr Kopf auf seiner Brust und die Beine zwischen seinen. Wenn sie aufschreckte, würde er mit Sicherheit ihr Knie schmerzhaft zu spüren bekommen. Er küsste sie auf den Kopf. »Sunshine«, flüsterte er. »Brindle braucht dich.«

Mit einem maunzenden Laut vergrub sie ihr Gesicht an seinem Hals. Zum Glück waren sie angezogen. Sie hatten bis weit nach Mitternacht getanzt und geredet, Pläne für seine Rückkehr geschmiedet und sich versprochen, permanent in Kontakt zu bleiben. Die Arme fest um ihn geschlungen war Morgyn schnell eingeschlafen, als hätte der Gedanke an seine Abreise sie völlig erschöpft. Es hatte ihn fast umgebracht, sie nicht aufzufordern, ihn nach Seattle zu begleiten, aber angesichts all der offenen Fragen rund um ihre Firma und ihrer Freude über mögliche neue Wege wäre es egoistisch gewesen, sie darum zu bitten, dass sie alles stehen und liegen ließ.

»Morgyn! Graham! Wo seid –«

Das Licht der Taschenlampe landete auf ihnen.

»Brindle?« Morgyns Kopf und Knie schnellten gleichzeitig hoch und jagten einen brennenden Schmerz von Grahams Schritt bis in seinen Brustkorb.

»Verdammt!« Er drehte sich auf die Seite, die Hände zwischen den Beinen.

»Oh nein!« Mit aufgerissenen Augen und voller Sorge legte Morgyn ihre Hände auf seine. »Es tut mir leid! Ich … du meine Güte! Sind sie tot?«

Er stöhnte auf, als Brindle prustend zusammenbrach. »Entschuldigt«, stieß sie in ihrem hysterischen Lachanfall aus. »Aber ihr beide seid echt … Ob sie *tot* sind? Das sind doch keine Menschen.«

»Halt den Mund, Brin!«, schnauzte Morgyn sie an. »Es tut mir leid, Cracker.«

»Alles gut, Sunshine«, murrte Graham, als er sich aufsetzte. »Was ist passiert, Brindle?«

»Passiert?« Verwirrt sah sie ihn an. »Ach, du meinst, warum ich hier bin? Ich brauche Morgyn. Ich reise morgen ab – na ja, eigentlich heute – und wir haben noch etwas vor.«

»Jetzt?« Er las vom Handy die Uhrzeit ab. »Es ist vier Uhr morgens.«

Morgyn blickte Brindle wütend an. »Ich lasse Graham nicht allein.«

Bekleidet mit knappen Jeans-Shorts, einem Neckholder-Bustier und Cowboystiefeln, krabbelte Brindle auf den Knien zu Morgyn. »Bitte! Du musst! Es ist das letzte Mal, dass ich das in diesem Sommer erleben kann. Bitte, Morgyn? Ich muss es machen.«

»Kannst du nicht Sable überreden?«, flehte Morgyn sie an

und kuschelte sich wieder an Graham. »Das ist auch unsere letzte Nacht. Graham reist morgen ab. Ich lasse ihn *nicht* allein.«

»Wovon redet ihr überhaupt?«, wollte Graham wissen. »Was musst du machen?«

Brindle ignorierte seine Frage und sagte: »Sable ist nicht zu Hause. Da war ich zuerst. Du weißt, wie viel mir das bedeutet.«

»Ich dachte, du und Trace seid fertig miteinander«, sagte Morgyn.

»Sind wir auch, aber trotzdem … Das ist eine Tradition. Bitte!«

»Was es auch ist, wenn es so wichtig ist, dann gehen wir«, bot Graham an.

Morgyn biss sich auf die Unterlippe und sah ihn verlegen an.

»Äh …« Brindle schaute zu Morgyn. »Das ist … äh …«

»Das würde dir keinen Spaß machen«, sagte Morgyn schnell. »Wir haben schon seit unserer Kindheit immer so geheime Abenteuerausflüge gemacht. Das ist irgendwie unser Ding. Ist aber nicht so witzig. Da muss man auf Hügel klettern, im Gras liegen …«

»Cool.« Graham stand auf und streckte sich. »Für Abenteuer bin ich immer zu haben. Komm, Sunshine. Deine Schwester braucht dich. Ich werde mich den Traditionen nicht in den Weg stellen.«

Ein teuflisches Grinsen trat in Brindles Gesicht, als sie aufstand. »Habe ich dir schon erzählt, wie sehr ich deinen Kerl mag? Lasst uns unser Abenteuer starten!« Sie rannte los. »Kommt schon!«

»Aber –«

Graham brachte Morgyn mit einem langen sinnlichen Kuss

zum Schweigen. »Ich werde euch nicht stören, versprochen. Es wird witzig, mal zu sehen, was ihr Aufregendes macht.«

Morgyn zappelte nervös herum, als sie Brindle in Grahams Wagen folgten. »Du musst nicht mitkommen«, sagte sie zum zehnten Mal. »Ich hätte Nein sagen können.«

»Ich werde mich auf keinen Fall einer Tradition unter Schwestern in den Weg stellen.« Er griff nach ihrer Hand und drückte sie versichernd. »Es macht mir wirklich nichts aus, Sunshine. Ich komme gern mit.«

Sie parkten auf einer Seitenstraße in der Nähe ihres Elternhauses und folgten dem Pfad einen großen Hügel hinauf.

»Das wird fantastisch«, meinte Brindle kichernd.

»Ja, klar«, murrte Morgyn.

Als sie fast die Kuppe des Hügels erreicht hatten, hielt Brindle Graham am Arm fest und flüsterte ihm zu: »Runter mit dir und sprich leise. Wenn sie dich hören, erwischen sie uns.«

»Sie?«, fragte Graham und duckte sich wie die beiden.

»Psst!«, kam es von den Frauen.

Er krabbelte mit ihnen ganz hinauf, bis ein großer Stall und ein Reitplatz zu sehen waren.

»Wessen Stall ist das?«, flüsterte er.

»Der von den Jerichos«, sagte Morgyn. »Sie will Trace reiten sehen. Die Jungs reiten Pferde zu, die wildesten überhaupt.«

»Jetzt?«, fragte Graham. »Warum nicht am Tag?«

»Psst!« Brindle sah ihn wütend an. »Du darfst mitkommen, aber nicht reden.«

»Klingt wie in einem schlechten Porno«, kommentierte er kichernd und beide verdrehten die Augen.

Trace und JJ tauchten an der Seite des Stalls auf, beide mit freiem Oberkörper. Brindle gab einen anerkennenden Laut von sich, als sie die Stalltore aufzogen und noch zwei Typen ohne T-

Shirt herausschlenderten. Die Männer redeten miteinander, aber sie waren zu weit entfernt, um zu verstehen, was sie sagten.

Trace marschierte in den Stall und Brindle sagte: »Genau, Baby. Steig auf das Pferd. Zeig ihnen, wer der krasseste Typ in Oak Falls ist.«

»So viel dazu, dass es zwischen euch beiden aus ist«, kommentierte Graham leise.

Brindle bedachte ihn mit einem finsteren Blick. »Es ist aus. Ich reise morgen ab, und glaub mir, ich werde nicht zurückschauen. Mein Sommer wird der Hammer, und wenn ich wiederkomme, werde ich kaum noch wissen, wer er ist.«

Morgyn schüttelte den Kopf. »Ignorier sie. Wenn sie zurückkommt, wird sie wahrscheinlich auf direktem Weg zu ihm gehen und heißen Wiedersehenssex genießen.«

»Hey, sag nichts gegen heißen Wiedersehenssex.« Graham drückte seine Lippen auf ihre und wusste schon jetzt, wie heiß ihr Liebesspiel sein würde, wenn er von seiner Reise zurückkehrte. *Meine dämliche Reise.* Noch nie hatte er die Arbeit wegen einer Frau aufschieben wollen, aber kein Deal der Welt konnte dafür sorgen, dass er Morgyn auch nur für einen Tag allein lassen wollte, geschweige denn für zehn. Aber er konnte Knox nicht im Stich lassen.

Ein Pferd preschte auf den Reitplatz und buckelte immer wieder unter Trace. Die anderen Männer johlten und schrien, feuerten ihn an, während das Pferd alles tat, um ihn abzuwerfen.

Brindle stützte sich auf die Ellbogen und hielt den Blick gebannt auf Trace gerichtet. »Halt durch, Baby. Halt durch. Du schaffst das. Zeig ihm, wer der Boss ist.«

Morgyn umklammerte Grahams Hand, die Augen weit aufgerissen und auf die halb nackten Typen da unten gerichtet.

Eifersucht überkam ihn, ein unbekanntes und ziemlich unangenehmes Gefühl. Seine Freundin sollte sich nicht nach anderen Typen verzehren. Tradition hin oder her.

»Ich fasse es nicht, dass das hier eure Abenteuer sind«, flüsterte er.

»Ich hab doch gesagt, es würde dir keinen Spaß machen«, sagte Morgyn, den Blick immer noch auf Trace gerichtet, der das wilde Pferd wie ein Profi ritt. »Aber du musst zugeben, dass es aufregend ist!«

Er schnaubte verächtlich. *Du willst aufregend? Das kannst du haben!* »Ich geh pinkeln.«

»Wo geht er denn hin?«, fragte Brindle und rutschte näher zu Morgyn.

»Pinkeln. Ich glaube, er ist sauer.«

Brindle kicherte. »Was du nicht sagst. Du hättest ihn nicht mitnehmen sollen.«

»*Du* hättest nicht betteln sollen. Du wusstest, dass es unsere letzte gemeinsame Nacht ist«, flüsterte sie genervt.

»Das ist auch *unsere* letzte Nacht«, sagte Brindle. »Deine und meine. Bedeutet dir das gar nichts?«

»Doch, aber ich liebe ihn, und er reist ab, und jetzt ist er sauer ...« Sie vergrub das Gesicht in den Händen.

»Du tust *was*? Warte mal. Du *liebst* ihn? Nach einer Woche?«

Morgyn nickte. »Ja! Ich weiß ... Ich verstehe es auch nicht. Aber wirklich, Brindle. Ich liebe, wer er ist, wie wir zusammen funktionieren, wie er mich anschaut, als sei ich alles für ihn. Er ist alles für mich, Brin. Ich kann nicht meine Zukunft vor Augen haben und ihn nicht dort mit mir zusammen sehen.«

Brindle sah sie mit offenem Mund an.

»Hör auf, mich so anzugucken!« Sie setzte sich auf und schlang die Arme um die Knie. »Jetzt überlegt er sich das alles wahrscheinlich anders, weil ich so blöd war, mit dir hierherzukommen. Diese Jungs da sind mir egal. Sie sind für mich wie Brüder!«

»Also Trace ist nicht wie ein Bruder für mich«, entgegnete Brindle heftig und zog Morgyn zurück auf den Rasen. »Bleib unten, sonst sehen sie uns.«

»Was soll ich jetzt machen? Ich schwöre dir, wenn uns das hier auseinanderbringt, dann fliege ich nach Paris und bringe dich um.«

»Du fragst mich, was du tun sollst? Was zum Henker weiß ich denn, wie das ist, wenn man einen Mann halten will?« Sie stieß Morgyn mit der Schulter an. »Vielleicht solltest du wirklich mit mir nach Paris kommen.«

»Ich will nirgendwohin mit dir gehen. Das ist alles deine —« Sie packte Brindle am Arm. »Heiliger … Was macht er da?«

Graham marschierte zum Reitplatz. Er zog sich das T-Shirt aus und legte es neben JJ auf den Zaun. JJ rief etwas, dann brachten sie das Pferd von Trace wieder in den Stall und alle Männer folgten ihm hinein.

»Wenn er ihnen erzählt, dass wir hier oben sind, dann bekommt er von mir persönlich einen Tritt zwischen die Beine«, sagte Brindle. »Wir machen das hier schon über ein Jahrzehnt und sie haben es noch nicht herausgefunden.«

»Das macht er nicht«, sagte Morgyn, obwohl sie keine Ahnung hatte, was er tat. »Glaubst du, das ist seine Art, mir zu sagen, dass es vorbei ist? So im Sinne von *Mach dich vom Acker, ich hänge lieber mit den Typen ab?«*

»Quatsch. Wenn überhaupt, dann will er Nachhilfe darin, wie man seinen Mann steht.«

Morgyn verpasste ihr einen Stoß. »Halt den Mund. Er ist zehnmal mehr Mann als Trace. Er hat keine Angst, sich zu binden, er steht immer hinter mir, und er spielt keine Spielchen.«

Brindle wurde blass.

Rufe drangen von unten zu ihnen hoch, als ein Pferd mit Graham auf seinem Rücken aus dem Stall preschte. Die anderen Männer verließen den Reitplatz, schwenkten ihre Cowboyhüte und feuerten Graham an.

»Du meine Güte!« Morgyn sprang auf und sah, wie Graham mit seinen starken Armen die Zügel hielt, sein Körper sich *mit* dem buckelnden Pferd bewegte, als hätte er noch nie etwas anderes getan. Sie hatte mit Sicherheit Halluzinationen, denn er hatte nie etwas davon erwähnt, dass er reiten konnte. »Er bringt sich um! Wir müssen ihn aufhalten.«

Sie rannte den Hügel hinunter – mit Brindle auf den Fersen, die sie anflehte, nicht zu den anderen zu laufen. Aber Morgyn stürmte weiter, fuchtelte mit den Armen und rief: »Trace! JJ! Haltet ihn auf! Er wird sich verletzen!« Sie stolperte, fiel auf den Hintern und riss Brindle gleich mit. Sie kullerten den Hügel hinunter, lachend und fluchend gleichzeitig.

Morgyn sprang gleich wieder auf und sah, dass Graham mit dem Blick auf sie gerichtet über den Zaun kletterte. Er rannte zu ihr, während die anderen Männer das Pferd einfingen.

»Was zum Henker …?«, rief JJ.

»Morgyn!« Ihre Körper prallten aufeinander.

»Wo kommt ihr denn plötzlich her?«, wollte JJ wissen.

»Psst!« Brindle brachte ihn mit einem Wink zum

Schweigen, während Graham Morgyn an den Schultern packte, zurücktrat und sie nach Verletzungen absuchte.

»Alles in Ordnung?«, erkundigte er sich mit sorgenvoller Stimme. »Hast du dich verletzt?«

»Ich? Nein! Was hast du da gemacht? Du hättest umkommen können!« Sie wollte nicht schreien, aber ihr Herz raste. Sie war außer sich vor Sorge und außer Atem von ihrem Sprint.

Er drückte sie ganz fest an sich. »Dem Himmel sei Dank, dass dir nichts passiert ist! Ich kann dich nicht allein lassen, Kleines. Was ist, wenn du dich verletzt und ich nicht da bin? Ich will keinen einzigen Tag ohne dich sein. Komm mit mir nach Seattle. Ich kauf dir alles ab, was du auf Lager hast, wenn du nur Ja sagst.«

Sie lachte und traute ihren Ohren kaum. »Das ist keine gute Investition. Ich glaube, du wirst durch mich unüberlegt.«

»Mit dir will ich unüberlegt sein.« Er schaute in ihre Augen, und sein Gesicht drückte Liebe und Sorge gleichermaßen aus, als er sagte: »Ich möchte mit dir zusammen sein, Morgyn. Du warst noch nie an der Westküste, und ich weiß, dass du deinen Laden schließen müsstest, was im Moment nicht ideal ist, aber dennoch ist es für mich sonnenklar.«

Gefühle wallten in ihr auf, aber sie *dachte* schon wieder. *Blöde vorauseilende Gedanken.* Warum konnte sie nicht aufhören zu denken? Das Leben war einfacher, wenn man nicht vorausdachte. Doch sie wollte keinen Fehler machen, nicht mit Graham. »Du musst arbeiten. Was ist, wenn ich dir im Weg bin?«

»Niemals. Du könntest mir nicht im Weg sein, auch wenn du den ganzen Tag bei mir wärst. Ich möchte, dass du mit mir kommst, um das Grundstück zu sehen und damit du meinen Geschäftspartner Knox kennenlernst. Am Samstagvormittag habe ich ein paar Stunden lang einige Besprechungen, aber dann bin ich bis zum Sonntag nur für dich da.«

»Sonntag …« Ihr wurde ganz flau im Magen. Er flog am Sonntag nach New York und sie würde allein nach Oak Falls zurückkommen.

»Ja, aber ich komme gleich nach meinen Terminen in New York zurück. Ich möchte dich bei mir haben, Morgyn. Ich weiß, dass es egoistisch ist, wo du doch gerade mit deinem Geschäft so viel um die Ohren hast, aber ich kann dich nicht zurücklassen, wenn du eigentlich an meine Seite gehörst. Sag mir, dass du mitkommst, Sunshine.«

»Herrschaftszeiten, Morgyn!« Brindles Stimme durchbrach ihre traute Blase und erinnerte Morgyn daran, dass sie nicht allein waren. »Seit wann zögerst du bei irgendwas? Sag ihm, dass du mitkommst, bevor der Mann Stresspickel bekommt.«

»Vergiss die Pickel«, entgegnete er barsch. »Wenn du nicht sagst, dass du mitkommst, werde ich wegen Entführung verhaftet, und dann musst du mich im Gefängnis besuchen. Sag ja, Sunshine. Ich verspreche dir, dass ich doppelt so viel schuften werde, um deine Firma in die richtige Bahn zu lenken, wenn wir zurückkommen. Ich helfe dir dabei, Schmuck zu machen oder Stühle oder was immer du willst.«

»Wie kommst du überhaupt auf die Idee, dass ich Nein sagen würde? Außerdem kann ich *dich* nicht alleinlassen. Du wirst dich noch verletzen, wenn du so dämliche Sachen machst, wie auf dieses Wildpferd zu steigen.«

Seine Grübchen erschienen und wärmten sie vom Herz bis zu den Zehen.

»Ich habe mit Nick Wildpferde geritten, seit wir Teenager waren. Vielleicht bin ich noch nicht alles, was du dir von einem Mann erhoffst. Aber du kannst deinen süßen Hintern darauf verwetten, dass ich es werden kann.«

Dreizehn

»Ich fasse es nicht, dass ich in einem Flugzeug sitze! Ich dachte, ich wäre nervös, aber ich bin zu aufgeregt, um nervös zu sein«, sagte Morgyn, während die anderen Passagiere um sie herum Platz nahmen.

Graham hatte sich mit Beruhigungsmitteln, Medikamenten gegen Übelkeit sowie einem Stapel Zeitschriften zur Ablenkung bewaffnet, für den Fall, dass ihr der fast sechs Stunden dauernde Flug nach Washington zusetzen würde. Er war froh, dass sie das alles anscheinend nicht brauchte.

Sie waren zu aufgedreht zum Schlafen gewesen, als sie gestern Nacht wieder zu Hause angekommen waren. *Zu Hause.* Die Worte ließen ihn innehalten. Er war so oft auf Reisen und es gab Orte, an denen er übernachtete: von seinem Haus über ein Hotel, seinen Land Rover bis hin zu einem Zelt. Aber er hatte das überwältigende Gefühl, dass Morgyn jetzt sein Zuhause war.

»Ich bin so glücklich, dass du mich gebeten hast, mit dir zu kommen«, sagte sie und durchbrach seine Gedanken. »Getrennt zu sein, war eine furchtbare Vorstellung.«

»Ich weiß, Sunshine. Ich wollte auch nicht woanders sein als du.«

Einen weiteren Stich ins Herz hatte es ihm gestern Abend versetzt, als er ihren Flug am Sonntag zurück nach Oak Falls gebucht hatte. Er hatte sich für Beau und Charlotte gefreut, als sie sich verlobt hatten, aber ihm war nicht vollkommen klar gewesen, was wahre Liebe mit einem Mann anstellen konnte. Als er jetzt Morgyns große Augen sah, mit denen sie staunend die Menschen und das Flugzeug betrachtete – Dinge, die er als selbstverständlich ansah, solange er sich erinnern konnte –, da wusste er es. Er würde sein ganzes Leben nur darauf ausrichten, mehr Neues mit Morgyn zu erleben. Um ihre freudige Aufregung zu sehen und zu spüren und Teil des Erwachens zu sein, das mit jedem neuartigen Erlebnis einherging.

Ein beunruhigender Gedanke regte sich in ihm. Hatte er die Idee mit dem Kommissionsverkauf unbewusst aus egoistischen Gründen vorgeschlagen? Zweifellos hatte er gehofft, sie würde sich für diese Option entscheiden, aber er machte anderen nie Vorschläge auf der Grundlage von persönlichen Gefühlen. Sie beruhten immer auf eindeutigen Fakten, Zahlen, klugen Geschäftsentscheidungen. Der Gedanke störte ihn, und im Geiste ging er noch einmal die Fakten zu ihrer Firma durch, überdachte die Zahlen und die Strategien, die er vorgeschlagen hatte. Auch wenn er unterbewusst gehofft hatte, mehr Zeit mit ihr verbringen zu können, war – nach dem Erwerb einer Lokalität für den Verkauf ihrer Arbeiten – der Kommissionsverkauf die zweitbeste Lösung.

Etwas entspannter nahm er nun Morgyns Hand. Sie hatte ihren ganz eigenen erlesenen Stil, den sie mit einem solchen Selbstvertrauen vertrat, dass es sie noch schöner machte. Heute trug sie ein gelb-blaues Batikminikleid mit ausgestellten Ärmeln und einem tiefen Ausschnitt. Das Kleid umschmeichelte locker ihren Körper und wehte in Wellen um sie herum, wenn sie ging. Bei jeder anderen Frau hätte es ausgesehen, als trüge sie die Kleidung von jemand anderem. Aber bei Morgyn? Zusammen mit braunen Stiefeln, die sie mit winzigen runden Spiegeln und goldenen Herzen dekoriert hatte, mehreren Armreifen, hängenden Spiegelohrringen in Herzform, die zu ihren Stiefeln passten, einigen langen Ketten und seiner MIT-Kappe – die sie unbedingt mitnehmen wollte, damit sie ihm bei seinem wichtigen Geschäft mit Knox Glück brachte – sah sie aus, als wäre sie auf dem Laufsteg zu Hause.

»Was genau betrachtest du so intensiv?«, fragte sie ihn mit einem süßen Lächeln.

»Alles«, antwortete er und ließ sie erröten, als er sie noch einmal küsste. Jeder Kuss schien seine Gefühle für sie zu vertiefen und das hatte er nicht mehr für möglich gehalten. »Ich habe heute Morgen im Internet einen Markt gefunden, den man zu Fuß vom Hotel aus erreichen kann. Vielleicht magst du dich da mal umschauen und ein paar Dinge für deinen Laden kaufen, während ich morgen in meinen Besprechungen bin. Ich habe auch die Rezeption des Hotels gebeten, eine Liste mit anderen Sehenswürdigkeiten zu erstellen – Geschäfte, Museen, solche Sachen –, und ein Fahrer wird parat stehen, um dich überall hinzufahren.«

»Das alles hast du für mich getan?«

Er schob die Hand in ihren Nacken und zog sie zu sich. »Ich würde alles für dich tun, Sunshine.«

»Alles?«, fragte sie mit einem heißen Funkeln in den Augen.

Dieser Blick packte ihn jedes Mal. »Alles, was dein Herz begehrt.«

»Ich hatte gehofft, dass du das sagst.« Sie lehnte sich weiter zu ihm herüber und flüsterte: »Ich möchte dem Mile High Club beitreten.«

Er lachte. »Im Ernst? Dein erster Flug und du bist dazu aufgelegt?«

»Hey, es heißt doch immer, lebe den Moment, oder?« Sie stand auf und sagte: »Ich geh zuerst. Komm in fünf Minuten nach.«

Er versuchte, nicht zu lachen, als er sie wieder neben sich auf den Sitz bugsierte. »Ich denke, wir warten damit lieber, bis der Flieger abgehoben hat, Sunshine.«

Einige Stunden und den Beitritt in den Mile High Club später checkten sie in ihr Hotel in Seattle ein. Morgyn stand am Fenster und sah hinaus auf die Straßen der Stadt. Graham schlang die Arme von hinten um sie und küsste ihren Hals. In einer Stunde trafen sie Knox bei dem Grundstück, das sie im Auge hatten, und Graham freute sich darauf, ihn Morgyn vorzustellen.

»Du bist so still, seit wir aus dem Flugzeug gestiegen sind. Überlegst du, ob es richtig war, was wir getan haben?«

Sie drehte sich in seinen Armen um und die Liebe in ihren Augen war Antwort genug. »Ganz und gar nicht. Das hat so viel Spaß gemacht. Ich wusste nicht, dass Flugzeugtoiletten so klein sind. In den Filmen sieht es immer so aus, als hätte man jede Menge Platz.« Sie legte die Arme um seinen Hals und sagte: »Aber wir brauchen nie viel Platz, oder?«

»Bestimmt nicht.« Er war sich sicher, dass jeder auf den Sitzplätzen in der Nähe ihr Lachen gehört hatte, als sie sich in dieser engen Kabine geliebt hatten. »Was ist es dann? Machst du dir Sorgen, weil du deinen Laden übers Wochenende schließt?«

»Nein, das ist in Ordnung. Ich lasse ihn ja hin und wieder mal geschlossen, und das hier ist viel besser, als mir zu Hause Sorgen zu machen, ob sich meine Sachen in den anderen Läden verkaufen. Ich wusste nicht, wie ich mich dabei fühlen würde, meine Waren an andere zum Verkauf abzugeben, aber es ist befreiend. Du hast gute Ideen, Cracker, und ich will bei dir sein. Glaub bitte nicht, dass ich dieses Wochenende hinterfrage. Wenn ich so still war, dann nur, weil ich daran gedacht habe, wie groß und schnell hier alles ist. Die Fahrt vom Flughafen zum Hotel war eine totale Reizüberflutung.«

»Kulturschock?«, fragte er. »Ist es zu viel? Machst du dir Sorgen, wie du morgen zurechtkommst, wenn ich in meinen Besprechungen bin?«

»Nein, das ist es nicht. Ich habe immer gewusst, dass Oak Falls klein ist, aber das hier führt es einem wirklich vor Augen, verstehst du? Ich dachte, Charlottesville sei groß, aber diese Stadt lässt es wie einen kleinen verschlafenen Ort aussehen.«

»Da draußen gibt es eine große weite Welt, die darauf wartet, von dir entdeckt zu werden, Morgyn. Wir schauen uns heute Abend etwas in der Gegend um und stellen sicher, dass du dich wohlfühlst, bevor ich morgen losziehe. Wenn die Stadt zu viel für dich ist, dann sage ich Knox, er soll die Termine allein wahrnehmen.«

»Sei nicht albern. Ich bin ein Roadtrip-Profi, schon vergessen? Ich komme zurecht.« Sie sah sich im Zimmer um und sagte: »Aber nimm es mir nicht übel, wenn das Zimmer etwas lebendiger wirkt, wenn du zurückkommst.«

Er stellte sich vor, wie sie sich mit Farben und Stoffen austobte und das nette, wenn auch langweilige Zimmer zum Leben erweckte. »Wirst du mich in Schwierigkeiten bringen?«

»Nein.« Sie stellte sich auf die Zehenspitzen und küsste ihn.

»Nur Wunschdenken. Dieser Raum wäre mit ein paar Textilien und Farben wohnlicher. Ich habe nie verstanden, warum Hotels alles so ausdruckslos einrichten müssen. Ehrlich, wenn wir mit dem Auto gefahren wären, hätte ich dich gefragt, ob wir nicht einfach deinen Land Rover irgendwo parken und darin schlafen könnten. Dieses Zimmer fühlt sich größer an als das Erdgeschoss in meinem Haus.«

»Das nächste Mal suchen wir uns ein gemütliches B&B oder wir kommen mit meinem Wagen.«

»Nächstes Mal«, wiederholte sie mit einem hoffnungsvollen Tonfall, der sein Herz berührte. »Das klingt gut.«

Sie packten ihre Koffer aus und gingen dann nach unten in die Lobby, wo Morgyn sich Informationsmaterial über die Gegend ansah, während Graham kurz zur Rezeption ging. Anschließend machten sie sich auf den Weg, um etwas zu essen, bevor sie sich mit Knox trafen. Die Gehwege waren überfüllt, und Morgyn hielt Grahams Hand ganz fest, während sie alles in sich aufnahm.

»Die Gebäude sind so hoch. Warum haben es alle so eilig?« Sie hielt die Luft an und schnalzte missbilligend. »Hast du gesehen, wie der Typ den Becher *an den* Mülleimer geworfen hat?« Sie ließ seine Hand los und schrie: »Hey! Sie können doch den Müll nicht —«

Er nahm sie beiseite und sagte: »Morgyn, du kannst nicht einfach Fremde anschreien.«

»Aber wenn das jeder macht, dann ist die ganze Stadt bald zugemüllt, und nur wenn man nichts sagt, passiert so was.«

»Ich finde es schön, dass dir solche Dinge so wichtig sind, aber das hier ist nicht Oak Falls. Du weißt nicht, wer sich angegriffen fühlen und einen Streit anzetteln oder eine Waffe zücken könnte.«

»Eine Waffe? Wegen *Müll?*«

»Das ist eine Großstadt. Hier laufen die Dinge eben anders. Komm, da drüben gibt es Sandwiches.«

Morgyn hob den Müll auf, den der Typ daneben geworfen hatte, und warf ihn in den Eimer. »Jedes kleine bisschen hilft. In Oak Falls leisten die Highschool-Schüler gemeinnützige Stunden und unter anderem machen sie die Parks sauber. Ich denke, dabei lernen sie, sich um ihre Gemeinschaft zu kümmern.«

»Das sehe ich auch so. Deshalb arbeite ich auch nur mit Firmen, die umweltfreundlich und sozial handeln.«

»Das macht dich viel heißer als einen Milliardär im Elfenbeinturm«, sagte sie, als sie auf das Bistro zugingen.

Grahams Handy klingelte und er hob im Gehen ab: »Graham Braden.«

»Hallo, hier ist Chuck Windsor. Sie haben wegen eines Begleitwagens auf dem Zugfriedhof in Oak Falls angerufen.«

Sollte der Begleitwagen erschwinglich sein, wollte er Morgyn damit überraschen, also sagte er: »Ja, einen Moment bitte.« Er nahm das Handy kurz vom Ohr und sagte: »Sunshine, ich muss das hier regeln. Gibst du mir zwei Minuten?«

»Klar. Ich guck mir ein paar Schaufenster an.« Er gab ihr einen schnellen Kuss und ging ein paar Schritte weiter, um mit Chuck zu reden. Wenige Minuten später, nachdem er ein paar Informationen zu dem Begleitwagen erhalten hatte, glitt sein Blick auf der Suche nach Morgyn über die Menschenmenge. Er entdeckte sie ein paar Geschäfte weiter in der Hocke vor einem Obdachlosen, der sitzend an ein Gebäude gelehnt war. Grahams Puls schoss in die Höhe.

»Danke, Chuck. Lassen Sie mich darüber nachdenken und dann rufe ich Sie wieder an.« Er steckte das Handy in die

Tasche und eilte den vollen Gehweg entlang, wobei er um die Leute herumschlängelte, aber von einer Familie mit drei kleinen Kindern aufgehalten wurde. Sein Blick war weiter fest auf Morgyn und den langhaarigen Mann mit dem zotteligen Bart gerichtet, mit dem sie sich unterhielt. Er trug mehrere Schichten von Klamotten, als hätte er Angst, jemand könnte sie ihm stehlen, wenn er sie nicht am Körper tragen würde. Zu seinen Füßen stand eine Kaffeedose, und an einem schäbigen Rucksack lehnte ein Stück Karton, auf dem »Suche Arbeit« stand. Graham presste die Zähne aufeinander, während er sich an einem Paar vorbeizwängte. Er hatte Geschichten über die vielen mental labilen Obdachlosen gehört, aber es wäre fies, wenn er ihr zurufen würde, von dem Kerl wegzugehen.

»Da ist er ja«, sagte Morgyn mit einem munteren Lächeln, als er näher kam. »Graham, das hier ist John.«

Morgyn stand auf, Graham zog sie an seine Seite und konnte nun schon etwas aufatmen. »Wie geht's?«

John hatte keine Gelegenheit zu antworten, bevor Morgyn schon erzählte: »John hat als Gärtner gearbeitet, bevor es ihn schwer traf. Vor zwei Jahren hat er seine Frau und seinen Job verloren, und weil er über sechzig ist, hat er keine Arbeit gefunden. Ich möchte ihm etwas zu essen kaufen. Und ich dachte, vielleicht kennst du jemanden hier in der Gegend, der seine Hilfe gebrauchen könnte.«

Ach, meine Sunshine …

Grahams erster Instinkt war es, dem Mann Essen zu kaufen und Morgyn zu sagen, dass sie nicht die ganze Welt retten konnte, aber die Stimme ihrer Mutter machte sich in seinem Kopf bemerkbar – *Sie hat so viel Licht in sich, und normalerweise versuchen die Menschen, es zu dimmen oder es nach ihrem Gutdünken auszurichten* – und die Hoffnung in Morgyns Augen grub sich so tief in sein Herz, dass er sie nur noch bestätigen wollte.

»Klar. Wir holen John etwas zu essen, und ich überlege mal, wen ich kenne.« Graham streckte John die Hand entgegen. »Möchten Sie mit reinkommen?«

»Danke. Vielen Dank«, sagte John, als er ihm die Hand gab. »Aber ich warte hier, wenn es Ihnen recht ist. Muss auf meine Sachen aufpassen.«

»Wir sind gleich wieder da, John«, sagte Morgyn und beschwingt betrat sie mit Graham das Bistro. »Er ist so nett, und all die Leute sind einfach an ihm vorbeigegangen, als gäbe es ihn gar nicht. Ich verstehe nicht, wie man jemanden ignorieren kann, der so bedürftig ist.«

»Es gibt Tausende Obdachlose, und es gibt Betrüger, die sich als Obdachlose ausgeben, um an Geld zu kommen.«

»Ja und? Selbst wenn er ein Betrüger wäre, was ich nicht glaube, und so tief gesunken ist, dann braucht er Geld und Essen sicher mehr als wir, findest du nicht? Es muss erniedrigend sein, mit einem Schild auf der Straße zu sitzen und um Geld zu betteln.« Traurigkeit stieg ihr in die Augen. »Und, Graham, John ist ein guter Mensch. Das hat mich zu ihm hingezogen. Er hat Wohlwollen und Liebenswürdigkeit ausgestrahlt. Und als er mir von seiner Frau Sylvie erzählt hat, strömte die Liebe zu ihr förmlich aus ihm heraus. Ich möchte ihm wirklich helfen.«

Er schloss sie in die Arme und sagte: »Habe ich dir in letzter Zeit schon gesagt, dass ich dein großzügiges Herz liebe?«

»Und ich liebe deines auch. Aber vielleicht reicht ein großzügiges Herz nicht. Es ist einfach nicht richtig, dass die Menschen in einer so großen Stadt keine Arbeit finden.«

»Das ist ein Teil des Problems. Es gibt mehr Menschen als

Jobs. In Oak Falls merkt man das nicht so, aber es ist überall. Ich würde behaupten, dass es auch dort einige Arbeitslose gibt.«

»Es muss mehr geben, was wir tun können.« Sie zog die Augenbrauen zusammen. »Ich habe wirklich in einer Blase gelebt.«

»Nicht mehr, Sunshine. Wir werden deinen Horizont erweitern, damit du dein Licht in die Ferne strahlen kannst.«

Nachdem er John ein Sandwich, etwas Geld und seine Handynummer gegeben hatte, versprach Graham, ein paar Telefonate zu führen und herauszufinden, ob irgendeiner seiner Kontakte in der Gegend Hilfe bräuchte. John sagte, er würde in ein paar Tagen anrufen, und dann bedankte er sich so überschwänglich bei ihnen, dass Morgyn immer noch über ihn nachdenken musste, als sie auf dem Weg zu dem Grundstück durch ein idyllisches kleines Städtchen fuhren. Graham bog von der Hauptstraße ab, fuhr ein paar schmalere Nebenstraßen entlang und nahm dann schließlich einen Feldweg den Berg hinauf, um das Auto auf der Kuppe eines Hügels abzustellen. Sie stieg aus dem Mietwagen aus und genoss staunend den atemberaubenden Ausblick. In der Stadt gab es so wenig Grün, und hier, nur vierzig Minuten entfernt, waren sie umgeben von Hunderten Morgen Land, saftigen Weiden, wogenden Hügeln und vesprenkelten Waldflächen. Sie drehte sich um, als Graham ihre Hand nahm. Er war der beste Ausblick von allen – groß, sexy und unfassbar gut aussehend in einem weichen grauen Hemd, einer dunklen Jeans und braunen Lederstiefeln. Er hatte sich nicht rasiert und durch seine Stoppeln sah er noch verwegener aus. Auch wenn jeder Zentimeter von ihm sie auf köstliche Weise fesselte, so waren es doch seine ausdrucksstarken Augen und diese bezaubernd heißen Grübchen, die ihr Herz Purzelbäume schlagen ließen.

»Was denkst du, Sunshine?«

Er trat näher und brachte einen Hauch seines würzigen Parfums mit sich. Dieser männliche Duft erinnerte sie an ihr Stelldichein im Flieger und sofort erhöhte sich ihr Pulsschlag. Sie konnte immer noch nicht glauben, dass sie das wirklich getan hatten, aber sie wollte alles mit Graham erleben. Der Gedanke war ebenso aufregend wie quälend, denn in zwei Tagen wären sie wieder getrennt. Jede Minute der Trennung war zu lang.

Sie atmete zittrig ein, stellte sich auf die Zehenspitzen und berührte seine Lippen mit ihren. »Ich denke, dass ich wirklich froh bin, mit dir hier zu sein.«

»Ich auch«, sagte er, als ein Motorrad den Hügel hinaufröhrte und neben ihrem Auto anhielt. »Da ist Knox.«

Knox stellte den Motor ab und stieg vom Bike. Nachdem er den glänzenden Helm abgenommen hatte, fuhr er sich mit der Hand durch die dichten schwarzen Haare. »Graham, alter Freund.«

Er legte den Helm auf dem Motorrad ab und umarmte Graham kumpelhaft. Dann breitete er die Arme für Morgyn aus. Er war so groß wie Graham und trug die wesentlichen Merkmale eines gut aussehenden Filmstars: präzise gestutzter Dreitagebart, teuer aussehendes Button-down-Hemd und eine Uhr, die wahrscheinlich mehr gekostet hatte als ihr gesamtes Haus. Aber seine Augen waren herzlich und sein Lächeln freundlich.

»Ich hätte nicht gedacht, dass ich noch mal den Tag erlebe,

an dem eine Frau Grahams MIT-Kappe trägt.« Er sah zu Graham und hob die Augenbrauen zu einem Das-ist-sie-Blick, der schwer zu übersehen war.

»Knox Bentley«, sagte Graham, »Morgyn Montgomery. Morgyn, das ist mein Komplize.«

»Es ist mir ein Vergnügen, die Frau kennenzulernen, die meinen Kumpel so durcheinandergebracht hat.« Er umarmte sie.

Sie lachte und sagte: »Freut mich auch, dich kennenzulernen.«

»Ich komme immer noch nicht darüber hinweg, dass du ihn mit seinem besten Stück in der Hand erwischt hast und nicht weggerannt bist.« Knox musste lachen und Graham schüttelte den Kopf.

»Ein Blick auf …« Sie sah zu Graham und sagte: »… seine Grübchen und ich war dahin.« Die Männer lachten und sie fügte hinzu: »Aber das weiter unten ist eindeutig ein Bonus.«

Knox musste husten und lachen zugleich. »Meine Güte, Mädchen! Hey, Graham, hat sie eine Schwester?«

»Ja«, bestätigte Graham mit einem frechen Grinsen. »Einen ganzen Haufen, aber keine davon wäre so dumm, mit dir auszugehen. Du solltest Taylor eine Frau für dich an Land ziehen lassen.«

»Wer ist Taylor?«, fragte Morgyn.

»Im Grunde genommen seit einigen Jahren sein Assistent. Der Junge ist wie ein Klon von Knox.«

»Er organisiert im wahrsten Sinne des Wortes mein Leben. Ohne ihn wäre ich aufgeschmissen, aber ich brauche *niemanden*, der Frauen für mich an Land zieht, vielen Dank«, sagte Knox entschieden.

»Wie du meinst, Knox, aber im Moment kommst du einem

Singledasein ziemlich nah. Na ja, abgesehen von diesem Mädchen, mit dem du auf diesen Wohltätigkeitsveranstaltungen abhängst.« Graham hob eine Augenbraue. »Gibt es etwas, das du mir zu dem Thema anvertrauen möchtest?«

Knox schnaubte abwehrend. »Sehen wir uns lieber das Grundstück an, bevor du mich so nervst, dass ich Morgyn all deine schmutzigen Geheimnisse verrate.«

»Oh, ich mag schmutzige Geheimnisse«, sagte Morgyn. »Aber mir wäre es lieber, wenn Graham und ich unsere eigenen schaffen.«

»Sie gefällt mir«, sagte Knox.

»Komm gar nicht erst auf den Gedanken …« Der warnende Tonfall in Grahams Äußerung sollte sie gar nicht so antörnen, aber er tat es. Er legte Knox einen Arm um die Schulter und sagte: »Komm, konzentrieren wir uns auf das, weshalb wir hier sind. Unser Liebesleben können wir später besprechen.«

Während die Männer über Fläche, Baugesetze und andere Dinge sprachen, wanderten Morgyns Gedanken zurück zu John. Sie wusste von dem Obdachlosenproblem des Landes, aber es war von ihrem Leben so weit entfernt, dass es sich nicht real angefühlt hatte. Was wäre, wenn ihr Großvater der Familie nicht dieses Land hinterlassen hätte? Was wäre, wenn sie nicht in der Lage gewesen wäre, einen Preis für die Verkaufsfläche auszuhandeln, die sie in den letzten Jahren benutzt hatte? Hätte sie mit ihrer Arbeit überhaupt loslegen können? Hätte sie am Ende für jemand anderen gearbeitet, vielleicht ihren Job verloren und hätte dann wieder bei ihren Eltern oder Geschwistern einziehen müssen? Und wenn die ihre Jobs verloren hätten? Es war ziemlich weit hergeholt, aber was wäre, wenn das Universum sie nicht auf den richtigen Weg geführt hätte und sie wäre in eine ähnliche Lage gekommen?

Es musste eine bessere Lösung geben. Sie wusste, dass sie nicht die ganze Welt retten konnte, aber als sie sich auf dem Grundstück umsah, fragte sie sich, ob Graham und Knox es nicht für viele Menschen etwas einfacher machen konnten.

»Umweltfreundlich und sozial«, sagte sie vor sich hin, bevor sie die Gelegenheit bekam, es zu durchdenken.

Graham und Knox drehten sich um und Neugier zeigte sich in ihren Augen.

»Was sagst du, Sunshine?«

»Ihr überlegt, ein umweltverträgliches Hotel zu bauen, richtig?«

»Das ist der Plan«, sagte Graham.

»Welchen Nutzen hat das für die Gemeinschaft? In der Gegend hier wimmelt es von Hotels, die nur vierzig Minuten entfernt sind, und am Fuße dieses Hügels ist ein wunderschöner kleiner Ort. Vielleicht kurbelt es den Tourismus an, aber was wäre, wenn ihr etwas bauen könntet, das die ganze Gemeinschaft hier stärkt? Hier ist so viel Land, so viele Möglichkeiten.«

»Einhundertsechzig Morgen«, sagte Knox.

»Mann, das ist viel! Könntet ihr nicht eine nachhaltige Siedlung von Tiny Houses aufbauen, in der sie ihre eigenen Lebensmittel anbauen und zusammen an Lösungen arbeiten, die ihnen als Gruppe helfen – wo nicht einer seine eigenen Ziele verfolgt und die des Nachbarn zunichtemacht? Und wenn ihr euch über Investitionen oder Gewinne Sorgen macht, könntet ihr die Hälfte davon vermieten. Nachhaltiges Wohnen ist überall im Kommen. Immer mehr Menschen werden umweltbewusst. Ihr könntet eine nachhaltige Siedlung bauen, in der Leute eine Woche oder einen Monat verbringen können. Sie könnten dort Fähigkeiten erlernen, die sie dann in ihre

Heimatorte mit zurücknehmen, damit sie anderen dabei helfen können, es genauso zu machen. Ihr könntet Menschen wie John einstellen, mit jahrelanger Erfahrung als Gärtner. Er braucht eine Gemeinschaft, ein Ziel, eine Familie im weiteren Sinne, der er helfen und auf die er zählen kann. Ich sage nicht, dass ihr jeden Obdachlosen einstellen sollt, aber vielleicht würden weniger Leute auf den Straßen landen, wenn es solche Orte gäbe, an denen man günstig Häuser kaufen und die Verbrauchsrechnungen gering halten könnte, weil man Passivhäuser baut, Solarenergie nutzt und –«

»Ich weiß nicht, ob wir ganze nachhaltige Siedlungen schaffen können«, sagte Knox. »Du redest da auch von Schulen, Jobs …«

»Aber ihr müsst ja nicht alles machen. Vielleicht habe ich die falschen Begriffe benutzt, aber ihr könntet günstiges Wohnen anbieten, mit gemeinschaftlichen Projekten wie Gärten, Gemeinschaftsküche und … keine Ahnung. Ich überlege nur so vor mich hin, aber es scheint mir die Grundlage für eine großartige Idee zu sein.« Je länger Morgyn darüber redete, umso aufgeregter wurde sie, aber ihr wurde bewusst, dass diese Männer bedeutende Investoren waren, und sie – wie sie gesagt hatte – überlegte nur so vor sich hin. »Tut mir leid. Ich muss einfach nur daran denken, dass ihr die Möglichkeit habt, etwas Größeres und Bedeutungsvolleres als nur ein Hotel zu bauen. Nicht dass euer umweltverträgliches Hotel nichts Besonderes ist. Es ist nur …«

»Nicht genug.« Graham legte den Arm um sie und sagte zu Knox: »Sunshine hat sich heute mit einem Obdachlosen unterhalten, und ihr Herz versucht immer noch, sich davon zu erholen.«

»Sage hätte seine Freude an ihr«, sagte Knox.

»Wer ist Sage?«

»Sage Remington. Er ist Künstler und leitet die Organisation HTC – Hydration Through Creation, also Bewässerung mit Hilfe von Kunst«, erklärte Graham. »HTC ist eine gemeinnützige Organisation, die Auktionen für Kunstgegenstände veranstaltet und dann das Geld spendet, um den Brunnenbau in Dörfern von Entwicklungsländern zu finanzieren. Wir haben in einige ihrer Projekte investiert.«

»Wir führen gerade Gespräche mit ihnen wegen eines Projekts, das genau das macht, was du vorschlägst«, sagte Knox. »Kleine Häuser in ein Dorf in Belize zu bringen, wo Sage und seine Frau Kate das Konzept für HTC ursprünglich entwickelt haben. Sie haben schon Gärten und Schulen, aber ihre Wohnsituation ist erbärmlich.«

»Warum macht ihr das dann nicht?« Die Frage stellte sich für sie eigentlich gar nicht.

»Solche Entscheidungen erfordern eine Menge Überlegungen«, antwortete Graham knapp.

»Weißt du was?«, sagte Knox. »Ich wette, Kate wäre auch begeistert von Morgyn.«

Dass Knox schnell das Thema wechselte, merkte sie sehr wohl, aber ihre geschäftlichen Entscheidungen lagen weit außerhalb von Morgyns Horizont, und sie nahm an, dass er Graham weitere Erklärungen ersparen wollte.

»Sie haben eine unglaublich süße Tochter, Sadie, mit großen blauen Augen, die jeden Bösewicht in die Knie zwingen könnten.« Graham nahm Morgyns Hand.

»Oje, da haben wir es wieder.« Knox zeigte mit dem Daumen auf Graham. »Du weißt schon, dass er ein Dutzend Kinder will, oder?«

»Ein Dutzend?«, sagte sie. »Als eine von sieben kann ich

sagen: Du bist verrückt.«

»Er will dich nur ärgern«, beruhigte Graham sie. »Drei oder vier ist gut. Aber ich kenne deine Einstellung zu dem ganzen Thema Heirat.«

»Ich nicht«, sagte Knox, den Blick auf Morgyn gerichtet.

»Ich habe nicht so viel dafür übrig. Ich habe kein Problem damit, mich zu binden, aber ich brauche kein Formular, um es zu besiegeln«, sagte sie und fragte sich gleichzeitig, warum es ein seltsames Gefühl war, das zu sagen, wovon sie seit Ewigkeiten von ganzem Herzen überzeugt gewesen war.

»Tut mir leid.« Das Lächeln von Knox verschwand und er warf Graham einen Blick zu. »Ich dachte, das mit euch beiden ist etwas Ernstes.«

»Ist es auch«, erwiderte Graham mit Nachdruck, um dann etwas lockerer hinzuzufügen: »Vor Kurzem hat mich jemand darauf hingewiesen, dass man nicht verheiratet sein muss, um zusammenzubleiben oder Kinder zu haben.«

Knox hob die Hände und sagte: »Da mische ich mich lieber nicht ein.«

»Besser nicht. Lass uns noch mal über Morgyns Idee von einer Gemeinschaft reden, die zusammen arbeitet und anderen beibringt, es ebenso zu tun. Ich würde dazu gern ein bisschen recherchieren, allgemein und für diese Gegend, die Rentabilität, Baugesetze, Zahlen ...«

»Wirklich? Ihr denkt darüber nach?« Sie sah zu Knox, der eine Schulter hob. Kreischend schlang sie die Arme um Grahams Hals.

»Keine Versprechen hinsichtlich unserer endgültigen Entscheidung, Sunshine, aber Knox und ich hatten uns schon darauf geeinigt, dass wir dieses Stück Land kaufen, damit es nicht die falschen Leute in die Hände kriegen. Wir haben genug

Zeit, um uns damit zu befassen und herauszufinden, ob es eine machbare Lösung ist.«

»Erinnerst du dich noch daran, als ich sagte, du kannst gar nicht noch heißer werden? Das war eine Lüge.« Voller Hoffnung und Glückseligkeit und dankbar dafür, dass sie einen Mann kennengelernt hatte, der sich ebenso sehr um andere sorgte wie sie, legte sie ihre Lippen auf seine.

»Wie's aussieht«, sagte Knox, »sollte ich mich wohl auch mal öfters auf Festivals rumtreiben.«

Vierzehn

Wie versprochen erkundeten Graham und Morgyn nach ihrem Treffen mit Knox die Straßen von Seattle, sahen sich die Schaufenster an und holten sich Eis in einer süßen kleinen Eisdiele. Die Straßengeräusche schienen noch verstärkt zu werden von dem Gedrängel und Gewühle der Menschen, die über die Gehwege hetzten, als wären sie auf bedeutenden Missionen unterwegs und könnten es sich nicht leisten, etwas langsamer zu machen. Selbst in den Geschäften war der eilige Unterton greifbar. Graham hielt Morgyn fest an seiner Seite, während sie durch die hektischen Shops schlenderten und alles in sich aufnahmen. Sie liebte seine beschützerische Art, wenn sie größeren Gruppen begegneten, und seine flüchtigen Küsse machten den Tag noch schöner. Sie wurde von der Energie der Stadt so mitgerissen – und von den Funken zwischen ihnen –, dass sie aufhörte, die Gegend mit ihrer ruhigen Heimatstadt zu vergleichen. Nach einer Weile fühlte sich nicht einmal das Gedrängel und Gewühle mehr fremd an.

Als sie in ein Taxi stiegen, um, wie Graham es nannte, *ihre nächste Expedition zu starten*, vibrierte noch immer alles in ihr. »Was ist mit unserem Mietwagen?«

»Zeit für Veränderungen.« Er nahm seine MIT-Kappe von

ihrem Kopf und setzte sie sich auf. Sie machte einen Schmollmund und er lachte. »Vertrau mir, Sunshine. Du wirst es lieben.«

Er gab dem Fahrer einen Zettel und dann zog er Morgyn näher an sich. So saßen sie lange beieinander, während sie die Stadt an sich vorüberziehen sahen. Morgyn konnte sich an keine glücklichere Zeit in ihrem Leben erinnern. Egal, was sie taten; alles war besser mit Graham an ihrer Seite.

»Augenbinde oder Augen schließen?«, flüsterte Graham plötzlich.

»Wird das ein Sexspiel? Denn ich mache fast alles mit dir, aber nicht vor Publikum.« Sie warf einen Blick zum Fahrer.

Mit einer zärtlichen Hand an ihrem Kinn drehte Graham ihr Gesicht zu seinem, doch der ernste Blick in seinen Augen war alles andere als zärtlich. »Wenn du glaubst, ich würde irgendjemanden bei mehr als einem Kuss zusehen lassen, dann kennst du mich nicht so, wie ich dachte.« Er senkte das Gesicht, bis seine Lippen nur einen Hauch von ihren entfernt waren, und flüsterte: »Augenbinde oder Augen schließen, Sunshine?«

Die Hitze in seiner Stimme ließ ihren Puls in die Höhe schnellen. Sie legte die Hand auf seinen Oberschenkel, spürte die angespannten Muskeln und sagte: »Wenn wir allein sind, dann nehme ich die Augenbinde. Wenn hier auch andere Leute sind, mache ich lieber nur die Augen zu.«

Er strich ihr die Haare hinter das Ohr, während ein kleines Grinsen seine Grübchen zum Vorschein brachte. »Mein Einfluss macht sich bemerkbar. Du denkst voraus.«

»Ich denke immer nur an das eine«, meinte sie scherzhaft. »Was ist mit dir? Augenbinde oder geschlossene Augen?«

»Mit dir immer offenen Auges.«

Hungrig fanden sich ihre Münder, und er vergrub seine

Finger in ihren Haaren, hielt sie besitzergreifend fest. Würde sie sich je an die Hitze gewöhnen, die ihre Küsse entfachten? Das unbändige Verlangen, das ihr Glücksgefühl auslöste? Der Rest der Welt verschwand aus ihren Gedanken und schon bald dachte sie überhaupt nicht mehr. Sie spürte nur noch die Anziehung ihrer Körper, als sie sich rittlings auf seinen Schoß setzte und sich ganz ihrer Verbindung hingab. Er bewegte sich unter ihr, sodass seine Härte an ihr rieb. Sie stöhnte in ihre Küsse, Graham seufzte mit seiner tiefen Stimme, die ihr durch und durch ging und ihren ganzen Körper vor Lust pulsieren ließ. Jeden Stoß seiner Hüften beantwortete sie mit einem Zucken ihrer eigenen, während ihre Küsse immer inniger wurden. Sie spürte, dass sie feucht wurde, und brannte darauf, seine Hose zu öffnen und ihn in sich aufzunehmen.

»Morgyn ...«, knurrte er an ihren Lippen.

Er packte ihre Oberschenkel und drückte so fest zu, dass sie wusste, auch er versuchte verzweifelt, sich zurückzuhalten. Gerade noch hatte er gesagt, er würde nie zulassen, dass ihnen jemand zusah, aber konnte der Fahrer etwas anderes sehen, als dass sie sich küssten? Sie saßen direkt hinter ihm. Ihr Herz raste, als ihre Münder wieder aufeinanderprallten und Grahams Hüften ihre quälenden Bewegungen fortsetzten. Sie wollte nicht beim Sex erwischt werden, aber seine Hand lag heiß auf ihrer Haut, sein Mund ließ sie keinen klaren Gedanken mehr fassen, und plötzlich wollte sie sich mit ihm in Gefahr begeben.

Aber keine zu große Gefahr.

Himmel! Er brachte sie dazu, so viel nachzudenken.

Und zu fühlen.

Und zu *lieben*.

Sie wich zurück, sah seinen lusterfüllten Blick, und dann nahm sie sein schönes Gesicht in ihre Hände. Sie fühlte sich frech, war erregt und so voller Liebe für ihn, dass es schmerzte. Und dann flüsterte sie: »Immer offenen Auges«, und führte seine Hand zwischen ihre Beine.

Seine Kiefermuskeln mahlten, als seine Finger über ihren feuchten Slip glitten. Der Kampf in seinen Augen war so echt wie die Liebe zwischen ihnen. Sie lehnte sich vor und hauchte ihm ins Ohr: »Er kann uns nicht sehen, und ich muss fühlen, wie du mich berührst.«

Grahams Blick schoss über ihre Schulter, und dann legte er die Hand in ihren Nacken, zog sie wieder in einen leidenschaftlichen Kuss, während seine Finger eilig in sie drangen und sofort die Stelle fanden, an der sie ihn am meisten brauchte. Sie stöhnte, er packte ihre Haare und gab ein »Schhhh« an ihren Lippen von sich.

Ihre Hüfte zuckte und wand sich, während seine kräftigen Finger Magisches vollbrachten und ihren Körper in ein pulsierendes, pochendes Wirrwarr von elektrisierten Drähten verwandelten. Sein Daumen drückte in die Spalte ihrer Begierde und wirbelte ihre Welt auf. Er schluckte ihre lusterfüllten Laute und hielt sie so lang auf dem Höhepunkt, dass sie glaubte, in Millionen Stücke zu zerbersten. Als er endlich innehielt, riss sie ihren Mund von seinem los, atmete schwer mit aufeinandergepressten Lippen und vergrub ihr Gesicht an seinem Hals, während ihr Körper noch mit den Nachbeben zuckte.

Als er seine Finger zurückzog, gab sie einen sehnsüchtigen Laut von sich, den sie nicht hätte zurückhalten können, auch wenn ihr Leben davon abgehangen hätte. »Ich werde mich doppelt so gut revanchieren«, versprach sie.

Er leckte seine Finger ab und küsste sie dann langsam und tief. Es kümmerte nicht, dass er wie sie schmeckte, denn es gab kein er und sie mehr. Es gab nur noch sie beide vereint.

»In dieser Beziehung gibt es kein Revanchieren, Sunshine.« Er küsste sie sanft und sagte: »Was ich für dich tue, das tue ich für uns. Deine Lust ist meine, und wenn wir später weitermachen – und das werden wir«, sagte er aufreizend, »dann wird nichts von dem, was du tust, eine Erwiderung sein. Es wird pures, unaufhaltsames Begehren sein.«

Das Taxi hielt an einer Ampel und Graham sagte: »Augenbinde oder mit geschlossenen Augen, wie hättest du deine Überraschung gern? Du hast zehn Sekunden für die Entscheidung.«

»Meine *Überraschung*? Wann hattest du Zeit, eine Überraschung vorzubereiten?«

»Ein Gentleman genießt und schweigt«, meinte er kokett.

Sie sah sich um, aber es wurde schon dunkel und sie hatte keine Ahnung, wo sie waren. Es spielte keine Rolle, ob er sie in ein schickes Restaurant entführte oder in eine Nebenstraße, wo sie in den Sternenhimmel schauen konnten, sie wollte die Augen offen haben für alles. Aber da das alles zunichtemachen würde, was er sich ausgedacht hatte, sagte sie: »Mit geschlossenen Augen.«

Er küsste sie noch einmal und sagte: »Dann mach sie zu, Sunshine. Ich hebe mir die Augenbinde für ein anderes Mal auf.«

Morgyn erkannte die Geräusche eines bummelnden Zuges im Schlaf. Das permanente *Schsch* erinnerte sie an ein ewiges Leck in einem Druckluftbehälter, das Gerumpel an eine monströse Maschine, und das stille Flüstern der Stimme ihres Großvaters mahnte sie, nie auf den Gleisen zu spielen. Doch als Graham sie eine hohe Stufe hinaufführte – die Augen hatte sie so fest geschlossen, wie er verlangt hatte –, da war es der Geruch von kaltem Stahl, Öl und schönen Erinnerungen, der ihr die Tränen in die Augen trieb.

»So ist es gut. Ich hab dich«, sagte Graham, der eine Hand in ihr Kreuz gelegt hatte und mit der anderen ihre Hand festhielt. »Nicht schummeln.«

»Cracker«, sagte sie zittrig, als er sie über einen wackelnden Weg führte und ihr half, sich zu setzen. Sie versuchte, ihren Freudentränen keinen freien Lauf zu lassen, als er sich neben sie setzte. Noch immer mit geschlossenen Augen spürte sie die Wand neben sich, während ihre Finger über kaltes Glas glitten. »Was hast du gemacht?«

»Mach die Augen auf, Sunshine.«

Sie waren allein in einem Eisenbahnwagen. »Wohin fahren wir? Warum sind wir allein? Wie hast du diesen Zug gefunden?«

Er lachte. »Ich werde nie genug davon bekommen, diesen freudigen Ausdruck in deinen Augen zu sehen.« Er küsste sie zärtlich und sagte: »Ich weiß, dass du nicht so wild auf das Hotel und die volle Innenstadt warst, also dachte ich, wir stürzen uns in ein kleines Abenteuer. Ich habe den Zug gemietet, der uns zu einem Wasserfall bringt, denn was soll man mit einem Auto, wenn man mit einem altehrwürdigen Zug fahren kann, wie dein Großvater es getan hat? Wenn wir dort sind, kochen wir unter den Sternen und schlafen zu der Musik der Natur. Ich habe unsere Sachen in eine Lodge bringen lassen und eine Campingausrüstung organisiert. Im Park in der Nähe der Wasserfälle dürfen wir nicht zelten, deshalb übernachten wir auf dem Grundstück der Lodge, und ich habe ein Zimmer reserviert, falls es regnet –«

»Das ist der Wahnsinn! Danke!« Sie warf die Arme um

seinen Hals, wie sie es in letzter Zeit schon sehr oft getan hatte. Und sie würde es bestimmt immer und immer wieder tun, wenn Graham weiter genau ihre Wünsche erriet. »Was ist mit dem Hotel? Das hast du doch schon bezahlt. Ich gebe dir das Geld wieder.«

»Nein, das machst du nicht. Wir werden das Hotelzimmer morgen brauchen, wenn wir zurück nach Seattle kommen, falls meine Besprechungen länger dauern als erwartet und du einen Ort brauchst, um dich auszuruhen.«

»Graham, du machst so viel für mich. Ich bezahle –«

Wieder küsste er sie, langsam, süß und so liebevoll, dass sie es nicht einmal bemerkte, als der Zug sich auf den Gleisen in Bewegung setzte.

Die Zugfahrt sorgte für die Romantik und den Spaß, wie Graham es sich erhofft hatte. Die Landschaft war nicht so besonders im Vergleich zu den Orten, die er gesehen hatte und die er Morgyn zeigen wollte, aber das war nicht wichtig. Das gemeinsame Erleben machte die heruntergekommenen Häuser, die Strommasten und Bäume zu etwas Besonderem. Sie machten Dutzende Fotos und schickten sie an ihre Familien mit Überschriften wie: *Unser erstes Abenteuer!* Und: *Ihr glaubt nicht, wo ich gerade bin: In einem Zug!* Eine Flut von Nachrichten ihrer beider Geschwister war die Folge. Morgyn kassierte sein Handy ein, um die Nachrichten von Jillian zu beantworten, und als sie an der Lodge ankamen, schrieben sich die beiden, als wären sie seit Ewigkeiten befreundet. Nick schickte ein Selfie von sich auf einem seiner Pferde mit der Überschrift: *Sieht nett*

aus, aber ich bleibe lieber bei einem PS. Jax sagte, er hätte die Wette gewonnen, obwohl Jillian geschummelt hätte, und dann schrieb er: *Ihr wisst, zu wem ihr wegen des Hochzeitskleides kommt.* Graham reagierte nicht darauf, dafür antwortete er auf Beaus Frage – *Was ist das für ein Blick in deinen Augen?* – mit den Worten: *Wahrscheinlich der gleiche, den du hattest, nachdem du Char kennengelernt hast.* Allerdings schickte er das erst ab, nachdem Morgyn ihm sein Handy wiedergegeben hatte. Peppers Nachricht jedoch ließ sie beide in Gelächter ausbrechen. *Ich wusste, dass ihr beiden füreinander bestimmt seid, als ich gehört habe, dass ihr euch auf dem Festival kennengelernt habt. Ihr seid das Vorzeigepaar für die Osmologie, die Lehre vom Geruchssinn. Zwei verschwitzte Tage waren der Härtetest!*

Er würde nie ihre erste gemeinsame Zugfahrt vergessen, und er hoffte, Morgyn auch nicht.

Die Lodge hatte jede einzelne seiner Bitten erfüllt und ein Zelt auf dem Grundstück mit Blick auf die Wasserfälle bereitgestellt, dazu einen Schlafsack für zwei, ihr Gepäck und einen Grill. Nach dem Essen brachten sie den zur Lodge zurück, damit keine unerwünschten tierischen Gäste angelockt wurden.

Graham setzte sich neben Morgyn auf eine Decke, lauschte den Geräuschen des Wasserfalls und versuchte, nicht an Sonntag zu denken, wenn sie getrennte Wege gehen müssten.

Das Mondlicht spiegelte sich in ihren Augen. Sie trug sein Sweatshirt über ihrem Kleid und hatte die bloßen Füße seitlich angezogen. Sie sah glücklich aus und entspannter als den ganzen Tag, und er ertappte sich wieder bei der Tagträumerei, wie es wäre, immer zusammen zu sein. Sie drehte sich um, sah, dass er sie beobachtete, und lehnte sich zu einem Kuss herüber. Auch das liebte er an ihr – dass sie nie versuchte, ihre Gefühle zu verbergen.

»In so kurzer Zeit hast du meine Welt so weit geöffnet. Ich muss immerzu an meine Firma denken. Wenn der Verkauf auf Kommissionsbasis funktioniert, dann ist das vielleicht eine großartige Möglichkeit, aber meine eigene Verkaufsfläche abzugeben, fällt mir immer noch schwer.«

»Und wenn du deinen Lieblingseisenbahnwagen haben könntest?«

Sie sah ihn an, als wäre er verrückt. »Das ist eine Wahnsinnsidee, aber ich hatte noch nicht einmal die Zeit, darüber nachzudenken, wie man das anstellen könnte.«

»Wir können das schaffen, Morgyn. Der Anruf heute früh, als du mit John geredet hast, kam von dem Mann, der den Zugfriedhof managt. Sie sind bereit zu verkaufen und er würde nur achttausendfünfhundert kosten.«

»Im Ernst?« Ihre weit aufgerissenen Augen strahlten. »Sie würden den roten Begleitwagen verkaufen? Wie bist du an den richtigen Typen gekommen? Ich hatte nicht einmal eine Ahnung, wo ich zu suchen anfangen sollte!« Freudige Aufregung knisterte um sie herum.

»Recherchen sind meine Spezialität, Sunshine. Denk mal darüber nach. Er würde für immer dir gehören. Du könntest deine Erinnerungen mit etwas Realem, das Teil deiner Beziehung zu deinem Großvater war, an deine Kinder weitergeben. Wir müssten ihn herrichten, aber ...«

Sie biss sich auf die Unterlippe und die Hoffnung schimmerte in ihren Augen. »Du hast *wir* gesagt.«

»Weil wir zusammenbleiben werden. Wir müssen vielleicht mal fern voneinander ausharren, wenn ich beruflich unterwegs bin und du mit deinem Unternehmen zu tun hast, aber wir sind ein *Wir*, und das wird sich nie ändern.« Er nahm ihre Hand und sagte: »Ich habe mich immer gefragt, ob ich wohl jemals eine

Frau finden werde, die sich an den einfachen Dingen im Leben so sehr erfreut wie ich. Ich habe keine Ahnung, was ich getan habe, um dich zu verdienen, aber was es auch war, ich würde es milliardenfach wiederholen, wenn ich dich dadurch an meiner Seite behalten kann.«

»Du hast deine Grübchen gezeigt, du warst nicht überheblich oder künstlich, du warst freundlich und witzig und gerade dreist genug, wenn du weißt, was ich meine.« Sie kicherte und beugte sich zu ihm, als sie sagte: »Aber nur damit es klar ist: Klettertouren und Rafting sind wohl kaum als einfach zu bezeichnen. Ich möchte mit dir zusammenbleiben und alles lernen, was du gern tust, aber ich könnte ziemlich mies darin sein.«

»Das wirst du nicht, aber wenn sie dir keinen Spaß bringen, dann machen wir was anderes.«

»Ich würde dir nie wegnehmen wollen, was dir Freude bringt. Wir preschen sicher viel zu weit voraus, aber wenn wir zusammenbleiben, dann wäre ich auch froh, dich am Fuße des Berges zu treffen, um deine Klettertour zu feiern. Du kannst mir auf dem Weg hinauf Fotos schicken, und ich kann dich motivieren, damit du es bis an die Spitze schaffst und zurück nach unten kommst.«

»Morgyn«, flüsterte er, »ich liebe dich abgöttisch.«

»Obwohl ich keine Ahnung habe, was ich mit meiner Firma machen will? Du bist dir bei jedem Schritt so sicher. Das mit dem Begleitwagen klingt grandios, aber ich muss mir einiges überlegen. Wie ich ihn kaufe, wo ich ihn hinstelle ...«

»Es gibt kein *Obwohl.* Ich mag es, dass du unterschiedliche Optionen im Auge behältst, dass du sie durchdenkst und große Schritte machst, um herauszufinden, was dich am glücklichsten macht. Ich werde dich nicht dazu drängen, irgendwelche

Entscheidungen zu treffen.«

»Das weiß ich, aber mir läuft die Zeit davon. Ich werde sehen, ob die Waren sich auf Kommission verkauft haben, und jetzt, da ich weiß, dass der Begleitwagen eine Option ist, werde ich auch darüber nachdenken. Aber du hast Zeit in meiner Welt verbracht, und ich habe das Gefühl, ich muss mehr über deine erfahren. Du und Knox scheinen ein großartiges Team zu sein, und wenn man von den Nachrichten ausgeht, die du mir gezeigt hast, liebst du deine Familie offensichtlich sehr. Aber wie sieht ein Monat in Graham Bradens Welt aus?«

Er schaute hinaus zu den Wasserfällen, beobachtete die Bäume, die sich in dem leichten Wind bewegten, und lauschte dem permanenten Rauschen und Plätschern des Wassers, während er überlegte, wie er ihre Frage beantworten konnte.

»Das ist eine ziemlich große Frage.«

»Was ich für dich fühle, ist ziemlich groß. Ich möchte es gern wissen.«

Ihre süße Stimme brachte seinen Blick zurück zu ihr und er sagte: »Was ich für dich fühle, ist auch riesig. Mein Leben ändert sich von Woche zu Woche. Ich habe keinen festen Plan. Ich gehe dorthin, wo meine Arbeit mich hinführt, und wenn ich das gerade nicht mache, dann reise ich mit meiner Familie oder mit Freunden. Ich könnte morgen von einer Gelegenheit erfahren, die mich quer durchs Land oder ins Ausland führt, oder ich könnte beschließen, mit einer Gruppe von Freunden zum Skilanglauf aufzubrechen, und wäre für Wochen fort.«

»Ich hoffe, ich habe deine Pläne mit Knox heute nicht durcheinandergebracht. Ich fand es einfach nur so aufregend.«

»Du hast uns nicht durcheinandergebracht. Du hast uns etwas gegeben, über das wir nachdenken können. Du hast eine Tür aufgestoßen, und wir werden die Fakten überprüfen, um herauszufinden, ob es sich lohnt, hindurchzugehen.«

»Gut. Kannst du mir mehr über deine Geschäfte erzählen? Du sagtest, du investierst nur in umweltverträgliche Firmen und Vorhaben, aber gehört dir als Investor auch ein Teil der Firmen? Kaufst du Grundstücke und bebaust sie dann? Kaufst du unerschlossenes Land und stößt es dann wieder ab? Oder behältst du alles?«

»Das hängt von der Investition ab. Wir besitzen, managen und finanzieren alle möglichen Arten von Ertragsimmobilien. Manchmal gehört uns ein Teil der Firmen, in die wir investieren, was einen kontinuierlichen Umsatz sichert, und bei anderen Gelegenheiten kaufen wir Unternehmen auf und verkaufen sie dann wieder in Teilen. Bei einem Projekt wie dem Stück Land, das du heute gesehen hast, hängt es davon ab, was wir letztendlich mit dem Grundstück machen oder wo der Gewinn zu erzielen ist.«

»Du kaufst also Firmen und verkaufst sie in Einzelteilen, so wie man einen Gebrauchtwagen als Ersatzteillager verkauft?«

Er schmunzelte. »Ja, so in etwa.«

»Und wie kannst du das ohne Büro machen?«

»Wir haben Büros in Maryland und New York, mit ein paar Angestellten an beiden Orten, aber den Großteil der Zeit müssen wir nicht dort sein.«

»Die eigentliche Funktionsweise deiner Geschäfte werde ich wohl nie verstehen, aber ich finde es interessant.«

»Ich werde nie verstehen, wie du Dinge sehen und sie in wunderschöne Kunstwerke oder Kleidungsstücke verwandeln kannst, aber ich finde es großartig, dass du es kannst.«

Ihr Gesichtsausdruck wurde ernst, als sie sagte: »Aber ich bin nicht auf die Art klug wie du, Graham. Das könnte dich mit der Zeit nerven.«

»Das ist das zweite Mal, dass du darauf anspielst, dass du nicht klug genug bist, und das ist so ein Unsinn. Wir sind beide auf unterschiedliche Art klug, und das hast du heute unter Beweis gestellt, als dir diese Idee kam, an die Knox und ich nicht einmal gedacht hatten. Stell dein Licht nicht unter den Scheffel!«

»Ich bin unter Geschwistern aufgewachsen, die immer die besten Noten nach Hause brachten. So war ich nie.«

»Wen interessiert das? Ich bin mit einem Vater aufgewachsen, der die Zahlen im Schlaf durchging, und Brüdern, die alle auf eine Art erfolgreich wurden, die mir niemals gelegen hätte. Pepper ist gut auf naturwissenschaftlichen Gebieten und Sable kann Motoren auseinanderbauen, aber könnte eine von ihnen ein Kleid anschauen und eine Schlaghose darin sehen? Könnten sie aus einem Spielzeugzug eine Halskette machen?«

»Sable schon, wenn ich ihr sagen würde, wie.«

»Ach, Kleines, merkst du nicht, wie langweilig die Welt wäre, wenn wir alle gleich wären? Mach dir bitte nie Sorgen darüber, dass wir uns in zwei unterschiedliche Richtungen entwickeln könnten, nur weil unsere Köpfe unterschiedlich funktionieren. Glaubst du, ich mache mir Sorgen, weil ich nicht so kreativ bin wie du und du dich mit mir langweilen könntest? Auf keinen Fall. Was wir haben, geht so weit über Statistiken und Stiefel hinaus, dass es schon verrückt ist. Wir ergänzen uns einfach perfekt. Siehst du das nicht?«

»Doch, und ich spüre es in fast jedem Moment, den wir zusammen sind. Aber als wir mit Knox gesprochen haben, hatte ich das Gefühl, dass du dich nicht mit Erklärungen aufhalten wolltest, und das tat mir leid.«

»Das sagt etwas über mich aus, Sunshine, nicht über dich.«

Schuldgefühle überkamen ihn, weil er dieses Gespräch ab-
gewürgt und ihr ein schlechtes Gefühl gegeben hatte. »Wir
haben über Sage gesprochen und darüber, was er in Belize
macht. Darüber wollte ich mit Knox in dem Moment keine
große Diskussion anfangen. Es hatte nichts mit deinem
Verständnis von unserer Arbeit zu tun.« *Sondern ausschließlich
damit, wie lang ich von dir getrennt sein müsste, um in diesem
Geschäft etwas voranzubringen.*

Sie atmete aus und ihr Lächeln erreichte ihre Augen. »Zum
Glück. Du sollst immer über alles mit mir reden können.«

»Das kann ich. Und hast du jetzt noch mehr Fragen zu
meiner Arbeit? Denn wir haben den heutigen und den
morgigen Abend zusammen, bevor wir mehrere Tage getrennt
sind, und ich würde wirklich gern einfach nur mit meinem
Mädchen zusammen sein, um über unsinnigen Kram zu reden,
herauszufinden, was in den Sternen geschrieben steht, oder wie
Teenager rumzumachen.«

»Nummer drei, bitte …«

Fünfzehn

Graham und Morgyn beobachteten am Sonntagmorgen den unglaublichsten Sonnenaufgang und fuhren dann zurück nach Seattle. Angesichts des Kontrasts zwischen der Ruhe bei den Wasserfällen und der Hektik in der Stadt war Morgyn noch dankbarer für den Aufwand, den Graham betrieben hatte, um ihre besondere Nacht zu organisieren.

»Ich weiß, dass du ein Roadtrip-Profi bist und mich nicht brauchst, um dich in der Stadt herumzuführen, aber ich lasse mein Handy an für alle Fälle.« Graham küsste sie sanft und sagte: »Ich bin so froh, dass du mit mir hier bist, und ich kann es nicht abwarten, bis wir uns später sehen.«

»Viel Glück bei den Verhandlungen. Ich werde jede Menge positive Energie für dich hinaus in das Universum werfen.«

Nachdem er gegangen war, um Knox zu treffen, machte Morgyn sich direkt auf den Weg zu dem Bistro, in dem sie gestern gewesen waren. Sie kaufte Frühstück für zwei und schaute sich nach John um. Sie fand ihn an derselben Stelle wie am Tag zuvor und nahm an, dass er dort den Großteil seiner Zeit verbrachte. Sie setzte sich zu ihm, während sie aßen und sich besser kennenlernten. John stellte ihr viele Fragen zu ihrer Familie und ihrer Arbeit. Er hingegen erzählte ihr, dass er keine

Familie mehr hatte und dass er am Boden zerstört gewesen war, als er letztendlich akzeptiert hatte, dass er seine Wohnung aufgeben müsste. Morgyn fühlte mit ihrem neuen Freund mit.

Nach dem Essen, als Morgyn den Müll zusammenpackte, berührte John ihre Hand und sagte: »Meine Sylvie hätte Sie gemocht. Sie wollte immer eine Tochter haben, aber wir wurden nie mit Kindern gesegnet. Sie hat ehrenamtlich bei den Jugendprogrammen der YMCA mitgearbeitet. Die Jugendlichen dort waren ihr Kinderersatz. Heute in dieser Lage zu sein, ist erniedrigend, und es hat mich in vielerlei Hinsicht auf die Probe gestellt. Ich hatte fast die Hoffnung verloren, Morgyn, aber Sie haben sie mir zurückgegeben. Ich habe dafür gebetet, dass ich Sie heute wiedersehen würde. Ich denke, Sylvie hat Sie als Mahnung zu mir geschickt, damit ich nicht aufgebe.« Er stand auf und sagte: »Ich werde ins Obdachlosenheim gehen, um mich zu rasieren und zu waschen, und dann werde ich etwas von dem Geld, das Sie und Graham mir gegeben haben, nutzen, um mir die Haare schneiden zu lassen und Kleidung zu kaufen. Dann mache ich mich auf den Weg und bewerbe mich um jeden Job, den ich finden kann. Danke, dass Sie sich so viele Gedanken um mich machen. Sie haben mir das Gefühl gegeben, weniger unsichtbar und etwas mehr Mensch zu sein.«

Keine Worte konnten das Gefühl beschreiben, das seine Äußerung bei ihr auslöste. Nach einer emotionalen Verabschiedung ging Morgyn Richtung Markt. Etwas in ihr hatte sich verändert. Die Obdachlosen rückten stärker in ihr Blickfeld, ebenso wie die traurigen und gestressten Gesichtsausdrücke der Menschen, die über die Gehwege eilten. Auch die Luft hier schien schwerer zu sein als in Oak Falls, belastet mit all den Großstadtproblemen. Erschrocken angesichts der Vielzahl von Obdachlosen, die Kartonschilder in der Hand hielten oder vor

Dosen saßen und auf Geld hofften, wollte sie allen helfen. Aber sie konnte ja nicht einfach ein Fortbildungszentrum errichten, das sie alle zurück in ihren Beruf brachte. Selbst wenn sie es gewollt hätte, wüsste sie gar nicht, wie sie es angehen sollte. Aber vielleicht konnte sie zumindest ein bisschen Gutes tun … Sie kaufte Frühstück für zwei weitere Obdachlose, und dann besorgte sie Proteinriegel, die sie auf dem Weg zum Markt an andere Bedürftige verteilte. Es war keine Lösung, aber es fühlte sich richtig gut an zu helfen.

Bunte Fahnen und Transparente kündigten den lebhaften Markt an, auf dem weiße Zelte aneinandergereiht waren. Die energiegeladene Menge zog sie so in ihren Bann, dass es leicht gewesen wäre, die unangenehmen Gedanken an die Bedürftigen zu verdrängen. Sie fragte sich, ob es in der Nähe von Oak Falls wohl Obdachlosenheime gab, und sie überkam ein Schuldgefühl, weil sie sich nie genug mit dem Thema beschäftigt hatte, um die Antwort zu kennen. Sie schwor sich, ihre sichere kleine Blase zu verlassen und sich nach Möglichkeiten umzuschauen, anderen zu helfen.

Sie schlenderte zwischen den Verkaufsständen hindurch, sah sich Kunsthandwerk, selbst gemachte Köstlichkeiten, Klamotten und alles Erdenkliche an. Eine Nachricht von Brindle ließ ihr Handy vibrieren. Morgyn öffnete sie und sah in die Smokey Eyes ihrer lächelnden Schwester, umrahmt von zwei gut aussehenden Männern. Was sie nicht überraschte. Brindle zog die heißen Typen magnetisch an. Eine Sekunde später klingelte das Handy mit einem Anruf von besagter Frau mit den anziehenden Kräften.

»Hallo, Brin. Sieht so aus, als hättest du Spaß«, sagte Morgyn, als sie gerade auf einen Schmuckstand zuging. »Du bist seit einem Tag da und bist schon von heißen Typen umgeben?«

»Das sind André und Mathieu. Wir sind gerade bei einer Bootstour auf der Seine. Ich habe sie gerade erst kennengelernt, aber sie sind großartig. Sie meinten, du sollst nach Paris kommen! Aber ich habe ihnen gesagt, sie bräuchten eine Brechstange, um dich von Graham wegzubekommen.«

»Das kannst du laut sagen. Bitte sag mir, dass du vorsichtig bist.«

»Das bin ich! Du weißt, dass ich auf mich aufpassen kann. Es ist hier irrsinnig schön und kein Cowboy weit und breit. Es ist perfekt.«

»Du liebst Cowboys«, sagte Morgyn und ließ sich von der Menge bis zum nächsten Stand treiben.

»Ja«, meinte Brindle seufzend. »Stimmt. Sie sind stark und sexy und haben nie vor etwas Angst.« Einen Augenblick lang schwieg sie, bevor sie sagte: »Aber sie haben auch einen Dickschädel und nerven tierisch. Das hier ist eine gute Abwechslung. Ich bin froh, dass ich hergekommen bin. Es ist die perfekte Ablenkung.«

»Wovon brauchst du eine Ablenkung? Du hast gesagt, du ziehst los, um die Welt zu sehen.«

»Will ich ja auch!«, beharrte Brindle etwas zu heftig. »Eine Ablenkung von der Arbeit, von zu Hause und allem. Wie geht es Graham?«

»Er ist wunderbar. Wir sind in Seattle.«

»Hätte ich fast vergessen! Du bist geflogen! Wie war’s? Bist du in Panik geraten?«

»Nein, es hat Spaß gemacht.« Sie war versucht, Brindle etwas von ihrer Sexkapade in der Flugzeugtoilette zu erzählen, aber bei Brindle waren Geheimnisse nicht unbedingt am sichersten, deshalb sagte sie nur: »Ich freue mich schon auf das nächste Mal.«

»Das ist toll. Du hast so ein Glück, jemanden gefunden zu haben, der so verrückt nach dir ist wie du nach ihm.«

»Du findest es also nicht verrückt, dass ich dieses Wochenende mit ihm verreist bin?«

»Hey, du redest mit der Königin der Verrücktheiten. Ich bin in *Paris*. Du bist nicht einmal annähernd bekloppt. Du bist vollkommen geerdet, Morgyn.«

»Geerdet? Ihr habt mich immer damit aufgezogen, dass ich oft einfach so zu einem Tagestrip abhaue. Als wir auf dem Festival waren, hast du gesagt, dass mir der Energiefluss des Zelts wichtiger sei als die Funktionstüchtigkeit.«

»Und? War ja auch so. Das alles bedeutet nur, dass du die Dinge anders siehst und gern Abenteuer erlebst. Aber du hast eine *Firma*, ein *Haus*, das *du* gebaut *und* abbezahlt hast. Meine Güte, du hast sogar ein Gewächshaus! Du baust Dinge an und bringst Leben in diese Welt. Du wusstest schon vor Jahren, was du machen wolltest.«

»Du auch«, erinnerte Morgyn sie.

»Ich wusste, dass ich unterrichten wollte, aber mehr weiß ich nicht.«

Ein Anflug von Traurigkeit in Brindles Stimme ließ Morgyn aufhorchen. »Bist du sicher, dass es dir gut geht?«

»Mir? Klar. Besser als gut. Erzähl mir von Seattle.«

Morgyn nahm ihrer Schwester die Überschwänglichkeit nicht so richtig ab, aber sie wusste, dass Brindle nicht über irgendetwas Ernstes sprechen würde, wenn sie nicht bereit dazu war. Also erzählte sie ihr von ihren Begegnungen mit John und mit Knox, von ihrer Idee für die Tiny-House-Siedlung und was Graham und Knox davon hielten. Dann berichtete sie von ihrem romantischen Zugausflug und der abenteuerlichen Über-nachtung, bis sie auch noch schilderte, was sie und Graham in der Früh besprochen hatten.

»Rate mal, was es sonst noch gibt.« Sie war zu aufgeregt, um eine Antwort von Brindle abzuwarten. »Er hat herausgefunden, dass ich den Begleitwagen von dem alten Zugfriedhof kaufen und als Laden herrichten kann.«

»Wow! Das wäre echt klasse. Kannst du dir das leisten?«

»Ich habe ein bisschen gespart. Ich könnte ihn wohl kaufen, aber ich müsste Sable bitten, mir beim Herrichten zu helfen.«

»Das macht sie sofort. Wirst du zuschlagen?«

Morgyn ging zu einem anderen Stand mit Kunsthandwerk und sagte: »Ich weiß es nicht. Ein paar von meinen Sachen habe ich Jeb für seinen Möbelladen in Kommission gegeben und auch ein paar anderen Geschäften in Oak Falls und der umliegenden Gegend.« Jeb Jericho war Eigentümer der »Scheune«, wo er die von ihm maßgefertigten Möbel verkaufte. »Und Graham und ich haben etwas zu dem Trödelladen in Romance gebracht, von dem ich dir erzählt habe. Ich hoffe, dass sich einiges davon verkauft, aber es ist nervenaufreibend.«

»Du überlegst also, deine Sachen in Zukunft in Kommission zu geben? Dann könntest du jederzeit irgendwohin reisen.«

»Das schon, aber ich bin mir irgendwie unsicher. Mir gefällt die Vorstellung, keinen Laden führen zu müssen, aber das bedeutet auch, anderen Ladenbesitzern viel Vertrauen zu schenken, und ich bin nicht besonders gut darin, den Überblick zu behalten.«

»Was für einen Mist redest du denn da? Morgyn, du kannst mir sagen, wo jedes einzelne Teil in deiner Scheune ist. Selbst bei Sachen, die du vor Jahren gekauft hast. Über die wichtigen Dinge behältst du immer den Überblick.«

»Aber du kennst doch mich und die Finanzen.«

»Ich weiß, dass du das hasst, aber das bedeutet nicht, dass

du keinen Überblick darüber hast. Du bist verdammt klug. Wenn du in deinem jetzigen Laden bleibst, wird die Mieterhöhung alles ändern. Du wirst mehr arbeiten müssen, nur um den Laden halten zu können, und das wird dir nicht gefallen.«

»Aber er ist irgendwie alles, was ich habe, um zu beweisen, dass meine Firma real ist, findest du nicht?«

»Nein«, entgegnete Brindle entschieden. »Das Ganze wird nicht realer, nur weil du eine Verkaufsfläche hast. *Du* machst es real. Deine Kreationen sind wunderschön. Du könntest sie an einer Straßenecke verkaufen und deine Firma wäre immer noch real. Vielleicht solltest du das sogar machen. Du gehst doch sowieso immer auf Flohmärkte. Du könntest überall hinreisen und auf diese Art verkaufen.«

»Ach … ich weiß nicht. Das wäre mir zu viel Druck. Die Kunsthandwerksmärkte und Festivals machen bestimmt nicht mehr so viel Spaß, wenn ich dort sein *müsste*.«

»Dann denke über den Begleitwagen oder den Kommissionsverkauf nach. Oder mach beides. Lass dich von dem Buchhaltungskram nicht abschrecken. Du musst es einfach zu einer Priorität machen, wie du es bei dem Bau deines Hauses oder überhaupt anfangs mit den ersten Schritten in deiner Firma getan hast. Außerdem können wir dir alle helfen. Amber macht auch die Buchhaltung für ihren Laden. Sie kann dir alles zeigen, was du wissen musst. Und ich bin sicher, dein allwissender und gut bestückter Freund kann dir auch helfen.«

Morgyn lachte. »Er ist wirklich gut zu mir, Brin. Ich habe noch nie einen Mann kennengelernt, der wirklich zuhört und der versteht, wie ich ticke.«

»Wenn du mal überlegst, dann gibt es auch nicht viele Frauen, die zuhören und verstehen. Jeder hat eine Meinung dazu, was wir tun müssen, oder? Du bist glücklich und allein das zählt.«

»Ich bin glücklich, aber da ist noch mehr. Mit Graham erfahre ich sogar noch mehr darüber, wer ich bin. Ich dachte immer, ich hätte schon ganz zu mir gefunden.«

»Vielleicht hattest du das, aber mit ihm oder wegen ihm bist du jemand anderes«, überlegte Brindle.

»Kann sein.« Sie fragte sich, ob Brindle im Grunde über sich und Trace sprach, aber sie wollte sie nicht bedrängen. »Graham reist morgen nach New York, wenn ich nach Hause fliege. Ich weiß, dass er wiederkommt, aber sogar diese wenigen Tage werden sich leer anfühlen.«

Brindle schwieg eine Zeit lang und dann hörte Morgyn eine männliche Stimme über das Telefon. Es klang so, als spräche er Französisch. Brindle sagte zu ihm: »Einen Augenblick, meine Schwester braucht mich.« Dann seufzte sie ins Handy und sagte: »Ich glaube, Mathieu versteht ungefähr jedes zweite Wort von dem, was ich sage.«

»Du hattest doch Französisch. Kannst du das nicht anwenden?«

»Doch, aber auf Französisch rede ich langsam und sie starren mir die ganze Zeit auf den Mund. Hast du das schon mal erlebt, dass dir ein heißer Typ auf den Mund starrt?«

Morgyn lachte und dachte daran, wie Graham oft vor einem Kuss ihren Mund anschaute. »Das lenkt ab.«

»Genau. Okay, die heißen Kerle werden ungeduldig, also muss ich gleich Schluss machen, aber du bekommst noch einen Rat von mir. Als du mir erzählt hast, dass du Graham liebst, da hast du es nicht nur gesagt. Du hast es ausgestrahlt. Ich glaube, Grace ist der Beweis: Wenn dein Herz erst einmal weiß, was es will, dann stellt sich dem nichts in den Weg. Vielleicht fühlst du dich leer in den Tagen, an denen er nicht da ist, aber Mom sagt immer, dass ein wenig Abstand unsere Herzen klarer sehen lässt. Er liebt dich, Morgyn. In jener Nacht bei den Jerichos konnte das jeder sehen. JJ hat mir erzählt, dass Graham unten an den Reitplatz kam und gar nicht gefragt hat, ob er reiten darf. Er sagte: ›Ich muss reiten. Mein Mädchen fährt darauf scheinbar total ab.‹ Ich würde alles dafür geben, dass das ein Mann über mich sagt.«

Morgyn schmolz innerlich dahin. »Er liebt mich wirklich, Brin. Ich fühle es in allem, was er sagt und tut.«

»Dann hör auf, dir darüber Sorgen zu machen, wie sehr du ihn vermissen wirst. Sehnsucht kann auch berauschend sein. Jetzt muss ich wirklich Schluss machen.«

»Hey, Brin? Nur eines noch. Bist du in Wirklichkeit dort, damit Trace die Gelegenheit bekommt, dich zu vermissen?«

Nach einigen Sekunden Stille sagte sie: »Ich bin hier, um die Welt zu sehen, schon vergessen? Lass mich wissen, wie du dich beruflich entscheidest, und plan schon mal euren Telefonsex! Hab dich lieb!« Die Leitung wurde unterbrochen.

Telefonsex. Das war ein viel netterer Gedanke als einsame Nächte.

Morgyn war umgeben von Ständen, an denen alles von Möbeln und Wandteppichen bis hin zu Essbarem und Antiquitäten verkauft wurde. Ganz zu Anfang war sie an einem Siebdrucker vorbeigekommen. Vielleicht fand sie einen Stand mit süßer Unterwäsche und könnte *Eigentum des MIT-Typen* auf die hintere Seite eines Slips drucken lassen. Lächelnd ging sie zum nächsten Stand.

Sie entdeckte eine erlesene Auswahl verschiedenster Dinge, von Klamotten und Schuhen bis hin zu Schmuck und Gemälden, und danach kamen ein Tattoo-Stand und ein

Schokoladenverkäufer. Sie ging direkt zur Schokolade, machte ein Selfie davor und schickte es an Graham mit dem Text *Das ist der Vorteil, wenn man seinen eigenen Cracker hat. Ich habe heute Abend Lust auf S'mores!* Sie fügte noch einen Zwinker-Smiley hinzu und schrieb: *Ich besorge die Schokolade. Du sorgst für das Feuer! Xxo*

Grahams Besprechungen dauerten viel länger als erwartet, aber zumindest hatten er und Knox am Ende ein Angebot auf dem Tisch. Von einem Team ließen sie Morgyns Ideen prüfen, und beide freuten sich über die Aussicht, etwas ganz anderes in Angriff zu nehmen. Als Graham das Meeting verließ, konnte er es nicht abwarten, Morgyn zu erzählen, dass er Neuigkeiten zu einem möglichen Job für John hatte. Er hatte sie nur sehr ungern den ganzen Tag allein gelassen, aber in ihrer Nachricht klang es so, als würde sie sogar noch mehr Spaß auf dem Markt haben, als er gedacht hatte. Sie hatte Selfies mit drei Verkäufern geschickt, die daran interessiert waren, ihre Produkte zu verkaufen – zwei aus Seattle und einer, der durch das Land reiste und auf großen Flohmärkten verkaufte. Er musste ihr noch zeigen, wie man die Angaben der Leute überprüfte, damit man nicht den Falschen vertraute. Aber es beeindruckte ihn, wie sie die Idee mit dem Kommissionsverkauf vorangetrieben hatte.

Er folgte seinem Navi zu dem Park, in dem sie mit Freunden war, die sie auf dem Markt kennengelernt hatte. Die Gegend war so überfüllt, dass er das Auto eine Ecke weiter stehen lassen musste. Er warf einen Blick auf die Marshmallows, die er unterwegs gekauft hatte, und grinste in sich hinein, als er den Wagen abschloss. Im Park merkte er, dass die vielen Menschen Leuten zusahen, die ein Wandgemälde an die Mauer eines Gebäudes neben einem Basketballfeld malten – und da an der Mauer saß auch Morgyn neben einem kleinen Mädchen mit einem Sonnenhut, das gerade eine Blume malte. Morgyn hatte ihr Handy am Ohr, während sie die Hand des kleinen Mädchens führte. *Multitasking.* Eine andere Frau kam zu ihnen. Morgyn umarmte sie, ebenso wie das kleine Mädchen, und trat dann beiseite, immer noch mit dem Handy am Ohr und einer Tüte in der Hand. Ihre Beine und die sonnenverwöhnte Haut wurden durch ihre abgeschnittenen Shorts und das Tanktop betont, die wie ihre Arme mit Farbe bekleckst waren.

Sie sah zum Himmel auf, ging ein paar Schritte und hielt dann an. Sie schaute in die entgegengesetzte Richtung von ihm, aber er konnte hören, wie sie »Ja, unbedingt!« rief.

Als er sich zu ihr durchkämpfte, kam er an einem Schild vorbei: *Lokales Kunstprojekt – Machen Sie mit!* Das schaffte nur seine Morgyn: an einem einzigen Wochenende hier einem Obdachlosen zu helfen, Geschäftsbeziehungen aufzubauen und Engagement für eine gute Sache zu zeigen. Kein Wunder, dass er sich in sie verliebt hatte. Sie war keine Festivalgöttin. Sie war die Göttin aller positiven und hoffnungsvollen Dinge.

Und sie gehörte ihm.

Sie drehte sich um, als er näher kam, und mit großen Augen sah sie ihn an. »Jilly, ich muss Schluss machen. Graham ist da!«

Jilly? Er lachte leise. War ja klar, dass sie Morgyn anrief. Die beiden hatten sich sofort angefreundet.

Morgyn hielt den Finger in die Höhe und gab lautlos *Eine Sekunde* von sich. Ins Handy sagte sie dann: »Ja! Ich rufe meine Familie an. Sie können es über Nacht schicken und dann kommt es Montag an. Ich kann es kaum abwarten. Ich freue mich so!« Sie beendete das Gespräch und warf sich in seine Arme. »Ich bin so froh, dass du hier bist! Ich brauche Hilfe bei der Umbuchung von meinem Flug. Ich muss nach Pleasant Hill.«

»Pleasant Hill? Ohne mich?«

»Du reist nach New York, also ja, dann wohl schon. Ich treffe mich mit Jilly. Oh, warte. Du hast doch damit kein Problem, oder?« Noch bevor er antworten konnte, fuhr sie fort: »Sie hat sich meine Website angesehen und angeboten, meine Produkte in ihrem Laden zu verkaufen. Ist das nicht toll? Sie sagte, wenn ich einige meiner besten Kreationen schnell genug schicke, kann sie ein paar davon in ihrer Modenschau am Dienstag zeigen. Du hast mir gar nicht erzählt, dass sie Modenschauen organisiert! Ich bin so aufgeregt, dass ich kaum geradeaus denken kann. Ich rufe meine Mom an und frage sie, ob sie ein paar Sachen einpacken und sofort nach Pleasant Hill schicken kann. Hilfst du mir mit den Flugbuchungen? Sie hat gesagt, sie kann mir auch ein paar Basics im Marketing zeigen. Ich möchte dort sein und zusehen, wie Jilly das alles macht. Deine Schwester ist unglaublich!«

Er freute sich für sie, aber er dachte noch immer darüber nach, dass sie nach Pleasant Hill reiste und er nach New York. »Natürlich helfe ich dir, aber ich werde meine Pläne ändern und mitkommen.«

»Du kannst deine Besprechung nicht verpassen«, sagte sie und trat einen Schritt von ihm weg, um ihr Handy in die Tasche zu stecken.

»Und ob ich das kann.« Sein Blick fiel auf ein Pflaster, das auf der linken Seite ihrer Brust unter ihrem Tanktop hervorlugte. Er zog sie wieder an sich. »Was ist passiert? Hast du dich verletzt?«

Sie sah auf ihre Brust hinunter und sagte: »Oh nein! Ich fasse es nicht, dass ich das vergessen habe. Guck mal, was ich auf dem Markt gemacht habe.«

Sie nahm vorsichtig das Pflaster ab und offenbarte ein kleines Tattoo einer Sonne in Form eines Herzens. Drei Sonnenstrahlen waren auf jeder Seite der Sonne zu sehen, und auf jedem standen zwei Worte. *Sieh es, Vertrau darauf* und *Akzeptiere es.* Die Haut um das Tattoo herum war rot und gereizt, aber die Sonne war wunderschön, und die Bedeutung berührte ihn so tief, dass er schlucken musste.

»Das ist für uns«, sagte sie stolz. »Und ich habe noch etwas für dich.«

Bevor er auch nur ein Wort herausbekam, knöpfte sie ihre Shorts auf, woraufhin ein rosa Slip mit *Eigentum von Cracker* in weißen Buchstaben vorne drauf sichtbar wurde.

Sein Herz stand wahrscheinlich kurz vor der Explosion. »Heiliger Bimbam, Sunshine!« Er trat näher an sie heran, um anderen den Blick zu versperren.

Sie knöpfte ihre Shorts wieder zu, griff in ihre Tüte und zog schwarze Boxershorts mit *Eigentum von Sunshine* in knallgelben Buchstaben darauf hervor. »Die ist für dich. Na ja, für mich als deine Freundin, aber du ziehst sie an.«

»Ich trage diese Boxershorts jeden verdammten Tag, wenn du willst, aber ich reise morgen nicht nach New York. Du wirst meine Familie auf keinen Fall ohne mich an deiner Seite kennenlernen.« Er riss sie an sich und beide lachten und küssten sich gleichzeitig. »Ich liebe dich, Sunshine. Ich liebe dich so sehr, dass ich kaum noch denken kann.«

»Das ist in Ordnung. Ich lerne gerade, immer mehr nachzudenken, also kann ich es vielleicht für uns beide übernehmen.«

Er sah in ihre wunderschönen Augen und verstand endlich, warum alle sagten, dass man seine erste Liebe nie vergaß. Sie war seine erste und einzige Liebe, und sie war ein so bedeutender Teil von ihm geworden, dass er sich eine Zukunft ohne sie nicht mehr vorstellen konnte.

Sechzehn

»Deine Stadt ist bezaubernd«, sagte Morgyn, als sie am frühen Sonntagabend auf dem Weg zu Grahams Haus durch Pleasant Hill, Maryland fuhren. »Ich mag die gepflasterten Gehwege und all die grünen Flächen. Können wir uns später alles noch ansehen?«

Graham streckte die Hand über die Mittelkonsole ihres gemieteten Pick-ups aus und führte ihre Hand an seine Lippen. Sie duftete nach einem warmen Sommernachmittag am Strand, was auch auf der Liste der Orte stand, die er ihr zeigen wollte. Er sehnte sich danach, sie an einen Privatstrand zu entführen, weit weg von fremden Augen und Ohren. Ihre hübsch lackierten Zehen im Sand zu sehen und ihren von der Sonne durchfluteten Körper an sich zu drücken, während sie sich zu den Geräuschen des Meeres, das das Ufer umspielte, liebten.

»Ich kann es kaum abwarten, mir alles mit dir anzusehen, dich meiner Familie vorzustellen und deine Sachen in Jillys Laden zu sehen. Du wirst sie noch mehr mögen, wenn du sie persönlich kennenlernst.« Jillian hatte ihm vorher geschrieben, dass sie und ihre Mutter seinen Kühlschrank auffüllen würden, damit im Haus alles für sie bereit war. Aber er hatte das Gefühl, sie wollten nur einen Blick auf die Frau erhaschen, die sein Herz gestohlen hatte. Er hatte mit Knox gesprochen und sie hatten ihre Termine in New York auf Mittwoch verschoben. Die letzte Besprechung war für Samstagnachmittag angesetzt. Sein Essen mit seinem Cousin Josh hatte er auf Donnerstagabend verlegt.

Graham und Morgyn wollten am Dienstagabend abfliegen, und wenn alles gut ging, würde er am Samstagabend nach Virginia zurückkehren und sie wieder in seine Arme schließen.

Graham fuhr durch den Ort und schlängelte sich über Nebenstraßen zu seinem Grundstück. Er lebte auf acht baumreichen Morgen Land, gerade weit genug außerhalb des Ortes, um das Gefühl zu haben, Welten von allen anderen entfernt zu sein. Er schaute zu Morgyn hinüber, die schön aussah in ihrem süßen Sommerkleid, das ihre Brüste umschmeichelte und ihre sexy Schultern und Beine zeigte. Sie trug mehrere lange Ketten und bunte Armreifen. Die Haare fielen ihr über die Schultern und bedeckten kaum ihr Tattoo, das unter den Trägern ihres Kleides fast ganz zu sehen war.

Als er in den engen Feldweg einbog, der durch den Wald zu seinem Haus führte, sagte Morgyn: »Das erinnert mich an mein Zuhause.«

»Ich weiß, Sunshine. Wir sind wirklich füreinander bestimmt.«

Die Solarlampen am Weg zu seinem Haus leuchteten hell, als sein kleines Baumhaus zum Vorschein kam.

Morgyn riss die Augen auf und rief: »Du wohnst in einem Baumhaus?«

Er war so gespannt gewesen, ihre Reaktion zu sehen, und die freudige Aufregung in ihrer Stimme war jede Sekunde wert, die er sein Geheimnis in den letzten anderthalb Wochen für sich behalten hatte.

Überrascht entdeckte er Nicks Pick-up und den Wagen von

Jax neben Jillys Jeep und dem Auto seiner Eltern.

»Scheint, als wären alle, die gerade in der Gegend sind, gekommen, um dich kennenzulernen, Sunshine«, sagte er, als er den Motor abstellte. »Beau und Charlotte sind in Colorado und Zev hast du schon kennengelernt.«

»Cracker, das ist der Wahnsinn! Ich fasse es nicht. Du hast mir nicht erzählt, dass du in einem Baumhaus wohnst – einem Tiny House in den Bäumen!« Sie stieg aus dem Wagen aus und bestaunte mit offenem Mund den langen Holzsteg, der hinauf zum Haus führte. Es war zwischen zwei riesigen Zedern eingebettet. »Hast du das gebaut?«

Er legte einen Arm um ihre Schulter, als sie den Steg zum Haus hinaufgingen, und sagte: »Mein Bruder Beau und ich haben es gebaut.« Er zeigte zu einem anderen, überdachten Steg, der vom hinteren Teil des Hauses zu einem kleinen Gebäude am Boden führte. »Da sind die Waschmaschine und der Trockner. Eine Spülmaschine gibt es nicht, und ich habe Internet, aber keinen Fernseher. Abgesehen davon hast du alle Annehmlichkeiten eines Hauses, zehn Meter über dem Waldboden.«

»Das ist wie aus dem Märchen.«

»Genau das hat Charlotte auch gesagt. Ich sehe darin gern so eine Art Männer-Abenteuer, wie im Film *Dschungel der tausend Gefahren*.«

Die Haustür wurde aufgestoßen und Jillian stürmte heraus. Ihre burgunderroten Haare wehten umher, als sie in einem schwarzen Tanktop und Shorts auf sie zugerannt kam. Sie und Morgyn fielen sich wie zwei lang getrennte Freundinnen kreischend in die Arme.

»Ich bin so froh, dass du endlich hier bist!«, sagte Jillian. »Dass Graham seine Termine verschoben hat, ist unglaublich.

Das macht er nie.«

»Nicht?« Morgyn sah ihn verwundert an.

»Noch eine Premiere«, sagte er mit einem Augenzwinkern, was eine lebhafte Unterhaltung der beiden Frauen nach sich zog.

Sie wechselten die Themen so schnell, dass Graham nicht einmal mehr versuchte, ihnen zu folgen. Seine Eltern traten aus dem Haus und neben seinem groß gewachsenen Vater wirkte seine Mutter noch zierlicher. Hinter ihnen tauchte Nick auf, dessen längere schwarze Haare unter seinem stets präsenten Cowboyhut hervortraten. Er verschränkte die Arme und beobachtete die jungen Frauen, die auf der Veranda plapperten. Jax trat neben ihn. Wie Graham trug auch er seine hellbraunen Haare kurz.

Alle vier konnten sich das Grinsen nicht verkneifen.

Auch Graham spürte, wie seine Mundwinkel nach oben wanderten. Und als sein Blick auf den seines Vaters traf, erkannte er darin einen Ausdruck, den er erst einmal davor bei ihm gesehen hatte. An dem Tag, als er seinem Vater mitgeteilt hatte, dass er eine berufliche Laufbahn als Investor einschlagen wollte und nicht als Ingenieur. Sein Leben lang hatte er sich an seinem Vater orientiert und gehofft, nur annähernd so gut zu werden wie er. Und als Einziger der Geschwister, der in die Fußstapfen ihres Vaters getreten war, hatte Graham sich Sorgen gemacht, wie sein Vater die Nachricht aufnehmen würde, dass er doch nicht ein so bedeutender Teil des Familienunternehmens werden wollte. Doch sein Vater hatte Graham mit seinen klugen Augen angesehen und gesagt: *Ich habe schon immer gewusst, dass du für Größeres geschaffen bist, und diese Welt wird durch deine Entscheidung ein besserer Ort werden.*

Graham war nie einer von den Männern gewesen, die die

Zustimmung ihres Vaters benötigten, aber als sein Vater auf die Veranda trat, um ihn zu umarmen, und flüsterte: »Die Liebe bekommt dir wirklich gut«, war es das beste Gefühl der Welt.

»Willkommen zu Hause, mein Kleiner.« Seine Mutter tätschelte ihm die Wange und umarmte ihn dann ganz fest. »Du siehst glücklich aus.«

»Natürlich tut er das«, sagte Jillian. »Er hat doch Morgyn.«

Graham nahm Morgyns Hand und zog sie zu sich. »Da hast du recht. Mom, Dad, Nick, Jax, das ist Morgyn Montgomery. Sunshine, das ist ein Großteil meiner Familie.«

»Es ist schön, Sie alle kennenzulernen«, sagte Morgyn, als sie seine Mutter umarmte.

»Lass uns doch du sagen. Ich bin Lily«, sagte seine Mutter. »Ich kann es nicht abwarten, dich kennenzulernen.«

»Und ich bin Clint. Nach allem, was ich von Jilly und Zev schon gehört habe, habe ich das Gefühl, dass ich dich schon kenne«, sagte sein Vater und umarmte Morgyn.

»Muss ich mir Sorgen machen?«, fragte Morgyn lächelnd. »Wir haben mit Zev eine Menge Witze gerissen.«

»Unsere Familie ist voller Witzbolde, und ehrlich gesagt« – amüsiert funkelten die Augen seines Vaters – »ist *Vorspiel* der perfekte Name für den Jungen. Er hat sein Herz vor Jahren aus den Augen verloren.«

»Eines Tages wird er es wiederfinden«, sagte seine Mutter.

»Unglaublich, dass er euch das erzählt hat«, meinte Morgyn errötend.

»Das muss dir nicht peinlich sein, meine Liebe«, versicherte sein Vater ihr. »Du hast dir Bonuspunkte mit deiner Schlauheit eingehandelt. Ach, wo sind überhaupt meine Manieren? Fast hätte ich vergessen, mich für das Graphometer zu bedanken, das du und Graham mir geschickt habt. Danke!«, sagte sein Vater.

»Es freut mich, dass es dir gefällt, aber das war allein Grahams –«

Graham schaute Morgyn an und sagte: »Ich habe es entdeckt, aber es kam von uns beiden.« Er küsste sie auf die Wange und flüsterte: »Selbst da wusste ich schon, dass wir zusammenbleiben.«

»Das hat dir das Universum verraten«, sagte sie leise.

Nicks Augen wanderten anerkennend an Morgyns aufreizend luftigem Sommerkleid hinab.

Graham räusperte sich und warf Nick einen finsteren, warnenden Blick zu.

Nick schmunzelte und tippte sich an den Hut. »Schön, dich kennenzulernen, Sunshine. Ich bin Nick. Wie ich höre, fließt ein bisschen Vagabundenblut durch deine Adern, wie bei Graham.«

»Wir haben wirklich eine Menge gemeinsam. Du arbeitest mit Trixie Jericho zusammen, richtig? Mann, sie hat bei dir den Nagel auf den Kopf getroffen«, sagte Morgyn. »Sie meinte, du wärst ein stattlicher Cowboy.«

Nick richtete sich etwas auf und straffte die Schultern, um die Brust vorzustrecken. »Noch dazu ein verdammt akzeptabler.«

»Er ist auch arrogant zum Davonlaufen«, kommentierte Jillian.

»Auch das habe ich vielleicht schon gehört«, scherzte Morgyn. Sie wandte sich Jax zu und sagte: »Und dann bist du Jax, der Designer von Hochzeitskleidern. Das macht bestimmt sehr viel Spaß.« Sie umarmte Jax.

»Er hat schon für viele berühmte Leute Sachen entworfen«, sagte Jillian.

»Wow, das ist aufregend«, staunte Morgyn.

»Nicht halb so aufregend wie die Promis, mit denen er geschlafen hat«, warf Nick ein.

»Nicholas Braden!« Ihre Mutter sah ihn vorwurfsvoll an.

»Was? Der Typ ist ein Hengst.« Nick schlug Jax auf den Rücken und sagte: »Lass dich von dieser unschuldigen Fassade nicht täuschen. Er ist ein knallharter Typ.«

Morgyn lachte. »Nach dem zu urteilen, was ich so über euch gehört habe, scheinen alle Bradens knallhart, einschließlich Jilly.« Sie schaute zu Jax und sagte: »Ihr beide seid Zwillinge, oder? Hätte ich niemals vermutet. Ihr seht euch gar nicht ähnlich.«

»Auch für kleine Dinge sollte man dankbar sein«, neckte Jax seine Schwester.

»Hey«, protestierte Jillian und brachte alle zum Lachen.

»Lasst uns reingehen. Ich will alles über euren Trip nach Seattle wissen und über deine Firma und deine Familie.« Seine Mutter hakte sich bei Morgyn unter, führte sie hinein, und Jillian folgte ihr, während die Männer unter sich blieben.

»Alle Achtung, Bruderherz«, sagte Nick. »Sie ist echt heiß.«

»Etwas mehr Respekt, bitte, Nick«, sagte sein Vater.

»Schon gut«, versicherte Graham ihm. »Ich weiß, dass sie heiß ist, Dad. Sie ist außerdem brillant, abenteuerlustig und die süßeste Frau auf Erden.«

»Oh, du meine Güte. Du bist wirklich verliebt«, sagte Nick. »Jillian hat es mir ja schon gesagt, aber ich konnte es mir nicht vorstellen.«

Graham schaute ins Haus, wo die Frauen gerade mit Weingläsern anstießen. Er freute sich, dass sie sich bereits wohl in seiner Familie fühlte.

»So lief das auch bei unseren Cousins ab«, sagte Jax. »Wenn einer schwach wird, kippt der Rest um wie Dominosteine.«

»Ich weiß nur, dass ich so etwas wie das, was ich für Morgyn empfinde, noch nie erlebt habe«, sagte Graham. »Du und Nick … passt lieber auf, denn wenn die Liebe einen packt, dann haut sie einen um.«

Nick schnaubte verächtlich.

»Er hat recht«, sagte ihr Vater. »Es gibt nur drei Dinge auf Erden, auf die man sich verlassen kann. Die Sonne geht auf und unter, die Familie steht immer hinter dir, und wenn du deinen Seelenverwandten findest, wird es dich für immer verändern.«

»Ach was, mich nicht«, sagte Nick. »Ich brauche etwas zu trinken.«

»Geht mir genauso.« Jax folgte ihm hinein.

Sein Vater stellte sich näher zu Graham und sagte: »Ich freue mich für dich, mein Junge.«

»Danke, Dad.«

Als sie hineingingen, sagte sein Vater: »Erzähl mir von Seattle. Habt ihr ein Angebot gemacht?«

»Haben wir. Wir sollten im Laufe der Woche etwas hören.« Er erzählte ihm von Morgyns Ideen für das Grundstück.

»Klingt, als hättest du eine Frau gefunden, die sich ebenso sehr berufen fühlt, anderen zu helfen, wie du. In Belize ist die Gelegenheit dafür. Wann reist du dorthin ab?«

Graham schaute zu Morgyn, die mit seiner Mutter und Jillian am Kamin saß, und sein Innerstes zog sich zusammen. »Da habe ich noch nichts entschieden.«

»Ich dachte, du und Knox wollt euch in Zukunft mehr internationalen Projekten widmen.«

Graham sah seinen Vater an und erklärte leiser: »Wollen wir auch, aber Morgyn hat ihr Leben in Virginia, und sie steht mitten in größeren Entscheidungen für ihre eigene Firma. Wir haben die vergangenen zehn Tage damit verbracht, verschiedene

Möglichkeiten zu durchdenken – Möglichkeiten, die *ich* empfohlen habe. Ich möchte bei ihr sein, um sie bei ihrer Entscheidung zu unterstützen, und nicht für acht bis zehn Wochen verschwinden und sie hängen lassen.«

Der Mund seines Vaters verzog sich zu einem wissenden Lächeln. »Du hast die vergangenen zehn Tage damit verbracht, dich zu verlieben. Die Gedanken, die du dir machst, gehören einfach dazu. Ich versteh dich, mein Junge, aber sie klingt nicht wie die Art von Frau, die dich zum Händchenhalten braucht.«

»Ist sie auch nicht«, gab er zu. »Aber vielleicht bin ich ja die Art von Mann, der bei jedem Schritt für sie da sein möchte.«

Jillian und Grahams Mutter hatten nicht nur den Kühlschrank aufgefüllt, sondern auch noch einen köstlichen Kirschkuchen als Willkommensgeschenk mitgebracht. Sie verbrachten einige gemeinsame Stunden, lernten sich kennen, scherzten miteinander, redeten über Morgyns Familie, ihren Laden und die Dinge, die sie überlegte, in Angriff zu nehmen. Seine Familie stellte unzählige Fragen und hatte interessante Ideen zu den verschiedenen Optionen. Sie wollten gern helfen und waren begeistert von den Dingen, die sie machte. So wie Graham hatten auch sie eine vollkommen natürliche Art. Seine Familie war ebenso laut und wunderbar wie ihre eigene, und als sie so neben Graham auf dem Sofa saß, hatte sie das Gefühl, nicht erst seit Stunden, sondern schon seit Jahren eine von ihnen zu sein.

»Kennst du die Geschichte von diesem Baumhaus?«, fragte Clint von seinem Platz auf der Fensterbank neben Lily. Ständig berührten sie sich und lächelten sich verstohlen an, sodass sie

Morgyn an ihre eigenen Eltern erinnerten.

»Ach, muss das sein?« Graham schüttelte den Kopf, als hätte er die Geschichte schon viel zu oft gehört. Er hatte die markanten Züge seines Vaters und die Grübchen seiner Mutter, und seine Liebe zu ihnen beiden war offenkundig.

»Ich will die Geschichte hören«, drängte Morgyn und schaute sich im Baumhaus um. Es ähnelte ihrem Haus sehr, war aber hochwertiger verarbeitet und etwas anders aufgeteilt. Von der Haustür gelangte man durch die Küche ins Wohnzimmer. Ein kleiner Holztisch stand neben einem entzückenden Kamin und eingebauten Buchregalen. Die Regale waren vollgestellt mit Büchern und dazwischen immer mal wieder Fotos von Graham, seiner Familie und – wie sie annahm – Freunden. Sie sah Fotos von ihm neben seinem Vater über einen Zeichentisch gebeugt, beim Barbecue mit seinen Geschwistern und vor einem Weihnachtsbaum, Arm in Arm mit seiner Mutter, die er auf die Wange küsste. Die Fotos erzählten die Geschichten seines abenteuerlichen Lebensstils: auf dem Gipfel eines Berges mit zwei anderen Männern, beim Skifahren, Rafting, an der Ziellinie eines Marathons; und viele andere, die ihn als den starken, entschlossenen Mann zeigten, der er war. Der Mann, der ein Baumhaus gebaut hatte, mit einem Schlafplatz über der Küche und so vielen Fenstern, dass es sich anfühlte, als wären sie Teil des Waldes.

Der Mann, der ihr Herz gewonnen hatte, ohne es überhaupt zu versuchen.

»Er wird dir sagen, dass er es wegen seiner Liebe zur Natur gebaut hat«, sagte sein Vater und holte sie zurück in die Unterhaltung. »Zum Teil stimmt das. Muss es auch, wenn man in einem Ein-Zimmer-Baumhaus leben will.«

»Sie lebt in einem Tiny House, Dad. Sie weiß, wie das ist.«

Graham küsste Morgyn auf die Wange.

Ein einziges tiefes Lachen entwich seinem Vater. »Natürlich weiß sie das. Ihr zwei passt wirklich perfekt zusammen. Jedenfalls war dein Freund ein Tarzan-Fan, als er klein war. Seine ganze Zeit hat er in den Bäumen verbracht. Als er zehn Jahre alt war, hat er mit Beau und Nick ein Baumhaus gebaut. Eine Kinderversion, nicht so etwas wie das hier. Wochenlang hat er an Plänen gefeilt, um mit Flaschenzügen und Seilen Vorräte in das Baumhaus zu schaffen, und als sich das als leichte Aufgabe herausstellte, klaute er sich alle Laken aus dem Haus und knotete sie zusammen, damit er damit von Baum zu Baum schwingen konnte.«

Morgyn unterdrückte ein Lachen. »Ein richtiger Tarzan, wie?«

»Ganz oder gar nicht.« Graham grinste. »Wer ist schon männlicher als Tarzan?«

»Ich«, sagte Nick mit herausgestreckter Brust.

Jax funkelte ihn an. »Mann, das ist sein Moment.«

»Hast du es geschafft?«, wollte Morgyn wissen. »Bist du von Baum zu Baum geschwungen?«

»Und wie!«, gab Graham stolz von sich.

»Er hat sich den Arm gebrochen«, sagte sein Vater. »Zweimal in einem Jahr. Da wussten wir, dass wir den Jungen nicht im Zaum halten konnten.«

»Das ist das Braden-Gen«, sagte Jillian. »Wenn wir etwas sehen, was wir haben wollen, lassen wir nicht locker, bis wir es haben.«

»Wir hätten seinen verrückten Ideen wahrscheinlich nicht so oft nachgeben sollen«, überlegte seine Mutter. »Aber schaut euch doch diese Grübchen an. Wie konnten wir da je Nein sagen?«

»Mit diesen Grübchen hat er mich auch rumgekriegt.« Morgyn berührte Grahams Wange. Er sah sie mit so viel Liebe in den Augen an, dass es die anderen sicher auch alle sehen konnten.

»Oh, es ist spät geworden«, sagte seine Mutter, stand auf und zog seinen Vater mit hoch. »Ihr seid bestimmt erledigt, nachdem ihr den ganzen Tag unterwegs wart. Wir ziehen uns lieber zurück und lassen euch allein.«

»Sie hat das Knistern wohl auch bemerkt«, meinte Nick leise und handelte sich einen finsteren Blick von Graham ein.

»Ich freue mich so, dass du und Jilly euch für diese Modenschau zusammengetan habt. Ich kann es kaum abwarten, deine Kreationen zu sehen.« Lily umarmte sie.

»Danke. Ich freue mich auch. Sehe ich euch alle bei der Veranstaltung?«

»Natürlich«, antwortete Lily. »Fast alle aus dem Ort kommen.«

Seine Eltern waren so liebevoll und unterstützend, dass man leicht erkennen konnte, wie er zu diesem unglaublichen, gutherzigen Mann geworden war. »Ich bin schon ganz gespannt«, sagte Morgyn. »Wir machen uns morgen auf den Weg dahin, sobald meine Sachen angekommen sind.«

Nach einer weiteren Runde von Umarmungen und neckenden Bemerkungen unter den Brüdern, sprach Graham ein Machtwort: »Kommt, Jungs, bevor ihr Morgyn noch vergrault.«

»Habt ihr diesen Blick gesehen?«, fragte Jax auf dem Weg zur Tür hinaus. »Um sie zu vergraulen, müsste schon wesentlich mehr passieren.«

Nick zwinkerte und sagte: »Wir sehen uns, Sunshine.«

Graham schob ihn zur Tür hinaus. »Raus jetzt hier, und spar dir deine verstohlenen Blicke, sonst treibe ich sie dir aus.«

Nachdem sie gegangen waren, standen Morgyn und Graham auf der Vorderveranda, während der Mond durch die Bäume schimmerte und die Geräusche des Waldes immer hörbarer wurden. Grillen zirpten und Laub raschelte unter winzigen wuselnden Füßen.

Graham nahm Morgyn in den Arm und schaute ihr in die Augen. »Du hast die erste Welle der Bradens überlebt.«

»Mit dir würde ich einen Monsun überleben.« Sie stellte sich auf die Zehenspitzen und küsste ihn. »Aber deine Mutter wusste, wann es Zeit war, zu gehen.« Sie gähnte gespielt und sagte: »Vielleicht sollten wir dein Hochbett erkunden.«

Verlangen funkelte in seinen dunklen Augen, als er seine Lippen auf ihre senkte und der Rest der Welt um sie herum verschwand.

Siebzehn

Jillian hatte für die Modenschau eine alte Lagerhalle am Ortsrand angemietet und sie in einen wohldurchdachten Vorführsaal umgewandelt, komplett mit professioneller Bühne, Hunderten Stühlen und einer Dekoration, die eine Atmosphäre wie in New York City aufkommen ließ. Als Graham und Morgyn am Montagnachmittag mit Morgyns Ware eintrafen, waren etliche Leute, einschließlich seiner Brüder sowie einiger ihrer Cousins und Freunde, damit beschäftigt, Tische aufzustellen und lange, wehende Stoffe zwischen dem Bereich der Modenschau und dem Teil, in dem später das Festessen stattfinden würde, aufzuhängen. An der offenen Decke wurden Lampen an Metallstreben befestigt und über der Bühne hing ein schwarzes Banner mit *Facettenreich – von Jillian Braden* in goldenen Buchstaben.

Jillian teilte einer Gruppe von Männern Aufgaben zu, als hätte sie die Befehlsgewalt über eine Armee. Sie schickte sie fort, wandte ihre Aufmerksamkeit Grahams Cousin Sam zu und ratterte dann weitere Anweisungen herunter.

»Das hier ist unglaublich«, staunte Morgyn. »Erwartet sie Modefreaks aus New York? Alles wirkt so hochwertig. Warum will sie meine Sachen zeigen? Das passt gar nicht dazu.«

»Weil Jillian ein Auge für erlesene Mode hat, und deine Produkte sind hinreißend und einzigartig, Sunshine, ganz genau wie du.«

»Da seid ihr ja!« Jillian eilte auf sie zu. »Ich will unbedingt sehen, was ihr mitgebracht habt.«

Sam folgte ihr. »Hey, Graham, schön, dich zu sehen, Junge. Ich dachte, du wärst diese Woche in New York.« Er umarmte Graham und schlug ihm kräftig auf den Rücken.

»Wollte ich auch, aber –«

»Er hat sich verliebt«, fiel Jillian ihm ins Wort. »Sam, das hier ist Morgyn, Grahams bessere Hälfte. Sie wird morgen auch ihre Kreationen zeigen. Sam ist unser Cousin. Er lebt im Nachbarort und ist Eigentümer einer Firma für Abenteuerurlaube und Raftingtouren.« Sie klatschte in die Hände und sagte: »So, die Vorstellungsrunde haben wir abgehakt. Jetzt lasst uns an die Arbeit gehen.«

»Jilly, lass mich nur gerade Grahams bessere Hälfte begrüßen. Schön, dich kennenzulernen, Morgyn«, meinte Sam schmunzelnd.

»Graham hat mir von deiner Firma erzählt. Klingt nach Spaß.«

»Ich werde sie eines Tages mit auf den Fluss nehmen«, sagte Graham.

»Okay, genug geplaudert. Tut mir leid, Jungs, aber wir haben einige Stunden an Arbeit vor uns.« Jillian zeigte auf eine Reihe von Stoffwänden. »Ihr könnt die Sachen von Morgyn dahinter abstellen. Da werden wir die Models fertig machen. Dann fange ich mit Morgyn an und du kannst Sam bei der Beleuchtung helfen.«

»Du bist eine kleine Tyrannin«, murrte Graham halb scherzend.

Sam nahm Morgyn den Karton ab. »Ich kümmere mich darum.«

»Danke, Sam. Kannst du Graham den Übersichtsplan zeigen?« Jillian nahm Morgyns Hand und zog sie mit sich. »Wir sehen uns später. Ich muss Morgyn zeigen, wie das alles abläuft.«

»Mensch, ganz schön seltsam, zu sehen, wie meine herumkommandierende Schwester über ihr Reich herrscht.«

»Sie ist mit Leidenschaft dabei«, sagte Sam, »aber sie hat das hier alles voll im Griff. Warte, bis du den Übersichtsplan gesehen hast, den sie gezeichnet hat.«

»Was glaubst du, wen sie dabei mit reingezogen hat? Sie hat mich fast in den Wahnsinn getrieben, als wir die Pläne zusammen aufgestellt haben.« Graham stellte die Kartons in den dafür vorgesehenen Bereich und holte dann die anderen aus dem Pick-up.

Den Nachmittag verbrachte Graham damit, die Beleuchtung anzubringen, die Tontechnik zu testen und Hunderte andere Dinge zu erledigen. Er war schon bei mehreren von Jillians Modenschauen gewesen, aber dies war das erste Jahr, in dem sie die Veranstaltung nicht in ihrem Geschäft abhielt. In den letzten zwei Jahren hatte sie ihre Entwürfe in ausgefallenere Sphären ausgeweitet und ihr Einkommen damit verdreifacht. Graham war froh, seine Pläne geändert zu haben, und er machte sich im Geiste eine Notiz, auch im nächsten Jahr zu ihrer Modenschau zu kommen. Sie hatte hart für ihren Erfolg gearbeitet und er wollte sie unterstützen.

Am frühen Abend war die Arbeit erledigt und alle außer der Familie waren gegangen. Graham ging nach draußen, um einen Anruf von Knox entgegenzunehmen, und als er zurückkehrte, war es in der Lagerhalle ruhig. Er machte sich auf die Suche nach Morgyn. Da er sie während des Tages immer nur kurz aus der Ferne gesehen hatte, sehnte er sich nun umso mehr nach ihr.

»Hey, Bruderherz«, sagte Nick, der gerade aus der Toilette kam und die gleiche Richtung einschlug wie Graham. »Unglaublich, dass das alles hier für Jilly ist, oder?«

»Sie ist beeindruckend.«

»Deine Freundin aber auch.«

Graham sah ihn misstrauisch an.

»Keine Sorge, ich würde ihr niemals zu nah kommen. Ich konnte ein paar Minuten mit ihr reden, als ich geholfen habe, die Treppe hinter der Bühne zu verschieben. Sie hat gesagt, du hast einem Obdachlosen einen Job in Seattle verschafft.«

»Ich habe den Kontakt hergestellt. Ob er eingestellt wurde, habe ich noch nicht gehört«, erklärte er, als sie hinter die Stoffwände zu dem Umkleidebereich gingen. »Aber das war eigentlich Morgyns Idee. Sie hat sich mit einem Obdachlosen angefreundet und überlegt, wie man ihm helfen kann.«

»Sie hat so ein gutes Herz wie du.« Nick klopfte ihm auf den Rücken und sagte: »Das ist gut, Mann. Aber nicht, dass du mich noch mit diesem Liebeszeugs ansteckst. Eine Frau, die mir sagt, was ich zu tun habe, ist das Letzte, was ich gebrauchen kann.«

»So ist es nicht«, sagte Graham.

»Das behauptest du und Beau auch, aber ich will meine Theorie lieber gar nicht erst testen.« Er deutete mit einem Kopfnicken zu Jax, Jillian und Morgyn, die sich um einen Laptop herum versammelt hatten. »Sie skypen mit Beau, Char und Zev. Komm.«

»Da sind sie ja«, sagte Beau über den Bildschirm, als sie näher kamen.

Morgyn stand von ihrem Stuhl auf und ging zu Graham.

»Hey, Sunshine.« Der warme Druck ihrer Lippen verscheuchte den Stress des Tages. »Du hast mir gefehlt.«

»Du mir auch«, sagte Morgyn leise. »Beau erinnert mich an dich. Ich mag ihn und Char wirklich sehr.«

»Wir können euch beide hören«, sagte Jillian. »Also keine schmutzigen Gespräche.«

»Wartet mal!« Charlotte lehnte sich näher an den Bildschirm und forderte sie auf: »Ich kann immer ein paar unanständige Inspirationen für meine Bücher gebrauchen. Also nur zu!«

Graham lachte. »Vergiss es, Char. Tut mir leid. Schön, euch zu sehen. Wie läuft's in Colorado?«

»Besser denn je«, sagte Beau. »Wir stürzen uns in die Renovierungen des Gasthofs. Hast du dich schon wegen Belize entschieden?«

»Genau, ich muss wissen, ob ich dich da treffe oder nicht«, sagte Zev.

Jetzt mussten seine Brüder gerade das Thema anschneiden, über das er *nicht* reden wollte! »Noch nicht. Da muss eine Menge durchdacht werden.«

»Ich dachte, ihr fangt nächsten Monat an?«, fragte Beau. »Hat sich das Projekt verschoben?«

»Nein, aber es muss einiges berücksichtigt werden.« Er schaute zu Morgyn, die ihn aufmerksam beobachtete.

»Das verstehe ich nicht. Ich dachte, das ist das, was du wolltest, deine Geschäfte ausweiten und mehr international arbeiten, praxisbezogener tätig sein«, sagte Beau. »Vor ein paar Wochen warst du ganz aufgekratzt deswegen.«

Graham presste die Kiefer aufeinander und wünschte, dass sie einfach nur den Mund halten würden. Er hatte im Laufe des

Tages entschieden, dass er das Projekt wahrscheinlich nicht weiterverfolgen würde. »Es hat sich einiges geändert.«

»Was hat sich geändert?«, wollte Morgyn wissen. »Du hast gesagt, dieses Projekt würde Hunderten Bewohnern in einem Dorf helfen, deren Wohnsituation miserabel ist. Was könnte sich so sehr geändert haben, dass es dazu berechtigt, ihnen nicht zu helfen?«

Meine Güte, du jetzt auch noch? »Können wir später darüber reden?«

»Oh, oh«, meinte Zev. »Ich glaube, ich weiß, was sich geändert hat.«

Graham sah ihn wütend an.

Morgyns Blick huschte zwischen Zev und Graham hin und her. »Warte mal … ist es wegen *mir*?«

Er zog sie näher an sich und sagte: »Nein.«

Nick hustete, um sein »Schwachsinn« zu übertönen.

»Graham, du kannst es nicht wegen mir absagen«, empörte sich Morgyn. »Das will ich nicht. Diese Leute brauchen deine Hilfe.«

»Ich werde investieren«, versicherte er ihr. »Ich muss nicht vor Ort sein, um Geld zu geben.«

»Nein.« Sie löste sich aus seiner Umarmung. »Das kannst du nicht machen. Beau hat gerade gesagt, du wolltest praxisorientierter tätig sein. Das hast du mir auch gesagt, als wir uns kennengelernt haben. Warum solltest du das wegen mir aufgeben? Ich will dir *niemals* im Weg stehen, besonders nicht bei etwas wie diesem Projekt.«

»Meine Güte, Sunshine!« Er wollte nicht so ungehalten klingen, aber der Druck hatte sich seit Tagen angestaut, seit er versuchte, eine Entscheidung zu treffen. »Du hast den ganzen Kram mit deiner Firma am Hals, und ich werde nicht acht bis zehn Wochen abhauen und dich damit allein lassen. So jemand bin ich nicht. Ich liebe dich und ich will an deiner Seite sein. Ich will der Mann sein, auf den du dich verlassen kannst. Du kommst vor allen anderen, und ja, vielleicht ist das egoistisch, und vielleicht ist es jämmerlich, ein Problem mit Geld zuschütten zu wollen, anstatt meinen Hintern nach Belize zu schaffen und Teil der Lösung zu sein. Aber das Leben ist nicht immer gerecht und ich muss eine Wahl treffen. An deiner Seite zu stehen und dich auf diesem schwierigen Weg zu begleiten, oder abzuhauen und zu wissen, dass ich nicht der Mann bin, für den du mich gehalten hast.«

»Heiliger Strohsack«, flüsterte Jillian. »Jungs, wir sollten hier nicht –«

»Psst!«, gaben Jax und Nick gleichzeitig von sich.

»Du bist aus der Spur, Cracker. Deine Energie ist vollkommen aus dem Gleichgewicht geraten. Das fühle ich. Es ist nicht richtig.« Morgyn machte einen zittrigen Schritt nach vorne, mit Tränen in den Augen, und nahm seine Hände. Ihre Hände waren verschwitzt, und es machte ihn fertig, zu wissen, dass er der Grund für ihre Panik war.

Sie schluckte schwer und sagte: »Dann lass mich nicht allein. Sei der Mann, für den ich dich halte. Steh zu deinem Wort. Nimm mich mit. Es gibt zu viel Gutes, das wir tun können, als dass wir weglaufen oder das Projekt anderen überlassen können. Diese Menschen sind viel wichtiger als die Frage, wo ich meinen Kram verkaufe oder ob ich einen eigenen Laden habe. Mir ist in Seattle klargeworden, dass ich auch mehr tun möchte, um anderen zu helfen, Graham. Wir können das gemeinsam machen. Ich kann mein Mietverhältnis kündigen, anstatt es zu erneuern, und wir können überlegen, wie es mit meiner Firma weitergeht, wenn wir zurückkommen.«

»Oh, du liebe Zeit, das ist so süß«, flüsterte Charlotte.

»Ich werde nicht von dir verlangen, dein Leben so lang stillzulegen.« Er drückte ihre Hände, damit sie nicht so sehr zitterten. »Darum kann ich dich nicht bitten, Sunshine.«

»Wenn du nicht ohne mich gehen kannst, dann musst du mich auch nicht bitten. Ich gehe. Ich habe Ersparnisse. Ich habe mit dem Gedanken gespielt, den Eisenbahnwagen zu kaufen, aber das ist ein Luxus, den ich nicht brauche. Ein Flugticket kann ich mir leisten, und wie teuer kann es schon sein, an einem Ort zu wohnen, an dem sie ihr Essen selbst anbauen und jagen? Wir sind kein konventionelles Paar, Graham. Wir sind dazu bestimmt, uns dahin treiben zu lassen, wo wir gebraucht werden. Wir sind dazu bestimmt, etwas zu verändern. Das ist mir jetzt erst klargeworden, aber siehst du es nicht auch? Das Universum stellt uns auf die Probe, und es ist an uns, die richtigen Entscheidungen zu treffen.«

»Sunshine …« Er hatte einen Kloß im Hals. »Das ist eine Menge, was ich da von dir verlangen würde, und es fühlt sich egoistisch an.«

»Es wäre noch egoistischer, wenn du der Möglichkeit den Rücken kehren würdest, diesen Menschen zu helfen, um mit mir zusammen zu sein. Sie sollen nicht wegen mir benachteiligt werden. Wir haben mehr, als wir auf dieser Welt brauchen. Wir haben *zwei* Orte, an denen wir zu Hause sind, *zwei* wunderbare Familien. Wir sind so gesegnet.« Sie zuckte mit den Schultern, und ein Lächeln hob ihre Mundwinkel an, als sie sagte: »Dazu sind wir bestimmt. *Sieh es. Vertrau darauf. Akzeptiere es.* Richtig?«

Im gleichen Moment streckten sie die Hände nach dem anderen aus, und er sagte: »Immer«, als seine Lippen sich auf ihre senkten.

Applaus und Jubel ertönte um sie herum, und Jillian schlang die Arme um beide, als sie sagte: »Ich will auch haben, was ihr habt.«

»Das bedeutet dann wohl, dass ich für Belize packen muss«, meinte Zev.

»Das kommt mit Sicherheit in ein Buch!«, rief Charlotte und alle lachten.

»Das wird ein Bestseller«, kommentierte Graham ihr Vorhaben, und dann küsste er Morgyn noch einmal, bevor er sagte: »Ich könnte dich nicht mehr lieben, als ich es im Moment tue.«

»Schade«, meinte Morgyn. Dann stellte sie sich auf die Zehenspitzen und flüsterte: »Ich hatte darauf gehofft, dass du mir heute Nacht mit heißem Versöhnungssex zeigst, wie sehr du mich liebst.«

Achtzehn

In Morgyns Kopf hatte es seit gestern nicht aufgehört zu arbeiten. Sie und Graham hatten ihre Entscheidung, nach Belize zu gehen, mit einem Barbecue bei seinen Eltern gefeiert. Seine Mutter war nicht überrascht gewesen, dass Graham bereit gewesen war, für Morgyn auf seine Reise nach Belize zu verzichten, denn *Dein Glück ist zu seinem Glück geworden*, wie sie gesagt hatte. Sie vertraute Morgyn an, dass Graham schon immer der Schlichter in der Familie gewesen war und dass sie glaubte, das Baumhaus, das er und seine Brüder als Kinder gebaut hatten, war eines seiner Frieden stiftenden Unterfangen gewesen. Sie erzählte auch, dass es ein schweres Jahr gewesen war, in dem Beau und Nick beide permanent unter Teenager-Testosteron gestanden hatten und ständig aufeinander losgegangen waren. Durch das Projekt hatten sie etwas gehabt, auf das sie sich konzentrieren konnten, einen Grund zusammenzuarbeiten, und es hatte funktioniert. Während sie an dem Projekt arbeiteten, waren Beau und Nick einander wieder nähergekommen. Soweit Morgyn es an diesem Vormittag miterlebt hatte, standen sie sich noch immer so nah. Beau hatte Graham vor der Modenschau angerufen und sie hatten über eine Stunde lang miteinander geredet.

Jetzt war die Modenschau in vollem Gange. Mit den Models, die sich in Blitzgeschwindigkeit umziehen mussten und immer wieder über den Laufsteg gingen, den Lichtern und der Musik vibrierte das Lagerhaus in einem herrlichen Chaos. Freundinnen von Jillian präsentierten die Kleidungsstücke. Sie waren vielleicht keine Profis, aber hübsch genug wären sie dafür gewesen. Da waren zwei hinreißende Brünette, Gemma Gritt und Chelsea Helms; eine entzückende Blondine namens Jewel, die mit einem von Jillians Cousins aus Peaceful Harbor verheiratet war, Dixie Whiskey, eine große Rothaarige mit unfassbar langen Beinen und einer knallharten Ausstrahlung, und Dixies Freundin Isabel Ryder, die genau so aussah wie die Hauptdarstellerin aus *Blindspot*, einer von Brindles Lieblingsserien. Sie marschierten über den Laufsteg, als hätten sie ihr ganzes Leben lang schon gemodelt. Morgyn war noch nie auf einer Modenschau gewesen, und sie fand nicht, dass ihre Designs gut genug waren, aber die Frauen ließen ihre Kleider, Jeans, die Hippie-Schlaghosen und alles andere unfassbar kostspielig aussehen.

»Ich hab da draußen deinen Cowboy-Bruder gesehen. Ist er noch Single?«, fragte Dixie, als sie sich in eines von Jillians sexy Corsagenkleider schlängelte. Ihre feuerroten Haare sahen umwerfend zu dem schwarzen Leder aus, und ihre Tattoos verliehen dem Ganzen diesen zusätzlichen provokanten Touch, den Jillian in ihrer neuen Modelinie sehen wollte. Sie schaute zu Morgyn und sagte: »Da, wo du lebst, habt ihr bestimmt jede Menge heißer Cowboys.«

»Einige der heißesten«, antwortete Morgyn.

Jillian knöpfte die Corsage am Rücken zu. »Ich wusste nicht, dass du an Cowboys interessiert bist, Dix. Ich dachte, du bist auf Biker spezialisiert.«

Dixie winkte verächtlich ab. »Meine Familie hat den ›Dark Knights‹-Motorradclub gegründet. Falls ich je einen Mann in meinem Leben haben will, dann muss er entweder im Club oder aus einer ganz anderen Welt sein.«

»Dann hast du Pech.« Jillian drehte Dixie an den Schultern herum und betrachtete das Outfit von oben bis unten. »Nick ist in keinem Motorradclub, aber er reitet.«

»Perfekt«, kommentierte Dixie grinsend. »Zumindest für heute Nacht.«

»So genau will ich gar nicht wissen, was mein Bruder treibt. Jetzt geh da raus und zeig ihnen deinen entzückenden Hintern.« Sie schob Dixie zur Bühne.

»Morgyn, ist das gut so?« Gemma drehte sich vor ihr in einem von Morgyns Neckholder-Bustiers und einer Schlaghose.

»Fast!« Morgyn schnappte sich eine Handvoll Ketten und legte sie ihr um den Hals. Dann band sie ein buntes Band um Gemmas Stirn. »Meine Güte, durch euch sehen meine Sachen richtig heiß aus. Danke, dass ihr das macht.«

»Spinnst du? Verkleiden ist mein Beruf! Ich habe die Boutique Princess for a Day in Peaceful Harbor. Wir bieten dort Partys für Kinder an, bei denen sie für ein paar Stunden alles sein können, was sie sich wünschen. Komm mal vorbei und schau sie dir an. Wir könnten ein paar Hippie-Outfits zum Verkleiden für die Kinder gebrauchen. Vielleicht könntest du ein Hippie-Prinzessinnenkleid machen.«

»Liebend gern!«

»Aber nicht jetzt!« Jillian schubste Gemma Richtung Bühne. »Wir dürfen nicht den Zeitplan sprengen, Prinzessin. Zeig ihnen, wie fantastisch du aussiehst!« Sie drehte sich herum und sagte: »Das ist das letzte Outfit. Dann gehe ich raus, verbeuge mich und stelle dich vor. Bereit?«

»Bereit, in Ohnmacht zu fallen. Mein Herz hat den ganzen Tag nicht aufgehört, zu rasen«, sagte Morgyn, während sie gemeinsam zusahen, wie alle Frauen über den Laufsteg gingen. »Danke, dass du das Rampenlicht mit mir teilst. Das ist eine einmalige Gelegenheit, die ich ohne dich nie gehabt hätte, und das werde ich nie vergessen.«

»Du bist verrückt. Weißt du, wie schwer es ist, an so einzigartige Ware zu kommen? Jax hat dort draußen Käufer, die Schlange stehen, um nach der Show mit dir zu reden.«

»Käufer? Was heißt das?«

»Das heißt, dass sie Bestellungen aufgeben wollen, um deine Produkte in ihren Geschäften zu verkaufen. Jax und ich haben jede Menge Beziehungen. Wir machen dich zu einem Star! Seine Modenschauen sind riesige Events, die im ganzen Land stattfinden. Falls du je Hochzeitskleider entwerfen solltest, lass es ihn wissen, denn da kennt er sich aus. Wenn du doch nur nicht nächsten Monat nach Belize gehen würdest. Wir müssen noch ziemlich viel planen, um dein Kommissionsgeschäft bei den richtigen Leuten zu platzieren.«

Die Welle der Unterstützung durch Grahams Familie überwältigte sie. »Wir?«

Jillian verdrehte die Augen. »Ich habe doch versprochen, dir die Basics des Marketings beizubringen. Das brauchst du jetzt mehr denn je.«

Jillians Name wurde über den Lautsprecher angekündigt und Morgyns Nerven lagen blank.

»Das bin ich!«, sagte Jillian. »Wenn sie deinen Namen sagen, dann ist das dein Laufsteg. Kopf hoch, Brust raus, lächeln. Graham wartet da draußen auf dich. Konzentrier dich auf ihn und dann wird alles gut. Das ist deine Debütantinnenparty, Morgyn, und ich bin stolz darauf, die Bühne mit dir zu teilen!«

Jillian umarmte sie, eilte dann davon und ließ Morgyn in Panik zurück. Sie ging Jillians Anweisungen im Geiste durch: *Kopf hoch, Brust raus, lächeln.* Als ihr Name durch die Lagerhalle tönte, erstarrte sie.

Ein starker Arm legte sich um ihre Taille und sie erschrak.

»Komm, Sunshine. Das ist dein Moment.«

Grahams aufmunternde, tröstende Stimme ließ ihr Herz aufgehen. »Woher wusstest du, dass ich dich brauche?«

»Du bist ein Teil von mir. Ich werde es immer wissen.«

Graham beobachtete Morgyn aus der Ferne, während Jillian sie den Leuten vorstellte, von denen Graham wusste, dass sie ihre einflussreichsten Kunden waren. Morgyns Lächeln schwand keine Sekunde, als sie Hände schüttelte und errötete, weil sie unaufhörlich mit hochverdienten Komplimenten überschüttet wurde. Ihre Kreationen auf der Bühne zu sehen, hatte überwältigende Gefühle in ihm ausgelöst, aber als Morgyn zur Verbeugung zu Jillian gegangen war, hatte sein Herz seine Brust fast zum Bersten gebracht.

Neben ihm tauchte Jax auf, der in einem teuren dunklen Anzug und mit einer violetten Krawatte sehr stilvoll aussah. Seine Haare waren zurückgekämmt, und der perfekt gestutzte Dreitagebart ließ seine feinen Züge noch definierter wirken. »Das muss ich Morgyn lassen. Sie weiß, wie man einen Raum für sich einnimmt.« Er gab Graham einen Drink und sagte: »Wie fühlt es sich an, zu sehen, dass die Freundin sich in der Modewelt einen Namen macht?«

»Ist es komisch, wenn ich irrsinnig stolz auf sie bin? Du hättest sie heute Morgen sehen sollen, als wir erfuhren, dass John, der Obdachlose aus Seattle, für die Arbeit eingestellt wurde, für die ich ihn empfohlen hatte. Ein solches Strahlen war in ihrem Gesicht, dass ich dachte, so einen Blick sehe ich nie wieder. Aber das hier? Sieh sie dir an, Jax. Sie ist in ihrem Element und weiß es nicht einmal.«

»Ich habe mich gefragt, ob du es bemerkst. Sogar Jilly wirkt nervös, aber Morgyn nicht. Sie wirkt dankbar oder anerkennend. Die roten Wangen stehen ihr, sie sieht aber nicht nervös aus. Es macht sie nur noch sympathischer. Sie ist keine von diesen taffen Geschäftsleuten, an die sie gewöhnt sind. Glaubst du, ihr ist bewusst, dass die Käufer, mit denen sie redet, millionenschwer sind?«

Graham schmunzelte. »Ich nehme an, das wäre ihr egal.«

Eine andere Frage schwirrte in Grahams Kopf. Konnte ihr Timing für die Reise nach Belize überhaupt schlechter sein? Nun, da Morgyn die Aufmerksamkeit der Käufer erregt hatte, fragte er sich unweigerlich, ob sie die falsche Entscheidung getroffen hatten. Dies war erst der Anfang für Morgyn. Er wusste, wie selten gute Geschäftsgelegenheiten waren. Er lehnte fünfmal so viele ab, wie er annahm, und das Letzte, was er für sie wollte, war, dass sie etwas verpasste, was ihre Karriere in unerwartete Höhen pushen konnte.

»Und wie ist es mit dir?«, wollte Jax wissen. »Ist es dir egal?«

Das war eine gute Frage. Graham dachte darüber nach, während er einen Schluck nahm. Morgyn vertraute ihm vollkommen, so wie er ihr. Er musste sicher sein, dass sie den nächsten Schritt aus den richtigen Gründen gingen. Sie strahlte am hellsten, wenn sie anderen half oder das tat, was sie liebte. Er wusste, dass sie alles an ihrer Arbeit liebte, aber ihm war nicht klar gewesen, was ihr Enthusiasmus bei Profis in der Branche entfachen konnte.

»Schwere Frage?«, fragte Jax mit hochgezogenen Brauen.

»Ja, weil es mir überhaupt nicht egal ist, ob Morgyn glücklich ist. Allerdings ist mir das Prestige oder das Geld, das damit einhergehen könnte, vollkommen gleichgültig. Die Frage ist: Sollte es mir wichtig sein? Um ihretwillen?«

Jax zuckte mit den Schultern. »Du fragst einen Künstler. Ich weiß nur, selbst wenn sich meine Kleider nicht verkauften, würde ich sie trotzdem machen. Ich würde verhungern, aber dann würde ich zu dir ins Baumhaus ziehen, Eichhörnchen jagen, um was zu essen zu haben, und im Wald Nüsse und Beeren sammeln.« Er schaute zu Morgyn und sagte: »Dein Mädchen ist heiß, aber im Moment? Diese Mischung aus Selbstvertrauen und Verlegenheit? Ich wette, jeder von diesen Anzugträgern hat gerade einen Steifen.«

Graham presste die Kiefer aufeinander. »Wie wär's, wenn du deine Nüsse und dergleichen im Zaum und solche Gedanken für dich behältst?«

Als sie wenige Stunden später am Flughafen eintrafen, kämpfte Graham noch immer mit den Sorgen, die ihn den ganzen Tag geplagt hatten. Morgyn hatte seit der Modenschau unaufhörlich geplappert, davon geschwärmt, wie begeistert alle von ihren Kreationen gewesen waren, und wie geehrt sie sich gefühlt hatte, die Bühne mit Jillian teilen zu dürfen. Die Verabschiedung von seiner Familie war emotional für alle gewesen, am überraschendsten für *ihn*. Ihm war nicht bewusst gewesen, welche

Gefühle es in ihm auslösen würde, wenn seine Familie Morgyn so herzlich in ihren engen Kreis aufnahm.

»Ist es nicht verrückt, dass ich hier gerade in Tränen ausbreche?«, fragte Morgyn, als sie ihr Gate erreichten. »Seit wann bin ich so rührselig?«

Er nahm sie in den Arm und küsste ihre salzigen Tränen fort. »Du bist eben mein rührseliges Mädchen und du bist seit Tagen auf einem emotionalen Höhenflug.«

»Ich weiß, aber ich bin immer auf einem emotionalen Höhenflug«, erwiderte sie entschieden. »Es kommt gerade viel zusammen. Deine Familie ist mir schon so ans Herz gewachsen, ich will in deinem Baumhaus ebenso sehr leben wie in Oak Falls. Und obwohl wir nur für ein paar Tage getrennt sein werden, stimmt es mich trauriger als alles andere, und ich bin eigentlich immer positiv. Was also stimmt mit mir nicht?«

Er musste schlucken, denn er nahm sehr wohl wahr, dass sie nichts von ihrer Reise nach Belize gesagt hatte. »Du bist verliebt, Sunshine. Wie ich gehört habe, haut das die Stärksten um. Mich eingeschlossen.«

»Dann ist es das alles wert.« Sie schlang die Arme um ihn und hielt ihn ganz fest. »Ich werde heute Nacht wohl auf deiner Seite des Bettes schlafen müssen.«

»Meine Güte, Kleines. Diesen süßen, liebevollen Blick, mit dem du mich gerade ansiehst, werde ich so vermissen, ebenso wie deine krakenähnlichen Schlafgewohnheiten.« Er griff in seine Tasche und setzte ihr dann seine Glückskappe auf. Ein strahlendes Lächeln breitete sich in ihrem Gesicht aus und sie seufzte.

»Damit geht's mir gleich besser«, sagte sie und rückte die Basecap zurecht. »Ich liebe dich, Cracker. Viel Glück bei deinen Besprechungen in New York, und danke, dass du mich mit nach Seattle genommen hast. Du weißt, woran ich während meines Fluges denken werde?«

»An unseren Club-Beitritt?«

Ihre Finger krallten sich in sein Hemd, und ihr Blick verdunkelte sich, als sie flüsterte: »Hm, jetzt, wo du es sagst … Ich wollte sagen, wie unglaublich es sein wird, zusammen nach Belize zu reisen und all diesen Menschen zu helfen.«

Ihre Worte lösten den Knoten von Sorgen in ihm. Nach mehreren heißen Küssen sah er ihr hinterher, als sie über den Flugsteig verschwand, und hoffte inbrünstig, dass sie das Richtige taten.

Neunzehn

Seltsam beschrieb nicht einmal annähernd das Gefühl, am Mittwochmorgen ohne Graham an ihrer Seite aufzuwachen. Es war fast ebenso sonderbar wie die Rückkehr in ihren kleinen, glücklichen Ort, in dem es keine Obdachlosen gab und auch keine Millionäre, die um ihre Waren wetteiferten. Sie musste immerzu an die Menschen in dem kleinen Dorf in Belize denken, von denen Graham ihr erzählt hatte. Sie war als naives Kleinstadtmädchen abgereist und schon die wenigen Reiseziele der letzten Tage hatten Löcher in ihre sichere kleine Blase gestochen. Der Rest der Welt sickerte herein und breitete sich um sie aus. Sie war so damit beschäftigt, sich wieder an ihre Realität zu gewöhnen, in ihrem Gewächshaus nach dem Rechten zu sehen, sich um den Rotwildgarten zu kümmern und in ihrem Laden zu arbeiten, dass all diese unbehaglichen Gedanken beiseitegeschoben wurden. Sie war so von Dingen vereinnahmt gewesen, die erledigt werden mussten, dass ihr Herz aussetzte, als sie am Abend nach Hause kam und Grahams Wagen vor ihrem Haus sah. Eine Sekunde lang dachte sie, er wäre da, und umso schwerer war es dann, die Realität zu akzeptieren.

Sie telefonierten bis spät in die Nacht. Seine Stimme zu

hören, hatte ihre Sehnsucht gemildert, aber am Donnerstagmorgen vermisste sie ihn beim Aufwachen schon wieder. Nur dieses Mal, als sie in ihrem Laden arbeitete und überlegte, wie sie die Schließung ihres Geschäfts organisieren sollte, dachte sie darüber nach, wie viel sich geändert hatte – für sie und in ihr. Und diese Gedanken verstärkten ihr Unbehagen nur noch.

Sie hatte drei Wochen Zeit, um aus ihrem Laden auszuziehen, den Verkauf ihres Inventars auf Kommissionsbasis zu organisieren und herauszufinden, wer sich um ihre Pflanzen und den Rotwildgarten kümmern konnte, während sie in Belize waren. Konnte sie wirklich die Türen des Geschäfts schließen, in dem sie ihre Firma zum Leben erweckt hatte? Den Laden, auf den sie so stolz gewesen war? Ein Gefühl der Leere machte sich in ihrer Magengrube breit. Sie ließ sich auf einen Stuhl im hinteren Teil ihres Geschäfts nieder und dachte an die Käufer, die sie bei der Modenschau kennengelernt hatte. Sie war so in dem Moment aufgegangen, dass sie nicht das volle Ausmaß der Möglichkeiten realisiert hatte, die Jillian ihr zugänglich gemacht hatte. Einige der Käufer wollten ihre Produkte in ihr Sortiment aufnehmen. Einige wollten große Bestellungen aufgeben. Bestellungen, denen sie auf keinen Fall nachkommen konnte – und Bestellungen, die ihr die Freude an dem, was sie tat, rauben würden. Sie wollten nicht, dass sie mehrere Exemplare der gleichen Produkte herstellte. Das war nicht das Problem. Sie liebten die Einzigartigkeit ihrer Kreationen, aber sie wollten so viel davon, dass sie wie eine Wahnsinnige schuften müsste, um der Nachfrage nachzukommen.

Wäre sie undankbar, wenn sie sich entscheiden würde, nicht in diese Art von Massenproduktion einzusteigen?

»Ich muss verrückt sein«, sagte sie, als sie die Arme auf dem

Tisch verschränkte und die Stirn darauf ablegte.

»Nee, ich führe auch ständig Selbstgespräche.«

Morgyn hob erschrocken den Kopf, als sie Becketts Stimme hörte. In Jeans und T-Shirt kam er auf sie zu. Das Geräusch seiner Stiefel auf dem Boden war tröstlich vertraut – nicht, weil es seine waren, sondern weil sie mit diesem Geräusch aufgewachsen war. Cowboystiefel auf Gras, Kies, Linoleum, Parkett …

»Beckett, was machst du denn hier?«

»Ich freu mich auch, dich zu sehen«, sagte er, als er sich neben sie setzte und seine langen Beine von sich streckte.

»Tut mir leid«, sagte sie. »Mir geht so viel durch den Kopf, und ich habe nicht erwartet, dich hier zu sehen.«

Er dehnte den Hals zu beiden Seiten, so wie er es immer getan hatte, als er für die Oak Falls High Football gespielt hatte. Seine grünen Augen lagen mit einer Ernsthaftigkeit auf ihr, die sie daran erinnerte, wie entfernt sie in den wichtigsten Bereichen ihrer Beziehung voneinander gewesen waren. »Ich auch nicht.«

»Und warum bist du dann hier?«

»Du siehst gut aus, Morgyn. Besser als gut. Du siehst glücklich aus.«

Sie verdrehte die Augen. »Was willst du, Beck? Ich weiß, dass ich gerade alles andere als gut aussehe. Ich zerbreche mir über die verschiedensten Dinge den Kopf.«

»Du irrst dich, Morgyn.« Er stützte sich mit den Ellbogen auf seinen Oberschenkeln ab und rieb die Handflächen aneinander, wandte den Blick aber nicht von ihr ab. »Du fühlst dich vielleicht hin- und hergerissen oder hast viel um die Ohren, aber das ändert nichts daran, was ich sehe. Ich bin hier, um mich zu entschuldigen.«

»Warum …?«

»Mir hat mal jemand vor einiger Zeit gesagt, ich solle meine lächerlichen Träume aufgeben und einen vernünftigeren Weg einschlagen. Glücklicherweise hat es funktioniert. Aber dir zu sagen, das Gleiche zu tun, war falsch. Ich bin froh, dass du nicht auf mich gehört hast.«

»Beck, stirbst du etwa? Denn das hier klingt ziemlich nach einem Reinwaschen von Sünden und das musst du bei mir nicht. Es sei denn, du stirbst. Bist du krank?«

Er lachte und schüttelte den Kopf. »Nein, ich hab mich nie besser gefühlt. Als ich dich mit Graham auf der Hochzeit gesehen habe, habe ich mich wie der letzte Idiot verhalten.« Sie machte den Mund auf, um zu protestieren, aber er hielt die Hand hoch und sagte: »Können wir uns einfach darauf einigen und die Dinge beim Namen nennen? Ich war eifersüchtig. Nicht, dass ich dich zurückhaben will oder mich zwischen euch stellen will oder so etwas. Es hat mir einfach vor Augen geführt, dass ich mich geirrt habe.«

»Beckett …?«

»Es fühlt sich ziemlich grauenhaft hat, wenn einem klar wird, dass manche Dinge zu tief sitzen, als dass man sie verändern könnte. Du hattest recht, als du unsere Beziehung beendet hast, und du hattest recht, als du sagtest, ich würde dir nicht vertrauen. Damals dachte ich, du meintest, ich würde dir als Freundin nicht vertrauen, aber jetzt verstehe ich es. Du *wusstest*, dass ich deinen Fähigkeiten als Geschäftsfrau nicht vertraut habe, und du hattest recht, denn ich habe nicht alles in dir gesehen, Morgyn. Im Gegensatz zu Graham. Er sieht, wer du schon immer gewesen bist und wozu du bestimmt bist.«

Sie dachte, dass es wohl unangebracht wäre, wenn sie ihm zustimmte, daher schwieg sie weiter, fühlte sich dank seiner

Worte aber erleichtert.

»Wenn ich seinen Namen sage, leuchten deine Augen, als würde allein der Gedanke an ihn dein Leben besser machen. Ich freue mich für dich, Morgyn. Ich wollte nicht, dass du von hier weggehst und mich als Idioten in Erinnerung behältst, denn, na ja … Okay, vielleicht tust du es trotzdem. Aber unsere Freundschaft ist mir wichtig. Ich kann nichts daran ändern, wer ich bin oder wie ich mich verhalten habe. Auch nicht an den Dingen, die ich vorgeschlagen habe und die offensichtlich völlig daneben waren. Aber ich bin Manns genug, um mich zu entschuldigen.«

»Beckett, das ist wirklich nicht nötig, aber es bedeutet mir unendlich viel. Danke. Ich denke überhaupt nicht mit einem schlechten Gefühl an das, was wir hatten. Wir hatten eine gute Zeit. Wir sind in manchen Bereichen nur einfach zu verschieden.«

»Das macht dich zu so einem guten Menschen.« Er stand auf und sagte: »Du siehst das Gute in jedem und du vergibst einem die nicht so tollen Eigenschaften.«

»Deine geschäftlichen Ansichten machen dich nicht zu einem weniger guten Menschen, sie machen uns einfach zu nicht gut zueinander passenden Menschen. Aber wenn ein Luftikus wie ich einen so großartigen Mann wie Graham finden kann, dann gibt es auch für dich noch Hoffnung.« Sie stand auf und umarmte ihn. »Danke.«

»Hör zu, wenn du irgendetwas brauchst, während du weg bist, dann bin ich dein Mann. Ich kann deinen Hirsch füttern und Twylas sexy kleinen Hintern aus dem Blumenladen rüberschaffen, damit sie sich um deine Kräuter und den Garten kümmert. Ich werde sogar dafür sorgen, dass niemand Schindluder mit dem Spielhaus treibt, das du dein Zuhause nennst.« Er lachte über seine Fopperei, als sie zum Eingang des

Ladens gingen. »Möchtest du mir von den Gedanken erzählen, die dich wahnsinnig machen?«

»Danke, aber ich finde schon eine Lösung.«

Es würde wahrscheinlich helfen, darüber zu reden, aber Beckett war nicht der Mensch, mit dem sie ihre Überlegungen diskutieren wollte. Während Beckett Vergebung suchte, musste sie sich überlegen, ob sie den größten Fehler ihrer Karriere machte, indem sie fortging, wenn sie gerade durchstartete – oder ob es die beste Entscheidung ihres Lebens war, wenn sie ihrem Herzen folgte.

Graham klappte seinen Laptop zu und trat auf den Balkon seines Hotelzimmers hinaus. Es war eine feuchte, stickige Nacht. Eine Nacht, wie sie sie wahrscheinlich oft in Belize erleben würden, mit dieser drückenden Hitze, die die meisten Leute nach klimatisierten Räumen suchen ließ. Sein Blick glitt über die Lichter der Stadt, und seine Gedanken wanderten zu Morgyn, wie schon die gesamten zwei vergangenen Tage voller Besprechungen. Ein Wunder, dass er überhaupt mit allem hatte mithalten können.

Sie würde niemals klimatisierte Räume der Abendhitze vorziehen und sie würde den Ausblick genießen. *Das Zimmer allerdings würde sie hassen.* Er lächelte. Himmel, er vermisste sie. Er konnte nicht ausblenden, dass er sie von allem wegriss, was ihr gerade angeboten wurde. Während des Essens mit Josh und Knox hatte Knox ihm angeboten, sich ohne ihn um Belize zu kümmern. Fast wäre Graham auf das Angebot eingegangen, aber er kannte Morgyn zu gut. Sie war dazu bestimmt, anderen zu helfen und ihr Licht bis in alle Ecken der Welt zu tragen.

Das Problem war, dass er nicht wusste, ob sie jemals glücklich sein konnte, wenn ihr diese beruflichen Möglichkeiten entgehen würden. Er hatte Josh um Rat gefragt, von dem er wusste, dass er sich für die Liebe und gegen geschäftliche Vorteile entschieden hatte, als er sich in Riley verliebt hatte. Als weltweit renommierter Modedesigner bewegte er sich in ganz anderen Sphären als Morgyn. Aber er hatte auch irgendwo anfangen müssen und er kannte die Tücken von verpassten Gelegenheiten. Joshs Rat hatte überzeugend geklungen. *Die Mode ist ein unbeständiges Geschäft. Die Trends von heute sind morgen vergessen. Aber wahre Liebe kann Zeit und Entfernung überstehen.*

Graham zog das Handy aus der Tasche und rief Morgyn an. Er musste ihr die Möglichkeit geben, mit voller Kraft in das Geschäft mit den Käufern einzusteigen.

Sie ging nach dem ersten Klingeln dran. »Hey, Cracker! Rate mal, was ich gerade mache?«

Er lachte und setzte sich auf einen Stuhl. »Du sitzt im Mondschein und schmachtest nach mir?«

»So etwas in der Art.« Die Heiterkeit der Begrüßung schwand aus ihrer Stimme. »Ich trage deine Cap und dein Lieblingsshirt und vielleicht sitze ich auch auf dem Dach deines Wagens.«

»Ich wünschte, ich wäre bei dir. Schaust du in den Sternenhimmel?«

»Mhm. Die größten Antworten des Lebens stehen in den Sternen.«

»Was höre ich da in deiner Stimme, Sunshine? Du klingst irgendwie niedergeschlagen. Worüber denkst du nach?«

»Mir geht's gut«, sagte sie leise. »Bin nur müde. Die letzten

Tage waren verrückt, und das holt mich jetzt ein, das ist alles.«

Gut gehörte nicht zu Morgyns Wortschatz. *Gut* war etwas für die Menschen, die die Bedeutung von *wundervoll, herrlich* oder auch *leicht* nicht kannten. *Gut* war etwas für die Leute, die keine Auren sahen und keine Energien spürten, die ihre Mitmenschen umgaben. Vor zwei Wochen noch war er sich solcher Dinge auch nicht bewusst gewesen, aber wenn es um Morgyn ging, spürte er alles.

»Überlegst du, ob es richtig ist, deinen Laden zu schließen?«

»Irgendwie schon«, gestand sie. »Aber ich denke, das ist auch ganz normal. Es ist eine große Veränderung.«

Normal oder nicht, es brachte ihn um. »Wir müssen nicht – «

»Cracker, nein! Wir haben darüber geredet. Wir machen das, wozu wir bestimmt sind. Übrigens … Beckett kam heute zu mir in den Laden.«

Obwohl er wusste, dass sie nicht an Beckett interessiert war, zog sich seine Brust zusammen.

»Er hat sich dafür entschuldigt, dass er mir gesagt hat, ich soll meinen Laden dichtmachen. Er hat sich wirklich viele Gedanken gemacht und er freut sich für uns. Er hat auch angeboten, zu helfen, während wir fort sind. Das war eine große Geste, und ich bin froh, dass er es gemacht hat, auch wenn es nicht nötig gewesen wäre. Ich glaube, er weiß, dass du der *Traumfänger* bist und ich das *Mädchen* und dass unser Leben in den Sternen geschrieben steht.«

»Wenn das eine Metapher ist, bin ich aufgeschmissen.«

»Das ist ein Lied. ›Written in the Stars‹ von der Band The Girl and the Dreamcatcher. Das sind *wir*, das ist unser Leben.«

»Warum klingst du dann so niedergeschlagen?«

»Ich bin nicht niedergeschlagen. Ich stelle mich ein. Ich

richte meine Gedanken und Energien aus.«

Er erinnerte sich daran, was sie am Flughafen darüber gesagt hatte, dass sie sich ausgerichteter fühlte, und sagte: »Ich habe ein Heilmittel gegen falsche Ausrichtungen.« Er grinste und fragte: »Möchte die Kleine einen Cracker haben?«

Ihr wohlklingendes Lachen hallte durch das Telefon. »Ja! Die Kleine möchte einen großen Cracker haben! Ganz viele.«

»Heißer Vermiss-dich-Sex steht auf dem Programm.«

»Du weißt, wie man eine Frau auf andere Gedanken bringt.«

»Es tut so gut, dein Lächeln zu hören, Sunshine.«

»Schön. Erzähl mir schmutzige Dinge und dann hörst du mehr als nur ein Lächeln.«

Und schon hatte sie ihn abgelenkt. »Vielleicht sollte ich von dem Balkon runterkommen.«

»Auf dem Balkon kommen?«, fragte sie mit rauer Stimme nach. »Das klingt nach einem Plan. Ich wünschte, ich wäre dort, um dir dabei zu helfen.«

»Ich rufe dich gleich wieder an.« Er beendete das Gespräch und startete sofort einen Videoanruf. Ihr schönes Gesicht erschien auf dem Bildschirm. Sie lag auf dem Rücken, die Haare flossen unter seiner Basecap hervor. Er hatte nicht gewusst, dass die Stimme von jemandem oder der Anblick eines Lächelns die beruhigende Kraft haben konnte, die er brauchte. Aber es gab viele Dinge, die er nicht gewusst hatte, bevor das Universum sie in die Umlaufbahn des anderen geführt hatte – wie auch die Tatsache, dass das Universum die Macht hatte, sie überhaupt zueinander zu bringen.

Zwanzig

Trotz ihres Gesprächs mit Graham hatte Morgyn nur unruhig geschlafen. Sie hatte sich so in das Laken verdreht, dass sie von der Matratze gerollt und auf den Boden geplumpst war. Sie war zurück ins Bett gekrochen und hatte versucht, auf *seiner* Seite des Bettes wieder einzuschlafen, aber es roch so sehr nach ihm, dass sie ihn nur noch mehr vermisste. Sie starrte an die Decke, bis das erste Licht durch das Fenster kroch und sie entschied, dass es eine annehmbare Zeit war, um in die Scheune zu gehen. Aber egal wie sehr sie auch versuchte, sich zu konzentrieren, so sprangen ihre Gedanken doch von einer Frage zur nächsten. *Treffe ich die richtigen Entscheidungen für meine Firma? Was ist, wenn der Kommissionsverkauf nicht funktioniert? Kann ich nach Belize noch einmal neu starten? Wo und wie kann ich mich nach Belize mehr engagieren, um Menschen zu helfen?* Das alles machte es ihr unmöglich, sich auf irgendein Projekt zu konzentrieren. Letztendlich beschloss sie, einen kleinen Spaziergang zu machen, um einen klaren Kopf zu bekommen.

Die Sonne wärmte sie, als sie an den Eisenbahngleisen entlangging – in ihren Plüschpantoffeln, die sie aus Versehen angelassen hatte. Sie hielt das Gesicht in die Sonne und atmete tief durch, während sie versuchte, ihre Gedanken zu sortieren, die immer noch wie hektische Schmetterlinge wild herumflatterten. Sie musste über alles reden, aber nicht mit Graham. Sie hatte am Abend zuvor die Sorge in seiner Stimme gehört, aber er sollte nicht denken, dass sie ihre Reise nach Belize hinterfragte. Mit ihm zusammen sein zu wollen, war das *Einzige*, dessen sie sich sicher war.

Sie überlegte, ob sie ihre Mutter anrufen sollte, aber ihre Mutter war gestern bei ihr im Laden vorbeigekommen und hatte sich so über Morgyns Pläne gefreut, dass Morgyn sich fragte, ob sie ihr die Wahrheit bezüglich ihrer Zweifel erzählen würde. Sie vertraute ihren Eltern, wusste aber auch, dass sie vor allem ihr Glück wollten.

Sie hatten sie so erzogen, dass sie ihrem Instinkt und ihrem Herzen vertraute.

Morgyns Instinkt sagte ihr, dass sie mit jemand anderem darüber reden musste. Sie spielte mit dem Gedanken, Sable oder Amber anzurufen. Sie hatten ihre eigenen Unternehmen, aber Sable würde ihr sagen, dass sie keinem Mann folgen sollte – niemals –, und Amber würde nicht ihre Gefühle verletzen wollen, indem sie etwas Falsches sagte. Sie würde Vorsicht walten lassen und ihr wahrscheinlich raten, das zu tun, was sich richtig anfühlte. Pepper würde sie belehren, wobei sie am Ende wahrscheinlich ratloser war als zuvor, und Grace wollte sie nicht in den Flitterwochen stören.

Sie musste Brindle anrufen.

Brindle war vielleicht kein Beziehungs-Profi, aber sie war immer ehrlich. Im Moment brauchte Morgyn Ehrlichkeit mehr als alles andere. Jemanden, der die Fragen auf den Punkt brachte und die Antworten sortieren konnte.

»Hey, Morgyn«, begrüßte sie ihre Schwester am anderen Ende der Leitung. Sie klang müde.

»Brin? Was ist los? Oh Mist! Ist es da mitten in der Nacht oder so? Du weißt, ich habe keinen Plan von den Zeitunterschieden.«

»Nein, wir sind nur sechs Stunden weiter als ihr.«

»Gut. Bist du in Ordnung? Du klingst, als hättest du einen Kater.«

Brindle seufzte. »Mir geht's gut. Ich war die ganze Nacht wach und habe mit André geredet.«

»Geredet, klar. Tut mir leid. Ich kann auflegen.«

»Nein, nicht. Wir haben wirklich nur geredet! Ich war einsam und brauchte jemanden zum Reden, und er macht gerade eine Menge durch. Er ist Arzt, sehr einfühlsam und tiefsinnig, und – das wird dir gefallen – er ist auch Künstler. Wenn du denkst, ich sei theatralisch, dann solltest du diesen Kerl mal kennenlernen. Du fändest ihn toll. Er redet ständig von der Kraft des Universums und außerdem ist er verdammt heiß. Und damit meine ich *so richtig* heiß!«

»Wie gesagt … Ganz bestimmt habt ihr nur geredet.«

»Ich kann schon auch einen männlichen Freund haben, ohne mit ihm zu schlafen«, bekräftigte Brindle. »Sein Freund Mathieu dagegen … Das ist eine andere Geschichte. Ich muss mich vielleicht mit einem großen Glas Champagner betrinken.«

Morgyn lachte und balancierte auf den Gleisen, wie sie es als kleines Mädchen getan hatte. Ein warmer Windhauch streichelte ihre Haut, und sie hatte das Gefühl, als wachte ihr Großvater über sie.

»Aber André ist ein großartiger Typ«, sagte Brindle. »Man kann wirklich gut mit ihm reden. Er trauert immer noch einer Beziehung hinterher, die vor Ewigkeiten in die Brüche gegangen ist, und er lässt die ganze Verzweiflung in seine Kunst fließen. Ich versuche ihm dabei zu helfen, über sie hinwegzukommen.

Aber warum über verschüttete Milch weinen, oder?«

Eine Spur von Traurigkeit schwang in ihrer Stimme mit, doch noch bevor Morgyn etwas antworten konnte, redete Brindle schon weiter.

»Seine Ex ist uns irgendwie ähnlich. Sie hat kein Interesse daran, zu heiraten, aber sie hat auch kein Interesse daran, an einem Ort zu bleiben. Ich *mag* Oak Falls. Ich habe es nicht eilig, für immer von dort wegzugehen.«

»Ich dachte auch nicht, dass ich das wollte«, gab Morgyn zu. »Aber nachdem ich mal weiter als einen Steinwurf gereist bin, ist mir klargeworden, wie klein und beschützt Oak Falls ist.« Sie erzählte Brindle von ihrem Trip nach Seattle, ihren Begegnungen mit John und Knox, ihren Ideen für das Grundstück dort und dann von ihrer Zeit in Pleasant Hill mit Grahams Familie. Sie behielt die Neuigkeit über Belize und die Schließung ihres Ladens für sich. Sie spürte, dass Brindle mit etwas kämpfte, und ihre Schwester wollte sie immer beschützen, daher entschied Morgyn, ihr nicht noch mehr zu erzählen, über das sie sich Sorgen machen musste.

»Klingt, als sei seine Familie toll.«

»Das ist sie. Sie ärgern sich ständig gegenseitig wie wir auch. Ich fühle mich sehr wohl bei ihnen, und die Modenschau war wunderbar, aber ich weiß nicht, ob ich so in diese Welt passe wie Jilly.«

»Ach komm. Du bist doch kein Modenschau-Typ. Du schaffst etwas und glaubst, dass es den einen besonderen Menschen gibt, für den es bestimmt ist, und dass das Universum beide irgendwie vereint.«

Morgyn erreichte den Zugfriedhof und ihre Stimmung besserte sich. »Weißt du was? Du hast recht. So bin ich. Aber die Käufer, mit denen Jilly mich bekannt gemacht hat, machen riesige Angebote für meine Produkte. Wäre ich nicht undankbar oder blöd, wenn ich einigen von ihnen absage?«

»Nein. Du wärst *du*, Morgyn. Du bist nicht wie alle anderen, und du bist der dankbarste Mensch, den ich kenne. Du bist dankbar für die Sonne und den Mond und alles, was hübsch ist und sich treiben lässt. Ich dagegen … Ich habe ernste Probleme mit der Dankbarkeit. Aber ich arbeite daran.«

»Nein, hast du nicht«, widersprach Morgyn, als sie durch das hohe Gras zu dem roten Begleitwagen stapfte. »Was ist wirklich los? Du kannst mit mir reden.«

»Ich weiß«, sagte sie leise.

Schweigen breitete sich zwischen ihnen aus, und gerade als Morgyn weiterreden wollte, fuhr Brindle fort: »Ich komme nicht am Ende des Sommers zurück. Ich brauche Zeit, um mein Leben zu überdenken.«

»Was ist mit deiner Arbeit?« Morgyn war schockiert. »Anfang September geht die Schule weiter. Brindle, setz deinen Job nicht aufs Spiel.«

»Das habe ich schon geregelt. Sie besorgen sich eine Vertretung. Solange ich zum ersten November zurück bin, ist meine Stelle gesichert.«

»Wie bitte? *November?* Brindle, bitte sag mir, was los ist! Das ist wirklich *sehr* lang.«

»Manche Dinge können nicht aufgeschoben werden. Ich brauche diese Zeit fern von allem, um herauszufinden, wer ich bin und wer ich sein möchte.«

»Sag mir nur eins: Muss ich mir Sorgen machen? Ich wollte mit Graham nach Belize gehen, aber das kann ich absagen und nach Paris kommen.«

»Wow! Belize? Wann ist denn *die* Idee entstanden? Und was ist mit *deiner* Arbeit?«

Morgyn erzählte ihr von dem Projekt in Belize und dass sie, noch bevor diese Gelegenheit aufkam, überlegt hatte, ihren Laden zu schließen und ihre Waren auf Kommissionsbasis zu verkaufen. »Diesen Menschen zu helfen, ist viel wichtiger als mein Laden, und auch wenn ich die Mieterhöhung stemmen könnte, würde es bedeuten, wie du auch in unserem letzten Gespräch gesagt hast, dass ich viel mehr arbeiten müsste. Mache ich das Richtige? Wenn ich meinen Laden aufgebe? Wenn ich auf Kommissionsbasis verkaufe? Was ist, wenn das nicht funktioniert und ich ganz von vorne anfangen muss? Was soll ich mit den Angeboten von den Käufern machen? Ich will meine Sachen weiterhin verkaufen, aber ich will nicht nur aufs Geld schauen. Ich will Menschen helfen, aber wie soll ich das machen, wenn ich hier feststecke? Und ich passe nicht einmal mehr nach Oak Falls, Brin! Findest du, ich bin verrückt? Dass ich nach Belize gehe? Soll ich nach Paris kommen?«

»Wow! Das sind eine Menge Fragen. Komm *nicht* nach Paris und du bist nicht verrückt. Ich finde, du bist mutig. Du bleibst deinem Herzen treu, und das ist nicht immer einfach. Ich hoffe, ich lerne das auch noch.«

»Ich wünschte, es gäbe ein Zeichen, weißt du? Etwas, das mir zeigt, dass ich den richtigen Weg einschlage.«

Fernbeziehungen sind etwas für Vögel, dachte Graham, als er um elf Uhr am Freitagmorgen den Taxifahrer vor Morgyns Haus bezahlte. Er stieß die Tür auf, während der Fahrer schon seine Taschen aus dem Kofferraum holte. Als das Taxi wegfuhr, rief er Morgyns Namen und rannte zur Haustür. Der Abend gestern war ätzend gewesen, und Morgyns Eingeständnis, was ihren Laden betraf, hatte ihn die ganze Nacht beschäftigt. Er hatte versucht, sie anzurufen, bevor er ins Flugzeug gestiegen war – und mehrmals nach der Landung –, aber sie ging nicht ans Telefon. Bei ihrem Laden war er vorbeigefahren, doch der war geschlossen, dabei hoffte er, sie zu erwischen, bevor sie irgendwelche Pläne in die Tat umsetzte.

Er rauschte zur Haustür hinein und rief: »Morgyn?«

Nichts.

Mist.

Er stürmte wieder hinaus und um das Haus herum. Vor dem Gewächshaus lagen neue Kräuter zum Trocknen, doch von Morgyn war nichts zu sehen.

»Sunshine?«, rief er noch einmal, als er Richtung Scheune ging.

Er zog das Tor auf, und obwohl auf den Tischen das übliche Chaos herrschte, war sie nirgendwo in Sicht. Er ging zum Rotwildgarten und rief Sable auf dem Weg dorthin an.

»Hallo, ich bin bei Sunsh… bei Morgyn und kann sie nicht finden. Hast du sie gesehen?« Er fluchte leise, als er am Rotwildgarten ankam und sie auch dort nicht war.

»Ich dachte, du kommst erst morgen Abend wieder?«

»War auch so geplant. Aber jetzt bin ich hier. Weißt du, wo sie ist?«

»Oh, oh … Probleme im Land der Liebenden?«

»Nein. Ich bin nur –« Sein Blick fiel auf die Eisenbahngleise. »Schon gut. Ich glaube, ich weiß, wo sie ist. Trotzdem danke.«

Er beendete das Gespräch und rannte mit bis zum Hals schlagendem Herz die Gleise entlang. Wenn sie noch immer auf dem Zugfriedhof war, dann musste sie noch aufgewühlter sein, als er angenommen hatte. Als er die Eisenbahnwagen sah, sprintete er zu dem Begleitwagen.

»Morgyn?«, schrie er im Laufen, und sein Magen zog sich zusammen, als er die verlassene Plattform sah.

Er kletterte hinauf und sah in den Wagen. Morgyn lag bäuchlings auf einer Bank, ein Bein und ein Arm hingen hinunter. Ihr Kinn ruhte gefährlich aufrecht auf dem Rand der Bank. Sein Lieblingsshirt war um ihre Taille geknüllt und zeigte ihren wunderschönen Hintern in einem knallgelben Slip mit »Kiss My Ass« in schwarzen Buchstaben darauf.

Sie schlief wie eine Tote.

Genau in dem Augenblick, als ihm dieser Gedanke kam, drehte Morgyn sich auf die Seite und über den Rand der Bank hinweg. Graham hechtete nach vorn, um ihren Fall abzufangen, sodass sie auf ihm landete – ihre Hüfte traf schmerzhaft auf eine sehr empfindliche Stelle. Er stöhnte auf.

Sie hob den Kopf und blinzelte mehrere Male. »Träume ich? Oder ist es Samstag?«

»Freitag«, stieß er mühsam hervor und drückte ihren Körper von sich. »Deine Hüfte …«

»Entschuldige!« Sie rutschte von ihm herunter, als er sich aufsetzte. »Hast du *Freitag* gesagt?«

Sie kreischte und sprang auf, um auf seinen Schoß zu klettern. Reflexartig legte er die Hände schützend über seine Leistengegend und sie hielt inne.

»Ups«, meinte sie und setzte sich neben ihn.

Hingerissen von ihrem süßen Lächeln drückte er seine Lippen auf ihre.

»Du hast mir gefehlt«, sagte er und dann rieb er seine Nase an ihrer.

Ihr atemloser Seufzer lockte seine Lippen wieder auf ihre. Er schob die Hand in ihren Nacken, genoss ihren Geschmack und die sexy, hungrigen Laute, die sie von sich gab. Dort, auf dem kalten und dreckigen Boden des Eisenbahnwagens, mit der Sommerhitze, die sich schwer auf sie legte, und seiner Sunshine im Arm, schwanden seine Sorgen allmählich. Sie hatte diese Wirkung auf ihn, beruhigte sein hyperaktives Hirn und raubte ihm dann endgültig die Fähigkeit zu denken. Aber als ihre Lippen sich voneinander lösten und er ihr in die Augen schaute, erinnerte er sich daran, warum er Knox die restlichen Termine überlassen hatte und in New York in ein Flugzeug gestiegen war. Er erinnerte sich an die seelischen Qualen, die er bei dem Gedanken empfunden hatte, für Morgyns Unwohlsein oder Unglück verantwortlich zu sein.

»Es tut mir leid«, sagte er. »Wir überstürzen es viel zu sehr. Du musst all diese Entscheidungen nicht jetzt treffen. Wir können das mit Belize lassen. Ich kann dir helfen, deine Miete zu zahlen, bis du entscheidest, was für dein Unternehmen das Beste ist. Ich kann alles tun, was du brauchst, Sunshine, aber ich werde nicht der Grund für deine Probleme sein.«

Sie wirkte verwirrt oder noch nicht ganz wach. »Wovon redest du?«

»Gestern Abend hast du gesagt, dass du dir nicht sicher bist, was die Schließung deines Ladens angeht.«

»Was ich damit mache, nicht, ob ich mit dir nach Belize gehen will. Und wenn du denkst, ich würde dich meine Miete bezahlen lassen, dann hast du den Verstand verloren. Mir das anzubieten, ist sehr aufmerksam von dir, besonders da du Berufliches und Privates lieber trennst, aber auf keinen Fall, Cracker.« Sie schüttelte den Kopf und sagte: »Ich habe immer alles selbst und auf meine Art bezahlt, und ich habe immer das getan, was ich für richtig hielt. Mit dir nach Belize zu gehen, ist zu einer Milliarde Prozent das Richtige.«

»Ist es das?« *Dem Himmel sei Dank!*

»Ja! Findest du nicht? Aber ich war mir bei anderen Dingen unsicher. Ich mag Jilly unglaublich gern, und ich bin so dankbar für alles, was sie für mich getan hat und noch immer tut. Ich möchte meine Sachen in ihren Geschäften verkaufen, und ich will mit einigen ihrer Käufer zusammenarbeiten, aber ich kann nicht alle Angebote annehmen. Und ich will meinen Laden *nicht* am gleichen Ort weiterführen. Von der Sekunde an, in der ich nach Oak Falls zurückgekehrt bin, war mir klar, dass ich nicht derselbe Mensch bin wie vorher. Ich kann nicht in diesem kleinen Ort sitzen und so tun, als gäbe es nicht die Millionen Menschen da draußen, die Hilfe brauchen. Es wäre eine unsinnige Ausgabe, mehr Miete zu bezahlen, wenn ich das Geld nutzen kann, um anderen zu helfen oder um zu reisen und ihnen so zu helfen. Ich brauche nicht viel und zusammen haben wir mehr als die meisten Menschen – zwei Häuser, zwei Autos, zwei wunderbare Familien.«

Sie sah auf seinen Schoß hinab und fragte: »Kann ich da jetzt sitzen, wenn ich vorsichtig bin?«

Er hob sie auf seinen Schoß. »Bist du dir sicher, Sunshine, bei all dem?«

»Sicherer als bei allem, was ich je zuvor zu entscheiden hatte. Ich hatte einen Traum, genau bevor du mich geweckt hast. Mein Großvater und ich standen auf den Gleisen und sahen an ihnen entlang in die Ferne. Im Traum sagte er nichts, aber ich erinnerte mich daran, wie er mir immer erzählte, dass er es an der Eisenbahn immer am meisten geliebt hat, an den Gleisen entlangschauen zu können und dieses Gefühl der *Grenzenlosigkeit* zu genießen. Er hat mir in meinem Traum den Weg gezeigt, Graham. Das Universum hat mich schon immer in diese Richtung geführt, nur habe ich es nicht erkannt.« Ihre Augen leuchteten auf. »Life Reimagined! Der Name von meinem Laden: das Leben neu erdacht! Das ergibt doch Sinn, oder? Mein Drang, Dingen einen neuen Zweck zu verleihen, gebrauchte Gegenstände zu etwas Besonderem für den nächsten Besitzer zu machen? Das alles beruht auf einem größeren Bedürfnis zu helfen. Ich weiß nicht, wie sich das alles fügen wird, aber zwei Dinge weiß ich sicher: Ich kam auf die Welt, um anderen zu helfen, und ich bin dazu bestimmt, es an deiner Seite zu tun. Das ist mein Leben – *unser Leben* – neu erdacht.«

»Himmel, ich liebe dich, Sunshine, und ich kann es nicht abwarten, mich auf dieser Welt mit dir treiben zu lassen.«

»Gut«, sagte sie und schmiegte sich an ihn. »Dann zeig mir, wie sehr. Wir müssen sicherstellen, dass ich gerade eben nichts Wichtiges beschädigt habe.«

Als ihre Münder zueinander fanden und sie an ihrer Kleidung zerrten, wurde Grahams Wunsch von dem Brunnen in Romance, Virginia wahr – *Ich hoffe, unsere gemeinsamen Abenteuer werden nie enden.*

»Fühlt sich seltsam an, so viel anzuhaben«, sagte Morgyn, als sie und Graham über die Wiese hin zu der Scheune der Jerichos gingen.

An diesem Abend war die Scheune für ihre alljährliche Halloween-Party mit Ketten aus schwarzen und orangenen Lampions beleuchtet und mit Strohpuppen, Zombies, Hexen, Gespenstern und falschen Spinnweben dekoriert. Morgyn freute sich darauf, endlich wieder ihre Eltern in die Arme zu schließen und ihre Geschwister zu sehen. Sie und Graham waren am Abend zuvor aus Belize zurückgekehrt – nach zehn wundervollen, lebensverändernden Wochen, in denen sie so luftige Kleidung wie möglich getragen hatten, um die Hitze erträglich zu machen. Sie hatten an der Seite der Dorfbewohner, der Freiwilligen und einer Reihe von Profis von morgens bis abends gearbeitet. Knox war unglaublich großspurig, aber er war auch herzlich und witzig. Er hatte beschlossen, noch etwas länger in Belize zu bleiben, *um sich über sein Privatleben klarzuwerden*. Anscheinend war die Frau, der er nach einigen Wohltätigkeitsveranstaltungen nähergekommen war, ihm doch wichtiger, als er anfangs hatte durchblicken lassen. Der arme Kerl hatte sich vollkommen in sie verguckt. Sage und Kate

Remington blieben ebenfalls. Sie waren so unglaublich sympathisch, wie Graham gesagt hatte, und Sadie war mehr als entzückend. Zu Beginn ihrer Reise hatte Morgyn sich eine Lebensmittelvergiftung eingehandelt, und wie von Graham vor langer Zeit versprochen, hatte er ihr die Haare zurückgehalten.

Es war nicht immer angenehm oder einfach gewesen, aber sie würde alles noch einmal ganz genau so machen, um einer solch liebenswürdigen und interessanten Gemeinschaft zu helfen.

»Ich verspreche dir, dass ich dich von diesem Kostüm befreie, sobald wir zu Hause sind«, sagte Graham, und dann küsste er sie, um erneut Funken unter ihrer Haut zu entzünden.

Sie wartete darauf, dass die Spannung zwischen ihnen schwand, so wie es von Paaren oft berichtet wurde, aber ihre Verbindung war sogar noch stärker geworden. Anderen zu helfen, hatte sie einander nicht nur nähergebracht, es hatte auch größere Träume von noch mehr Menschen entfacht, denen sie helfen konnten. Knox, Sage und Kate wollten sich auch für andere einsetzen, und zusammen hatten sie viel Zeit damit verbracht, zu überlegen, wie sie das umsetzen konnten. Es war ein herrliches Gefühl, einen Mann zu lieben, dem andere ebenso wichtig waren wie ihr selbst, und zu wissen, dass er mit Menschen zusammenarbeitete, die ebenso großzügig waren, machte ihre gemeinsame Arbeit noch schöner.

»Willkommen zurück!«, tönte Beckett ihnen entgegen, als er sich in Jeans, einem weißen T-Shirt, einer Lederjacke und mit zurückgegelten Haaren wie in den Fünfzigern durch die Menge drängte. Er umarmte sie beide, betrachtete sie in ihren Kostümen und lachte. »Graham, du siehst als Bräutigam ziemlich schick aus, aber ich muss zugeben, dass ich nie gedacht hätte, Morgyn Montgomery jemals in einem Brautkleid sehen zu dürfen. Ihr seht klasse aus.« Er zeigte zum Eingang der Scheune. »Deine Familie ist da drinnen, gleich hinter dem Tor, alle außer Brindle. Wie ich gehört habe, hatte ihr Flug Verspätung.«

»Danke«, sagte Graham. »Wir reden später noch mal.«

Beckett hob sein Bier und ging dann über die Wiese, wobei er immer wieder aufgeregten Kindern auswich, die unter den wachsamen Augen ihrer Eltern herumrannten. Es erinnerte sie an die Abende in Belize, wenn sich das Dorf um ein Feuer herum versammelte und Geschichten erzählt wurden. An manchen Abenden spielten sie und Graham Gitarre und die Einheimischen tanzten, und bei anderen Gelegenheiten schauten sie in den Nachthimmel oder unterhielten sich. Morgyn hatte so viel über ihre Kultur gelernt, und dadurch war sie sich noch bewusster über die Dinge geworden, die sie besaß und die, die sie für ihr Leben wollte. Graham hatte recht. Andere Kulturen zu sehen, inspirierte auf eine Art und Weise, die sie sich nie hätte vorstellen können.

»Ihr redet später noch mal?« Morgyn sah ihn neugierig an.

»Wir haben uns ein paarmal geschrieben, während wir weg waren. Geschäftliches. Du hattest recht. Er ist ein guter Typ. Komm schon, kleiner Freigeist. Du hast die letzte Woche nur davon geredet, dass du endlich deine Familie wiedersehen willst. Los jetzt, bevor du vor Ungeduld platzt.«

Musik tönte von der improvisierten Bühne herunter, auf der jeder, der mitmachen wollte, spielen konnte. Bestimmt fünfzehn Leute waren dort, die Gitarre oder Banjo spielten, Schlagzeug, Flöte oder Saxofon. Sable war als Catwoman verkleidet. Sie entdeckte sie und stieß Axsel an, der ein Piratenkostüm trug. Sie legten ihre Instrumente auf einem Tisch ab und sprangen von der Bühne, um zu ihnen zu kommen.

»Da ist ja meine süße Kleine!« Ihre Mutter nahm ihren Vater an der Hand und eilte zu ihnen. Sie sahen hinreißend aus in ihren Sonny- und Cher-Kostümen. Ihrer Mutter stand die lange schwarze Perücke ebenso wunderbar wie ihrem Vater der falsche Schnurrbart. »Ich habe alle Bilder bekommen, die du geschickt hast, und sie jedem gezeigt. Ich bin so stolz auf euch beide. Ich kann es nicht abwarten, alles von der Reise zu hören.«

Ihre Mutter umarmte sie so fest, dass Morgyn kaum Luft bekam, und dann tat sie es bei Graham genauso.

»Willkommen zu Hause, mein Schatz«, sagte ihr Vater. »Du strahlst von innen heraus. Anderen zu helfen, bekommt dir gut.« Er umarmte sie noch einmal. »Wir haben euch beide vermisst.«

»Wir haben euch auch vermisst«, sagte Morgyn, als Reed, Grace und ihre anderen Geschwister zu ihnen kamen, von denen sich alle eine Umarmung von ihr und von Graham abholten.

Reno verharrte Schwanz wedelnd neben Amber, die als Fee verkleidet war, mit hellblau-silbernen Flügeln und Cowboystiefeln. Morgyn umarmte Amber und dann streichelte sie Reno. Alle redeten durcheinander. Sie war so glücklich, sie zu sehen, dass sie hätte weinen können, und obwohl sie alle wie verrückt vermisst hatte, freute sie sich über ihre und Grahams weitere Pläne. Nachdem sie zwei Wochen mit ihrer Familie und zwei mit seiner verbracht hätten, wollten sie zu ihrem nächsten Abenteuer aufbrechen: zum Skifahren mit seinem Cousin Ty und dessen Frau Aiyla, wo sie über den Bau von Tiny Houses in einem von Aiylas Lieblingsdörfern im Ausland reden wollten. Sie hatten mehrere Geschäftsreisen mit Knox geplant und sich auch schon für nächstes Frühjahr für die Veranstaltung »Trödel auf Rädern« angemeldet, wo sie hofften, ein paar coole Sachen für Morgyns Unternehmen zu finden. Sie fertigte weiterhin Dinge aus Schätzen an, die sie auf ihren Reisen fand, und verkaufte sie auf Kommissionsbasis. Über Jillians Geschäft verkaufte sie ihre Produkte ebenso, und sie hatte nur zwei Angebote von Käufern angenommen, die sie bei der Modenschau kennengelernt hatte, womit sie ein Pensum hatte, das sie einhalten und dabei immer noch ihr Leben genießen konnte.

»Du siehst höllisch sexy aus, Pep«, sagte Morgyn, als sie Pepper umarmte. Sie hatte einen Plüschaffen auf dem Arm und trug hellbraune Shorts und Hemd, Wanderstiefel und einen Safarihut.

»Sexy? Ich wollte eigentlich aussehen wie Jane Goodall«, empörte sich Pepper.

Graham umarmte sie und sagte: »Das ist das beste Kostüm hier, abgesehen von Morgyns.«

Sable und Axsel drängten sich zu ihnen vor.

»Belize steht dir gut«, meinte Axsel und umarmte Morgyn.

Sable schnaubte. »Belize? Das ist das Verdienst von Mr. All-Nighter. Komm her, du Jetsetter.« Sie zog Graham in eine Umarmung und Morgyn wurde ganz warm ums Herz.

Reed und Grace waren als sexy Cop und Gefangener verkleidet und mit Handschellen aneinandergekettet. Die Umarmung war schwierig, aber die Kostüme waren der Hammer.

»Wie waren eure Flitterwochen?«, wollte Morgyn wissen.

»Mehr als perfekt«, sagte Grace. »Reed ist der beste Reiseorganisator, den es gibt.«

»Das würde ich bestreiten.« Morgyn legte den Arm um Grahams Schulter.

»Worüber streitet ihr?« Brindle drängte sich mit einem strahlenden Lächeln und eingehüllt in einen Kurzmantel durch die Menge.

»Du bist zu Hause!« Morgyn umarmte sie stürmisch. Sie hatten während ihrer Reisen zweimal wöchentlich miteinander telefoniert, und mit der Zeit hatte Brindle allmählich wieder so munter geklungen, wie man es von ihr kannte.

Es folgte eine weitere Runde von Umarmungen und Willkommenswünschen. Die Geräusche ihrer Jugend umgaben sie – Chaos und Liebe. Die besten Geräusche überhaupt.

»Wie war dein Flug?«, erkundigte sich Pepper. »Du bist bestimmt geschafft.«

Brindle stöhnte. »Der Flug war grauenhaft. Tut mir leid, ich konnte mich nicht verkleiden, ich bin direkt vom Flughafen hierhergekommen. Ihr seht alle toll aus in euren Kostümen.«

Reed hob ihre Handgelenke samt Handschellen und sagte: »Vergiss Kette und Kugel. Das hier funktioniert viel besser.« Er zeigte auf Grahams und Morgyns Kostüme. »Braut und Bräutigam? Ich nehme an, ihr seid die Nächsten?«

Alle lachten.

»Morgyn würde schreien und um sich treten, wenn du sie zum Altar zerren wolltest«, sagte Sable. »Wusstest du das nicht?«

»Nein. Wirklich?«, fragte Reed nach.

»Ich wette, Tante Roxie kann dir einen Heiratstrank mischen, Morgyn«, sagte Grace.

Pepper winkte ab. »So funktioniert das nicht.«

Ihre Mutter legte den Arm um Pepper und sagte: »Eines Tages wird dein behütetes Herz für einen Mann aus deiner Brust klettern wollen, und wenn das geschieht, wirst du merken, dass alles möglich ist.«

»Das ist gerade wahrscheinlich das einzige Mal, dass wir

diese spezielle Schwester in einem Hochzeitskleid sehen«, verriet Axsel. »Also macht Fotos, solange ihr könnt.«

»Na ja, eigentlich …« Morgyns Herz raste, als sie Graham ansah. In seinen Augen war nicht nur Liebe zu sehen. Da war Hoffnung und Vertrauen und alles, was sie sich je hätte erträumen können. Sie hob ihre linke Hand in die Höhe und zeigte allen den goldenen Ring, auf dem sich eine kleine runde Scheibe befand, in die die Himmelsrichtungen eingraviert waren, und sagte: »Ich habe es schon einmal getragen! Wir haben heimlich geheiratet!«

Amber kreischte und umarmte sie. »Oh, Morgyn!«

»Was?«, rief Sable aus. »Das glaub ich nicht!«

»Heiliger Bimbam! Ihr seid wirklich verheiratet?«, fragte Grace, während von allen Seiten Glückwünsche und staunende Rufe auf sie einstürmten.

»Was zum …?« Brindle sah von Graham zu Morgyn. »Verheiratet?«

Axsel umarmte Graham und sagte: »Das schafft nur Morgyn, alle so zum Ausrasten zu bringen. Glückwunsch, Kumpel!«

»Hast du gerade gesagt …?« Tränen stiegen ihrer Mutter in die Augen, als sie Morgyn und Graham in die Arme schloss. »Meine Kleine ist verheiratet! Ich hab euch beide so lieb. Willkommen in der Familie, Graham.«

Als ihre Mutter sie losließ, kniff ihr Vater die Augen zusammen, als wüsste er nicht, ob er ihr glauben sollte. Er nahm ihre Hand und betrachtete den Ring.

»Graham hat den Ring in Belize gemacht«, sagte Morgyn, die ihren Mann im Augenblick mehr liebte als je zuvor. »Er hat den Ring geschmiedet, graviert und alles.«

Der Blick ihres Vaters richtete sich auf Graham.

»Ich weiß, es sind keine Diamanten, aber es hat eine besondere Bedeutung für uns«, sagte Graham.

»Morgyn hätte Diamanten gehasst«, sagte ihr Vater und dann legte er um beide einen Arm. »Wahre Liebe braucht keine Diamanten. Hast du Marilynns Ring gesehen?«

Marilynn hob ihre linke Hand und zeigte ihnen den schlichten gedrehten Ring.

Noch einmal wurden sie von allen umarmt und mit vielen *Verheiratet?*-Kommentaren bedacht. Morgyn überraschte es nicht, dass alle so erstaunt reagierten. Sie und Graham waren es anfangs auch gewesen.

Brindle stellte sich zu Morgyn und sagte: »Du bist *verheiratet?*«

Morgyn nickte, noch immer mit feuchten Augen.

»Und du bist so glücklich.«

Morgyn beugte sich näher zu ihr und sagte: »Glücklicher, als ich es mir je hätte vorstellen können.«

»Was hat sich geändert?«, wollte Brindle wissen.

Morgyn schaute zu Graham und sagte: »Alles.« Jeder gemeinsame Moment erfüllte sie mit Freude. Sie konnte sich ein Leben ohne ihn nicht vorstellen. »Von dem Tag, an dem wir uns kennengelernt haben, gehörte ich ihm, und ich wollte, dass alle Welt es weiß.« Sie sah ihre Schwester nachdenklich an und fragte: »Bist du glücklich, Brin?«

»Ja.« Sie zog die Augenbrauen zusammen und fügte hinzu: »Ich nehme an, dieser Sommer war für uns beide gut.«

»Verheiratet«, wiederholte Sable. »Ich fasse es einfach nicht. Wie zum Henker hast du das geschafft, wundersamer Mann?«

Graham sah Morgyn so an, wie in jener Nacht, in der er ihr gesagt hatte, dass er hoffte, sie eines Tages zu heiraten. *Nicht weil wir das Dokument brauchen, um es wahr werden zu lassen,*

*sondern weil ich eines Tages eine eigene Familie haben möchte –
kreative und Risiko analysierende Jungs und Mädchen – und mir
Sorgen mache, dass es schwer für die Kinder sein könnte, ihren
Freunden zu erklären, warum ihre Eltern nicht verheiratet sind.*

»Hab ich nicht«, widersprach Graham. »Sie hat mich überzeugt, sie zu heiraten.«

Alle Augen richteten sich auf Morgyn, aber die Gefühle
raubten ihr die Stimme, als sie sich an den Moment erinnerte,
in dem sie wusste, dass sie ihn heiraten wollte. Wie konnte sie
das jemals vergessen? Er hatte Sadie im Arm gehalten, während
er mit Javier geredet hatte, einem großen, dünnen Jungen, der
Künstler werden wollte, wenn er groß war, und vor ihrem
inneren Auge war das Bild von Graham als Vater ihrer Kinder
aufgetaucht. Es hatte sie so heftig und wahrhaftig getroffen, dass
sie es bis in die Knochen spürte. *Sieh es. Vertrau darauf.
Akzeptiere es.*

»Warst du betrunken?«, wollte Sable wissen.

»Ja«, sagte Morgyn, woraufhin Graham sie verwirrt ansah.
»Trunken vor Liebe.«

Als Graham sie zu einem Kuss an sich zog, befreite Brindle
sich aus ihrem Mantel. »Bei all diesen Umarmungen und
kitschigem Gerede wird mir ganz heiß.«

Amber stockte der Atem. »Das ist ein großartiges Kostüm!
Wo hast du so einen kleinen Babybauch gefunden?«

Morgyn drehte sich herum und riss die Augen auf. Brindle
trug eine Leggings und eine Tunika-Bluse, die sich um ihren
normalerweise flachen, nun aber leicht gerundeten Bauch legte.
Schnell versuchte sie, ihren Gesichtsausdruck unter Kontrolle zu
bringen.

»Bitte sag mir, dass das zu viele französische Croissants
sind«, sagte Grace.

»Bist du …?« Pepper streckte die Hand aus und berührte Brindles Bauch.

Brindle wandte sich ab. »Hör auf damit!«

»Brindle«, flüsterte Morgyn, zu schockiert, um irgendetwas mehr zu sagen. *Kein Wunder, dass du in Paris so eine schwere Zeit hattest.*

»Schatz«, sagte ihre Mutter mit großen Augen. »Bist du …?«

Tränen stiegen Brindle in die Augen, als sie nickte. Ihre Mutter breitete die Arme aus und zog sie an sich, während sie ihr etwas zuflüsterte, was Morgyn nicht hören konnte.

»Meine Güte, Brindle«, sagte Axsel.

»Welchen französischen Arsch soll ich versohlen?« Sable verschränkte die Arme und starrte Brindle an.

Trace tauchte neben Sable auf und legte einen Arm um sie. »Beim Französischen-Arsch-Versohlen bin ich dabei!« Sein lächelnder Blick traf auf Brindle. »Mustang, du bist zurück!« Mit ausgebreiteten Armen trat er einen Schritt vor. Sein Blick fiel auf ihren Bauch und er blieb abrupt stehen.

Brindle legte die Hand auf ihren Bauch, trat einen Schritt zurück und biss sich auf die Unterlippe. »Ich kann das jetzt nicht«, brachte sie schließlich zittrig hervor. »Ich bin erledigt. Ich gehe nach Hause. Wir können morgen darüber reden.« Sie drängte sich an Morgyn vorbei und eilte – mit Trace auf den Fersen – davon.

»Ich gehe ihr nach«, sagte Morgyn.

Ihre Mutter hielt sie am Arm fest und sagte: »Lass sie.«

»Den Teufel werden wir tun«, widersprach Sable und wollte Brindle auch hinterhergehen.

»Mom, sie braucht mich«, flehte Morgyn.

Ihr Vater stellte sich Sable in den Weg und schüttelte den Kopf. »Ich weiß, dass ihr alle für sie da sein wollt, aber sie braucht Raum für sich. Und dem Blick von Trace nach zu urteilen, wird sie das nicht so bald bekommen. Ich bin sicher, sie wird morgen beim Frühstück sein, und dann können wir mit ihr reden.«

Morgyn suchte nach Grahams Hand und er drückte sie fest.

»Bist du nicht sauer, Dad?«, wollte Pepper wissen. »Deine Tochter ist gerade schwanger aus Paris zurückgekehrt.«

Ihre Eltern tauschten einen Blick, der von jahrelanger Erfahrung im Umgang mit den Überraschungen und Herausforderungen ihrer Kinder zeugte.

»Sauer? Warum? Weil meine Tochter Hormone hat? Oder weil sie sich vielleicht verliebt hat oder einen Fehler begangen hat oder hundert andere mögliche Dinge passiert sind, von denen ich über einige lieber noch nicht nachdenken will? Brindle braucht keinen Vater, der wütend ist, weil sie schwanger geworden ist«, sagte er ruhig. »Sie braucht eine Familie, der bewusst ist, dass nicht alle Schwangerschaften geplant sind, und die für sie da sein wird, egal, was passiert.«

»Sie hat offensichtlich die Entscheidung getroffen, dieses Baby zu behalten«, fügte ihre Mutter hinzu. »Jetzt ist es an uns, es in unserer Familie willkommen zu heißen und sicherzustellen, dass Brindle weiß, wie sehr wir sie lieben, egal, was euch allen gerade durch den Kopf geht. Ihr denkt, sie strotzt nur so vor Kraft und Elan, aber sie ist ein Mensch wie wir alle, und unter dieser harten Schale ist ein empfindsames Mädchen voller Liebe. Und im Moment verwette ich meinen Allerwertesten darauf, dass sie eine Riesenangst hat.«

»Trotzdem werde ich irgendeinem Franzosen den Arsch versohlen.« Sable marschierte davon.

Axsel umarmte Morgyn und sagte: »Ich will euch hier nicht stehen lassen. Ich freue mich, dass ihr hier seid, und will alles über eure heimliche Hochzeit hören, aber ich denke, ich gehe Sable nach, damit sie nicht den Nächstbesten mit einer Baskenmütze umbringt.«

Brindles Schwangerschaft und Grahams und Morgyns Hochzeit waren die Gesprächsthemen des restlichen Abends. Als die beiden sich auf den Weg nach Hause machten, hatte Morgyn schon ein paar Nachrichten an Brindle geschickt, die ihr versprochen hatte, morgen mit ihr zu reden.

»Fühlst du dich besser, wenn du weißt, dass sie mit dir reden wird?«, fragte Graham, als er vom Parkplatz fuhr.

»Viel besser. Aber weißt du was? Nachdem sich der erste Schock gelegt hat, finde ich, mein Dad hat recht. Brin braucht es, dass wir ihre Entscheidung unterstützen.« Sie seufzte und lehnte sich zurück an die Kopfstütze, um die Augen zu schließen. »Das war ein Abend der Überraschungen, findest du nicht?«

»Absolut, Sunshine.«

Morgyn öffnete die Augen, als sie die Ampel an der Kreuzung am Theater erreichten. »Du fährst falsch. Hast du den Weg nach Hause schon vergessen?«

Er grinste, als er über die Ampel und dann rechts an den Straßenrand fuhr. Morgyn schaute zum Fenster hinaus und hielt den Atem an. »Was ...?«

Sie machte sich an der Tür zu schaffen, stürmte aus dem Wagen und den Hügel hinunter. Graham folgte ihr und lachte, als sie vor dem Begleitwagen stand, der auf dem Grundstück neben dem Theater abgestellt worden war. Er war frisch

gestrichen, rot mit schwarzem Geländer. »Life Reimagined«
stand in Knallgelb auf der Seite neben den Fenstern, mit bunten
Blumen und Sternen drumherum. »Liebevoll verschönerte
Schätze« stand in Weiß unter den Fenstern.

Er legte den Arm um Morgyn und sagte: »Überraschung,
Sunshine. Das ist dein Hochzeitsgeschenk.«

»Du hast ihn gekauft?« Tränen liefen ihr über die Wangen.

Er schloss die Tür auf, und als er ihr hineinfolgte, sagte er:
»*Wir* haben ihn gekauft. Wir sind verheiratet. Meins ist deins.«

»Oh mein Gott! Wie hast du ihn hierherbekommen?«

»Ich konnte nicht darauf vertrauen, dass deine Schwestern
nichts verraten, also habe ich mir von Reed und Beckett helfen
lassen.« Mit Reed hatte er vereinbart, das Grundstück für zehn
Jahre zu pachten. Reed weigerte sich, Geld anzunehmen, weil
sie jetzt eine Familie waren, also hatte Graham eine
beträchtliche Spende an das Theaterprojekt gemacht, das Grace
auf die Beine stellte.

»Graham«, sagte Morgyn aufgelöst, als sie das frisch
renovierte Innenleben bewunderte. »Ich weiß nicht, was ich
sagen soll. Das ist so unerwartet und so unglaublich perfekt.«

»Auch wenn deine Kommissionsverkäufe gut laufen, wusste
ich, dass du trotzdem noch gern deinen eigenen Verkaufsraum
haben wolltest. Was für einen besseren Ort gibt es als einen, der
dir so viel bedeutet? Der *uns* viel bedeutet. Ich dachte mir, du
kannst den Shop führen, wenn wir in der Stadt sind, damit es
etwas ganz Besonderes wird.«

»Wie eine stetige Neueröffnung zwischen unseren Reisen?«

»Genau.«

Sie zitterte vor Aufregung. »Spürst du es auch? Wie richtig
das hier ist?«, fragte sie und wischte sich die Tränen fort. Sie
schlang die Arme um ihn. »Ich liebe dich so sehr. Danke.« Sie

schenkte ihm einen süßen Kuss und versprach ihm dann: »Ich bin nicht gut mit Worten, aber ich werde dir zeigen, wie dankbar ich bin, wenn wir nach Hause kommen.«

Er verschränkte seine linke Hand mit ihrer und hob sie in den Mondschein, der durch das Fenster fiel und sich an dem Zeichen ihrer frischen Bindung und an dem Armband mit den Anhängern spiegelte, das er ihr geschenkt und das sie nie abgenommen hatte, und sagte: »Ich bin schon da, Sunshine. Du bist mein Zuhause.«

Lust auf mehr von den Bradens & Montgomerys?

Verlieben Sie sich mit Brindle und Trace in *Wilde Herzen*!

Die Highschool-Lehrerin Brindle Montgomery und der Rancher Trace Jericho sind seit Ewigkeiten eng befreundet und führen eine prickelnde On-Off-Beziehung. Rebellisch, dickköpfig und leidenschaftlich wie sie beide sind, genießen sie die Vorzüge dieser besonderen und ziemlich stürmischen Freundschaft ohne alle Verpflichtungen. Doch als Brindle mit einem Babybäuchlein von einer Parisreise zurückkehrt, spielt Traces wildes Herz verrückt und Brindle muss sich fragen, ob sie vielleicht den größten Fehler ihres Lebens gemacht hat.

Bestellen Sie *Wilde Herzen* bei Ihrem Online-Buchhändler.

Kennen Sie die Bradens aus Weston schon?

Verlieben Sie sich mit Treat und Max in *Im Herzen eins – neu erzählt*, dem ersten Band der Serie *Die Bradens in Weston, Colorado*

Treat Braden ist eigentlich gar nicht auf der Suche nach Liebe, als Max Armstrong in seine Hotelanlage in Nassau spaziert, aber er erkennt hinter dem Schutzschild ihrer effizienten Fassade schnell die liebenswerte, sinnliche Frau. Ein geradezu magischer gemeinsamer Abend lässt ein enges Band zwischen ihnen entstehen, und zum ersten Mal in seinem Leben verspürt Treat den Wunsch nach viel mehr als einem kurzen Abenteuer. Doch dann macht er einen Fehler und sie zieht sich zurück. Nachdem er sich wochenlang nach der einen Frau, die er nicht haben kann, verzehrt hat, fliegt er nach Hause auf die Ranch seiner Familie, um sie endlich zu vergessen.

Eine zufällige Begegnung bringt die beiden wieder zusammen und führt zu einer Nacht voller Leidenschaft und Aufrichtigkeit. Als Max ihre schmerzhafte Vergangenheit offenbart, ist Treat bereit, alles zu geben, um ihr Herz für immer zu erobern – und ihr zu helfen, sich von ihren Dämonen zu befreien.

Bestellen Sie *Im Herzen eins – neu erzählt* bei Ihrem Online-Buchhändler.

Verlieben Sie sich mit den Whiskeys in *Tru Blue – Im Herzen stark*, dem ersten Band der Serie *Die Whiskeys: Dark Knights aus Peaceful Harbor*

Eine fesselnde Liebesgeschichte für alle, die brandheiße loyale Helden, selbstbewusste sexy Heldinnen, Familienbande, Biker, Babys und mehr lieben!

Unter der Haut eines Killers verbirgt sich das Herz eines Liebenden …

Truman Gritt würde alles tun, um seine Familie zu beschützen – und so verbringt er Jahre im Gefängnis für ein Verbrechen, das er nicht begangen hat. Nach seiner Entlassung stellt der Drogentod seiner Mutter sein Leben erneut auf den Kopf, und so übernimmt er die Verantwortung für die Kinder, die sie zurückgelassen hat. Truman ist hart, er ist verschlossen, und er versucht, einen Bruder zu retten, der mit noch mehr Problemen zu kämpfen hat als er selbst. Sein Leben lang hat Truman keine Hilfe gebraucht, und als die schöne Gemma Wright versucht, ihm unter die Arme zu greifen, reagiert er nicht gerade charmant. Aber Gemma hat ihre ganz eigene Art und schafft es schließlich, den Panzer um sein Herz zu durchdringen. Als Trumans dunkle Vergangenheit seine Zukunft in Gefahr bringt, steht seine Loyalität auf dem Prüfstand und er muss die schwerste aller Entscheidungen treffen.

Bestellen Sie *Tru Blue – Im Herzen stark* bei Ihrem Online-Buchhändler.

Neu bei »Love in Bloom – Herzen im Aufbruch«?

Ich hoffe, Ihnen hat es genauso viel Vergnügen bereitet, die Bradens und die Montgomerys kennenzulernen, wie mir, sie zu schreiben. Falls dieser Band Ihr erstes Buch aus der Reihe »Love in Bloom – Herzen im Aufbruch« ist, warten noch jede Menge Geschichten über unsere sexy, selbstbewussten und loyalen Heldinnen und Helden auf Sie.

Die Bradens & Montgomerys (Pleasant Hill – Oak Falls) ist nur eine der Serien aus der Reihe. In allen Büchern finden Sie eine abgeschlossene Geschichte, die auch für sich allein gelesen werden kann. Figuren aus den einzelnen Serien und Büchern der weitverzweigten »Love in Bloom – Herzen im Aufbruch«-Familien tauchen immer wieder auch in den anderen Bänden auf. So verpassen Sie nie eine Verlobung, Hochzeit oder Geburt. Wenn Sie mögen, lernen Sie doch auch die anderen Serien der Reihe kennen! Eine vollständige Liste aller auf Deutsch erschienenen und geplanten Bücher gibt es am Ende des Buches und unter dem folgenden Link finden Sie weitere Informationen:
www.MelissaFoster.com/Herzen-im-Aufbruch

Danksagung

Ich hoffe, Grahams und Morgyns Geschichte hat Ihnen gefallen und Sie freuen sich auf die Geschichten ihrer Geschwister. Wenn Sie noch nicht meinem Fanclub auf Facebook beigetreten sind, holen Sie das doch gleich nach. Wir chatten dort über unsere attraktiven Helden und frechen Heldinnen. Und Sie können nie wissen, ob Sie mich nicht zu einer Geschichte oder einer Figur inspirieren und vielleicht in einem meiner Bücher landen, wie es einige meiner Clubmitglieder schon erlebt haben.
www.Facebook.com/groups/MelissaFosterFans

Vergessen Sie nicht, mir auf Facebook zu folgen, um immer auf dem Laufenden über die Welt unserer fiktionalen Freunde zu bleiben.
www.Facebook.com/MelissaFosterAuthor

Abonnieren Sie meinen Newsletter, um sich über Neuerscheinungen, besondere Angebote und Veranstaltungen zu informieren.
www.MelissaFoster.com/Newsletter_German

Und vergessen Sie nicht, sich Ihre gratis Goodies herunterzuladen! Familienstammbäume, Veröffentlichungstermine, Checklisten und vieles mehr (in englischer Sprache) finden Sie hier:
www.MelissaFoster.com/Reader-Goodies

Wie immer geht ein riesiges Dankeschön an mein wundervolles Lektoratsteam: Kristen Weber, Penina Lopez, Elaini Caruso, Juliette Hill, Marlene Engel, Lynn Mullan und Justinn

Harrison sowie an mein deutsches Team Janet König, Cathérine Fischer, Rabea Güttler und Judith Zimmer. Und natürlich bin ich auf ewig meinem Mann Les dankbar, ebenso wie dem Rest meiner Familie, die mir gestattet, über meine fiktionalen Welten zu reden, als ob wir in ihnen leben würden.

Voller Einsatz für die Liebe
Liebe gegen den Strom
Vereinte Herzen
Melodie der Liebe
Sieg für die Liebe
Endlich Liebe – ein Braden-Flirt

Die Remingtons

Spiel der Herzen
Im Dschungel der Liebe
Herzen in Flammen
Herzen im Schnee
Liebe zwischen den Zeilen

Die Bradens & Montgomerys (Pleasant Hill – Oak Falls)

Von der Liebe umarmt
Alles für die Liebe
Pfade der Liebe
Wilde Herzen
Schenk mir dein Herz
Der Liebe auf der Spur

Die Whiskeys: Dark Knights aus Peaceful Harbor

Tru Blue – Im Herzen stark
Truly, Madly, Whiskey – Für immer und ganz
Driving Whiskey Wild – Herz über Kopf

…

Entdecken Sie Melissa Fosters Bücher auch auf:
www.MelissaFoster.com/Herzen-im-Aufbruch